AF141010

GERD KRAMER

Friesisch morden

MÖRDERISCHES TRIO Olivia und Johanna, beide in den Fünfzigern, sowie die blonde Schönheit Dörte, 42, beschließen, ihr Leben endlich in die eigene Hand zu nehmen und ihre aufgestauten Träume zu verwirklichen. Unter anderem planen sie, ein Unternehmen aufzubauen, das Schlick aus dem Wattenmeer als Heilmittel anbietet. Doch ihrer Selbstverwirklichung stehen die angetrauten Männer im Weg. Da eine konventionelle Scheidung aus unterschiedlichen Gründen nicht in Frage kommt, findet das Trio gemäß der Formel »bis dass der Tod euch scheidet« schon bald eine andere Lösung. Weil Beziehungstaten selten unentdeckt bleiben, versuchen die Frauen, ein Ableben ihrer Männer auf »natürliche Weise« zu beschleunigen. Mithilfe der Krankengeschichten und Vorlieben ihrer Gatten beginnen sie, deren Ernährung und Lebensstil zu »optimieren«. Der gewünschte Erfolg lässt jedoch auf sich warten, und sie müssen ihre Methode anpassen ...

© privat

Gerd Kramer wurde 1950 in Husum an der Nordsee geboren, wo er seine Kindheit und Jugend verbrachte. Nach seinem Physikstudium in Kiel arbeitete er als Gutachter im Bereich Umweltschutz/Lärmschutz beim TÜV Rheinland in Köln. 1987 gründete er eine Firma, die sich mit der Entwicklung von Simulationssoftware und der Erstellung von Gutachten für den Umweltschutz beschäftigt. Inzwischen haben sich seine Interessen weitgehend auf das Schreiben von Kriminalromanen verlagert sowie auf das Komponieren von Liedern, die er zur Bereicherung seiner Lesungen vorträgt. Gerd Kramers Werke zeichnen sich besonders durch einen trockenen, typisch nordfriesischen Humor aus.

GERD KRAMER
Friesisch morden

KRIMINALROMAN

Immer informiert

Spannung pur – mit unserem Newsletter informieren wir Sie
regelmäßig über Wissenswertes aus unserer Bücherwelt.

Gefällt mir!

Facebook: @Gmeiner.Verlag
Instagram: @gmeinerverlag
Twitter: @GmeinerVerlag

Besuchen Sie uns im Internet:
www.gmeiner-verlag.de

© 2022 – Gmeiner-Verlag GmbH
Im Ehnried 5, 88605 Meßkirch
Telefon 07575 / 2095-0
info@gmeiner-verlag.de
Alle Rechte vorbehalten
1. Auflage 2022

Lektorat: Claudia Senghaas, Kirchardt
Herstellung: Mirjam Hecht
Umschlaggestaltung: U.O.R.G. Lutz Eberle, Stuttgart
unter Verwendung der Fotos von: © Visions-AD / stock.adobe.com; Wachi-
raphorn Thongya / Shutterstock; José María Bouza / stock.adobe.com;
exclusive-design / stock.adobe.com; Photoillustrator / stock.adobe.com
Druck: CPI books GmbH, Leck
Printed in Germany
ISBN 978-3-8392-0131-2

PROLOG

Tat es weh, wenn man ertrank? Nein, das glaubte Johanna nicht. Sie war mit ihrer Freundin Birte schon oft beim Baden in der Nordsee um die Wette getaucht. Anschließend hatte sie nach Luft schnappen müssen, aber Schmerzen hatte sie nicht verspürt. Vielleicht stieg das Wasser ja auch gar nicht weiter an. Auf der Schulter ihres Vaters fühlte sie sich sicher. Er war stark und würde sie niemals loslassen. Niemals! Das wusste sie. Eben hatte er noch ein Lied mit ihr gesungen, Verse, die er selbst erfunden und aufgeschrieben hatte. Einige davon kannte sie auswendig, so wie den Planeten-Song, den er nur für sie gedichtet und auf YouTube gestellt hatte.

Aber nun schwieg er, und sie schwieg auch. Nur noch die Schreie der Möwen und das Plätschern der Wellen waren zu hören. Wenn sie wie eine Möwe fliegen könnten, würden sie durch die Lüfte schweben und irgendwo am Ufer oder auf einer Insel landen.

Das Wasser umspülte ihre eiskalten Füße. Johanna hob die Beine an, damit sie ein wenig trockneten. Aber sie durfte sich nicht zu fest um Papas Hals klammern, sonst würde sie ihm die Luft abschnüren.

Warum kam kein Schiff vorbei, um sie zu retten? Es waren so viele auf dem Meer unterwegs. Gestern hatten sie einen riesigen Frachter und ein Segelboot vom Strand aus beobachtet. Aber heute war kein Schiff zu sehen.

Eine Flasche aus Kunststoff trieb auf sie zu. Die Ozeane waren voller Müll, achtlos von Menschen ins

Meer geworfen. Ihr Vater schnappte sich die Flasche. Was wollte er damit? Sie beobachtete, wie er sein Notizbuch aus der Brusttasche zog und etwas aufschrieb. Ein Gedicht vielleicht. Als er fertig war, schraubte er den Verschluss ab, steckte den Zettel in die Flasche und verschloss sie wieder. Dann schleuderte er sie weit von sich. Sie tanzte eine Zeit lang auf den Wellen, bis sie in der Ferne verschwand.

»Müssen wir jetzt sterben?«, fragte Johanna.

»Nein, nein, Schatz, es wird alles gut. Bestimmt hat jemand unsere Rufe gehört. Es wird nicht mehr lange dauern, bis Hilfe kommt.«

Seine Stimme klang ängstlich. Er sagte nicht die Wahrheit. Sie würden ertrinken. Der Priel hatte ihnen den Weg abgeschnitten. Er war ganz plötzlich angeschwollen und immer breiter geworden. Die Strömung war so stark, dass man nicht hindurchschwimmen konnte. Das Ufer war zu erkennen, aber es war unerreichbar. Auf dem Meer wirkte alles so nah. Doch das täuschte. Das Wasser würde weiter ansteigen und sie töten. Johanna schluchzte leise. Sie wollte nicht sterben. Kam man wirklich in den Himmel, wenn man starb?

»Du bist so schwer, Schatz. Ich muss dich runternehmen. Ist das in Ordnung? Ich halte dich fest. Es wird alles gut.«

Johanna klammerte sich um seinen Hals und schrie. Doch dem starken Griff des Vaters konnte sie nicht standhalten. Er zerrte sie mit Gewalt von der Schulter. Als sie ins kalte Wasser eintauchte, erstickten ihre Schreie. Im nächsten Moment fand sie sich in seinen Armen wieder und blickte in sein von Verzweiflung verzerrtes Gesicht. »Es tut mir so leid«, stammelte er weinend.

Und dann war da plötzlich dieses Geräusch. Woher kam es? Sie bemerkte, wie ihr Vater den Kopf zum Himmel reckte. »Hierher!«, rief er. Er hob Johanna in die Höhe. »Winke ihnen, Schatz! Wink ihnen zu, damit sie uns sehen.«

Einige Minuten später kreiste ein Hubschrauber über ihnen.

Als Johanna im Krankenhaus aufwachte, wusste sie nicht, ob das alles tatsächlich passiert war oder ob sie geträumt hatte. Die Mutter saß an ihrem Bett und hielt Johannas Hand. Sie hatte Tränen in den Augen und schluchzte.

1

Peter Bergmann versuchte, die Waffe ruhig zu halten, aber seine Rechte zitterte wie bei einem Fieberanfall. Er packte die *Glock* beidhändig, schloss das linke Auge, stellte sich breitbeinig hin, duckte sich etwas und zielte mit ausgestreckten Armen auf einen Blecheimer. Jetzt hätte er abdrücken können und vielleicht sogar getroffen. Aber er wollte keinen Probeschuss riskieren. Der wäre weithin hörbar gewesen und hätte vielleicht die Polizei auf den Plan gerufen. Die Pistole sollte ihm sowieso nur zur Abschreckung dienen und dem Erpresser ein für alle Mal zeigen, dass weitere Geldforderungen tödlich enden würden.

Er ließ die Arme sinken. Seine Angst verstärkte sich. Er schloss nicht aus, dass auch sein Widersacher bewaffnet war. Sicherheitshalber war er fast eine Stunde vor dem verabredeten Zeitpunkt zum Ort der Übergabe gekommen. So konnte er die Situation besser kontrollieren. Doch der ehemalige Empfangsraum im Erdgeschoss des ausgebrannten *Nordseehotels* war unübersichtlich. Jeden Moment rechnete er damit, dass der Verbrecher in einer der Türen erschien. Deshalb entschloss er sich, hinauf ins oberste Stockwerk zu gehen. Das Dach war vollständig vom Feuer zerstört worden. Von dort aus hatte er freie Sicht über den Dockkoog und den Porrenkoog. Kein Auto, keine Person konnte sich unbemerkt nähern.

Bergmann schob die Absperrung vor dem Treppenaufgang beiseite und stieg die Stufen hinauf. Er atmete schwer. Auf jeder Etage machte er halt und horchte. Von außen drangen Geräusche durch die zerborstenen Fenster. Möwengeschrei und blökende Schafe, die auf dem Deichvorland grasten, waren zu hören. Endlich erreichte er die obere Plattform. Als er die Stahltür öffnete, blies ihm ein kräftiger Wind entgegen. Eine unwirkliche Landschaft empfing ihn. Boden und Wände waren schwarz von Ruß. Überall lag Schutt herum, dazwischen verkohlte Holzträger und Möbelreste. Alle Türen waren verbrannt oder herausgebrochen.

Er kämpfte sich bis zu den Fensteröffnungen durch, die Richtung Stadt zeigten, und setzte sich auf einen Mauervorsprung. Wie vermutet, hatte er von seinem Standpunkt aus einen perfekten Überblick. Jetzt musste er warten. Die Pistole hielt er immer noch in der Hand.

Das Warten zerrte an seinen Nerven, die sowieso schon arg angegriffen waren. 10.000 Euro hatte der Erpresser gefordert. Die Summe hätte Bergmann aufbringen können. Aber damit wäre die Sache nicht erledigt. Er kannte solche Typen. Sie waren unersättlich und forderten ständig neue Summen. Deshalb musste er sich wehren.

Schon bei seiner Ankunft hatte er vier Pkws auf dem Parkplatz vor dem Hotel registriert, offenbar von Einheimischen oder Touristen, die am Strand spazieren gingen. Es war allerdings nicht vollständig auszuschließen, dass der Erpresser sein Auto bereits dort abgestellt hatte und irgendwo auf der Lauer lag.

Kurz vor dem vereinbarten Termin fuhr ein Mercedes älteren Baujahrs auf den Parkplatz. Ein Mann mit Hut stieg aus. Als sich sein Blick auffällig auf die Hotelruine richtete, wusste Bergmann, dass es ernst wurde.

Der Fremde ging auf die Umzäunung zu, mit der das Gebäude rundherum abgesichert war. Das Schloss der Eingangstür war aufgebrochen, womöglich das Werk des Erpressers, der einen perfekten Ort für die Übergabe gewählt hatte. Vermutlich erwartete er ihn im Untergeschoss, auch wenn er am Telefon keine Angabe dazu gemacht hatte.

Bergmann winkte mit dem Bündel Spielgeld aus der Fensteröffnung.

»Ich bin hier oben«, rief er ihm zu. Keinesfalls wollte er seinen strategischen Platzvorteil aufgeben. Wenn der nicht mehr ganz junge Typ die Stufen erklommen hatte, wäre er außer Atem und konnte ihm nicht sofort gefährlich werden, wenn er erfuhr, dass er keinen Cent erhalten würde. Bergmann ließ sich nicht erpressen. Niemals!

Er positionierte sich in einiger Entfernung von der Stahltür. Seine Pistole steckte er in den Hosenbund hinter dem Rücken.

Es dauerte fast eine Viertelstunde, bis die Tür zaghaft geöffnet wurde. Der Fremde sah nicht gerade furchterregend aus. Er war um die 60 und übergewichtig. Unter seinem Hut lugten graue Haare hervor.

Bergmann entspannte sich und setzte ein breites Grinsen auf, das seine Überlegenheit signalisieren sollte.

»Wo ist das Geld?« Der Mann kam direkt zur Sache. Er hechelte während des Sprechens und wischte sich mit der Hand den Schweiß von der Stirn. Die 100 Stufen mussten ihm schwer zu schaffen gemacht haben.

Bergmann schmiss ihm das Bündel mit den falschen Scheinen vor die Füße.

»Sie können damit *Monopoly* spielen, wenn Sie wollen.«

Der Fremde starrte auf das Spielgeld, dann passierte das Unglaubliche. Er bückte sich, jedoch nicht nach den Scheinen, sondern nach einer verrosteten Rohrzange, die neben der Tür lag, und schritt auf Bergmann zu. Geistesgegenwärtig zog dieser seine Pistole aus dem Gürtel und richtete den Lauf auf den Gegner. Dabei vergaß er, die eingeübte Pose einzunehmen. Der Erpresser war jetzt ganz nahe und holte zum Schlag aus. Bergmann blieb nichts anderes übrig, als abzudrücken. Die Waffe war entsichert. Er krümmte den Zeigefinger bis zum Anschlag. Ein leises Klicken. Das war alles. Panisch drückte er noch einmal ab. Dann traf ihn die Rohrzange am Kopf. Er ließ die Pistole fallen und schwankte rückwärts. Im verzweifelten Ringen um das Gleichgewicht machte er einen Schritt zur Seite. Das rechteckige Loch in der Betondecke übersah er. Er stieß einen Schrei aus und verschwand in der Tiefe. Er landete auf den verkohlten Resten einer Anrichte. Aufgebahrt wie ein Opferlamm, hauchte er seine letzten Atemzüge aus.

2

Olivia Petersen legte ihre Füße auf die untere Strebe der Balkonbrüstung und griff zur Flasche. Sie verzog das Gesicht. Der Rum schmeckte wie »Knüppel op 'n Kopp«. Sie mochte und vertrug keinen Alkohol, jedenfalls keine harten Sachen. Aber heute hatte sie wieder einmal ihren Moralischen, und da half weder Johanniskraut noch die Musik von Helene Fischer. Ihre Mutter hätte in einem solchen Fall und bei »sonstigem Unwohlsein« *Klosterfrau Melissengeist* bevorzugt. Das schmeckte vermutlich auch nicht besser und enthielt nicht weniger Alkohol. Aber es war eben Medizin und damit gesellschaftsfähig gewesen. Den Fusel aus Jamaika aus der Flasche zu trinken, war eher weniger schicklich.

Olivia hatte das Zeug beim Aufräumen in der Abstellkammer gefunden. Sie hatte keine Ahnung, wie es dort hingekommen war. Spontan hatte sie ihre Hausarbeit unterbrochen und genoss jetzt die letzten Sonnenstrahlen der untergehenden Sonne. Laut Etikett war der Rum über 13 Jahre alt. 13 Jahre! Vor 13 Jahren war die Welt noch in Ordnung gewesen. Einigermaßen jedenfalls.

Die Probleme in der Ehe hatten sich nach und nach eingeschlichen. Zunächst unmerklich, aber als Sohn Dirk vor zwei Jahren auszog, um in München Jura zu studieren, waren sie offen zutage getreten. Nun hatte er sich eine Neue angelacht. 90/60/90 und blond. So stellte sie sich ihre Konkurrentin vor, und sie war ziemlich sicher, dass sie richtig lag. Mit der Zeit hatte sie bemerkt, dass seine Blicke auffällig lange an solchen Exemplaren hängenblieben, wenn sie durch die Stadt gingen. Wahrscheinlich hatte seine Gespielin weder Hirn noch Verstand. Aber bei den Maßen war das relativ unbedeutend. Olivia konnte mit solchen körperlichen Attributen nicht aufwarten, aber sie war einigermaßen mit sich zufrieden. Etwas viel Gewicht an den falschen Stellen. Aber welche Frau über 50 hatte das Problem nicht? Immerhin wies ihr rotblondes Haar noch keine grauen Strähnen auf, und mit der neuen Kurzhaarfrisur sah sie um Jahre jünger aus, fand sie.

Frauen fühlten sich bei zwei Beziehungen meistens zerrissen und entwickelten ein schlechtes Gewissen. Männer konnten damit im Allgemeinen besser umgehen. Jedenfalls ihrer konnte das offenbar. Er zeigte keinerlei Anzeichen von Zerrissenheit und Schuldgefühlen.

Olivia hatte eine Ausbildung als Krankenschwester absolviert und eine Zeit lang in dem Beruf gearbeitet. Als Dirk geboren wurde, hatte sie die Stelle in der Klinik aufgegeben. Das war einer ihrer schwerwiegendsten Fehler gewesen. Weiterer Nachwuchs war eingeplant gewesen, aber trotz Bemühungen ausgeblieben. 52 war sie jetzt, er ein Jahr älter. Mit der Neuen, die bestimmt noch keine 40 erreicht hatte, fühlte er sich wahrscheinlich wieder so jung wie früher. Er hatte keine Ahnung, dass sie von ihr wusste. Männer konnten ja so unsensibel sein! Die Hotelrechnung in seiner Jackentasche und die Anrufe auf seinem Handy hätten sogar vor Gericht als Beweise ausgereicht.

Sie schüttelte sich und nahm noch einen Schluck aus der halb leeren Flasche. »De meiste Spooß sitt ünnen inne Buddel«, lallte sie. Scheidung war keine Option. Abgesehen davon, dass sie finanziell kaum über die Runden käme, gönnte sie ihm kein Leben mit seiner Tussi. Die Lösung lag so nah. Er musste weg! Ganz einfach weg. Ganz weg! Zusammengeschmolzen zu einem Haufen Asche, den sie als trauernde Witwe auf dem Friedhof besuchen konnte. Sie würde ein paar Gänseblümchen mitnehmen und Astern auf sein Grab pflanzen.

Olivia erschrak darüber, wie sich ihre Gedanken unter Alkoholeinfluss verselbstständigt hatten. Wie würde sie denken, sobald sie wieder nüchtern war? Nicht viel anders, entschied sie, nahm die Füße von der Balkonbrüstung und griff nach ihrem Smartphone, das vor ihr auf dem Campingtisch lag. Jetzt war der Zeitpunkt, Nägel mit Köpfen zu machen. Sie schickte eine Nachricht an die WhatsApp-Gruppe *Fifty Ways*: »Ich bin dabei! Olivia.« Es dauerte nur wenige Minuten, bis die Antwort kam: »Super. Johanna hat auch schon zugesagt. Und ich bin natürlich ebenfalls mit von der Partie. Wir treffen uns dann am kommenden Dienstag in *Jacquelines Café*. Liebe Grüße, Dörte.«

Okay. Jetzt gab es kein Zurück mehr. Ein Lächeln umspielte Olivias Lippen. »Bald nimmt dein Leben endlich eine Wende!«, flüsterte sie verschwörerisch und legte das Handy zurück auf den Tisch. Wohin die Wende genau führen würde, wusste sie nicht. Aber die Chance, dass sich ihre Situation verbesserte, stand gut. Schließlich konnte es nur aufwärtsgehen, wenn man ganz unten angelangt war.

Der Song *50 Ways to Leave Your Lover* von Paul Simon hatte Pate für das Vorhaben und den Namen der Gruppe gestanden. Das war Dörtes Idee gewesen. Er war Motto und Leitfaden für die drei Frauen, die sich im Internet kennengelernt hatten. Gleichgesinnte, alle aus der näheren Umgebung. Eine nordfriesische Verschwörung. Olivia freute sich auf den Gedankenaustausch mit den Leidensgenossinnen. Es war die erste persönliche Zusammenkunft. Alle waren vorsichtig gewesen, und keine hatte viel über sich verraten wollen. Wenn man sich im wahren Leben traf und aus der Anonymität der virtuellen Welt heraustrat, konnte man den anderen besser einschätzen. Davon war Olivia überzeugt. Jede von ihnen hatte ein anderes Schicksal, eine andere Geschichte. Aber eines hatten sie gemeinsam: Sie wollten ihren Angetrauten loswerden. Auf welche Art auch immer. Auf die weiche oder die harte Tour. Olivia bevorzugte die weiche.

Katze Luna war auf den Balkon gekommen. Sie strich ein paarmal um Olivias Beine und schnupperte an der Flasche. Sichtlich angeekelt legte sie beide Ohren nach hinten und wandte sich ab. Dann sprang sie auf einen freien Stuhl und rollte sich zusammen.

Olivia beneidete das Tier, das sich keine Sorgen um die Zukunft machen musste. Immerhin hatte sich ihre Stimmung in der letzten Stunde gebessert, was nicht nur am Alkohol lag. Die Aussicht auf Veränderung ihrer Lebenssituation gab ihr Auftrieb. Als die Sonne hinter den Häusern verschwunden war, begann sie zu frösteln. Kurz überlegte sie, ob sie sich einen Grog zubereiten sollte. Keinen gewöhnlichen, der nur aus Rum, Zucker und heißem Wasser bestand. Einen mit schwarzem Tee, Zimt, Zitrone und Sternanis. Und natürlich mit Kandis. Das Rezept hatte sie noch im Kopf. Ihre Mutter hatte ihr das Getränk manchmal bei einer Erkältung verabreicht. Maximal eine Tasse. Das hatte stets geholfen. Doch sie dachte an die Kopfschmerzen, die sie am nächsten Morgen erwarteten. Sie ging zurück ins Wohnzimmer. Luna hatte es sich bereits auf der Couch gemütlich gemacht. Olivia durchstöberte die Schubladen der hässlichen Schrankwand, die sie am liebsten in den Sperrmüll geworfen hätte. Die Diskussion darüber hatte sie schon lange aufgegeben. Nach einigem Suchen fand sie die Diagnose- und Laborberichte vom Hausarzt. Sie setzte ihre Brille auf und versuchte, darin zu lesen. Aber die Wörter und Zahlen verschwammen vor ihren Augen. Sie faltete die vier Seiten zusammen und steckte sie in ihre Handtasche. Morgen würde sie sich alles in Ruhe ansehen. Heute wollte sie den Abend ausklingen lassen und früh zu Bett gehen.

Olivia wachte auf, als sich Hans neben sie legte, aber sie ließ sich nichts anmerken. Er schlief sofort ein und schnarchte wie ein ganzes Sägewerk. Jetzt, da sie wusste, dass seine Zeit bald abgelaufen war, ertrug sie es besser. Sie hatte schon oft überlegt, ob sie ihn auf seine Affäre ansprechen sollte, war aber immer zu dem Schluss gekommen, dass ihr Wissen eines Tages von Nutzen sein konnte. Vielleicht bot sich bald eine Gelegenheit, Rache zu nehmen. War es wirklich Rache, die sie anstrebte, oder wollte sie ihn zurückgewinnen? Es war eindeutig Rache! Da brauchte sie sich nichts vorzumachen. Auch deshalb kam keine Scheidung infrage. Was hätte sie davon, wenn er mit seiner Geliebten lustig weiterleben würde? Für das, was er ihr antat, musste er bestraft werden. Fast bedauerte sie ihn ein wenig. In der Nacht dachte sie lange über ihren Plan nach. Sie hatte eine Idee, die genial und todsicher war.

Erst als die Morgendämmerung einsetzte, schlief sie ein und träumte. Das Schnarchen ihres Mannes verwandelte sich in den Lärm einer *Boeing 747* auf dem Weg nach Mallorca. Sekunden später lag sie am Strand. Jemand cremte ihr den Rücken ein. Als sie sich umdrehte, blinzelte sie gegen die Sonne. Sie konnte den Mann nicht erkennen. Aber es war eindeutig nicht Hans.

3

Johanna Detlefsen lag auf dem Rücken und starrte an die Zimmerdecke. Die Leuchtreklame der gegenüberliegenden Bäckerei warf rote Muster auf den cremeweißen Putz. Mit etwas Fantasie konnte sie Figuren erkennen. Einen Pferdekopf und ein Seeungeheuer. Je länger sie die Gebilde beobachtete, desto mehr gewann sie den Eindruck, dass sie sich bewegten. Und sobald ein Auto auf der Straße vorbeifuhr, zerflossen sie und bildeten sich erneut.

In den letzten Monaten hatte sie oft stundenlang so dagelegen und nachgedacht beziehungsweise gegrübelt. Über ihn, ihren Mann, der neben ihr lag, in Seitenlage, mit dem Hintern zu ihr.

Rüdiger hatte früher beim Finanzamt in Husum gearbeitet. Er hatte zwar kein üppiges Gehalt nach Hause gebracht, aber es hatte gerade so gereicht. Als dann die Schwiegermutter starb und ihrem einzigen Sohn ein ansehnliches Erbe hinterließ, schienen goldene Zeiten anzubrechen. Doch der Unfall wenig später hatte die Hoffnung zerstört. Rüdiger war über einen Aktenordner gestolpert, hatte sich einen Zahn ausgeschlagen und einen Halswirbel gebrochen. Seitdem war er Frührentner. Eine Zeitlang hatte er im Keller Streichholzschiffe gebaut. Dann war er auf Buddelschiffe umgestiegen. Zuletzt hatte er die Lust an seinem Hobby verloren. Von einem Tag auf den anderen. Irgendetwas musste vorgefallen sein. Sie hatte ihn darauf angesprochen, aber immer nur ausweichende Antworten erhalten. Die Exponate standen nun als Staubfänger überall in der Wohnung herum, und er hockte vor dem Fernseher oder sah ihr bei der Hausarbeit zu. Das ererbte Kapital hielt er geizig zusammen. »Für einen zukünftigen Notfall«, behauptete er. Doch der Notfall war bereits eingetreten, wenn auch nicht in finanzieller Hinsicht. Seine ständige Anwesenheit im Haus zerrte beträchtlich an ihren Nerven.

Besonders unerträglich war, dass er sich gehen ließ. Manchmal lief er den ganzen Tag in Unterhemd und Jogginghose herum, unrasiert und ungeduscht. Und wenn er seine Fußnägel im Wohnzimmer vor dem Fernseher schnitt, bekam sie regelmäßig die Krise.

Fett war er geworden. Zugegebenermaßen hatte auch sie in den letzten 13 Jahren etwas zugelegt, und ihr braunes Haar war an einigen Stellen leicht ergraut. Dieses Problem hatte Rüdiger nicht mehr. Jedenfalls fand sie, dass ihre Substanz noch ganz in Ordnung war. Ein paar Kilo runter, eine Tönung und etwas Kosmetik würden sie wieder marktfähig machen. Sie musste schmunzeln bei dem Gedanken. Allein die Aussicht, noch einmal ganz von vorne anzufangen, ob in der Liebe oder im Beruf, verlieh ihr Auftrieb.

Schon lange suchte sie eine Anstellung in der Werbebranche. Die Firma, in der sie bis vor ein paar Jahren gearbeitet hatte, war in die Insolvenz gegangen. Es gab Gerüchte über Unregelmäßigkeiten und ein anhängiges Strafverfahren gegen den Geschäftsführer. Worum es genau ging, wusste sie nicht. Wie so oft in solchen Fällen waren die Angestellten die Leidtragenden. Neben ihr traf das Schicksal einen Kollegen und zwei Kolleginnen. Sie war die älteste von ihnen. Soweit sie wusste, hatten alle außer ihr einen neuen Job gefunden. Zahlreiche Bewerbungen hatte sie geschrieben, doch nur Absagen erhalten. Jetzt fristete sie ein trübes Leben mit einem Miesepeter, einem Ex-Finanzbeamten, einem Stubenhocker und Langweiler. Vom Leben, das da draußen pulsierte, bekam sie nichts mit. Warum hatte sie sich keinen eigenen Freiraum geschaffen? Warum hatte sie das Spiel mitgemacht? Eine plausible Antwort konnte sie sich darauf nicht geben. Sie hätte alleine ins Theater gehen können oder mit einer Freundin ins Kino oder sogar zum Tanzen. Nichts davon hatte sie getan. Vielleicht konnte sie manches nachholen. Es war nie zu spät, aber einfacher wäre es ohne ihn. Und der Nachlass seiner Mutter würde dabei helfen. Im Grunde war er ihr das Geld für die Entbehrungen schuldig, die sie die ganzen Jahre hatte ertragen müssen. Sie hatte sich um den Haushalt und die Erziehung ihrer Tochter Lisa gekümmert, als diese noch klein war. Auch später, nach ihrer Kündigung, hatte sie all die täglichen Dinge erledigt. Während seines Krankenhausaufenthalts und danach sowieso. Sie hatte sich ein Anrecht auf das Erbe erworben. Bei einer Scheidung würde sie leer ausgehen.

Sie wohnte mit ihrem Mann in einer Doppelhaushälfte an der Berliner Straße. Die Backsteinhäuser der Siedlung, die früher Kampsiedlung hieß, waren vor dem Zweiten Weltkrieg gebaut worden und boten wenig Komfort. Die Gärten waren lang und schmal. Auf den 1000 Quadratmetern erntete Johanna Gemüse, Obst und Kräuter. Das war sehr arbeitsintensiv, aber sie tat damit etwas für die Umwelt und für sich. In den Stunden, die sie dort verbrachte, fühlte sie sich frei. Kein Miesepeter, der ihr reinredete, und manchmal vertrieb auch ein Schnack mit der alten Nachbarin, die die 80 bereits überschritten hatte, ihre depressiven Gedanken.

Aber die Gartenarbeit half nur kurzfristig, und auf eine feste Anstellung in ihrem Fach konnte sie nicht mehr hoffen. So war über die letzten Monate eine Idee für eine selbstständige Tätigkeit herangereift. Ein wenig verrückt war das, was sie vorhatte. Aber je mehr sie überlegte und plante, desto mehr erfasste sie das Fieber, und desto geringer wurden ihre Bedenken. Ihr Mann wusste nichts von ihrem Vorhaben. Er hätte sie nur ausgelacht und ihr jegliche Illusion geraubt. Sie musste das alleine durchziehen, ohne ihn. Sein geerbtes Kapital wäre eine gute Starthilfe für das Unternehmen. Aber noch lag alles in weiter Ferne.

Johanna hatte keine Freundin, mit der sie reden konnte. Jetzt hatte sie Gleichgesinnte gefunden, Frauen, die ebenfalls unlösbare Probleme mit ihren Männern hatten. Sie freute sich auf das bevorstehende Treffen.

4

Dörte Müller wohnte mit ihrem Mann im Husumer Stadtteil Rödemis in einem alten frei stehenden Gebäude mit Garten, nicht weit vom Bahnhof und der Bahnlinie entfernt, die nach Hamburg beziehungsweise Sylt führte. Husums Zentrum lag jenseits der Strecke, und man musste durch eine Unterführung, um in die Innenstadt zu gelangen. Das Haus hatten sie vor zehn Jahren zu einem günstigen Preis erworben, und bis auf einen überschaubaren Restbetrag war es bereits abbezahlt. Viele Renovierungsarbeiten hatten sie in Eigenregie durchgeführt, um sich die Immobilie leisten zu können.

Dörte betrachtete sich im Spiegel. »Falten sind die Spuren des Glücks«, hatte Konfuzius angeblich einmal gesagt. Das klang gut, schenkte aber nur wenig Trost. Es wurde immer schwieriger, diese miesen kleinen Fältchen am Mund und unter den Augen wegzuretuschieren, und der Zeitpunkt rückte näher, an dem sich die Mühe nicht mehr lohnte. Aber noch war es nicht so weit. Nachdem sie Uwe kennengelernt hatte, war ihr Selbstwertgefühl wieder gestiegen. Er machte ihr Komplimente und verwöhnte sie. Ihr Mann Edward kam nicht einmal am Hochzeitstag auf die Idee, ihr etwas Nettes zu sagen oder gar Blumen zu schenken. Er war schon immer ein Egoist gewesen. Früher, ganz früher, war ihr das nicht so aufgefallen, weil sie wie selbstverständlich auf seine Wünsche eingegangen war. Aus Bescheidenheit, vielleicht auch aus Liebe. Sie konnte sich nicht erinnern.

Sie kämmte ihr goldblondes Haar und trug etwas Rouge sowie Lippenstift auf. Das musste reichen. Sie hatte überlegt, ob sie Uwe anrufen sollte. Aber vermutlich konnte er sich nicht zu Hause loseisen. Sie hatten einen festen Tag in der Woche für ihre heimlichen Treffen. Dabei wäre die Gelegenheit heute günstig gewesen, denn ihr Mann wollte sich mit einem Kunden treffen.

Edward hatte sich auf die Erstellung von Internetseiten für Firmen spezialisiert. Meistens besuchte er seine Auftraggeber zu normalen Geschäftszeiten. Doch in den letzten Monaten kam es immer öfter vor, dass er seine Termine abends wahrnahm. So auch an diesem Tag. Hatte auch er ein Geheimnis? Eine Geliebte vielleicht? Niemals! Edward doch nicht! Erst gestern hatte er einen Tobsuchtsanfall bekommen, weil sie mit einem Ex-Freund telefoniert hatte. Wenn er selbst eine Affäre hatte, war er wohl kaum eifersüchtig. Aber sicher war sie sich doch nicht so ganz. Sein Verhalten war oft völlig irrational.

Vor zwei Jahren hatte sie seine Eifersucht nicht mehr ausgehalten und sich von ihm getrennt. Sie hatte sich eine eigene Wohnung genommen. Im Grunde war damit alles noch viel schlimmer geworden. Er hatte ständig vor dem Haus gestanden, war ihr auf Schritt und Tritt gefolgt, hatte sie zu jeder Tages- und Nachtzeit angerufen, Liebesschwüre abgelegt und sie gleich darauf beschimpft. Irgendwann hatte sie in eine Paartherapie eingewilligt. Sie waren wieder zusammengezogen, und eine Zeit lang schien er sich im Griff zu haben. Aber dann hatte alles von vorne begonnen, und sie war überzeugt, dass er sie auch bei einer nochmaligen Trennung nicht in Ruhe lassen würde.

Im Bett lief nichts mehr. Vielleicht ertrug sie ihren Mann nur deshalb noch. Die Ehe war zu einer Zweckgemeinschaft geworden. Dafür gab Uwe ihr das, was sie bei Edward nicht mehr fand.

Sie entschloss sich, ihrem Mann an diesem Abend zu seinem angeblichen Geschäftstreffen zu folgen. Aus reinem Interesse. Vielleicht konnte sie im Fall des Falles auch etwas, das sie herausfand, gegen ihn verwenden. Das Problem war, dass Edward mit dem Auto fuhr. Ihr blieb nur übrig, das Fahrrad zu nehmen. Einen Zweitwagen hatten sie nicht. Solange er sich innerhalb des Stadtgebiets fortbewegte, konnte sie mit ihm mithalten. Ampeln und ein Geflecht aus Kreuzungen und Einbahnstraßen bremsten den Autoverkehr in Husum ständig aus.

Noch auf der Beselerstraße, vor der Bahnunterführung, verlor sie seinen Wagen aus den Augen. Als sie die nächste Kreuzung erreichte, musste sie sich spontan entscheiden, welche Richtung sie nehmen sollte. Sie entschied sich, auf die Gaswerkstraße abzubiegen. Von Weitem sah sie, dass die beiden Klappbrücken für den Auto- und den Schienenverkehr, die Außen- und Binnenhafen voneinander trennten, hochgezogen wurden. Sie glaubte nicht, dass er sie bereits passiert hatte. Als sie auf der Höhe des Parkhauses war, entdeckte sie den roten Golf in der Zufahrt. Dörte stieg von ihrem Fahrrad und beobachtete ihren Mann aus der Ferne. Nachdem er die Schranke passiert und das Auto abgestellt hatte, ging er zu Fuß weiter. Dörte schob das Fahrrad noch ein Stück und stellte es schließlich in der Nähe der Wohnhäuser ab. Sie ließ ihren Mann nicht aus den Augen. Er überquerte die Fußgängerbrücke und bewegte sich mit schnellen Schritten auf den Hafengang zu, der Richtung Altstadt führte. Sie folgte ihm in sicherem Abstand in die schmale Gasse, die zur Wasserreihe führte. Wollte er etwa zum Theodor-Storm-Haus? In dem Gebäude hatte der große Dichter nach dem Tod seiner ersten Frau und erneuter Heirat mit seinen sieben Kindern gewohnt. Jetzt befand sich in den Räumen eine Ausstellung zu Leben und Werk des berühmten Husumers. Die Novellen *Pole Poppenspäler, Aquis submersus* und *Viola tricolor* waren dort entstanden. Das Museum war bei Touristen sehr beliebt. Hatte auch Edward urplötzlich sein Interesse an Geschichte und Literatur entdeckt? Das erschien ihr nicht besonders wahrscheinlich. Auch dass er an diesem Ort ein Date mit seiner Geliebten hatte, konnte Dörte sich nicht vorstellen. Das Geheimnis würde sich in wenigen Minuten auflösen. Sie musste ihm lediglich weiter auf den Fersen bleiben.

Dörte erschrak, als ein Rauhaardackel sie ankläffte. Das Bellen ging in ein gefährliches Knurren über. Ein alter Mann versuchte, das Tier mit Hilfe der Leine auf Abstand zu halten, konnte aber nicht verhindern, dass der Hund zubiss. Zum Glück erwischte dieser nur das Hosenbein der Jeans. Mit einem leichten Tritt gelang es Dörte, den Angreifer abzuschütteln. Das Tier jaulte auf, als es getroffen wurde, obwohl es sicher nicht ernsthaft verletzt worden war.

»Armer Bruno«, sagte der Alte und warf ihr einen giftigen Blick zu. Dörte wollte ihm eine passende Antwort geben, aber ihre ganze Aufmerksamkeit galt ihrem Mann, den sie durch den Zwischenfall aus den Augen verloren hatte. Sie ließ Hund und Herrchen stehen und eilte Richtung Wasserreihe. Sie lief ein Stück die Straße entlang. Keine Spur von Edward. Das Museum hatte bereits geschlossen. Dort konnte er also nicht sein. War er in einem der Häuser verschwunden?

»Verdammter Köter!«, schimpfte Dörte. Kurz überlegte sie, ob sie auf seine Rückkehr warten sollte, entschloss sich aber, sich ein Krabbenbrötchen beim *Fischhaus Loof* zu genehmigen und den Heimweg anzutreten.

5

Von der Asmussenstraße, in der Olivia wohnte, bis zu *Jacquelines Café* benötigte sie keine fünf Minuten. Ihr Weg führte am Kunstwerk *Rollende Fässer* vorbei, das daran erinnerte, dass im Schlossgang einst der Sitz der *Husumer Brauerei* gewesen war. Angeblich hatte es im 18. Jahrhundert in der Stadt sogar über 70 Brauereien gegeben. Sie hatte Mühe, sich das vorzustellen.

Olivia betrat das Café und steuerte schnurstracks auf ihre Mitstreiterinnen zu, die sich an einem Ecktisch niedergelassen hatten. Dörte mit ihren blonden schulterlangen Haaren und ihrer schlanken Figur erkannte sie sofort. Sie hätte gut in das Beuteschema ihres Mannes gepasst, vermutlich in das vieler Männer. Bei Johanna musste Olivia genauer hinsehen. Ihr Profilbild auf WhatsApp musste mindestens zehn Jahre alt sein. Aber vielleicht hatte sie es auch mit einem Bildbearbeitungsprogramm frisiert. Sie war fülliger und kleiner als Dörte, hatte braunes Haar und eine leicht gebogene Nase, die ihr ein energisches Aussehen verlieh. Beide waren leger gekleidet, mit Jeans und Pullover.

»Bin ich hier richtig bei den *50 Ways*?«, fragte Olivia.

»Goldrichtig«, antwortete Johanna. »Willkommen.«

Der Gastraum mit den rot gestrichenen Wänden, den zahlreichen Landschaftsbildern und den stilvollen Möbeln strahlte Geborgenheit und Behaglichkeit aus. Olivia ging zur Garderobe und hängte ihren Mantel auf. Dann setzte sie sich auf einen freien Platz und bestellte bei der Bedienung einen Cappuccino und ein Stück Eierlikörtorte. Aus den Krümeln auf den Tellern schloss sie, dass die anderen ihren Kuchen bereits gegessen hatten.

»Draußen ist es auch ganz schön«, sagte sie. »War da kein Tisch frei?«

»Hier sind wir ungestörter«, antwortete Dörte. »Zu viele Ohren. Es muss ja nicht jeder mitkriegen, was wir zu besprechen haben.«

»Klar, verstehe.«

Als Olivia ihren Cappuccino und das Tortenstück erhalten hatte, begann Johanna: »Alles, was wir hier besprechen, bleibt unter uns. Das versteht sich von selbst, oder?« Sie sah in die Runde. Alle nickten. »Trotzdem sollten wir das besiegeln. Gebt mir eure Hände.«

Nach kurzem Zögern fassten sich alle an den Händen und bildeten eine Kette.

»Wir geloben, Stillschweigen zu wahren über alles, was wir einander mitteilen«, sagte Johanna mit geheimnisvoller Stimme und ernstem Gesicht.

»Wir geloben«, wiederholten alle im Chor.

Ein kühler Hauch wehte durch das Lokal, und die Kerze auf dem Tisch flackerte. Für einen Moment fühlte sich Olivia an eine spiritistische Sitzung erinnert, und sie wäre nicht überrascht gewesen, wenn der Tisch vom Boden abgehoben hätte.

Als eine aus der Runde anfing zu lachen, stimmten die anderen ein, und die Atmosphäre entspannte sich.

»Gut. Einiges wissen wir voneinander ja schon aus unseren Chats«, sagte Johanna. »Trotzdem würde ich es begrüßen, wenn jede noch mal ihre Probleme zusammenfasste. Sozusagen als Bekenntnis und Vertrauensbeweis. Es reichen ein paar Sätze.«

»So nach Art der *Anonymen Alkoholiker*?«, scherzte Olivia.

»Ja, so ungefähr. Dörte, wie ist es bei dir?«

»Okay. Dann fang ich mal an. Ich bin Dörte Müller. 42. Hab schon mit 20 geheiratet. Keine Kinder. Mein Mann ist krankhaft eifersüchtig. Er kontrolliert und verfolgt mich auf Schritt und Tritt. Es ist die Hölle. Ich will, dass er aus meinem Leben verschwindet.«

»Und? Hat er Grund zur Eifersucht?«, fragte Olivia.

»Nein. Er kann unmöglich wissen, dass ...« Dörte stockte. Etwas verlegen blickte sie in die Runde. »Nein, hat er nicht.«

»Du bist dran.« Johanna wandte sich an Olivia, deren Blick immer noch auf Dörte ruhte, als erwartete sie weitere Erklärungen von ihr.

»Mein Name ist Olivia Petersen. Ich bin 52 und seit 26 Jahren verheiratet. Ich hab einen erwachsenen Sohn. Mein Mann geht fremd. Ich hasse ihn und möchte ihn loswerden. Für immer.«

»Okay. Dann bin ich an der Reihe. Mein Name ist Johanna Detlefsen. Ich bin 54 und seit 29 Jahren verheiratet. Meine Tochter lebt in den USA. Mein Mann ist ein phlegmatischer Frührentner, der Buddelschiffe baut und alle Fernsehserien guckt. Ich bekenne mich dazu, dass ich ihn loswerden will.«

Für eine Weile schwiegen alle. Erst als die Bedienung an den Tisch trat, kam wieder Bewegung in die Runde. Teller und Tassen klapperten, und neue Bestellungen wurden aufgegeben.

»Und wie stellt ihr euch das vor?«, fragte Johanna. »Ich meine, habt ihr eine Strategie?«

Olivia ergriff das Wort. »Eine Scheidung kommt offenbar für uns aus verschiedenen Gründen nicht infrage, sonst hätten wir uns hier nicht versammelt. Vielleicht gibt es keine 50 Möglichkeiten, unsere Männer loszuwerden. Aber es gibt einige.«

»Ich könnte meinen von einer Klippe stoßen.« Dörte deutete ihren Vorschlag mit beiden Händen an.

»Wo kriegst du hier in Nordfriesland eine Klippe her? Der Schobüller Berg ist wohl kaum geeignet.«

»Aber eine Schiffstour nach Helgoland, dann zusammen auf den Pinneberg, die wunderschöne Aussicht genießen, ein paar nette Abschiedsworte und – schwupp – wäre das Problem gelöst.«

»Ich bin für Rattengift«, sagte Johanna. »Das ist eine saubere Sache. Kurz und schmerzlos – na ja, jedenfalls kurz.«

Olivia schüttelte den Kopf. »Beides Unsinn. Guckt ihr denn keine Krimis? Die Polizei ist nicht dumm, und mit den modernen Methoden, die sie zur Verfügung hat, klicken die Handschellen schneller, als ihr euch umdrehen könnt.« Zur Veranschaulichung kreuzte sie ihre Hände. »Ich möchte nicht in einer Zelle landen. Auf vier Quadratmetern, mit vergitterten Fenstern und einer Pritsche, auf der man jede Bandscheibe spürt.«

»Unsinn. Die heutigen Gefängnisse sind ganz komfortabel. Die sind nicht mehr wie früher.«

»Das ist ja beruhigend. Nee, für mich kommt das nicht infrage. Ich will nicht von meinem derzeitigen Gefängnis in ein anderes wechseln.«

»Hast du bessere Ideen?«

»Im günstigsten Fall attestiert der Arzt eine natürliche Todesursache. Dann gibt es keine Polizei und keine Ermittlungen. Ich denke, Rattengift scheidet da schon mal aus. Ein Unfall wäre okay, wobei der Sturz von einem Felsen ganz sicher ebenfalls Nachforschungen mit sich brächte.«

»War ja auch nicht ernst gemeint«, erwiderte Dörte.

»Ich weiß.«

»Voodoo«, warf Johanna ein, »schwarze Magie. Ihr kennt doch alle den Trick mit der Puppe und der Nähnadel. Ich hab mich vor einiger Zeit mal damit beschäftigt. Man schreibt den Namen der Person auf die Puppe oder näht etwas von dem Opfer in sie hinein. Haare zum Beispiel. Dann führt man die Beschwörung durch. Es gibt spezielle Berater für die Auswahl der Bannsprüche, die man dafür benutzen kann. Die Nadel sticht man anschließend in die gewünschten Körperteile. Alternativ kann man auch Gliedmaßen mit der Schere abschneiden.«

»Das ist ja grausam«, sagte Dörte entsetzt.

»Ihr glaubt doch wohl nicht an den Schwachsinn, oder?« Olivia konnte kaum fassen, was Johanna von sich gab.

»Das ist kein Schwachsinn«, protestierte Johanna.

»Hast du es schon mal ausprobiert?«

»Nein, bisher nicht.«

»Hab ich mir gedacht.« Olivia öffnete ihre Handtasche, die sie über die Stuhllehne gehängt hatte, und zog mehrere Seiten Papier heraus. »Ich erkläre euch mal meine Methode. Wisst ihr, was ich hier habe?« Sie legte die zusammengefalteten Blätter vor sich auf den Tisch. »Das sind die Arztberichte meines Mannes. Übergewicht, Bluthochdruck, Diabetes Typ zwei, zu hohes LDL-Cholesterin und so weiter. Da lässt sich was draus machen, hab ich mir überlegt.«

»Wie meinst du das?« Dörte runzelte die Stirn.

»Wusstet ihr, dass in Deutschland jeder Fünfte allein aufgrund falscher Ernährung den Herz-Kreislauf-Tod stirbt? Und zwar wegen zu viel Zucker, Salz oder schlechter Fette. Das hat das Fernsehen in der Sendung *Visite* vor einiger Zeit gebracht.«

»Interessant.«

»Und wusstet ihr, dass weltweit mehr Menschen an Übergewicht sterben als an Unterernährung?«

»Nein. Aber ich verstehe immer noch nicht, worauf du hinauswillst.«

»Man könnte das Ernährungsproblem sozusagen optimieren. Männer achten besonders wenig auf ihre Gesundheit. Aus meiner endlos zurückliegenden Ausbildung zur Krankenschwester weiß ich, wovon ich rede. Wenn man etwas nachhilft, befördern sie sich mit ihrer Lebensweise selbst ins Jenseits. Serviert ihnen gepökeltes Fleisch und süße Desserts mit einem extra Löffel Zucker. Zum Frühstück Toastbrot mit Glyphosat und Acrylamid, wenn es schön kross getoastet ist. Dazu nach Möglichkeit ein dioxinverseuchtes Ei. Abends eine Tüte gesalzene Kartoffelchips zum Fernsehprogramm sowie eine oder zwei Flaschen Bier. Eurer Fantasie sind kaum Grenzen gesetzt. Er wird begeistert sein, glaubt es mir. Er wird sogar dankbar sein, dass ihr ihn derart verwöhnt.«

Dörte kicherte. »Ich hätte noch Bitterschokolade mit Cadmium und verschimmeltes Brot mit Aflatoxinen im Angebot!«

»Karottensaft mit Benzol!«, ergänzte Johanna. »Ich könnte ihn auch überreden, das Rauchen wieder anzufangen.«

Olivia nickte. »Einen Nachteil hat die Methode allerdings. Sie ist vermutlich etwas langwierig. Aber dafür ist sie nicht justiziabel. Niemand kann uns dafür vor Gericht bringen. Es ist der perfekte Mord – weil es eben juristisch keiner ist. Ich bin überzeugt, dass die Vorgehensweise auch bei euren Männern anwendbar ist. Ihr müsst nur die Schwachstellen eurer Angetrauten kennen. Personalisierte Therapie wird so etwas genannt. Wobei das Wort ›Therapie‹ in diesem Fall natürlich nicht so richtig zutrifft.«

»Das ist genial«, sagte Dörte. Dann machte sie eine wegwerfende Handbewegung. »Aber so lange kann ich nicht warten. Das Leben mit meinem eifersüchtigen Gatten ist die Hölle.«

»Du hast es gut. Deiner scheint dich wenigstens zu lieben«, sagte Olivia.

»Wenn das Liebe ist … Er will mich besitzen. Ich kann nicht mal alleine aufs Klo gehen, ohne dass er argwöhnisch wird.«

»Meiner ist nicht eifersüchtig. Aber er geht seit mindestens einem Jahr fremd.« Olivia seufzte.

»Kennst du sie?«

»Nein. Sie scheint gebunden zu sein. Jedenfalls treffen sie sich nur einmal die Woche. Immer zu einer bestimmten Zeit. Vielleicht geht es ihnen nur um Sex.«

»Was heißt denn ›nur‹?«, wollte Dörte wissen.

Olivia antwortete nicht.

Johanna rührte mit dem Löffel in ihrer leeren Tasse herum. »Und du glaubst wirklich, dass diese ›personalisierte Therapie‹ – der Name gefällt mir – tatsächlich zum Ziel führt?«

»Ja. Davon bin ich überzeugt. In meinem Fall hätte sie

noch einen Vorteil. Ein kränkelnder Liebhaber, der dazu noch aus dem Leim geht, wäre sicher weniger attraktiv für eine Tussi, die – die Sex will.«

»Eigentlich soll dir das doch egal sein, da du ihn ja sowieso loswerden willst«, sagte Johanna.

»Nee. Bis zu seinem Exitus dauert es, und er soll sich vorher nicht noch lange amüsieren.«

»Das klingt nach Rache.«

»Es *ist* Rache. Dreckskerl!«

Dörte schüttelte den Kopf. »Du machst einen Denkfehler, Olivia. Wenn Männer eine neue Flamme haben, achten sie mehr auf sich. Sie fangen an, Sport zu treiben, gehen in die Muckibude und ernähren sich vegan. Dein Plan wird nicht aufgehen.«

»Pah. Da kennst du meinen Mann nicht. Essen ging bei ihm immer schon vor Sex. Allerdings könnte sich das natürlich inzwischen verändert haben, ohne dass ich es weiß.«

»Eben.«

»Außerdem …« Olivia stockte.

»Ja?«

»Außerdem will ich verhindern, dass er das – sagen wir, das Sorgerecht erhält. Auch deshalb kommt eine Scheidung nicht infrage.«

»Sorgerecht? Ich denke, dein Sohn ist erwachsen.«

»Für meine Katze Luna natürlich. Er hat sie von seiner Mutter nach ihrem Tod übernommen. Allein aus Bosheit würde er sie mitnehmen.«

Dörte grinste. »Ach so. Ja, an so einem Tier hängt man.«

»Bei meinem könnte das mit der Ernährungsumstellung auch klappen«, sagte Johanna. »Bequemlichkeit und

Essen stehen bei ihm an erster Stelle. Weit, weit vor – ach, lassen wir das jetzt.«

»Für mich kommt die Methode definitiv nicht infrage«, sagte Dörte. »Seine Eifersucht ertrage ich wirklich nicht mehr lange. Außerdem ist unsere Ehe komplett zerrüttet. Er belügt mich und hat Geheimnisse vor mir.«

»Welche?«, wollte Olivia wissen.

»Angeblich hat er neuerdings abends irgendwelche Geschäftstermine. Neulich bin ich ihm gefolgt. Leider hab ich ihn in der Wasserreihe verloren. Es ist ziemlich unwahrscheinlich, dass er dort beruflich zu tun hatte.«

Olivia lachte. »Vielleicht war er bei einer …«

»Was?«

»Ach nichts.«

»Sag schon.«

»Nein. Sorry. Mein Gedanke war absurd und tut nichts zur Sache. Also, wir haben das Ziel, unsere Männer loszuwerden. Sehe ich das richtig?«

Alle nickten.

»Vor einiger Zeit hab ich in der Zeitung gelesen, dass eine Floristin versucht hat, ihren Mann mit den Samenkapseln eines Zerberusbaums zu vergiften, weil sie die Scheidungskosten sparen wollte.«

»Wie ist es ausgegangen?«, fragte Olivia.

»Er hat überlebt, und der Anschlag ist aufgeflogen. Sie hat drei Jahre gekriegt.«

»Eben. So funktioniert das nicht. Viel zu riskant. Wer so etwas versucht, ist einfach nur dumm.«

»Du hast ja recht, und deine ›personalisierte Therapie‹ ist wirklich genial. Aber hast du nicht doch etwas, das schneller wirkt, Olivia?«

»Na ja, es gibt da noch eine Turbovariante.«

»Echt? Erzähl!«

»Ja, erzähl. Das interessiert mich auch. Je schneller, desto besser«, stimmte Johanna ein.

»Sie ist quasi so am Rande der Legalität. Vielleicht sogar etwas jenseits davon. Aber doch todsicher. Jedenfalls todsicher in dem Sinne, dass man dafür kaum zur Verantwortung gezogen werden kann.«

»Ein leckeres Gericht aus Fliegenpilzen? Ein falsch zubereiteter Kugelfisch? Mach es nicht so spannend.«

Die beiden Frauen sahen Olivia erwartungsvoll an.

»Also, die Turbovariante geht so …«

6

Hauptkommissar Jürgen Hirschberger, 51, klein und übergewichtig, mit schwarzem gegeltem Haar, blätterte zum 100. Mal in der Akte »Tötungsdelikt *Nordseehotel*«. Die Husumer Polizei war nur anfangs mit eingebunden gewesen. Der Fall fiel in die Zuständigkeit der Flensburger Mordkommission. Aber die Kollegen dort tappten immer noch im Dunkeln. Es wäre eine Genugtuung für ihn, wenn er dem K1 zeigen könnte, wo der Hammer hängt. Insbesondere den arroganten Leiter des Kommissariats hätte er gerne vorgeführt, indem er, HK Hirschberger von der Kripo Husum, den Fall ganz alleine löste. Dann wäre auch endlich eine Beförderung fällig, auf die er schon viel zu lange wartete.

Bei dem Brand im Winter 2018 war niemand zu Schaden gekommen. Das Feuer war nachts ausgebrochen. Zu der Zeit hatten sich weder Gäste noch Personal im Gebäude befunden. Vieles sprach dafür, dass Brandstiftung vorlag.

Zwar war das Areal rund um das Hotel mit hohen Zäunen abgesichert, jedoch war das Schloss des Eingangsgatters wiederholt aufgebrochen worden. Das verlassene Gebäude mochte Plünderer angezogen haben, die nach Wertgegenständen oder brauchbaren Möbelstücken gesucht hatten.

Und dann war dort das Tötungsdelikt geschehen. Die Obduktion der Leiche hatte ergeben, dass das Opfer mit einer Rohrzange traktiert worden und in ein Loch in der Betondecke gefallen oder gestoßen worden war. Genaues über den Sturz konnte nicht festgestellt werden. Aber man hatte das blutverschmierte Werkzeug gefunden. Ein Gutachter der Versicherung hatte die Leiche bei einer Begehung entdeckt. Er war daraufhin mehrere Monate dienstunfähig gewesen.

Die Identität des Toten hatte man schnell klären können. Es handelte sich um den 47-jährigen Peter Bergmann aus Husum.

Hirschberger studierte jede einzelne Seite der Akte, den Obduktionsbericht, die Tatortfotos und die Zeugenaussagen in der Hoffnung, irgendetwas zu finden, was die Flensburger Kollegen bisher nicht in Betracht gezogen hatten.

Das Büro, das er mit dem Kollegen Erik Kruse teilte, lag an der Südseite des Polizeigebäudes, mit Blick auf die Bahnstrecke, die nach Sylt führte. Den Verkehr auf der Poggenburgstraße und die vorbeifahrenden Züge hörte er trotz der schlechten Schalldämmung der Fenster kaum noch. An diesem Spätnachmittag sowieso nicht. Zu sehr war er in die Akte vertieft. Auf seinem Schreibtisch lag ein Stapel Mappen mit unerledigter Arbeit. Einige Fälle würde er seinem Kollegen rüberschieben, sobald dieser aus dem Urlaub zurückkam. Der Tote vom *Nordseehotel* war wichtiger und interessanter als die Fälle von Kleinkriminalität in der Stadt. Wann kam es schon mal vor, dass hier jemand so spektakulär ermordet wurde?

Peter Bergmann war teilhabender Geschäftsführer einer Immobilienfirma gewesen. Die Hotelruine war gleichzeitig Auffindeort und Tatort. Die Kriminaltechnik hatte DNA-Material und partielle Fingerabdrücke auf der Rohrzange gesichert. Leider gab es keine Übereinstimmung mit Einträgen in den Datenbanken. Dennoch besaß man wichtige Spuren, um einen Verdächtigen überführen zu können. Aber den gab es bisher nicht. Die Vernehmungen im Umfeld des Opfers hatten zu keinen Ergebnissen geführt, die auf eine Beziehungstat hätten schließen lassen.

Was hatten der Täter und Bergmann in der Hotelruine zu suchen? Worum ging es bei dem Treffen? Eine zufällige Begegnung an diesem Ort konnte wohl ausgeschlossen werden. Die Autopsie hatte ergeben, dass Bergmann am Kopf hinter dem linken Ohr getroffen worden war.

Aber tödlich war der Schlag nicht gewesen. Erst der Fall aus fast vier Metern Höhe hatte ihn das Leben gekostet.

Die ausgewerteten Spuren legten einen Streit zwischen zwei Kontrahenten nahe. Allerdings wurde am Tatort nur Bergmanns Blut gefunden. Ob Mord oder Totschlag vorlag, würde letztendlich der Richter entscheiden. Aber dazu musste der Fall erst einmal aufgeklärt werden.

Es war spät geworden, als Hirschberger die Mappe zuklappte, ohne dass er einen neuen Ermittlungsansatz gefunden hatte. Niemand wartete zu Hause auf ihn. Seine Frau hatte ihn nach nicht einmal drei Jahren Ehe verlassen, ohne aber die Scheidung einzureichen. Jetzt wohnte sie bei dem Bauunternehmer aus Schleswig, mit dem sie ihn jahrelang betrogen hatte. Sein kriminalistischer Spürsinn hatte komplett versagt. Erst als sie ihm nach einem Streit die Details ihrer Affäre süffisant unter die Nase gerieben hatte, waren ihm die Indizien nachträglich bewusst geworden. Frauen konnten so falsch und berechnend sein. Und raffiniert dazu. Wenn er etwas aus der Krise gelernt hatte, war es ein gesundes Misstrauen gegenüber der Spezies Frau.

Noch war es hell draußen. Hirschberger beschloss, ein weiteres Mal zum Nordseehotel zu fahren, obwohl er nicht hoffte, nach so langer Zeit neue Hinweise zu finden. Aber manchmal half es, Eindrücke von der Umgebung des Tatorts aufzunehmen, um Denkanstöße zu erhalten. Außerdem war die Dockkoogspitze einen Ausflug wert. Vielleicht würde er sich sogar auf eine Bank setzen und den Sonnenuntergang beobachten.

Eine Viertelstunde später stand er vor dem zerstörten Gebäude, das immer noch mit hohen Zäunen abgesichert war. Niemand konnte sagen, wann es saniert oder abgerissen werden würde. Soweit er wusste, gab es wegen der vermuteten Brandstiftung Auseinandersetzungen mit der Versicherung. Der Zugang war mit einer Kette versperrt. Hinein konnte er deshalb nicht. Ohne eine neuerliche richterliche Genehmigung war da sowieso nichts zu machen.

Die Rechtsmediziner der Kieler Universität hatten sich auf einen Todeszeitpunkt zwischen 15 und 17 Uhr am 26. Januar festgelegt. Nach Rekonstruktion der Ereignisse konnte der Zeitraum auf eine halbe Stunde eingegrenzt werden. Peter Bergmann starb somit zwischen 16.30 und 17 Uhr.

Im Winter suchten zu der Tageszeit nur wenige Spaziergänger die Gegend und den nahegelegenen Strand auf. Allerdings trafen sich nach Feierabend und an Wochenenden auf dem Parkplatz regelmäßig junge Leute mit ihren aufgemotzten Kisten. Aber die Zeugenbefragungen hatten die Polizei nicht weitergebracht. Angeblich hatte niemand etwas gesehen.

Hirschberger stand vor dem Zaun und hing seinen Gedanken nach, als er ein surrendes Geräusch vernahm. Er blickte zum Himmel und sah eine Drohne, die mit einem waghalsigen Manöver über das Gebäude flog. Sie vollführte eine lange Kurve und schoss auf ihn zu. Unwillkürlich zog er den Kopf ein, bevor das Flugobjekt über ihn hinwegfegte. Als er sich umdrehte, grinste ihn ein junger Mann mit Schirmmütze an, der eine Fernsteuerung in Händen hielt. Nach einer weiteren Runde brachte der Pilot seinen Quadrocopter ganz in der Nähe zur Landung.

»Sorry, ich wollte Sie nicht erschrecken«, entschuldigte er sich mit gespielt ernster Miene.

»Haben Sie überhaupt einen Führerschein für das Ding?«, polterte Hirschberger.

»Nee. Brauch ich auch nicht, weil es unter zwei Kilo wiegt.«

»Hm. Hat das Ding eine Kamera?«

»Klar, was denken Sie? Eine richtig gute sogar.« Der junge Mann ging zum Copter und hob ihn auf. Dann kam er zurück. »Sie ist natürlich schwenkbar, mit FPV und Gimbal.« Er drehte das Gerät so, dass Hirschberger die Kamera auf der Unterseite sehen konnte.

»Aha. Interessant. Sehr schön.«

»Hab ich erst seit letzter Woche. Hier ist ein perfekter Ort zum Üben. Jedenfalls, wenn nicht zu viel Wind weht. Und die abgebrannte Hütte ist ein geiles Motiv. Die Videos stelle ich auf YouTube.«

»Seit letzter Woche?«

»Was?«

»Sie haben das Flugzeug erst seit letzter Woche?«

»Ja. Der Copter hat ein Schweinegeld gekostet. Wieso?«

»Ach, nur so.«

Hirschberger ließ seinen Gesprächspartner stehen und ging Richtung Deich. Er öffnete die Holzpforte, die mit einem lauten Knall zurückfiel. Dann stieg er die Steinstufen hinauf zur Deichkrone. Vor ihm lag das Meer, in dem sich die untergehende Sonne spiegelte. Einen Moment verharrte er auf der Stelle, um die Aussicht zu genießen und die salzige Seeluft zu schnuppern. Schon wenige Minuten genügten, um die Atemwege zu befreien.

Schließlich setzte er seinen Weg fort und erreichte die Brücke, die über den Deich und zum dritten Geschoss des *Nordseehotels* führte. Er war nicht überrascht, dass die Tür verschlossen war. Auch konnte er niemanden hinter der Glastür oder den Fenstern entdecken. Insgeheim hatte er gehofft, auf einen Mitarbeiter des Besitzers, einen Gutachter der Versicherung oder einen Vertreter der Stadt zu treffen, obgleich das unwahrscheinlich war.

Hirschberger beendete seinen Ortstermin. Auf der Rückfahrt wurde er das Gefühl nicht los, dass er irgendetwas übersehen hatte. Doch er kam nicht darauf, was es war, so sehr er auch darüber nachdachte. Er musste sich geirrt haben. Wie hätte auch eine Betrachtung der Tatortumgebung nach so langer Zeit zu neuen Einsichten führen können? Trotzdem rumorte etwas in seinem Kopf, das heraus wollte.

7

Als das Café gegen 18 Uhr schloss, verabschiedeten sich die Frauen voneinander. Sie verabredeten, sich jeden ersten Dienstag im Monat zu treffen. Gleiche Zeit, gleicher Ort. Sie wollten in den Zusammenkünften ihre Fortschritte besprechen und Erfahrungen austauschen.

Olivia hatte noch zwei Gläser Wein getrunken und ging nun beschwingt über den Brauereiplatz, den Schlossgang entlang Richtung Asmussenstraße. Das Schloss vor Husum spiegelte sich malerisch im Wassergraben. Das Bild wurde von Buchen umrahmt, deren Blätter stellenweise bereits eine gelbbraune Herbstfärbung angenommen hatten. Als sie die Wohnungstür öffnete, kam ihr Luna entgegen. Die Straßenkatze mit dem schwarzen Fell und den weißen Pfoten strich um Frauchens Beine, nahm anschließend den Weg zur Küche und setzte sich vor den Futternapf. Olivia zeigte sich an diesem Abend spendabel. Sie war auf einem Bauernhof in der Nähe des Dorfes Hattstedt mit mehreren Katzen aufgewachsen. Dort waren sie eher als Nutztiere gehalten worden, um Mäuse und Ratten von den Ställen fernzuhalten. Im Haus hatten ihre Eltern sie nicht geduldet. Trotzdem hatte Olivia ein liebevolles Verhältnis zu ihnen aufgebaut, ihnen Namen gegeben, sie gefüttert und dafür gesorgt, dass sie vom Tierarzt behandelt wurden, wenn sie krank waren.

Die Schäferstündchen ihres Mannes fanden immer freitags statt. Angeblich ging er zum Dartspielen bei einem Flensburger Verein mit anschließendem gemütlichen Beisammensein, das bis spät in die Nacht dauern konnte. Nachdem er den Sport vor Jahren aufgegeben hatte, war er jetzt wieder ganz wild darauf. *Tünkram wor dat.* Doch falls er vor 22 Uhr zurück war, hatte er sie nicht angelogen, denn für seine Affäre nahm er sich wesentlich mehr Zeit.

Olivia griff sich einen Stapel Kochbücher vom Bord und ging damit ins Wohnzimmer. Sie durchforstete die Kochrezepte mit den Hochglanzfotos und bekam Appetit auf Grünkohl mit Pinkel, Matjessalat und Krabbenbrot mit Rührei. Aber sie musste schon ab morgen eine Diät beginnen, und die Gerichte aus den Büchern waren ungeeignet für das, was sie vorhatte. Sie entschloss sich, im Internet zu recherchieren. Dort konnte sie nach ganz bestimmten Kriterien suchen. Deshalb verbrachte sie den Rest des Abends mit ihrem Tablet-PC. Es war hochinteressant, was sie im Internet fand.

Cucurbitacin: Der Bitterstoff kann unter anderem in Zucchini und Gurken enthalten sein. Vorsicht ist geboten, wenn ein bitterer Geschmack festgestellt wird. 2015 starb ein 79-jähriger Mann aus Heidenheim nach dem Verzehr eines Zucchiniauflaufs. Das Gift wurde zwar aus den Kürbisgewächsen herausgezüchtet, kann aber durch Rückmutationen und Rückkreuzungen wieder auftreten. Diese Gefahr ist für Hobbygärtner besonders groß, wenn jeweils Samen aus den Ernten des Vorjahres verwendet werden.

Acrylamid: Beim Backen und Braten entsteht Acrylamid. Auch in Chips, Salzstangen, Pommes frites, Toast- und Knäckebrot ist der krebserregende Stoff enthalten. Bei Temperaturen über 175 Grad bildet sich besonders viel Acrylamid. Extreme Werte treten auf, wenn beim Backen Hirschhornsalz verwendet wird.

Nitrosamine: Ebenfalls krebserregend, enthalten in Bier, Malzkaffee und gepökelten Fleischwaren …

Benzpyren: Gehört zu den am stärksten krebserregenden Stoffen. Es entsteht unter anderem, wenn beim Grillen Fett in die Glut tropft …

Schimmelpilze: Sie hinterlassen Gifte, sogenannte Mykotoxine. Insbesondere Aflatoxine, Ochratoxine und Patulin sind in manchen Lebensmitteln enthalten. Sie schaden der Leber, den Nieren und dem Nervensystem.

Aflatoxine kommen besonders in Pistazien, Erdnüssen, Mandeln und Haselnüssen vor. Ochratoxine in Getreide, Hülsenfrüchten, Bier, Traubensaft …

Bakterien: Lagert man Reis oder Kartoffeln bei Zimmertemperatur, so breiten sich leicht gefährliche Bakterien aus. Erhitzt man die genannten Beilagen in der Mikrowelle, so können die Krankheitserreger überleben …

Schwermetalle: Sie kommen in Innereien wie Leber und Nieren vor. Besonders bei älteren Tieren ist der Gehalt hoch …

Quecksilber, Blei, Arsen, Pestizide, Tierarzneimittel …

Olivia schüttelte sich. Nie hätte sie gedacht, dass Essen so riskant sein konnte. Gut, dass sie sich zu einer Diät entschlossen hatte. Sie legte alle interessanten Webadressen als Favoriten im Browser ab. Dann änderte sie sicherheitshalber das Passwort für den Zugang zu ihrem PC. Es war bereits 1 Uhr in der Nacht, als sie ihre Recherchen beendete. Sie schrieb eine Einkaufsliste für den nächsten Tag und stellte die Bücher zurück aufs Küchenbord. Dabei entdeckte sie ein gebundenes Notizbuch, in das sie einige Rezepte aus Zeitschriften geklebt hatte. Sie riss die benutzten Seiten heraus. Das Buch war ideal, um Ideen und den Fortschritt ihres Vorhabens zu dokumentieren. Auf das erste Blatt schrieb sie: »Personalisierte Therapie für Hänschen«. Er hasste es, wenn sie ihn Hänschen nannte. Früher hatte sie ihn liebevoll damit geneckt, und er hatte gelacht. Jetzt ärgerte er sich darüber, ließ sich das aber selten anmerken.

Nun musste sie noch ein Versteck für das Notizbuch finden. Auf keinen Fall durften die Aufzeichnungen in seine Hände fallen. Hinter der Waschmaschine, die in der Abstellkammer stand, war ein guter Platz. Dorthin würde er ganz sicher keinen Blick werfen. Sie nahm die Bedienungsanleitung aus der Tasche, die an der Rückwand befestigt war, und legte stattdessen das Buch hinein.

Hans war noch nicht zurückgekehrt. Ein sicheres Zeichen dafür, dass das Dartspielen auch diesmal ein Vorwand gewesen war. Egal. Schiet an 'n Boom. Was interessierte das noch? Olivia ging zu Bett und schlief sofort ein.

Sie wusste nicht, wann er heimgekommen war. Als sie am Morgen aufwachte, lag er neben ihr und schlief. Sie meinte an seinem Gesichtsausdruck zu erkennen, dass er glücklich und zufrieden war. Sie ließ ihn schlafen und bereitete nur für sich selbst Frühstück. Kaffee und Toastbrot mit Schinken. Dazu ein gekochtes Ei. Ihre Diät begann erst am Mittag. Sie würde etwas Schmackhaftes für ihren Gatten kochen. Es war Samstag, und er hatte frei. An den Unterrichtstagen kam er meistens am frühen Nachmittag von der Schule, in der er Mathematik und Physik lehrte. Da auch sie bis 13 Uhr an der Kasse des Supermarkts saß, aßen sie oft erst am Abend warm.

Nach dem Frühstück nahm sie ihren Einkaufszettel und fuhr mit ihrem Polo zu verschiedenen Geschäften, wobei sie den Supermarkt, in dem sie montags bis freitags arbeitete, mied. Zu ihrer Strategie gehörte auch die Auswertung aller Presseberichte, die von Warnungen vor Gesundheitsgefahren handelten. So hatte sie in der Tageszeitung gelesen, dass in Tiefkühlgemüse die gefährlichen Bakterien Listeria monocytogenes festgestellt worden waren. Also suchte sie anhand der im Artikel angegebenen Herstellerdaten gezielt nach den genannten Produkten, wurde aber nicht fündig. Man hatte diese offenbar bereits überall aus den Regalen genommen. Auch die

Leberwurst mit den Kunststofffremdkörpern war nicht mehr vorrätig. Somit beschränkte Olivia sich weitgehend auf die üblichen Lebensmittelprodukte.

Trotzdem nahm der Einkauf mehrere Stunden in Anspruch. Auf einigen Verpackungen konnte sie die Zutatenliste auch mit ihrer Brille kaum entziffern. Sie nahm sich vor, das nächste Mal eine Lupe mitzunehmen. Für die gute Sache war ihr kein Aufwand zu hoch.

Mit der Zeit würde sie Routine dafür entwickeln, wo sie besonders belastete und ungesunde Lebensmittel erhielt. Sie packte noch mehrere Tüten Lakritz und salzige Kartoffelchips für seinen Bluthochdruck in den prallgefüllten Einkaufswagen, bevor sie zur Kasse ging.

Als sie zu Hause eintraf, stand er unter der Dusche. Sie nutzte die Zeit, um die Sachen in der Küche zu verstauen. Vielleicht hätte er sich gewundert, weshalb sie solch einen stattlichen Vorrat anlegte. Dass er misstrauisch werden würde, war allerdings eher unwahrscheinlich. Zu abgefahren war ihre Strategie, als dass er Verdacht schöpfen konnte. Aber würde sie auch funktionieren? Ihr kamen die ersten Zweifel.

»Wo warst du?«, fragte er wie beiläufig, als er das Esszimmer betrat. Er setzte sich auf einen Stuhl und nahm die Tageszeitung in die Hand.

»Ich hab ein paar Sachen eingekauft. Der Kühlschrank war fast leer.« Olivia stand an der Arbeitsplatte in der offenen Küche und schnippelte Zwiebeln. Sie hatte sich genau überlegt, was sie an diesem Tag für ihn kochen würde. Sie selbst wollte nur einen Milchshake zu sich nehmen.

»Willst du noch frühstücken?«, fragte sie.

»Wann gibt es Mittagessen?«

»In einer Stunde. Fischfilet mit Pommes und Salat. Ich koche nur für dich. Ich bin seit heute auf Diät.«

»Du willst abnehmen?« Er blickte über den Zeitungsrand.

»Ja. Ein paar Kilo.«

»Hm. Gute Idee.«

»Bei Männern ist das nicht so wichtig. Wie sagt man doch gleich? Ein Mann ohne Bauch ist ein Krüppel.« Sie lachte.

»Stimmt. Trotzdem lasse ich heute das Frühstück aus.«

»Es ist gestern spät geworden, nicht wahr? Wie war dein Abend? Wer hat beim Dartspielen gewonnen?«

»Friedrich, wie immer.«

»Ich denke, Friedrich ist letztes Jahr gestorben?«

»Ach ja. Das hatte ich vergessen. Ich meine … Matthias hat gewonnen. Ja, Matthias. Ich war auch nicht schlecht. Aber ich hab zu lange ausgesetzt und muss noch viel üben.« Er räusperte sich und versteckte sich wieder hinter der Zeitung.

Ein paar Minuten später verschwand er in seinem Arbeitszimmer.

Die Panade des Fischfilets enthielt viele Transfettsäuren und erhöhte somit das LDL- und senkte das HDL-Cholesterin, hatte sie gelesen. Es begünstigte Arteriosklerose, Herzinfarkt und Schlaganfall. Schon geringe Mengen verdoppelten das Risiko von Herz-Kreislauf-Erkrankungen, hieß es. »Killerfette« nannte man die Transfette deshalb auch. Dem Fertigsalat aus der Tüte, den Olivia mit etwas Zitrone und Öl-Dressing verfeinerte, hatte *Öko-Test* hohe Werte an Nitraten, Pestiziden und Perchlorat bescheinigt. Solche Testberichte waren Gold wert.

Olivias Mann aß alles mit Appetit, während sie ihm zusah und ihren Milchshake zu sich nahm. Abends zum Fernsehen würde es Kartoffelchips und Lakritz für ihn geben. Sie dagegen musste streng Diät halten. Das würde auf die Dauer nicht einfach werden, aber ihre Motivation war hoch. Und die Pfunde, die sie verlieren würde, kamen ihr ganz gelegen.

Nachdem sie das Geschirr in die Spülmaschine gepackt und ihr Mann sich wieder ins Arbeitszimmer zurückgezogen hatte, holte sie das Notizbuch aus dem Versteck, setzte sich im Wohnzimmer an den Couchtisch und schrieb:

Tag 1. Wie zu erwarten war, isst er alles, was ich ihm vorsetze. Solange es ihm schmeckt, wird das vermutlich so bleiben. Heute hat er sich verplappert. Er denkt allen Ernstes, dass ich ihm die Geschichte mit dem Dartverein abnehme. Was ist Hänschen doch für ein Idiot. Wie konnte ich ihn nur heiraten? Aber hinterher ist man immer schlauer. Hab ich ihn einmal geliebt? Ja, hab ich. Es betrübt mich, wie die Liebe mit den Jahren dahingesiecht ist. Jetzt wird er dahinsiechen. Das Gift wird sich in seinem Körper gnadenlos anreichern. Ich bin gespannt auf seinen nächsten Gesundheitscheck. Anhand der Ergebnisse kann ich seine Ernährung weiter optimieren.

Vielleicht sollte ich mehr Knoblauch verwenden. Er mag Knoblauch und denkt, dass es gesund ist. Aber die chinesischen Knollen werden mit Methylbromid gegen Insekten behandelt. Das Zeug schädigt die Atmungsorgane und das Zentralnervensystem. Außerdem sind sie mit Blei und Sulfit belastet. Und noch ein günstiger Nebeneffekt: Wenn ich ihm genug Knoblauch serviere, kann seine Tussi ihn vielleicht irgendwann nicht mehr riechen.

Olivia schmunzelte und malte ein Smiley hinter ihre letzte Bemerkung. Der Eintrag hatte ihr Spaß bereitet. Zudem hatte das Schreiben etwas Befreiendes. Es vermittelte ihr das Gefühl, dass sie etwas für die Lösung ihrer Probleme tat und nicht einfach nur passiv auf ein besseres Leben wartete.

Sie hielt einen Moment inne. Dann legte sie den Stift auf den Tisch und klappte das Notizbuch zu. Es mochte etwa 100 Seiten haben. Genug für das Protokoll eines Jahres. Sie hoffte, dass sie kein zweites benötigen würde. An die WhatsApp-Gruppe schrieb sie: »Der Anfang ist gemacht.«

8

Oberkommissar Erik Kruse hatte nur widerwillig einige von Hirschbergers Fällen übernommen. Als Gegenleistung musste dieser sich in aller Ausführlichkeit dessen Urlaubserlebnisse anhören. Die Türkeireise sei traumhaft gewesen und günstig wie noch nie. Besonders nervig waren Kruses Ausführungen über das ach so harmonische Familienleben mit Ehefrau und den beiden Kindern, alles untermalt mit zahlreichen Fotos auf dem Smartphone.

Insbesondere die Ermittlungen zu den falschen Polizisten, die vorwiegend alte Leute in Nordfriesland um ihr Erspartes brachten, waren sehr zeitaufwendig, weil viele Geschädigte befragt werden mussten. Kruse übernahm auch diese Arbeit, sodass Hirschberger Zeit für den Fall »Tötungsdelikt *Nordseehotel*« gewann. Die Flensburger Mordkommission hatte er nicht über seine Recherchen informiert, und er beabsichtigte es auch nicht. Falls die Kollegen dort allerdings etwas von seiner Eigenmächtigkeit mitbekamen, würde es gewaltigen Ärger geben.

Hirschberger entschloss sich, die Ehefrau des Toten aufzusuchen. Selbstverständlich war sie bereits von den Flensburgern vernommen worden. Bei der Befragung war er nicht dabei gewesen, hatte aber die Protokolle gelesen.

Klaudia Bergmann wohnte nicht mehr unter der in der Akte angegebenen Adresse, sondern in einem Häuserblock, schräg gegenüber vom Schobüller Freibad. Von außen sah das Gebäude nicht besonders einladend aus. Dafür entschädigte der freie Blick über das Meer bis zur Halbinsel Nordstrand.

Hirschberger hatte seinen Besuch für 16 Uhr angekündigt. Frau Bergmann empfing ihn mit einer Tasse Kaffee und Keksen. Die Dreizimmerwohnung im vierten Stock war modern eingerichtet. Keine exklusiven, aber geschmackvolle Möbel und an den Wänden Bilder mit Motiven norddeutscher Landschaften.

Die Mittvierzigerin trug einen dunklen Rock und ein

weißes T-Shirt. Sie war schlank, hatte kurze hellblonde Haare und war dezent geschminkt.

»Wohnen Sie alleine hier?«, begann er das Gespräch, nachdem er im Wohnzimmer in einem der Sessel Platz genommen hatte.

»Mit meiner jüngsten Tochter. Mein Sohn lebt in Kiel.«

»Sie sind umgezogen?«

»Ja, vor einem halben Jahr. Ich hab die Firma verkauft. Das Haus war zu groß für uns geworden. Und zu teuer. Nach dem Tod meines Mannes liefen die Geschäfte nicht mehr so richtig. Weshalb sind Sie gekommen? Gibt es neue Entwicklungen? Haben Sie den Mörder gefunden?«

Hirschberger schüttelte den Kopf. »Nein. Aber wir ermitteln selbstverständlich weiter.«

»Das wundert mich. Die Polizei hat nichts mehr von sich hören lassen. Was kann ich für Sie tun?«

»Sie haben damals angegeben, dass Sie nicht wüssten, wen Ihr Mann im *Nordseehotel* treffen wollte.«

»Ja. Er hat es mir nicht erzählt.«

»Und Sie wissen gar nichts darüber? Haben Sie keine Vermutung, worum es bei dem Treffen ging?«

Klaudia Bergmann seufzte. »Nein. Aber ich weiß, dass Peter beziehungsweise seine Firma schon damals in Schwierigkeiten steckte. Es ist möglich, dass das Treffen damit zusammenhing. Ich hab einige Telefonate mitbekommen, die darauf schließen lassen. An Genaues kann ich mich nicht erinnern, aber es schien um irgendwelche Probleme mit der Steuer zu gehen. Nach solchen Anrufen war er aufgebracht und nervös.«

»Davon haben Sie in den Anhörungen nichts erwähnt.«

Sie senkte den Blick und schwieg. Dann sah sie ihn an. »Wie Sie sich vorstellen können, brach damals alles über mir zusammen. Der Tod meines Mannes, das Geschäft und die Kinder. Wenn dann noch Probleme mit dem Finanzamt dazugekommen wären, hätte ich das Ganze nicht überstanden. Deshalb hab ich nichts gesagt. Ich wollte keine schlafenden Hunde wecken.«

»Sind die Probleme nicht beim Verkauf der Firma zutage getreten?«

»Nein. Jedenfalls nicht, dass ich wüsste.«

»Aber Sie haben einen Zusammenhang mit dem Treffen Ihres Mannes im *Nordseehotel* gesehen?«

»Es ist nur eine Vermutung, aber solche Sachen werden doch nicht an konspirativen Orten geregelt.«

»Könnte jemand anderes aus dem Unternehmen darüber Bescheid wissen?«

»Das kann ich mir nicht vorstellen. Das heißt, vielleicht diese Christine Kästner.«

»Wer ist Christine Kästner?«

Die Antwort auf die Frage kam zögerlich.

»Sie hat die Buchführung gemacht. Soviel ich weiß, ist sie immer noch in der Firma beschäftigt.«

»Gut. Dann werde ich sie aufsuchen.« Hirschberger stand auf. »Vielen Dank für Ihre Unterstützung. Ich werde den Mörder Ihres Mannes finden. Früher oder später, ganz bestimmt.«

»Für mich ist es nicht mehr so wichtig. Es bringt mir meinen Mann nicht zurück.« Sie stand ebenfalls auf. »Da ist noch etwas, das ich der Polizei nicht erzählt habe. Weil ich es nicht wusste. Beim Umzug ist mir aufgefallen, dass seine Pistole nicht mehr da ist.«

»Er besaß eine Pistole?« Hirschberger ließ sich in den Sessel fallen. Auch Frau Bergmann setzte sich wieder.

»Ja. Er beschaffte sie sich, nachdem bei uns vor langer Zeit eingebrochen worden war. Er hatte einen Waffenschein. Früher hatte er die Pistole im Schlafzimmer aufbewahrt und später irgendwo im Keller versteckt. Ich glaube nicht, dass er sie weggeworfen hat. Jedenfalls haben wir sie beim Umzug nicht mehr gefunden.«

»Sind Sie sich sicher, dass sie nicht unter den Sachen war, die Sie entsorgt haben?«

»Mein Sohn Simon hat den Keller ausgeräumt, und ich hab ihn gefragt. Sie war nicht dort. Er hat ganz gezielt darauf geachtet. Eine weggeworfene Pistole kann ja Unheil anrichten. Das wollten wir unbedingt vermeiden. Hätten wir sie gefunden, hätten wir sie bei der Polizei abgegeben.«

»Wissen Sie, was für eine Waffe es war? Hersteller und Typ?«

»Nein. Davon verstehe ich nichts. Sie war schwarz.«

»Wie sah der Griff aus?«

»Der war ebenfalls schwarz.«

»Okay. Würden Sie mir bitte die Telefonnummer Ihres Sohnes geben? Ich hätte auch an ihn ein paar Fragen. Vielleicht kann er mir etwas über die Pistole sagen.«

»Ja, natürlich.«

Frau Bergmann diktierte die Rufnummer, während Hirschberger sie in sein Smartphone tippte.

»Könnte Ihr Mann die Waffe zu dem Treffen mit dem Unbekannten mitgenommen haben? Haben Sie gesehen, wie er aus dem Haus ging?«

»Er war früher als gewöhnlich von der Arbeit nach Hause gekommen. Wir haben nur ein paar Worte gewechselt. Er habe noch einen Besichtigungstermin, hat er gesagt. Im Nachhinein kommt es mir merkwürdig vor, dass er nicht von der Firma aus dorthin gefahren ist.«

»Könnte er die Pistole aus dem Keller geholt haben, ohne dass Sie es bemerkt hätten?«

»Ja, natürlich. Dann muss er befürchtet haben, dass ihm etwas passieren könnte. Etwas nervös wirkte er, aber nicht ängstlich.«

»Okay, danke. Es war wichtig, dass Sie mir das erzählt haben, Frau Bergmann. Ich werde mich bei Ihnen melden, wenn es Neues gibt.«

Hirschberger verabschiedete sich. Er war mit der Entwicklung »seines« Mordfalls zufrieden. Die Befragung hatte Details zutage gebracht, die bisher nicht bekannt waren. Allerdings wusste er noch nicht, wie er diese einordnen sollte.

Er fuhr nicht zurück zur Dienststelle, sondern überquerte die Nordseestraße und nahm den Weg am Campingplatz vorbei zur Seebrücke. Am Kopf der Brücke setzte er sich auf eine Bank und blickte hinaus aufs Meer, das sich langsam zurückzog und bald das Watt freigeben würde. Die Sonne versteckte sich hinter Wolken, und leichter Nieselregen hatte eingesetzt. Der Wechsel zwischen Ebbe und Flut hatte etwas Beruhigendes und Verlässliches, fand er. Noch nie war das Ereignis ausgefallen, und es würde auch zukünftig niemals ausbleiben. Für den Verlauf des Lebens gab es solche Verlässlichkeit nicht.

Nach einem Moment der Besinnung wanderten Hirschbergers Gedanken zurück zu Peter Bergmann. Ganz sicher hatte er eine Verabredung mit seinem Mörder. Wenn er sich der Gefahr bewusst gewesen war, sprach einiges dafür, dass er seine Waffe zu dem Treffen mitgenommen hatte. Doch sie war weder beim Opfer noch am Tatort oder in der Umgebung gefunden worden. Daraus folgte, dass der Täter sie eingesteckt hatte.

Aber warum hatte Bergmann sie nicht benutzt, um sich zu verteidigen? Sein Gegner hatte ihn von vorne erschlagen. Dazu musste er sich mit der Rohrzange in der Hand genähert haben. Bergmann hätte die Gefahr erkennen müssen, und er hätte genug Zeit gehabt, um einen Schuss abzugeben.

Über allem stand die Frage, was die beiden miteinander zu tun hatten. Waren die von Frau Bergmann erwähnten Steuerprobleme Anlass gewesen? Vielleicht wusste Christine Kästner mehr darüber.

Möglicherweise war auch alles ganz anders. Hirschberger war einiges bei der Befragung der Ehefrau des Toten aufgefallen. Sie hatte von »dieser Christine Kästner« gesprochen, was etwas abfällig geklungen hatte. Die meisten Morde waren Beziehungstaten. Was war, wenn Peter Bergmann ein Verhältnis mit der Buchhalterin gehabt hatte? Eifersucht war ein klassisches Motiv. Mit dem geschickten Hinweis auf die Unregelmäßigkeiten in der Firma und die verschwundene Pistole konnte sie versucht haben, ihn in die Irre zu führen. Frauen waren geschickt in solchen Dingen. Aber Hirschberger ließ sich nicht hinters Licht führen! Natürlich musste er allen Spuren nachgehen und durfte sich nicht auf eine Richtung festlegen. Aber Klaudia Bergmann rückte in den Kreis der Verdächtigen. Natürlich hatte sie die Tat nicht selbst durchgeführt, sondern in Auftrag gegeben. Und Christine Kästner? Wenn sie ein Verhältnis mit Bergmann gehabt hatte, konnte auch sie etwas mit seinem

Tod zu tun haben. Jetzt war professionelle Ermittlungs-
arbeit gefragt, um den Mörder und gegebenenfalls die
Auftraggeberin zu überführen.

Es hatte aufgehört zu regnen. Ein Paar mit drei Kindern sorgte für Unruhe auf der Brücke. Zeit, die Arbeit
in der Dienststelle fortzuführen. Dort rief er Bergmann
junior auf seinem Mobiltelefon an. Tatsächlich konnte
dieser ihm Näheres über die Pistole seines Vaters sagen.
Es handele sich um eine *Glock 17*. Entgegen der Aussage seiner Mutter habe sein Vater weder über eine Waf-
fenbesitzkarte noch einen Waffenschein verfügt. Wann
und wo er die *Glock* erworben hatte, wusste Simon Bergmann angeblich nicht.

Am nächsten Tag suchte Hirschberger die Immobilienfirma in der Norderstraße auf, die Bergmann gehört
hatte. Die neuen Eigentümer hatten den Namen in *City
Immobilien* geändert. Auf den ersten Blick konnte man
erkennen, dass umfangreiche Modernisierungen durchgeführt worden waren. Heller Parkettboden, frisch ver-
putzte Wände und teuer wirkende Designermöbel. An
einem überdimensionalen Schreibtisch saß ein Mann
mit Anzug und Krawatte, der ihn mit einem aufgesetz-
ten Lächeln begrüßte. Es verschwand erst aus seinem
Gesicht, als sich Hirschberger als Kriminalhauptkom-
missar vorstellte. Auf die Frage nach Christine Kästner
zeigte er auf eine Tür, die halb offen stand und in einen
Raum führte, der ganz und gar nicht luxuriös ausgestattet war. Klein, die Wände mit Metallregalen vollge-
stellt. Christine Kästner saß an einem Schreibtisch, auf
dem zwei Bildschirme standen. Die zierliche, brünette
Schönheit wandte sich ihm zu.

»Polizei?« Sie hatte offenbar den kurzen Wortwechsel im Nebenraum mitbekommen.

»Hirschberger ist mein Name. Darf ich?« Er zeigte auf einen Drehstuhl.

»Natürlich.«

Die Federung quietschte, als sich Hirschberger setzte. »Frau Kästner, Sie haben früher für Peter Bergmann gearbeitet, nicht wahr?«

Ihre Miene verfinsterte sich. »Ja. Sie sind wegen des Mordes hier?«

»Ob es ein Mord war, wissen wir nicht. Wurden Sie bisher noch nicht von meinen Kollegen vernommen?«

»Nein. Weshalb auch. Ich weiß nichts darüber.«

»Sie haben die Buchführung für die Firma erledigt. Ist das richtig?«

»Ja. Das ist immer noch mein Job. Nach wie vor halbtags.«

»Dann sind Sie über die finanziellen Angelegenheiten des früheren Betriebes im Bilde gewesen?«

»Einigermaßen. Allerdings bestand die Firma bereits, als ich die Stelle bei Peter annahm. Anfangs hat er alles selber gemacht. Auch die Buchführung.«

»Gab es irgendwelche Unregelmäßigkeiten? Ärger mit dem Finanzamt zum Beispiel?«

Sie schüttelte heftig den Kopf. »Das hätte ich nicht durchgehen lassen. Es ist alles sauber gelaufen. Mit mir gibt es keine Mauscheleien.«

»Und davor? Ich meine, bevor Sie die Buchführung übernommen haben?«

»Kann schon sein. Ja, da war etwas. Aber ich kann Ihnen dazu nichts sagen. Peter hat nicht darüber gesprochen. Er hat nur einmal angedeutet, dass da etwas war, er es aber geregelt hätte. Ich hab nicht weiter nachgefragt, worum es ging.«

»Und später?«

»Wie ich schon sagte, bin ich sehr genau in meiner Arbeit.«

»Davon bin ich überzeugt. Trotzdem könnte Ihnen etwas aufgefallen sein, das uns weiterhilft.«

Kästner zögerte mit der Antwort. »Es gab da eine dubiose Vermittlung eines Mehrfamilienhauses für weit über eine Million. Ins Grundbuch wurde eine Firma mit Sitz in der Karibik eingetragen. Die Bezahlung erfolgte in bar, was sehr ungewöhnlich ist. Alles sah nach Geldwäsche aus. Peter hätte das den Behörden melden müssen, hat es aber nicht getan.«

»Wer wusste davon?«

Kästner zuckte mit den Schultern. »Er hat das bestimmt nicht rumerzählt.«

Hirschberger nickte. »Sie hatten ein Vertrauensverhältnis zu Ihrem Chef, nicht wahr?«

»Schon – ja.«

»Ging es über das Berufliche hinaus?«

»Was wollen Sie damit andeuten?«

»Hatten Sie ein privates Verhältnis?«

»Nein. Und wenn es so wäre, ginge es Sie nichts an.«

»Ich ermittle in einem Mordfall. Deshalb ist alles wichtig, was mit den Beziehungen des Opfers zusammenhängt. Hatten sie ein intimes Verhältnis mit Peter Bergmann?«

»Nein!« Kästner ließ ihren Schreibtischstuhl rotieren und brachte sich in Arbeitsposition.

Hirschberger stand auf. »Ich danke Ihnen. Auf Wiedersehen, Frau Kästner. Rufen Sie mich an, falls Sie doch noch eine Aussage zu machen haben.« Er legte eine Visitenkarte auf den Schreibtisch.

Sie stierte auf den Bildschirm und antwortete nicht. Hirschberger war sich sicher, dass er mit seiner letzten Frage ins Schwarze getroffen hatte.

Er beendete den Arbeitstag mit der Überzeugung, dass er neue und wichtige Erkenntnisse zusammengetragen hatte.

Als Hirschberger am nächsten Morgen ins Büro kam, erwartete ihn eine Überraschung.

»Schönen Gruß vom Dienststellenleiter«, empfing Kruse ihn. »Du sollst dich aus dem *Nordseehotel* raushalten.«

»Du hast doch nicht etwa …!«

»Nein, hab ich nicht. Frau Bergmann hat wohl versucht, dich beim K1 zu erreichen. Du bist aufgeflogen, Jürgen. Hätte ich dir vorher sagen können. Ich kann mir vorstellen, dass die Flensburger über deinen Alleingang wenig begeistert sind.«

»Und wenn schon. Sie hätten ihre Arbeit ordentlich machen sollen, dann wäre der Fall längst gelöst.« Hirschberger setzte sich an seinen Schreibtisch. Seine Laune wandelte sich innerhalb weniger Sekunden von schlecht in miserabel.

»Hast du was Neues herausgefunden?«

Hirschberger zuckte mit den Schultern. »Wen interessiert das noch?«

»Ich hab dir schon mal die Akten auf den Tisch gelegt, die du mir vermacht hattest. Die kannst du jetzt selbst bearbeiten.«

»Vielen Dank.«

»Und? Lässt du jetzt deine Finger vom *Nordseehotel*?«

»Muss ich wohl – mal sehen – kann sein – vielleicht – vorerst.«

9

Dörte musste immer neue Tricks und Ausreden anwenden, um ihren eifersüchtigen Mann abzuschütteln. Da er selbstständig war und sein Büro im Haus hatte, konnte sie ihm nur schwer entfliehen.

Dörte freute sich auf Uwe. Natürlich wusste sie, dass auch er verheiratet war. Sie störte das nicht. Auf gewisse Weise verband sie sogar das Schicksal, denn beide waren unglücklich in ihrer Ehe. Außerdem brachte der Umstand eine gewisse Spannung und dieses lebendige Kribbeln in die Beziehung, das sie bei jedem Treffen spürte. Er war einige Jahre älter als sie. Optisch vielleicht nicht gerade ein Traummann, aber er war selbstbewusst, gebildet, rücksichtsvoll und zärtlich zu ihr. Kein Vergleich zu Edward, ihrem Gatten.

Er erzählte wenig von sich, und sie fragte nicht. So war sie davor gefeit, dass sie ihn in Verlegenheit brachte und er sich gezwungen fühlte zu lügen. Beide hatten sich vor einem halben Jahr kennengelernt. Vor dem Schaufenster des Schuhgeschäfts in der Krämerstraße hatte sie ein Paar schicke Stiefel bewundert. Um der Versuchung nicht zu erliegen, hatte sie sich entschlossen abgewendet, ohne aber auf Fußgänger zu achten. Sie war ihm direkt in die Arme gelaufen. Er hatte sie in das Café des *Modehauses C. J. Schmidt* eingeladen, das wenige Schritte weiter Richtung Hafen lag. Sie hatten die Handynummern ausgetauscht, und er hatte sie bereits am nächsten Tag angerufen. Seitdem trafen sie sich regelmäßig.

An diesem Tag musste Dörte ausnahmsweise keine Ausrede erfinden. Edward hatte angekündigt, dass er nach Schleswig fahren wollte. Seine Mutter sei in ein Krankenhaus eingeliefert worden. Oberschenkelhalsbruch. Er habe einiges dort zu erledigen und würde in ihrer Wohnung übernachten. Zum Glück hatte er nicht gefragt, ob sie mitkäme. Sie hätte zwar abgelehnt, aber so war es besser.

Dörte und Uwe trafen sich wie üblich in dem kleinen Hotel am Binnenhafen. Schöne Atmosphäre, nettes, diskretes Personal, weiche Betten und eine gut ausgestattete Minibar. Dörte trug das bunte Seidenkleid mit dem blauen Blümchenmuster. Sie wusste, dass es ihm besonders gefiel. Und sie mochte es, wenn er ausgiebig über den dünnen Stoff streichelte und sie den angenehm kühlen Abdruck seiner Hände auf ihrer Haut spürte, bevor er den Reißverschluss langsam hinunterzog. Wenn sie gut drauf war, wie an diesem Abend, vergaß sie, sich Unterwäsche anzuziehen, was das prickelnde Gefühl des Verbotenen weiter steigerte.

Der Abend im Hotel verlief ganz nach ihren Vorstellungen. Um 23 Uhr verließen sie das Liebesnest, aber beide wollten noch nicht nach Hause. Ein Spaziergang am Meer sollte die Nacht beschließen. Sie schlenderten die Hafenstraße entlang, durch den Fußgängertunnel, am Fischrestaurant *La Mer* vorbei und weiter zur Dockkoogstraße. Auf der freien Strecke blies ihnen frischer Wind entgegen. Dörte hatte ihren Trenchcoat zugeknöpft. Trotzdem wurde ihr ein wenig kalt. Sie hakte sich unter und schmiegte sich an ihren Begleiter.

»Wie lange hast du Zeit?«, fragte er.

»Ewig. Mein Mann ist bei seiner Mutter in Schleswig. Und du?«

»Ich treffe mich mit Freunden in einer Kneipe. Das kann schon mal spät werden.«

»Nimmt sie dir das ab?«

»Klar.«

»Da wäre ich mir an deiner Stelle nicht so sicher.«

»Hm. Ist auch egal. Das nächste Mal sag ich ihr, dass ich mit einer hübschen Frau verabredet bin.«

Dörte kicherte.

»Und dein Gatte? Ahnt er etwas?«

»Wohl nichts Konkretes, aber er ist sowieso eifersüchtig. Er war es immer schon. Egal, was ich tue. Jetzt hätte er endlich einen Grund. Das ist doch nur gerecht, findest du nicht?«

»Ist er stark?«

»Hast du Angst?«

»Eifersüchtige Ehemänner können zu Bestien werden. Aber ich werde mich mit Argumenten zu wehren wissen.«

»Argumenten ist er nur bedingt zugänglich.« Dörte lachte.

Sie hatten das Sperrwerk erreicht, das von den Husumern meist »Schleuse« genannt wurde. Das Bauwerk sorgte dafür, dass das Wasser im Hafen bei hohen Wasserständen oder gar einer Sturmflut nicht über die Kaimauern schwappte. Nur im Bedarfsfall wurden die Tore hydraulisch geschlossen. Jetzt standen sie offen.

Dörte und Uwe passierten eine Pforte, die in den grünen Strandbereich führte. Dieser war umzäunt, damit die Schafe, die auf dem Deich und dem Deichvorland grasten, nicht entwischen konnten.

»Gehen wir bis zum abgebrannten *Nordseehotel*?«, fragte sie.

»Dir ist kalt. Vielleicht sollten wir besser umkehren.«

»Nein, ich möchte noch ein Stück am Steindeich entlangspazieren. Es ist so schön hier, so still und romantisch. Und man kann die Sterne sehen. Kennst du die Sternbilder?«

Er legte seinen Kopf in den Nacken. »Kassiopeia. Sie sieht wie der Buchstabe W aus. Die kennt ja jeder. Dort drüben. Siehst du?«

»Ja.«

»Unterhalb des rechten Zackens im W befindet sich übrigens die Andromedagalaxie. Sie hat ungefähr zehnmal so viele Sterne wie unsere Galaxie, die Milchstraße. Pegasus, das auffällige Viereck, kann ich ebenfalls erkennen. Und darunter ist das Tierkreiszeichen Steinbock. Für viel mehr reichen meine astronomischen Kenntnisse leider nicht.«

»Unsere Vorfahren müssen viel Fantasie gehabt haben, um aus der Anordnung der leuchtenden Punkte Figuren zu bilden.«

»In Wirklichkeit liegen die einzelnen Sterne, die daran beteiligt sind, weit voneinander entfernt. Wir sehen ja sozusagen nur die Draufsicht. Aber die Gebilde hatten große praktische Bedeutung. Sie dienten in der Schifffahrt der Navigation und das Jahr über als zuverlässiger Kalender. Man orientierte sich am Auftauchen bestimmter Bilder, um die richtigen Zeitpunkte für Aussaat und Ernte zu bestimmen.«

»Und heute? Beeinflussen sie unser Schicksal?«

»Ganz sicher nicht.«

»Aber die Vorstellung ist romantisch, findest du nicht?«

»Ich weiß nicht so recht. Ich nehme mein Schicksal lieber selbst in die Hand.«

»Und? Tust du es? Dein Schicksal in die Hand nehmen? Wirst du deine Frau verlassen?«

Er blieb stehen. Dörte bemerkte, dass er nach einer Antwort suchte.

Sie erlöste ihn mit einem Lachen. »Ich wollte dich nur necken. Ich erwarte keine Entscheidung von dir. Es ist gut so, wie es ist. Und jetzt ist es gerade besonders gut.«

Sie hatten die Ruine des *Nordseehotels* erreicht und drehten um. Als sie auf dem Weg zurück an einer Bank vorbeikamen, setzten sie sich. Es war einsam am Strand. In der Ferne waren die Lichter Nordstrands zu erkennen, und ab und zu zeichneten Autoscheinwerfer Bahnen entlang des Damms, der die Halbinsel mit dem Festland verband. Das Plätschern der Wellen, die sich an der Uferbegrenzung brachen, übertönte die fernen

Geräusche der Stadt. Ab und zu blökte ein Schaf in der Nähe.

»Ganz von vorne anfangen mit einer Frau wie dir. Das würde ich mir schon wünschen. Aber eine Trennung nach so vielen Jahren ist nicht einfach.«

»Du hängst noch an deiner Frau?«

»Nein, ich meine das mehr organisatorisch.«

»There are fifty ways to leave your lover.«

»Was?«

»Ach, nichts. Vergiss es. Ich wollte dich mit meiner Bemerkung vorhin wirklich nur aufziehen.«

»Trotzdem. Ich könnte mir gut vorstellen, den Rest meines Lebens mit dir zu verbringen.«

»Komm, wir wollen das nicht vertiefen. Aber es ist nett von dir, dass du mich in deine Überlegungen einbeziehst.«

Sie stand auf, nahm seine Hand und schlenderte mit ihm zurück Richtung Sperrwerk. »Vielleicht sehen wir unterwegs noch eine Sternschnuppe. Dann können wir uns etwas wünschen. Jeder für sich, und wenn wir Glück haben, ist es dasselbe und wird in Erfüllung gehen. Sag nicht, dass das ein Aberglaube ist.«

»Keinesfalls.«

Anstatt eines Meteors sahen sie nur einen Satelliten, der den Himmel kreuzte. Auf dem Weg zur Stadt hatten sie den Wind im Rücken. Er kam wie die meiste Zeit des Jahres von See und hatte zugenommen, sodass er das Paar vor sich hertrieb. Für die kommenden Tage waren starke Böen angekündigt, doch eine Sturmflut würde es nicht geben.

10

Dörte grübelte ständig darüber nach, was ihr Mann in der Husumer Altstadt zu suchen gehabt hatte. Sie hätte ihn fragen können. Aber dann hätte sie zugeben müssen, dass sie ihm nachspionierte und sie ihn genauso kontrollierte wie er sie. Bald bot sich eine neue Gelegenheit, sein Geheimnis zu lüften. Er musste wieder einen dieser abendlichen Geschäftstermine wahrnehmen. Dass er vorher duschte und sein Rasierwasser auflegte, war zwar kein Beweis für seine Lüge, aber doch ein schwerwiegendes Indiz. Auch seine gute Laune war verdächtig. Er sang beim Duschen das Lied *House of the Rising Sun* der *Animals*. An Stellen, an denen ihm der Text fehlte, pfiff er die Melodie, wenn auch falsch und kaum wiederzuerkennen.

Dieses Mal gelang es ihr nicht, ihm mit ihrem Fahrrad zu folgen. An der Kreuzung hinter der Bahnunterführung verlor sie ihn, weil er bei Rot über die Ampel fuhr. Doch sie war sich sicher, dass er denselben Weg nahm wie beim letzten Mal. Tatsächlich holte sie ihn ein, nachdem er seinen Wagen auf dem Parkplatz abgestellt hatte. Wieder ging er über die Fußgängerbrücke und steuerte auf den Hafengang zu. Obwohl die Gefahr bestand, dass er sie entdeckte, blieb sie dicht an ihm dran.

Als er die Querstraße erreichte, stoppte er und sah nach links und rechts. Dann überquerte er sie und ging geradeaus weiter. Sein Ziel lag also nicht in der Wasserreihe, sondern? Nein, das konnte nicht sein! Sie wischte ihre Vermutung beiseite. Aber der Gedanke kam unweigerlich zurück, als er in die Rosenstraße einbog. Niemals würde er – oder doch?

Mit schnellen Schritten eilte sie bis zum Eckhaus. Vorsichtig streckte sie ihren Kopf vor und blickte in die Richtung, in der er verschwunden war. Er stand vor einem weißen Gebäude mit roten Dachziegeln. Sie hatte den Eindruck, dass er unschlüssig war, ob er hineingehen sollte. Plötzlich sah er zu ihr herüber. Schnell zog sie ihren Kopf zurück. Sie glaubte nicht, dass er sie entdeckt hatte. Als sie wieder hervorschaute, war er verschwunden. Sie wartete eine Minute. Dann nahm sie sich ein Herz und ging auf das Haus zu, in das er offenbar eingetreten war. Sie beschlich ein ungutes Gefühl, das sich Schritt für Schritt verstärkte. Noch hätte sie umkehren können, aber sie wollte Gewissheit. Die Fenster des Gebäudes waren mit Rosen, Sektflaschen und Sektgläsern dekoriert. Sie war noch nie an diesem Ort gewesen, und trotzdem wusste sie, woran sie war. Am Eingang prangte ein Schild mit der Aufschrift »Nightclub Rosenbar«. Also doch! Dieser verdammte, verdammte Mistkerl!

Sie stand eine Zeit lang wie angewurzelt vor dem Gebäude. Sie konnte es einfach nicht fassen. Ein Nachtklub! *Der* Nachtklub von Husum. Hatte er dort vielleicht wirklich beruflich zu tun? Entwarf er eine Homepage für das Gewerbe? Oder trank er hier nur ein Bier. Unsinn! Da brauchte sie sich nichts vorzumachen. Sie musste den Tatsachen ins Auge sehen. Er nahm die Dienste einer Prostituierten in Anspruch!

Sex gegen Geld. Irgendetwas stimmte mit ihm nicht. Sie bildete sich ein, dass sie durchaus noch mit weiblichen Reizen aufwarten konnte. Besaß die professionelle Dame mehr davon? Oder hatte er Wünsche, die Dörte ihm nicht erfüllen konnte? Ließ er sich von einer Domina auspeitschen oder trug er Windeln bei seinen Besuchen? Nein, sie hatte nie etwas Derartiges an ihm bemerkt. Sie könnte ein offenes Gespräch mit ihm führen. Auf keinen Fall! Dörte stampfte wie ein trotziger Teenager mit dem Fuß auf den Boden. Jede Investition in ihn beziehungsweise in ihre Ehe war sinnlos geworden. Sollte er sich doch auspeitschen lassen. Was ging sie das noch an? Er war Vergangenheit. Abgehakt! Schluss! Aus! Für immer! Sie drehte sich um und ging. Tränen rollten ihr übers Gesicht, worüber sie sich ärgerte. Keine einzige Träne war er wert.

Auch dieses Mal nahm sie den Weg zum Fischhaus, das noch geöffnet hatte. Sie aß Matjes mit Bratkartoffeln, gebackene Tintenfischringe und eine Fischsuppe. Mit zwei Gläsern Bier spülte sie den Rest ihres Frusts hinunter.

Auch wenn sie es sich nicht eingestehen wollte, so war Dörte doch wütend und gekränkt. Sie wollte unbedingt wissen, was Sache war. Vielleicht fand sie etwas über seine heimlichen Neigungen heraus, wenn sie seinen Computer durchforstete. Nachdem sie zu Hause angekommen war, begab sie sich in sein Arbeitszimmer und schaltete den Rechner ein. Das Passwort kannte sie. Er hatte es fein säuberlich auf einem Zettel notiert und diesen unter die Schreibunterlage gepackt. Zunächst interessierte sie, welche Favoriten er auf dem Browser eingerichtet hatte. Lange fand sie nichts Verdächtiges. Alles schien auf die eine oder andere Art mit seiner Arbeit zusammenzuhängen. Weder Pornoseiten noch Datingportale. Aber dann kam ihr doch eine Seite verdächtig vor. Es handelte sich um einen Shop, in dem man Arzneimittel bestellen konnte – ohne Rezept, schnell und diskret. Dörte sah sich die Angebote an. Es war so ziemlich alles zu haben, was die Chemie zu bieten hatte.

Seine E-Mails hatte sie bereits grob in Augenschein genommen, aber jetzt suchte sie im elektronischen Papierkorb gezielt nach der Firma, die auf der soeben entdeckten Homepage genannt wurde. Bingo! Eine Auftragsbestätigung über 20 Potenzpillen! Werbung für die blauen Dinger bekam auch sie manchmal mit irgendwelchen Spam-Mails zugeschickt. Aber das, was sie fand, war die Bestätigung über eine Bestellung und Bezahlung der Ware. Dieser Schuft! Dieses miese Schwein! Sie haute mit der Faust auf den Schreibtisch, sodass der Bildschirm einen Hüpfer vollführte.

Sie lehnte sich zurück. Die Fischsuppe stieß ihr unangenehm auf. Langsam nahm ihre Wut ab. Warum hatte er sich die Pillen nicht bei seinem Arzt besorgt? War ihm das zu peinlich gewesen? Aber wichtiger war die Frage, warum er seine neu erworbene Potenz nicht mit ihr teilte. Allerdings hatte sie ihn nicht unbedingt dazu ermuntert, musste sie sich eingestehen. Sie war froh, dass er sie in Ruhe ließ. Und trotzdem war sie sauer.

Die Frage mit dem Arzt ließ sich nach einiger Überlegung leicht beantworten. Edward hatte einen Herzfehler. Das war ihm schon in der Kindheit diagnostiziert worden, und wenn sie recht informiert war, scheuten Ärzte davor, solchen Patienten das Mittel zu verschreiben.

Dörte verwischte ihre Spuren am PC und fuhr das Betriebssystem herunter. Sie hatte keine Ahnung, wie lange Edwards auswärtiger Einsatz dauern würde. Auf keinen Fall durfte er bemerken, dass sie ihm hinterherschnüffelte. Schließlich hatte sie ihm genau das in der Vergangenheit oft genug vorgeworfen. Sie durchwühlte seinen Schreibtisch. In einer Schachtel fand sie das, was sie suchte: die blauen Muntermacher für sein vermeintlich bestes Stück. 17 befanden sich noch in der Zwanzigerpackung. Somit hatte er drei verbraucht. Aber sehr wahrscheinlich hatte er in der Vergangenheit bereits mehrere Lieferungen erhalten.

Sie ging ins Wohnzimmer und schaltete den Fernseher ein. Von dem Kriminalfilm, der gerade lief, bekam sie nicht viel mit. Ständig wanderten ihre Gedanken zu Edward und seinem Geheimnis, das keines mehr war. Schließlich schlief sie vor der Glotze ein.

Er weckte sie um kurz nach 23 Uhr.

Sie rieb sich die Augen. »War es anstrengend?«, fragte sie. Dabei achtete sie auf einen mitleidigen Tonfall.

»Oh ja, sehr. Der Kunde hatte Vorstellungen – das glaubst du gar nicht. Ich sollte ihm die eierlegende Wollmilchsau liefern. Und zahlen wollte er auch möglichst wenig. Es ist immer dasselbe. Aber letztendlich sind wir uns doch noch einig geworden. Ich hab den Auftrag erhalten. Wieso bist du noch auf?«

»Ich bin vor dem Fernseher eingeschlafen.«

»Du warst den ganzen Abend zu Hause?«

»Ja, natürlich. Und jetzt gehe ich ins Bett. Ich hab leider das Ende des Films nicht mitgekriegt. Aber vermutlich hat sie ihn erschossen. Das hätte ich jedenfalls getan. Er hat sie mit ihrer besten Freundin betrogen.«

Edward erwiderte nichts. Er rührte sie auch in dieser Nacht nicht an. Entweder hatte er sein Pulver verschossen, oder er fand sie wirklich nicht mehr attraktiv. Egal. Sie hätte ihn sowieso nicht rangelassen. Mistkerl!

11

Wie verabredet versammelten sich die drei Frauen am ersten Dienstag des nachfolgenden Monats in *Jacquelines Café*. Sie saßen am selben Ecktisch wie beim letzten Mal. Das Lokal war gut besucht. Auch die Tische im Außenbereich waren vollständig besetzt.

»Wie läuft es bei euch?«, fragte Dörte.

»Du hattest recht«, antwortete Johanna als Erste. »Essen steht auch bei meinem Mann an oberster Stelle, noch vor Fernsehen und ganz weit vor Sex. Er verspeist alles, was ich ihm vor die Nase setze. Er hat zugenommen. Aber davon abgesehen sieht er ziemlich gesund aus. Ich bezweifle immer noch, dass deine Methode funktioniert, Olivia.«

»Hast du seine Krankenberichte? Wie du weißt, sind sie für eine Optimierung hilfreich.«

»Die brauche ich nicht. Er erzählt mir nach jedem Arztbesuch seine diversen Leiden sowie seine Blut- und Urinwerte. Ich kann sie auswendig. Es gibt da schon noch ein paar Ansatzpunkte, die hilfreich sein könnten. Sein Blutdruck ist erhöht. Ich hab ihm abgeraten, Tabletten dagegen zu nehmen. Wegen der schrecklichen Nebenwirkungen. Ich hab sie ihm aus dem Beipackzettel vorgelesen. Das hat ihn überzeugt.«

»Sehr gut. Wie ihr wisst, benötigt die Methode Zeit. Das hab ich euch ja erklärt. Dafür ist sie ungefährlich. Ich meine, für uns natürlich. Ich hab übrigens einige Rezepte ausgearbeitet, die richtig schön ungesund sind. Ich kann sie euch gerne zuschicken.«

»Ich bin interessiert.«

»Ich auch«, sagte Dörte. »Und selbst? Wie sieht es bei dir aus?«

Olivia wiegte den Kopf. »Es wird allmählich. Da bin ich mir sicher. Steter Tropfen höhlt den Stein. Ich meine, schon bestimmte Anzeichen bei ihm zu bemerken. Aber so richtig konkret kann ich noch nichts vermelden. Ich führe Buch über seine Fortschritte.«

»Du schreibst alles auf?« Dörte sah Olivia erstaunt an.

»Ja, ich führe so eine Art Tagebuch. Eigentlich eher ein Wochenbuch.«

»Glaubst du, dass das klug ist? Stell dir vor, er findet es.«

»Pah. Das hab ich gut versteckt, in einem Raum im Haus, den er bestimmt nicht betritt.« Sie lachte. »Und du, Dörte? Hast du überhaupt schon mit der personalisierten Therapie angefangen?«

Dörte schüttelte den Kopf. »Noch nicht. Ich bin da an etwas anderem dran.«

»Meine Turbovariante?«

»Noch etwas anderes. Aber darüber kann ich nicht reden.«

»Du willst uns doch nicht im Unklaren lassen. Wenn du etwas Besseres hast, solltest du es uns wissen lassen«, sagte Johanna sichtlich verärgert.

»Würde ich ja. Aber abgesehen davon, dass meine Methode noch nicht spruchreif ist, wäre sie für euch sowieso ungeeignet.«

Es trat eine Pause ein. Auch Olivia fand Dörtes Verhalten nicht in Ordnung. Sie hatten beschlossen, einander zu vertrauen und ihr Geheimnis zu teilen.

»Ich erkläre es euch beizeiten. Ehrenwort. Ich muss nur noch ein paar Details abklären.«

»Gut. Wir verlassen uns darauf. Wenn wir voneinander wissen, gibt das eine gewisse Sicherheit für alle, dass niemand etwas verrät.«

Die beiden anderen Frauen nickten.

»Okay, ich sehe das ja so wie ihr«, erwiderte Dörte schließlich. »Deshalb erzähle ich euch etwas, das niemand außer mir weiß. Ich habe Edward beschattet und etwas herausgefunden.«

Olivia und Johanna sahen sie erwartungsvoll an.

»Er ist als Webdesigner tätig und hat in letzter Zeit auffallend oft Termine außer Haus. Meistens abends.«

Olivia schlug mit der flachen Hand auf den Tisch. »Ha! Ich hab's geahnt. Er geht fremd.«

Dörte runzelte die Stirn. »Wieso hast du es geahnt?«

»Als du erzähltest, dass du ihm bis zur Wasserreihe gefolgt bist und ihn dann verloren hast, hat es bei mir geklingelt. Die Rosenstraße liegt direkt dahinter. Aber vielleicht hat er ja doch nur einen Kunden in der Gegend besucht.« Olivia grinste.

»Ich finde das gar nicht komisch.«

»Nein, ist es auch nicht. Sorry. Erzähl weiter!«

»Ich bin ihm noch einmal gefolgt. Er ist in der Bar verschwunden und erst spät wieder nach Hause gekommen.«

»Okay. Dann ist die Sache ziemlich eindeutig. Jedenfalls hast du jetzt einen weiteren Grund, ihn loszuwerden.«

Die Bedienung trat an den Tisch, um die Bestellungen aufzunehmen.

»Bitte zwei Stück warmen Apfelkuchen mit Eis und Sahne«, sagte Olivia und zu den anderen gewandt: »Meine Diät geht mir ganz schön auf den Senkel. Vier Kilo hab ich bereits abgenommen.«

»Sieht man dir gar nicht an.« Johanna musterte sie.

»Danke.« Olivia warf ihr einen vernichtenden Blick zu.

Nachdem alle bestellt hatten, trat eine kurze Pause in der Unterhaltung ein.

»Ihr wisst, dass das Unrecht ist, was wir tun«, brachte Johanna unvermittelt hervor.

»Wie meinst du das?« Olivia stand der Mund offen.

»Gott wird uns dafür bestrafen.«

Dörte kicherte. »Bist du gläubig?«

»Nur ein bisschen. Ich zahle Kirchensteuer und gehe mindestens an Weihnachten und Ostern in die Marienkirche. Auf jeden Fall bin ich überzeugt, dass der Allmächtige alles sieht und uns zur Rechenschaft ziehen wird.«

»Quatsch. Der hat Wichtigeres zu tun. Sieh dir die Welt an. Sie ist voll von Despoten, Kriegen und Katastrophen. Erst einmal muss er all das regeln, bevor er sich mit uns beschäftigt. Außerdem tun wir letztendlich etwas Gutes, wenn wir ihm unsere Männer schicken.«

»Wie du redest, gefällt mir nicht.«

»Mann, mach bloß nicht schlapp«, sagte Dörte. »Du willst doch nicht etwa aussteigen?«

Johanna antwortete mit einem zögerlichen »Nein«.

»Sobald du deinen Gatten los bist, legst du ganz einfach die Beichte ab. Dann ist alles wieder in Ordnung.«

»Ich bin evangelisch.«

»Ach so. Das ist natürlich ein Problem. Na, dann spende doch etwas für *Ärzte ohne Grenzen*. Das wird deiner Seele ebenso guttun.«

»Kommt, lasst uns nicht streiten«, ermahnte Olivia. »Wir halten zusammen, was auch kommen mag.« Sie tätschelte ihre Mitstreiterinnen rechts und links mit beiden Händen. »Kann ich mich weiterhin auf euch verlassen?«

Johanna nickte, während Dörte wie eingefroren auf ihrem Stuhl saß, ihren Blick auf die Fenster zum Brauereiplatz gerichtet. Wie von einer Tarantel gestochen, schoss sie plötzlich von ihrem Platz hoch und lief zur Tür.

Olivia schüttelte den Kopf. »Was ist denn in die gefahren?«

Johanna zuckte die Schultern.

Nach einigen Minuten kam Dörte zurück und setzte sich wieder an den Tisch. Ihr hochrotes Gesicht zeugte von ihrer Erregung.

»Was war los?«, fragte Olivia.

»Ach, nichts.«

»Nichts? Hast du ein Gespenst gesehen?«

»Ja, Edward. Er hat gedacht, ich treffe mich mit einem Liebhaber. Dieser Idiot ist mir bis hierher gefolgt. Ich halte das nicht mehr aus.«

»Hat er dich schon mal auf frischer Tat ertappt?«

»Nein, bisher nicht.«

»Dann gibst du es also zu?« Olivia grinste.

»Was?«

»Dass du einen hast.«

»Mensch, was soll die fiese Fragerei?«

»Uns interessiert das eben. Das musst du doch verstehen.«

»Ja, verdammt noch mal. Ich hab einen. Seid ihr jetzt zufrieden?«

»Wie ist er? Wie sieht er aus?«, fragte Johanna. »Hast du ein Foto dabei? Zeig mal her.«

»Lasst mich in Ruhe!«

»Okay, okay. Aber wenn ich einen hätte, würde ich euch eine ganze Fotogalerie auf meinem Handy zeigen.«

Olivia kratzte sich am Ohr. »Ich will ja nicht noch weiter nachbohren. Aber mich würde schon interessieren, warum dein Mann eifersüchtig ist, aber gleichzeitig in so ein Etablissement geht. Irgendwie passt das nicht zusammen, finde ich.«

»So, findest du? Könnten wir jetzt bitte mal das Thema wechseln? Sonst gehe ich auf der Stelle.«

»Sei nicht so empfindlich. Uns allen liegt doch daran, dass wir uns besser kennenlernen.«

Im weiteren Verlauf des Zusammentreffens spürte Olivia eine knisternde Spannung zwischen ihnen. In gewisser Weise tasteten die Frauen sich immer noch gegenseitig ab, und jede hatte offenbar Angst, zu viel von sich preiszugeben. Aber Olivia war zuversichtlich, dass sich das mit der Zeit ändern würde. Für das, was sie vorhatten, musste Vertrauen zwischen ihnen herrschen.

Als das Café schloss, löste sich die Versammlung auf, und Olivia ging nach Hause. Ihr Mann begrüßte sie mit »Alles klar?«, worauf sie mit »Ja, alles klar« antwortete. Er fragte nicht, wo sie gewesen war. »Ich hab noch zu tun«, sagte er und verschwand in seinem Arbeitszimmer. Es schien ihn nicht besonders zu interessieren, was Olivia den Tag über erlebt hatte und was sie bewegte. Hauptsache, der Laden lief rund und das Essen stand pünktlich auf dem Tisch. Letzteres hätte sie ihm an diesem Abend gerne verweigert, aber das wäre kontraproduktiv gewesen. Sie würde ihm etwas besonders Ungesundes vorsetzen. Sie dachte an Ofenkartoffeln, mit Schale natürlich, im Herd auf Alufolie gebacken, dazu gepökelter Schinkenkrustenbraten und einen Fertigsalat aus der Tüte.

Olivia sah auf die Uhr. Es war noch etwas Zeit für ihr Tagebuch. Sie holte es aus der Abstellkammer und setzte sich auf die Wohnzimmercouch.

Tag 28. Heute war das zweite Treffen mit Dörte und Johanna. Johanna versucht die gleiche Methode wie ich. Aber sie ist ungeduldig. Ich glaube nicht, dass sie lange durchhalten wird. Dörte hat irgendetwas anderes vor. Sie hat nicht verraten, was es ist. Wahrscheinlich geht auch ihr die personalisierte Therapie zu langsam. Sie hat einen Liebhaber. Ihr Mann weiß angeblich nichts davon, obwohl er ihr nachspioniert und krankhaft eifersüchtig ist. Ich bin gespannt, wie sich alles weiterentwickelt. Mein Hänschen ahnt nicht im Geringsten, was ich mit ihm vorhabe. Ich werde geduldig sein. Es bereitet mir sogar Spaß, ihn auf kulinarische Weise ins Jenseits zu befördern. Er hat es verdient, und ich habe kein schlechtes Gewissen dabei. Schließlich tue ich nichts Ungesetzliches. Er ist selbst für seinen Lebensstil verantwortlich. Am besten wäre es, wenn ich ihn überreden könnte, das Rauchen wieder anzufangen. Aber ich glaube nicht, dass mir das gelingen wird. Vielleicht lässt er sich überzeugen, zu E-Zigaretten zu greifen. Das aus Vitamin E gewonnene Öl ruft angeblich schwere Lungenerkrankungen hervor, an denen schon einige Menschen gestorben sind. Manchmal explodieren die Dinger auch. Es gibt unzählige Möglichkeiten, wie man seiner Gesundheit schaden kann. Ich werde alle Optionen im Auge behalten.

12

Dörte war immer noch fassungslos über das Verhalten ihres Mannes. Er besorgte sich Potenzpillen im Internet, um bei einer Prostituierten seinen Mann zu stehen. Das durfte einfach nicht wahr sein. Sie fühlte sich betrogen und gedemütigt. Er ging sogar ein hohes gesundheitliches Risiko dabei ein. So viel waren ihm die bezahlten Abenteuer wert. Unfassbar! Die Pillen konnten für jemanden mit einem Herzfehler tödlich sein. Ganz sicher wusste er das. Vermutlich hatte ihn sogar sein Hausarzt davor gewarnt und ihm das Rezept verweigert.

Während sie sich aufregte, wurde ihr immer klarer, welche einmalige Chance ihr das gesundheitliche Risiko bot. Mit etwas Glück würde er sich selbst ins Jenseits befördern. Verdient hätte er es, und ihr kam eine Idee, wie sie den Vorgang beschleunigen konnte.

Sie nahm ihr Smartphone zur Hand und surfte im Internet. Es gab zahlreiche Anbieter dubioser Arzneimittel. Welche der blauen Pillen gefälscht waren, wusste sie natürlich nicht. Aber sie las die Bewertungen sowie Erfahrungsberichte, in denen die Wirkung beschrieben wurde. Sie fand Ware, die ein Rezensent mit »Vorsicht: Gefahr der Dauererektion – völlig überdosiert. Nur eine halbe Tablette verwenden!« beschrieb. Das war genau das Richtige. Dörte passte eine Gelegenheit ab, bei der sie unbemerkt den Computer ihres Mannes benutzen konnte, und gab die Bestellung unter seinem Namen auf. Sie bezahlte die Ware und löschte alle Transaktionsnachweise sowie Lieferschein und Rechnung. Auch den virtuellen Papierkorb bereinigte sie entsprechend.

Es bestand immer die Gefahr, dass verdächtige Lieferungen vom Zoll beschlagnahmt wurden. Aber der Postbote brachte die Ware aus China bereits vier Tage später, und sie sorgte dafür, dass sie die Pillen selbst in Empfang nahm. 30 Stück in kleinen Plastiktüten zu je zehn verpackt. Es war einfach, sie auszutauschen, während er am Morgen unter der Dusche stand und lautstark ein Lied trällerte. Ausgerechnet wieder *House of the Rising Sun*. Sie wusste nicht, ob er die Bedeutung des Songs kannte. Falls ja, hätte sie sein Gejaule als bewusste Provokation auffassen müssen.

Schon zwei Tage später hatte er seinen nächsten Abendtermin. Sie lobte ihn für seinen beruflichen Einsatz, bevor er ging. Jetzt hieß es abwarten. Sie sah sich einen Liebesfilm im Fernsehen an. Rosamunde Pilcher. Eigentlich wäre der Film optimal gewesen, um auf der Couch einzuschlafen. Aber sie war zu aufgeregt. Schließlich war es keine Kleinigkeit, was sie tat. Erste Skrupel überkamen sie. Doch dann stellte sie sich vor, wie er die überdosierte Arznei auskostete und auf dem Höhepunkt jauchzend von der Bettkante direkt ins Jenseits stürzte. Das fand sie ganz okay. Wem war schon so ein Abgang vergönnt?

Um 1 Uhr ging sie zu Bett. Schlafen konnte sie auch jetzt nicht. Ihre Gedanken kreisten um die Möglichkeiten, die das Leben ohne ihren Mann bieten würde. Das Versteckspielen wäre endlich vorbei. Vielleicht ergaben sich auch für ihre Beziehung zu Uwe neue Perspektiven. Auch er war unglücklich in seiner Ehe. Das hatte er immer wieder durchblicken lassen. Zwar hatten Uwe und sie sich irgendwie mit der Situation arrangiert, aber auf Dauer würden ihre heimlichen Treffen unweigerlich zu Konflikten zwischen ihnen führen. Davor hatte sie Angst. Und wie lange sie ihr Geheimnis noch bewahren konnten, wusste sie auch nicht. Sie hatte noch gut in Erinnerung, zu welchen Taten Edward in seiner Eifersucht fähig war. Seine Eskapaden wollte sie nicht noch einmal erleben.

Es war ein gutes Zeichen, dass Edward noch nicht zurück war. Ihr Radiowecker zeigte 2 Uhr, als es an der Haustür klingelte. Das musste die Polizei mit einer betrüblichen Nachricht sein. Auf dem Weg nach unten versuchte Dörte schon einmal, eine Trauermiene aufzusetzen. Sie öffnete die Tür. Für einen Moment glaubte sie, einen Geist zu erblicken. Vor ihr stand – Edward. Sie behielt ihre Trauermiene bei. Doch nun war sie nicht aufgesetzt.

»Entschuldige, Schatz. Ich hab meinen Schlüssel vergessen. Oder verloren. Ich weiß nicht. Tut mir leid«, stammelte er.

Sie überlegte, ob sie ihn reinlassen sollte. Aber er drängte sich an ihr vorbei. »Hast du ihn vielleicht irgendwo gesehen?«

»Wen?«

»Den Schlüssel.«

»Nein, hab ich nicht«, antwortete sie schroff. »Du musst ihn bei deinem Kunden verloren haben.« Sie bemerkte, dass sie das Wort »Kunden« stark betont hatte.

»Möglich. Ja, so wird es sein.«

»Und warum bist du so spät?« Sie hätte sich diese Frage verkneifen sollen, konnte sich aber nicht zurückhalten.

»Ich hab stundenlang nach dem Haustürschlüssel gesucht.«

Keine schlechte Lüge, dachte Dörte. Aber die Wahrheit war, dass er die Wirkung der Superpille extensiv ausgekostet und bei seinen perversen Liebesspielen den Schlüssel verloren hatte. So sehr sie sich auch bemühte, konnte sie doch ihren Ärger kaum verbergen. Aber Edward hatte keine Antenne für ihre Gefühlsregungen und schon gar nicht dafür, dass sie ihn durchschaut hatte.

Die Sache mit dem Jenseits war jedenfalls komplett danebengegangen. Vielleicht würde es beim nächsten Mal klappen, tröstete sie sich. Schließlich wies der Beipackzettel der Pillen auf das hohe Risiko für Herzpatienten hin. Irgendetwas musste doch an der Warnung dran sein.

Auch sein zweiter abendlicher »Arbeitstermin« blieb ohne die erwünschten Folgen. Seinen Schlüssel hatte er wiedergefunden. Der sei ihm aus der Hosentasche gerutscht, als er nach einem Taschentuch gekramt hätte. Der Kunde hätte ihn Tage später unter seinem Schreibtisch entdeckt.

Jetzt, da sie wusste, dass er sie betrog, verlor Dörte alle Hemmungen, eigene Termine vorzuschieben. Zum Beispiel Treffen mit einer Freundin sowie Theater- und Opernbesuche, die er nicht ausstehen konnte. Inzwischen war es ihr fast egal, ob er ihr auf die Schliche kam. Allerdings hatte sie keine Lust auf die zu erwartenden Auseinandersetzungen und Eifersuchtsszenen. Also spielte sie das Spiel weiter.

Ihre Pillenstrategie stellte sich allerdings als Flop heraus. Statt dass ihn ihre Methode dahinraffte, verschaffte sie ihm genussvolle Stunden. Das war absolut nicht in ihrem Sinn. Die geschäftlichen Treffen wurden häufiger und dauerten immer länger. Sein Herz schien auf wundersame Weise genesen zu sein. Auf die Diagnose von Ärzten konnte man sich eben in den seltensten Fällen verlassen.

13

Johanna gab sich alle Mühe. Ihm abends auf dem Sofa eine Flasche Bier mit Glyphosat zu reichen, dazu Kartoffelchips und Salzstangen, war, wie Olivia vorausgesehen hatte, kein Problem. Ebenso kamen Olivias Rezepte gut bei ihm an. Aber ihr fiel es immer schwerer, Argumente dafür vorzubringen, dass sie nicht mitaß, was sie kochte. Ähnlich wie Olivia hatte sie es zunächst mit einer Diät versucht. Aber ihr war es auf die Dauer schwergefallen, ihm beim Schlemmen zuzusehen, während sie an einem Apfel knabberte und einen Shake mit Vanille- oder Schokoladengeschmack trank. Aus diesem Grunde geriet sie immer mehr in Versuchung, selbst etwas vom zubereiteten Menü zu sich zu nehmen. Kleine Mengen konnten nur geringe Nebenwirkungen haben, dachte sie. Aber so recht mundete ihr das Essen nicht. Das Wissen um die enthaltenen Gifte verdarb ihr den Appetit, und nach einigen Monaten hatte sie genug von der »personalisierten Langzeittherapie«. Olivia ermahnte sie bei den Treffen immer wieder zur Geduld. Doch die war ihr schon lange abhandengekommen. Und als er wieder einmal seine Fußnägel schnitt, während sie gemeinsam vor dem Fernseher saßen, stand ihr Entschluss fest. Die Turbovariante musste her!

Der 30. Hochzeitstag war der perfekte Anlass für ein romantisches Essen bei Kerzenlicht. Sie stellte das Menü sorgfältig zusammen. Als Hauptgericht gab es Rindersteaks mit Kartoffeln, grünen Bohnen und Salat. Das

Fleisch hatte sie zwei Tage bei Zimmertemperatur aufbewahrt. Sie war sich ziemlich sicher, dass die Bakterien Botulinumtoxin gebildet hatten, eines der stärksten Gifte überhaupt. Es führte zu Muskellähmungen, auch der Atemmuskulatur. In hoher Verdünnung setzte man das Nervengift zur Faltenglättung ein. Auf keinen Fall durfte sie die Steaks zu lange braten. Das würde die Wirkung des Gifts zunichtemachen.

Die Kartoffeln garte sie im Backofen, mit Schale natürlich. Die enthielt Alkaloide, mit denen sich die Knollen vor Schädlingen schützten. Besonders viele davon befanden sich in den Augen und den Keimen, aber Letztere konnte sie natürlich nicht verwenden. Überhaupt musste ein Erwachsener ziemlich viele Kartoffeln verzehren, um sich damit zu vergiften. Aber gewürzt mit geriebener Muskatnuss sah die Bilanz schon besser aus. Muskatnuss enthielt ein hochgiftiges ätherisches Öl. Das darin enthaltene Myristicin erzeugte Rauschzustände wie bei Meskalin und LSD. Für eine tödliche Dosis hätte sie mehr als eine ganze Muskatnuss verwenden müssen. Das kam nicht infrage, aber selbst geringe Mengen an toxischen Zutaten würden sich zu einem durchschlagenden Mix summieren. Das hoffte sie jedenfalls. Auch die Bohnen leisteten einen nicht zu vernachlässigenden Beitrag, wenn sie weitgehend roh waren. Bereits sechs Stück konnten zu lebensgefährlichen Vergiftungen führen. Allerdings wurde das wirksame Phasin durch zehn bis 15 Minuten Kochen vollständig zerstört. Ihre Bohnen würden also noch etwas Biss haben müssen. Das würde er vermutlich gar nicht merken.

Auch der Salat war optimal ungesund. Dazu gehörten unreife Tomaten, die reichlich Solanin enthielten. Angeblich reichten bereits 200 Gramm des Nachtschattengewächses, um einen erwachsenen Mann umzubringen. So viel würde er vermutlich nicht davon essen. Aber wenn sie ihm sagte, dass es sich um eine grüne Sorte handle, würde er sicher kräftig zulangen. Als weitere Zutat gab sie Rucola in den Salat. Darunter mischte sie zwei Blätter giftiges Kreuzkraut. Die waren vom Rucola kaum zu unterscheiden. Für einen Laien wie Rüdiger sowieso nicht. Sie hatte gelesen, dass 2009 in ganz Deutschland Rucola aus den Supermärkten genommen worden war, weil man Kreuzkraut darunter gefunden hatte. So etwas konnte ja jederzeit wieder passieren.

Als Nachtisch gab es Marzipankartoffeln. Bittermandeln mit normalen Mandeln vermischt und kleingemahlen, Kakao, Puderzucker, etwas Rosenwasser sowie Amaretto und dann als runde Kügelchen appetitlich serviert. Das in den Bittermandeln enthaltene Amygdalin wandelte der Verdauungsapparat in Blausäure um. Das perfekte Dessert für den letzten Hochzeitstag. Das Internet hatte sich als Fundgrube gleichermaßen für gesunde und ungesunde Ernährung erwiesen.

Johanna zelebrierte die Zubereitung. Schließlich war das Kochen an diesem Tag etwas ganz Besonderes. Auch für die Tischdekoration nahm sie sich viel Zeit. Sie legte die Decke mit dem Rosenmotiv auf, holte das gute Geschirr aus dem Wohnzimmerschrank und achtete auf die richtige Anordnung des Bestecks entsprechend der Menüfolge. Kristallgläser für Wasser und Rotwein, die Servietten mit Möwe und Leuchtturm, die er ihr vor langer Zeit geschenkt hatte, und natürlich weiße Kerzen in silbernen Ständern gehörten zum Arrangement.

Sie zog ein hübsches Kleid an, nicht ihr Lieblingskleid,

aber eines, das zum Anlass passte. Zu ihrem Erstaunen setzte sich auch Rüdiger schick gekleidet an die Tafel. Sein dunkler Anzug war etwas eng geworden. Die Monate, die sie ihn gemästet hatte, waren nicht ohne Auswirkungen geblieben. Dafür war ihr Kleid fast ein wenig weit um die Hüften.

Sie füllte seinen Teller. Das Kreuzkraut hatte sie in der Salatschüssel so platziert, dass sie es wiedererkennen konnte. Ihre Portion des Hauptgerichts fiel etwas kleiner aus als seine. »Wegen der Aufregung«, begründete sie ihren geringen Hunger. Das war nicht gelogen, wenn es auch nicht der einzige Grund für ihre Zurückhaltung war. Er hatte inzwischen die Rotweinflasche geöffnet und eingeschenkt.

»Auf unsere 30 glücklichen Ehejahre.« Johanna hob das Glas und stieß mit ihm an. 30 glückliche Jahre. Wie konnte sie nur so verlogen sein? Vielleicht waren es fünf oder sechs gewesen. Mehr nicht. Eher weniger.

Vom Fleisch aß sie nur ein winziges Stück. Sie konnte den Ekel einfach nicht überwinden. Davon abgesehen leerte sie ihren Teller komplett. Er aß mit großem Appetit. Vermutlich hatte die Ernährung der letzten Monate seine Geschmacksnerven beeinträchtigt, denn zumindest die Muskatnuss machte die Kartoffelscheiben fast ungenießbar. Aber er bändigte die Schärfe mit reichlich Rotwein. Schließlich füllte er sich alle Reste auf und aß sogar ihre Portion Fleisch.

Während des Nachtischs bemerkte sie erste Anzeichen von Übelkeit bei sich und bei ihm. Er stopfte unzählige Marzipankartoffeln in sich hinein. Vielleicht überdeckte der reichliche Zucker, den sie dazugegeben hatte, den Geschmack der Bittermandeln.

Sie wischte sich den Mund mit der Serviette ab und stand auf. »Ich muss mal für kleine Mädchen.« Sie eilte ins Badezimmer, öffnete den Klodeckel, kniete sich nieder und steckte sich den Finger in den Mund. Sofort erbrach sie das gesamte Menü. Sie blieb noch einige Minuten, bis sie in das Esszimmer zurückkehrte. Rüdiger saß mit weit aufgerissenen Augen auf dem Stuhl und röchelte. Er hatte Schaum vor dem Mund und schien etwas sagen zu wollen, bekam aber kein verständliches Wort heraus. Sein Anblick schockierte sie. Aber was hatte sie sich vorgestellt? Dass er sanft entschlafen würde? Sie hatte A gesagt, also musste sie auch B sagen. Keinesfalls durfte sie den Notarzt zu früh rufen. Im Krankenhaus würde man ihm den Magen auspumpen, was einen ungünstigen Verlauf zur Folge hätte. Also wartete sie eine Zeit lang, so schwer es ihr auch fiel.

Rüdiger hatte das Bewusstsein verloren, und auch ihr ging es nicht besonders gut. Als die Zeit reif war, legte sie sich auf den Boden und wählte die 112. Es war besser, wenn die Feuerwehr die Haustür öffnete. Alles musste nach einem tragischen Unfall aussehen.

Eine gute Viertelstunde später klingelten die Einsatzkräfte Sturm. Doch Johanna rührte sich nicht. Bald hörte sie eine Scheibe zersplittern, Stimmen und Getrampel. Jemand ergriff ihre Hand und fühlte den Puls. Sie öffnete die Augen. Ein junger Mann in roter Weste beugte sich über sie. Er fragte, wie sie sich fühle und was passiert sei. Sie antwortete mit wirren Erklärungen, wie eine Patientin im Delirium. Im Krankentransporter verpasste man ihr eine Sauerstoffmaske und eine Spritze. Letztere enthielt offenbar ein Beruhigungsmittel, denn als sie aufwachte, lag sie in einem Krankenbett.

Man ließ Johanna noch einen ganzen Tag im Unklaren, bis sie erfuhr, dass ihr Mann das Hochzeitsmahl nicht überlebt hatte. Er habe noch Stunden ums Überleben gekämpft, habe aber das Bewusstsein nicht wiedererlangt.

Natürlich würde es eine Untersuchung geben und vermutlich auch eine Obduktion, um die Todesursache festzustellen. Damit musste Johanna rechnen. Aber es beunruhigte sie nicht sehr. Sie wusste selbst nicht, woran ihr Mann letztendlich gestorben war. War es das Kreuzkraut gewesen, die Tomaten oder die Bittermandeln? Oder hatte ihm das Botulin im Gammelfleisch den Garaus gemacht? In jedem Fall war es ein Unfall gewesen, ein kulinarischer Unfall mit Todesfolge. Man würde ihr daraus keinen Strick drehen können.

Zwei Tage nach ihrer Einlieferung wurde Johanna aus der Klinik entlassen. Die Ärzte hatten bei ihr Vergiftungserscheinungen festgestellt, die aber keine gravierenden Auswirkungen hinterlassen hatten. Es sei ein günstiger Umstand gewesen, dass sie sich direkt nach dem Essen übergeben hätte.

Johanna hatte ihre Tochter vom Krankenbett aus über den Tod ihres Vaters informiert. Die Telefonate waren nur kurz gewesen. Sie hatte nicht den Eindruck gewonnen, dass Lisa sehr betroffen war. Aber sie rief in der Folgezeit jeden Tag an und erkundigte sich nach Johannas Wohlbefinden. Sie würde selbstverständlich aus North Carolina anreisen, sobald der Beerdigungstermin feststand. Aber sie könne nicht lange bleiben. Es gäbe gerade einige Probleme in der Bank, in der sie arbeitete.

Johanna brauchte jetzt sowieso Zeit für sich. Es mussten viele Dinge geregelt werden. Allerdings kam ihr jetzt das Phlegma ihres Mannes zugute. Sie hatte die meisten

Dinge des Alltags alleine regeln müssen. Nur um die finanziellen Angelegenheiten hatte er sich weitgehend gekümmert. Das würde sie nun übernehmen.

Im Haus war es still geworden. Sie hatte ihn nur schwer ertragen können, seine Trägheit, seine ewig schlechte Laune und seine unflätige Art. Trotzdem fehlte ihr etwas, vielleicht sogar die Auseinandersetzungen, die sein Verhalten provoziert hatte. Was es auch war. In gewisser Weise vermisste sie ihn. Sie saß im Wohnzimmer auf der Couch und dachte über ihre neue Situation nach, als sein Smartphone summte. Es lag auf dem Beistelltisch und hing am Ladegerät. Sie zog das Kabel heraus, nahm es in die Hand und blickte auf das Display. Eine Videonachricht war eingetroffen. Sie tippte mit dem Finger auf die Starttaste. Was sie sah, erschreckte sie. Der Film zeigte einen Totenkopf, aus dessen Augenhöhlen Blut rann und auf den Boden floss. Untermalt wurden die Bilder mit der Melodie des Westerns *Spiel mir das Lied vom Tod*. Ein Schauer lief ihr über den Rücken. Das Gefühl verstärkte sich noch, als sich die Blutlache zu einem Text formte: »Deadline 21«. Was bedeutete das? Hatte jemand Verdacht geschöpft und wollte sie nun erpressen? Johanna warf das Gerät von sich, als könne sie dadurch einer Gefahr entkommen, die mit der Nachricht verbunden war. Es landete in der Couchecke, und die Musik verstummte.

14

Das nächste Treffen der drei Frauen fand einen Tag später erneut im Café statt. Johanna hatte weder Olivia noch Dörte vom Tod ihres Mannes erzählt. Nach ein paar Minuten Small Talk platzte sie endlich mit der Nachricht heraus: »Rüdiger ist tot.«

Sofort wurde es still am Tisch. Es schien sogar so, als wenn alle Gäste des Cafés ihre Unterhaltung spontan eingestellt hätten. Vielleicht hatte Johanna die Worte etwas zu laut ausgesprochen.

»Er ist …« Olivia stockte.

»Wie?«, fragte Dörte leise. »Die Turbovariante?«

Johanna nickte.

»Oh Gott.« Olivia begrub ihr Gesicht in den Händen. Schließlich sah sie Johanna an. »Dann bin ich mitschuldig.«

»Nein. Ich allein bin verantwortlich. Ich hab ihm die Henkersmahlzeit gekocht und serviert. Und ich stehe dazu. Manchmal plagt mich mein schlechtes Gewissen. Aber von Tag zu Tag wird es weniger. Etwas einsam ist es im Haus geworden. Doch auch daran werde ich mich gewöhnen.«

Eine Zeit lang herrschte Schweigen. Ab und zu versuchte eine von ihnen, ein Gespräch über Banalitäten zu beginnen. Aber das war von wenig Erfolg gekrönt.

»Was hast du jetzt vor?«, fragte Olivia.

»Erst einmal will ich mir einen Überblick über alles verschaffen. Über die Finanzen und so weiter. Danach werde ich das Haus ausmisten. Hat eine von euch vielleicht Interesse an Buddelschiffen?«

Beide verneinten.

»Bleibst du im Haus wohnen?«

»Ja, natürlich. Es ist ja nicht besonders groß. Außerdem hänge ich am Garten. Aber ich wollte euch noch etwas zeigen, das mich beunruhigt.« Johanna zog das Smartphone ihres Mannes aus der Handtasche. Dann startete sie das Horrorvideo, das sie am Vortag erhalten hatte. Sie hielt das Display so, dass alle gut sehen konnten.

Olivia war entsetzt. »Das ist ja gruselig.«

»Ach, das ist wahrscheinlich nur ein Scherz«, beruhigte Dörte. Sie tippte auf ihrem eigenen Gerät herum. »Ich hab vor einiger Zeit auch eine Sprachnachricht mit einer Drohung erhalten. Hier.«

Eine Computerstimme schallte aus dem Lautsprecher des Handys: »Wenn du diesen Kettenbrief nicht an mindestens 20 Kontakte weiterschickst, wirst du mich heute Nacht um Punkt 24 Uhr in deinem Zimmer, in deinem Elternzimmer, bei deinen Freunden, je nachdem, wo du schlafen wirst, finden. Ich werde in einer Ecke stehen und dich die ganze Nacht lang beobachten. Ich sehe schrecklich gruselig aus. Du wirst fast Herzinfarkt bekommen.«

»Die sind meistens in schlechtem Deutsch verfasst. Vermutlich von Kindern«, fuhr Dörte fort. »Oder denk an diese Momo-Challenge-Kettenbriefe, die über WhatsApp und andere Plattformen verbreitet werden. Da schickt ein angeblich totes Mädchen, das Momo heißt, Aufgaben, die man erfüllen soll. An deren Ende steht der Selbstmord. Ein 14-jähriger Franzose hat sich aufgrund dessen bereits das Leben genommen. Lösch das Video einfach. Es war ja auch an deinen Mann gerichtet und nicht an dich.«

»Ich würde das nicht so auf die leichte Schulter nehmen, wenn ich ehrlich bin«, warf Olivia ein. »*Deadline 21.* Das hat doch was zu bedeuten. Vielleicht wurde dein Mann bedroht. Ich meine, nicht im Netz, sondern im wirklichen Leben. Ich würde die Polizei benachrichtigen – nein, würde ich nicht.«

»Was soll ich also tun?«, fragte Johanna.

Die beiden anderen Frauen zuckten die Schultern.

»Du solltest abwarten. Vielleicht folgen keine weiteren Drohungen«, erwiderte Olivia. »Hast du schon seine Unterlagen durchsucht? Vielleicht findest du Hinweise über krumme Geschäfte oder so etwas.«

»Krumme Geschäfte? Bist du verrückt? Rüdiger war doch kein Verbrecher.«

»Ich meine ja nur. Wenn dein Mann nicht an deinem Menü gestorben wäre, könnte man denken, dass der Absender seine Drohung wahr gemacht hätte. Vielleicht kann dir das Video sogar noch mal nützlich sein. Deshalb solltest du es doch lieber nicht löschen.«

»Wie meinst du das? Nützlich?«

»Stell dir vor, die Polizei kommt dir wider Erwarten auf die Schliche. Dann zauberst du das Video aus dem Hut. Damit kannst du beweisen, dass dein Mann Feinde hatte, die ihn letztendlich umgebracht haben.«

»Olivia hat recht«, stimmte Dörte zu. »Also sieh das Ganze einfach mal positiv.«

»Hm. Das fällt mir nicht leicht.«

»Wir sind da, wenn du Hilfe brauchst. Du kannst dich auf uns verlassen, nicht wahr, Olivia?«

»Klar!«

Dörte schlürfte laut hörbar aus ihrer Kaffeetasse. »Ich hab's auch versucht.«

»Was?« Olivia sah sie erwartungsvoll an.

»Meinen Gatten aus dem Weg zu räumen. Leider ist es schiefgegangen.«

»Echt? Erzähl!«

»Ich hatte euch doch von seinen Ausflügen in die Rosenstraße erzählt.«

»Ja, ja!«, rief Olivia begeistert aus.

Dörte sah sich um, ob jemand von den anderen Gästen mithören konnte. Aber niemand nahm Notiz von den drei Frauen.

»Also, die Sache ist so. Edward geht mit einer Prostituierten fremd.«

»Das wissen wir schon. Aber fremdgehen würde ich das eher nicht nennen.« Olivia wiegte den Kopf.

»Wie denn?«, fragte Dörte entrüstet.

»Na ja, so gegen Geld … Ich weiß nicht. Das ist irgendwie etwas anderes.«

»Ach nee!«

»Ja – doch – schon – ein bisschen Fremdgehen ist das natürlich auch. Nur nicht so im klassischen Sinne, wenn du verstehst, was ich meine.«

»Nein. Das verstehe ich nicht.«

»Okay, verwerflich ist das allemal, was er tut. Aber du hast ja auch eine Affäre.«

Dörte schwieg. Sie schien nach einer passenden Antwort zu suchen.

»Bitte erzähl weiter. Wir sind ganz Ohr. Wie hast du es versucht, und woran ist es gescheitert?«

Olivia und Johanna mussten Dörte noch eine Weile

zureden, bis diese fortfuhr. Sie hörten aufmerksam zu, als Dörte ihre Vorgehensweise beschrieb.

Nachdem sie fertig war, schüttelte Olivia den Kopf. »Grapefruitsaft.«

»Was? Hab ich mich verhört, oder hast du gerade ›Grapefruitsaft‹ gesagt?«

»Ja. Den hättest du ihm vorher verabreichen sollen. Mensch, wieso hast du uns nicht zu Rate gezogen? Jedes Kind weiß doch, dass Grapefruitsaft die Wirkung verstärkt. Na ja, nicht jedes Kind, aber jeder halbwegs gebildete Erwachsene.«

»Du als ehemalige Krankenschwester weißt so etwas natürlich. Aber ich hab davon noch nie etwas gehört.«

»Viele Nahrungsmittel können mit Arzneimitteln wechselwirken. So solltest du ein Antibiotikum nicht mit Milch oder Mineralwasser einnehmen, weil das enthaltene Calcium den Wirkstoff bindet. Ananas und Goji-Beeren verstärken die Wirkung von Blutverdünnern. Das kann gefährlich werden. Na ja, und die Inhaltsstoffe der Grapefruit hemmen eben Enzyme in Leber und Darm, die die Medikamente abbauen. Damit verbleibt zu viel Wirkstoff im Blut. Im Fall der Potenzpille kann das die unerwünschten beziehungsweise erwünschten Folgen haben. Aber ich will dir jetzt nicht raten, es noch einmal zu versuchen. Sonst könnte mir das als Beihilfe ausgelegt werden.«

»Hm. Also Grapefruitsaft. Stimmt das wirklich, oder willst du mich veräppeln?«

»Es stimmt. Verlass dich darauf. Todsicher. Na ja, garantieren kann ich das nicht. Das mit dem Tod, meine ich. Aber die Chancen erhöhen sich durch den Trank gewaltig. Das Timing muss natürlich stimmen. Er nimmt die Pille wahrscheinlich eine Stunde vor dem Date. Das bedeutet, dass du ihm die vitaminhaltige Stärkung kurz vor seinem Geschäftstermin – oder nennen wir es besser Geschlechtstermin«, Olivia kicherte, »verabreichen solltest. Er wird deine Fürsorge zu schätzen wissen. Und mit etwas Glück hat er seinen allerletzten Höhepunkt.«

Dörte wollte gerade auf Olivias Ausführungen antworten, als sich das Handy von Johannas Mann meldete, das noch auf dem Tisch lag. Ein neues Video war angekommen. Johanna startete es, ohne das Gerät in die Hand zu nehmen. Alle blickten gebannt auf das Display. Wieder erschien der Totenkopf und floss das Blut aus den Augenhöhlen. Dazu erklang das *Lied vom Tod* auf der Mundharmonika. Allerdings endete der Film dieses Mal mit dem Schriftzug »Deadline 20«.

»In dem Video davor hieß es ›Deadline 21‹. Das sieht für mich nach einem Countdown aus. Bei null fließt Blut«, sagte Olivia.

»Du kannst einem echt Mut machen.« Johanna seufzte.

»Wenn das kein Fake ist, muss dein Mann gewusst haben, worum es ging. Hat er nie etwas Diesbezügliches geäußert?«

»Nein. Ich hab schon sein Handy nach irgendwelchen Hinweisen durchsucht, Nachrichten und so weiter. Nichts. Die Papiere, die er in seinem Schreibtisch aufbewahrt, habe ich allerdings noch nicht gesichtet. Das werde ich demnächst mal tun. Bisher hatte ich noch nicht den Nerv dazu.«

»Das solltest du in jedem Fall in den nächsten 20 Tagen tun. Und, wie gesagt, wenn du Hilfe brauchst, stehen wir zu deiner Verfügung.« Olivia tätschelte Johannas Hand.

»Danke. Ich werde darauf zurückkommen. Wie sieht es eigentlich bei dir aus, Olivia. Was macht deine ›personalisierte Therapie‹? Hast du den Eindruck, dass er Fortschritte macht?«

»Nicht so richtig. Wie ich vorausgesehen hab, hat Hans zwar weiter zugenommen, aber seine Tussi scheint so etwas wie ein Jungbrunnen für ihn zu sein. Ich werde seinen Zustand noch einige Wochen beobachten. Wenn sich nichts bessert beziehungsweise verschlechtert, werde auch ich die Turbovariante in Betracht ziehen. Sag mal, hast du dich an die Mengenangaben des Rezepts gehalten?«

»Einige Zutaten hab ich etwas großzügig dosiert, und in den Salat hab ich zwei Blätter Kreuzkraut gegeben. Die sind vom Rucola nicht zu unterscheiden.«

»Die Details musst du mir bei Gelegenheit mal aufschreiben. Und jetzt esse ich noch ein Stück von der leckeren Sahnetorte.«

Olivia schrieb nach dem Treffen in ihr Tagebuch:

Tag 59. Johanna hat es geschafft. Allerdings mit der Turbovariante. Ich hab geahnt, dass sie nicht die notwendige Geduld für die sichere Methode aufbringt. Ich kann das gut verstehen. Auch mir geht es zu langsam voran. Johanna (das heißt eigentlich ihr Mann) erhält von irgendjemandem Drohungen. Wir haben keine Ahnung, wer und was dahintersteckt.

Dörtes Mann geht zu einer Prostituierten. Ich hab das schon länger geahnt. Endlich hat sie die Katze aus dem Sack gelassen, was ihren Plan angeht. Er hat einen Herzfehler und nimmt Potenzpillen (für die Dates mit der Nutte – sehr komisch, finde ich). Jedenfalls hat sie beson-

ders wirksame Pillen im Internet bestellt. Fälschungen,
versteht sich. Hat aber nicht funktioniert. Ich hab ihr
den Tipp gegeben, es mit Grapefruitsaft zu versuchen.
Ich weiß nicht, ob das richtig von mir war.

Hänschen geht es verdammt gut. Vielleicht hat er nur
ein vorübergehendes Hoch. Falls ich doch die Turbo-
variante anwenden muss, kann ich sicher auf Johannas
Erfahrungen zurückgreifen. Aber noch hab ich die Hoff-
nung nicht aufgegeben.

15

Johannas Mann Rüdiger landete in der Rechtsmedizin
der Kieler Universitätsklinik. Dort stellte man fest, dass
er an »multiplem Organversagen« verstorben war. Die
Rechtsmediziner hatten Blut und Mageninhalt untersucht. Aber die herangezogenen Toxikologen hatten vom
verabreichten Giftcocktail lediglich das Botulinumtoxin
identifiziert. Sie waren darauf angewiesen, nach sicht-

baren Veränderungen im Körper zu suchen, um Hinweise auf weitere Gifte zu erhalten. Aber solche Merkmale gab es nicht. Auch aus den wenigen Speiseresten auf den Tellern ließen sich keine Rückschlüsse auf toxische Substanzen ziehen. Immerhin korrespondierte das Fleisch im Magen mit dem medizinischen Befund, und so lag es auf der Hand, dass Rüdiger an einer Lebensmittelvergiftung gestorben war.

So weit, so gut. Trotzdem wurde Johanna zu einer Befragung auf die Polizeistation geladen und von Hauptkommissar Hirschberger vernommen. Besonders freundlich war er nicht zu ihr. Sie hatte nicht unbedingt erwartet, dass er ihr kondolierte, aber etwas Mitgefühl hätte er schon zeigen können. Er saß an seinem Schreibtisch und sie auf einem harten Holzstuhl davor. Sie fühlte sich wie eine Angeklagte, obwohl er betonte, dass es lediglich um eine Routinebefragung ginge, wie sie in solchen Fällen üblich sei.

»Sind Sie einverstanden, dass ich Ihre Aussagen aufzeichne?«

»Ja, von mir aus.«

Er betätigte eine Taste auf einem Gerät, das einem Smartphone ähnelte, und sprach Datum, ihren Namen und ihr Geburtsdatum in das Mikrofon.

»Frau Detlefsen, Sie haben angegeben, dass Sie das Fleisch erst kurz vor dem Verzehr in einem Supermarkt gekauft haben.«

»Ja, am Vortag der Zubereitung.«

»Und den Kassenzettel haben Sie nicht mehr?«

»Nein, den hab ich weggeworfen.«

»Wohin? In den Abfall oder den Papierkorb?«

»Ich kann mich nicht erinnern.«

»Die Kriminaltechniker haben in Ihrem Haus danach gesucht und ihn nicht gefunden.«

»Es kann sein, dass ich ihn gar nicht mitgenommen habe. Ich kontrolliere die Beträge nie. Wahrscheinlich habe ich die Quittung gar nicht eingesteckt, sondern im Einkaufswagen zurückgelassen. Ja, so wird es gewesen sein.«

»Aber Sie können sich nicht erinnern?«

»Nein. Auf solche belanglosen Dinge achte ich nicht und behalte sie nicht.«

»Und Sie sind sich sicher, dass Sie das Fleisch nicht schon Tage vor der Zubereitung gekauft haben?«

»Ganz sicher. Ich kaufe immer frische Ware ein.«

»Wir haben die Verpackung leider nicht gefunden. Das erschwert unsere Untersuchungen. Auch im Hinblick auf etwaige Verfehlungen des Supermarkts.«

»Ich hab die Verpackung direkt nach dem Einkauf in die Tonne für Plastikmüll geworfen, die leider am selben Tag geleert wurde. Ich packe das Fleisch immer sofort aus und verwahre es in einem Kunststoffbehälter über dem Gemüsefach. Das ist der kühlste Bereich im Kühlschrank. Wussten Sie das?«

»Nein. Haben Sie auf das Haltbarkeitsdatum geachtet?«

»Selbstverständlich. Darauf achte ich immer. Es war keinesfalls abgelaufen. Aber ich habe gehört, dass es manchmal gefälscht wird. Anders kann ich mir das Unglück nicht erklären.«

»Wir werden auch in diese Richtung ermitteln. Sagen Sie, war Ihr Mann gesundheitlich angeschlagen? Im Gegensatz zu Ihnen hat er die Vergiftung nicht überlebt.«

Johanna wusste, worauf Hirschberger hinauswollte. »Nein. Er war soweit gesund. Bis auf seinen Blutdruck. Der war manchmal zu hoch, und er wollte keine Tabletten dagegen nehmen. Wegen der schlimmen Nebenwirkungen.«

»Sie sind glimpflich davongekommen in jener Nacht.«

»Ich hab weniger gegessen und hab mich übergeben. Das hat mir wahrscheinlich das Leben gerettet.«

»Hm, ja. Das haben die Ärzte bestätigt. Sie waren eine Zeit lang ohnmächtig?«

Johanna senkte den Kopf. »Sonst hätte ich den Notarzt früher rufen können. Vielleicht wäre mein Mann dann heute noch am Leben.«

Johanna musste ihm den kompletten Verlauf des Abends noch einmal schildern. Sie gab sich alle Mühe, sich nicht in Widersprüche zu verwickeln. Anschließend stellte Hirschberger weitere Fragen. Manchmal glaubte sie Vorwürfe und Unterstellungen herauszuhören. Trotzdem gewann sie am Ende den Eindruck, dass sie sich einigermaßen wacker geschlagen hatte und kein konkreter Verdacht mehr gegen sie bestand. Aber Hirschberger war nur schwer zu durchschauen, sodass ihr Eindruck täuschen konnte.

Nachdem die sterblichen Überreste ihres Mannes freigegeben worden waren, organisierte Johanna die Beerdigung. Nach der Einäscherung sollte Rüdiger seine letzte Ruhe in einer biologisch abbaubaren Urne zwischen Buchen und Eichen im Ostenfelder Forst finden. So hätte er es sich gewünscht, glaubte sie. Jedenfalls passte das zu seiner Bequemlichkeit, weil man das Grab nicht pflegen musste. Da er das selbst nicht mehr tun konnte, wäre die Arbeit mal wieder an ihr hängen geblieben.

Lisa traf einen Tag vor der Beerdigung ein. Sie war in Hamburg gelandet und hatte sich einen Mietwagen genommen. Mutter und Tochter lagen sich eine Minute schluchzend in den Armen. Eine halbe Stunde später saßen sie bei einer Tasse Kaffee zusammen. Lisa hatte nur wenig Ähnlichkeit mit Johanna. Sie war schlank und hatte dunkelblondes schulterlanges Haar. Immerhin hatte sie von ihrer Mutter den kleinen Höcker auf der Nase geerbt.

Anfangs redeten sie nur wenig über Rüdiger. Lisa erzählte von ihrem Job bei der Bank, ihrer neuen Wohnung und ihrem Freund, den sie bei einer Betriebsfeier kennengelernt hatte.

Natürlich ließ es sich nicht vermeiden, dass sie auf den Abend zu sprechen kamen, an dem das Unglück geschehen war.

»Das Fleisch war verdorben«, erklärte Johanna. »Bestimmt wird es Untersuchungen gegen den Supermarkt geben, in dem ich es gekauft habe. Beinahe wäre ich ebenfalls gestorben. Glücklicherweise habe ich wenig von dem Fleisch gegessen.«

Lisa ergriff die Hand ihrer Mutter. »Ich bin so froh, dass du lebst. Wirst du alleine klarkommen? Ich muss bald zurück ...«

»Mach dir um mich keine Sorgen. Wenn ich deine Hilfe brauche, können wir miteinander telefonieren oder skypen. Und Weihnachten kommst du doch, oder?«

»Ja, natürlich.«

Lisa drückte kurz Johannas Hand. »Wieso haben die Ärzte Papa nicht helfen können?«

Johanna senkte den Blick. »Ich war für Stunden ohne Bewusstsein. Es hat lange gedauert, bis ich wieder aufgewacht bin und den Notruf wählen konnte. Aber ich hätte bemerken müssen, dass das Fleisch verdorben war. Ich mache mir schreckliche Vorwürfe.«

Lisa sagte nichts. Ihr Schweigen traf Johanna wie ein Stich ins Herz. Gab Lisa ihr eine Mitschuld am Tod des Vaters? Johanna fragte nicht nach. Schließlich hatte sie nicht nur Mitschuld, sondern die alleinige Verantwortung dafür. Jede weitere Diskussion über das Thema konnte sich nur negativ auf das Verhältnis zu ihrer Tochter auswirken, das sowieso nicht mehr so innig wie in früheren Jahren war.

Die Beerdigung fand im engsten Familien- und Bekanntenkreis statt, wie es so schön hieß. Ihr Mann Rüdiger hatte keine Geschwister gehabt, und seine Eltern waren vor Jahren gestorben. Freunde hatte er ebenfalls keine. Wie auch, wenn er nur zu Hause rumhing, Buddelschiffe baute und vor der Glotze hockte? Von den ehemaligen Arbeitskollegen gab sich nur einer die Ehre. Sein Name fiel Johanna nicht ein. Aber sie hatte ihn ein paarmal gesehen, als sie Rüdiger aus irgendwelchen Gründen im Finanzamt aufgesucht hatte. Sie wunderte sich über sein Erscheinen, denn soweit sie wusste, hatten die beiden so manche Auseinandersetzungen miteinander ausgefochten. Der Kollege war in etwa in Rüdigers Alter und von drahtiger Statur. Johanna fiel sein permanentes Grinsen auf. Vielleicht gehörte das zu seinem Naturell, aber sie konnte sich des Eindrucks nicht erwehren, dass in seinem Gesicht Schadenfreude abzulesen war. Doch vermutlich bildete sie sich das nur ein.

Aus der Nachbarschaft war das Ehepaar Hinrichsen gekommen, das zwei Häuser weiter wohnte. Der Nachbar hatte sich vor Jahren einige Male von Rüdiger in steuerlichen Angelegenheiten beraten lassen und das mit kleinen handwerklichen Diensten abgegolten. Als Hausmeister an einer Schule hatte Hinrichsen das notwendige Geschick, während Rüdiger außer seinen Buddelschiffen wenig zustande gebracht hatte.

Die Zeremonie erfolgte auf einer Lichtung im Ostenfelder Wald. Ein beauftragter Laienprediger stand vor einem hohen Holzkreuz und fand salbungsvolle Worte für den Verstorbenen. Der Text hätte aus einer Musterpredigt stammen können, in der nur der Name ausgetauscht worden war.

Etwas abseits, hinter einer der Holzbänke, stand ein Mann, den Johanna nicht kannte. Er war von kräftiger Statur, hatte einen glatt rasierten Schädel und einen Bierbauch. Auf dem linken Arm prangte eine Tätowierung. Johanna erkannte einen Totenkopf. Sie musste sofort an das Video denken, das ihr, beziehungsweise ihrem Mann zugeschickt worden war. Aber vermutlich gab es unzählige Menschen mit solchen geschmacklosen Motiven auf den unterschiedlichsten Körperteilen. Als die Zeremonie beendet war, war der Fremde verschwunden.

Lisa und der Laienprediger führten die Prozession zu Rüdigers letzter Ruhestätte an. Sie trug die Urne in den Händen vor den Trauergästen her. Johanna und der Rest der überschaubaren Gemeinde folgten ihr. Vor einer Buche, an deren Stamm ein grünes Schild in Scheckkartengröße mit Namen und Todesdatum des Verstorbenen angebracht war, blieben alle stehen und versammelten sich um ein Erdloch, das mit Tannenzweigen dekoriert war. Nach einigen Sekunden der Andacht wurde die Urne hinabgelassen und von allen Anwesenden mit einer Schaufel Sand bedeckt.

Johanna vergoss einige Tränen. Ihre Trauer war nicht gespielt. Sie wusste selbst nicht, warum sie heulte. Schließlich hatte sie alles so gewollt. Aber dass sie ihren Plan tatsächlich umgesetzt hatte, lastete auf ihrer Seele. Mehr, als sie sich hatte vorstellen können. Wer sie weinen sah, interpretierte ihr Verhalten mit Sicherheit als Trauer um den geliebten Menschen. Und das war gut so.

Lisa reiste bereits am nächsten Tag wieder ab. Nachdem sie fort war, trat zunächst eine große Leere ein. Erst allmählich rappelte sich Johanna auf und schmiedete erste Pläne für die Zukunft. Ganz oben auf ihrer Liste stand ein Traum, den sie seit Jahren hegte. Sie geriet in Goldgräberstimmung, wenn sie daran dachte. Sie wollte das Schwarze Gold der Nordsee schürfen, koste es, was es wolle. Schon in den nächsten Tagen wollte sie die ersten Vorbereitungen treffen. Lange genug hatte sie ihre Wünsche zurückgesteckt. Vielleicht würde ihr Vorhaben eine Luftnummer werden. Aber dann hatte sie es jedenfalls versucht. Zu viele verpasste Gelegenheiten und unerfüllte Träume hatten sich in den Jahren angesammelt. Damit war jetzt Schluss. Endgültig!

16

Die Bedingungen waren gut für ihre Expedition ins Watt. Die Wetterpropheten hatten Temperaturen von zwölf Grad zur Mittagszeit vorhergesagt und nur mäßigen Wind von See. Aber Johanna wollte spätestens um 8 Uhr von zu Hause losfahren. Das war für ihr Vorhaben früh genug, einschließlich einer ausreichenden Reserve für den Notfall. Ein größeres Zeitfenster wäre natürlich sicherer gewesen. Zwei Stunden vor Niedrigwasser galt als idealer Zeitpunkt für eine Wattwanderung. Und niemals alleine gehen! Das hatte man ihr schon als Kind in der Schule eingebläut. Damals hatte es noch keine Mobiltelefone und schon gar keine Smartphones mit GPS gegeben, mit denen man im Notfall Hilfe hätte rufen und den Standort durchgeben können. Soweit Johanna sich erinnern konnte, hatte sie sowieso nie Lust verspürt, lange Wanderungen zu unternehmen, weder an Land noch im Watt.

An diesem Tag musste sie die *Zwei-Stunden-vor-Niedrigwasser-Regel* ignorieren, sonst hätte sie in den frühen Morgenstunden aufbrechen müssen, was wiederum die Gefahr von Nebel vergrößert hätte. Sie packte zusätzlich zu ihrem Handy einen Kompass in den Rucksack und zog passende Kleidung an, Jeans, die sie hochkrempelte, Pullover und Regenjacke sowie halbhohe Leinenturnschuhe.

Sie überlegte, wann sie das letzte Mal im Watt gewesen war. Fast 40 Jahre musste das her sein. Markus hieß damals ihr Begleiter. Über beide Ohren war sie in ihn verliebt gewesen. Nackt hatten sie sich am Steindeich im Schlick gewälzt, herumgealbert und geknutscht. Ansonsten war nichts weiter passiert. Sie war dafür noch nicht bereit gewesen. Eine Woche später hatte er eine andere kennengelernt. Das war's. Im Grunde bestand das ganze Leben aus einer Aneinanderreihung verpasster Chancen. Aber sie hatte dazugelernt. Dieses Mal wollte sie ihr Ziel bis zum Ende verfolgen.

Im Rucksack befanden sich 20 wasserdichte Becher für die Bodenproben, die sie an verschiedenen Stellen nehmen wollte. Ihre Expedition sollte an der Dockkoogspitze beginnen, abseits des Badestrandes. Sie stellte ihr Auto auf dem Parkplatz neben der Ruine des *Nordseehotels* ab, stieg aus, schulterte ihren Rucksack und ging Richtung Deich. Dann stieg sie die Treppe hinauf und schritt den asphaltierten Weg auf der anderen Seite entlang. Kurz vor den Lahnungen balancierte sie die unebene Steinbefestigung hinunter.

Sie wollte ihre ersten Proben weiter im Norden nehmen und dann bis zum Heverstrom laufen. Der Gezeitenstrom führte stets Wasser und verband den Husumer Hafen mit dem offenen Meer. Wo sie genau die Schlickproben einsammelte, würde sie spontan entscheiden, nach optischen Kriterien. Sie hoffte, Gebiete mit unterschiedlichen anorganischen und organischen Sedimentablagerungen zu finden. Besonders gut hatte sie sich nicht vorbereitet. Deshalb musste sie sich auf ihre Intuition verlassen. Aber wenn sie genug Proben hatte, würde das Labor, das sie für die Analyse zu beauftragen gedachte, schon deutliche Unterschiede herauskristallisieren. Das hoffte sie jedenfalls.

Der Weg durch das Watt war beschwerlich. Doch ihre Motivation trieb sie an. Immer wieder entdeckte sie interessante Stellen im Schlick, füllte die Becher, speicherte die Koordinaten in ihrem Smartphone ab und stapfte weiter. Ihre ursprünglich geplante Route hatte sie schon lange verlassen, als sie in der Ferne den Gezeitenstrom erblickte. Eine Viertelstunde später erreichte sie die Heverkante. Eine Möwe flog kreischend über ihren Kopf hinweg und landete auf dem Wasser. Der Strom wirkte seicht und harmlos, aber sobald die Flut einsetzte, würde er sich in einen reißenden Fluss verwandeln. Johanna öffnete ihre Jacke. Von der Anstrengung war ihr warm geworden. Langsam ging sie weiter, um eine geeignete Stelle für eine Probe zu suchen.

Eigentlich hätte sie die Warnung wahrnehmen müssen. Die spiegelnde Fläche vor ihr war ein untrügliches Zeichen für die Gefahr. Vielleicht war sie zu sehr in ihre Arbeit vertieft. Oder der Blick auf das Handy war schuld daran, dass sie das Schlickloch übersah. Ein Schritt zu viel, und in der nächsten Sekunde versank sie bis zu den Oberschenkeln und schließlich bis zur Hüfte. Geistesgegenwärtig umklammerte sie ihr Mobiltelefon. Doch ihr drängendstes Problem bestand darin, das Gleichgewicht zu wahren. Sie ruderte mit den Armen, bis sie endlich wieder einen festen Stand erreichte. Erst jetzt konnte sie das Smartphone komplett aus dem Dreck ziehen. Das Ding sah ganz und gar nicht mehr wie ein Hightech-Gerät aus. Braune, zähflüssige Suppe tropfte davon herunter. Was schließlich blieb, ähnelte einem Silberbarren. Dieser wäre in ihrer Situation ähnlich wertlos gewesen wie ein kaput-

tes Smartphone. Sie spülte ihre Hand im Oberflächen-
wasser ab und versuchte, das Display mit dem Zeigefinger zu säubern.

Sie befand sich in Lebensgefahr und durfte keine Zeit
verlieren. Verzweifelt wischte und klopfte sie auf dem
Gerät herum. Aber nichts tat sich. Offenbar hatten die
Sekunden in Schlamm und Salzwasser ausgereicht, um
der teuren Anschaffung den Garaus zu machen. Nach
einigen weiteren Versuchen steckte sie das Mobiltelefon in den Halsausschnitt ihres Pullovers, von wo aus
es bis zu ihrem Busen durchrutschte. Vielleicht erholte
es sich auf der warmen Unterlage.

Direkt nach ihrem Fehltritt war die Angst aufgekommen, sie könnte bei jeder Bewegung weiter absin-
ken und schließlich den Boden unter den Füßen verlieren. Sie hatte gehört, dass einem das im Moor nicht
passieren konnte. Das hatte irgendetwas mit dem Auftrieb zu tun. Menschen, die man als Moorleichen fand,
waren in der Regel nicht erstickt oder ertrunken, sondern an Unterkühlung gestorben. Aber diese Erkenntnis
war wenig tröstlich. Für Schlicklöcher galt das Prinzip
nicht. Außerdem drohte ihr eine ganz andere Gefahr. Die
Flut hatte bereits eingesetzt, und der Heverstrom würde
bald anschwellen und sie überspülen. War nicht sogar
Vollmond? Kurz nach Vollmond oder Neumond lief das
Wasser besonders schnell auf. Springtide nannte man das.
Dazu kam der auflandige Wind, der zwar schwach war,
aber gegen sie spielte. Johanna schätzte, dass ihr noch
eine Stunde blieb. Eine Stunde bis zur Ewigkeit. Ein
Wettlauf mit der Zeit, bei dem sie schlechte Karten hatte,
zumal ihre Möglichkeiten, sich aus der Lage zu befreien,
gegen null tendierten.

Sie trug immer noch den Rucksack auf dem Rücken. Kurz überlegte sie, ob sie ihn abschnallen sollte, weil das Gewicht mit den Schlickproben sie zusätzlich zu ihrem Eigengewicht in die Tiefe ziehen könnte. Doch sie entschied sich dagegen. Vielleicht konnte sie ihn beziehungsweise seinen Inhalt noch gebrauchen. Zum Beispiel den Kompass. Seenebel war aufgekommen, und die Sicht wurde immer schlechter. Noch war das Ufer schemenhaft zu erkennen, aber wenn der Dunst sich verdichtete, wäre sie vollständig orientierungslos. Solange sie allerdings im Schlickloch feststeckte, war der Kompass nutzlos. Trotz ihrer Lage dachte sie auch an die mühsam gesammelten Proben, die so wertvoll für sie waren.

Wieso hatte sie ihr Handy nicht in eine wasserdichte Schutzhülle gepackt? Sie hatte geglaubt, bei ihrer Vorbereitung an alles gedacht zu haben. Aber der Teufel steckte wie immer im Detail.

Es gab nur eine Rettung. Sie musste versuchen, sich selbst aus dem Loch zu befreien. Vorsichtig schob sie einen Fuß vor den anderen. Irgendwann musste sie an den Rand der Senke gelangen. Bei jeder Bewegung zerrte der Schlamm an ihrem Körper, so, als wollte das Wattenmeer sie nicht wieder freigeben. Die graue Masse wurde zäher und zäher. Langsam begriff sie, dass das Loch keine feste Kante hatte, an der sie sich hätte hochziehen können. Die Konsistenz nahm ganz allmählich zu und ließ ihre Füße schließlich nicht mehr los. Das war das Ende! Wie grotesk! Ihr Plan, sich mit ihrer Geschäftsidee eine neue Existenz aufzubauen, endlich das zu tun, wovon sie immer geträumt hatte, wurde ihr zum Verhängnis. Der Schlick, den sie verkaufen wollte, würde sie umbringen.

Aber noch war es nicht so weit, auch wenn ihr nicht mehr viel Zeit blieb. Der Strom war bereits sichtlich angeschwollen. Bald würde das Salzwasser zu ihr herüberschwappen und dann gnadenlos weiter ansteigen.

Wie aus dem Nichts tauchten Bilder eines längst vergessenen oder verdrängten Erlebnisses aus ihrer Kindheit auf. Sie spürte die Angst von damals. Die Wattwanderung mit ihrem Vater hatte es tatsächlich gegeben. Sie waren nur knapp dem Tode entronnen. Eine Zeit lang war sie von Albträumen heimgesucht worden. Schließlich hatte sie nicht mehr gewusst, was real und was Fantasie gewesen war. Niemand in der Familie hatte über den Vorfall gesprochen, und sie hatte nie danach gefragt. Aber das Monster der Erinnerung hatte tief in ihr geschlummert, um sich jetzt zu zeigen und ihre Panik zu verstärken. Damals waren sie in letzter Minute gerettet worden. Ein Tourist hatte ihre Schreie gehört und einen Notruf abgesetzt.

Ob man sie auch dieses Mal am fernen Ufer hörte, wenn sie laut genug rief? Sie schrie um Hilfe, bis ihre Kräfte nachließen und die Stimme versagte. Ihr wurde kalt, aber sie wusste nicht, ob das Zittern ihrer Glieder von Angst oder Kälte herrührte. Jetzt half nur noch beten. Und das meinte sie wörtlich.

17

Ein Höllenlärm weckte Olivia. Sie saß aufrecht im Bett und horchte. Nichts rührte sich. Hatte sie geträumt? Nein, Einbrecher! Sie tastete nach Hans. Ihr fiel ein, dass er sich mit einigen Lehrerkollegen treffen wollte, was wohl diesmal der Wahrheit entsprach. Kein Dartspielen in Flensburg. Die roten Ziffern des Radioweckers zeigten 1.05 Uhr an. Sie stand auf und schaltete das Licht ein. Dann öffnete sie die Schlafzimmertür und horchte. Nichts. Den Einbrechern entgegenzutreten, war keine gute Idee. Die Polizei rufen? Das Telefon und ihr Handy lagen ein Stockwerk tiefer im Wohnzimmer. Sie schloss die Tür, drehte den Schlüssel um und ging zum Fenster. Sie atmete auf. Licht schien aus dem Wohnzimmer und beleuchtete den Balkon unter ihr. Einbrecher, die das Licht einschalteten, konnte sie sich nicht vorstellen. Aber auszuschließen war das nicht. Vermutlich war Hans zurückgekommen. Aber wieso dann dieser Lärm? Ein weiterer Blick beantwortete ihre Frage. Die Balkonbrüstung fehlte. Die Front war offenbar auf voller Länge in die Tiefe gestürzt.

Egal, was passiert war, irgendetwas musste sie tun. Sie schloss die Tür wieder auf und stieg langsam die Treppe hinunter. Die Holzstufen unter ihren Füßen ächzten bei jedem Schritt. Sie blieb mehrmals stehen, um zu lauschen, aber es rührte sich nichts. Als sie das Wohnzimmer betrat, sah sie die offene Balkontür. Luna stand vor der Schwelle. Ihr Schwanz bewegte sich aufgeregt hin und her. Olivia traute sich nicht, den Balkon zu betreten. Sie eilte zurück in den Flur und hinunter ins Erdgeschoss, schaltete die Terrassenbeleuchtung ein und lief hinaus. Das Metallgeländer lag auf den Steinplatten. Das erklärte das tosende Geräusch, das sie gehört hatte. Aber wie konnte das passieren? Ihr erster Gedanke war, dass ihr Mann zurückgekehrt war, noch eine rauchen wollte, bevor er zu Bett ging, und dann samt Geländer abgestürzt war. Aber er war nirgends zu sehen. Der Garten war klein, und sie konnte das gesamte Grundstück überblicken.

Olivia kehrte in das untere Wohnzimmer zurück. Nachdem ihr Sohn ausgezogen war, waren die Räume im Erdgeschoss eine Zeit lang vermietet gewesen. Jetzt nutzten sie den Bereich selbst, auch wenn sie sich meistens in den oberen Stockwerken aufhielten, die gemütlicher eingerichtet waren. Das Haus war eindeutig zu groß für zwei Personen, aber eine erneute Vermietung wollten beide nicht. Wenn ihr Sohn sie besuchte, was nur ein paarmal im Jahr passierte, brauchten sie den Platz.

Olivia versuchte, ihren Mann auf seinem Mobiltelefon zu erreichen, landete aber lediglich auf seiner Mailbox. Jetzt führte kein Weg mehr daran vorbei, die Polizei zu benachrichtigen.

Sie wählte die 110 und schilderte den Vorfall. Dann zog sie sich an. Eine gute Viertelstunde dauerte es, bis zwei uniformierte Beamte an der Haustür klingelten. Ein stämmiger Mann mit Bart stellte sich als Polizeiobermeister Paul Köhler vor, der etwas kleinere, schlankere nannte nur seinen Nachnamen. Drescher oder Drechsler verstand sie. Olivia bat sie ins Wohnzimmer und erzählte ihnen das Erlebnis der Nacht. Beide hörten aufmerksam zu. Dann gingen sie auf die Terrasse. Obwohl die Außenlampe eingeschaltet war, leuchtete Köhler den Boden mit einer Taschenlampe ab. Der Lichtstrahl wanderte über das Metallgeländer, hinauf zum Balkon, zurück auf die Terrassenplatten und blieb schließlich an einem roten Fleck auf einer Steinplatte hängen. Köhler hockte sich hin und strich mit dem Zeigefinger über die Stelle. »Blut«, sagte er und richtete sich wieder auf. Er sah Olivia an. »Und Sie wissen wirklich nicht, was passiert ist? Sie sprachen von Einbrechern?«

»Das war nur eine Vermutung. Aber ich wüsste nicht, wie sie in das Haus gelangt sein könnten. Die Terrassentüren waren geschlossen. Allerdings stand die Balkontür im Obergeschoss offen. Vielleicht sind sie dort eingedrungen. Das ist aber keine Erklärung dafür, dass das Geländer abgebrochen ist. Ich verstehe das Ganze nicht. Ich schlafe noch weiter oben, im Dachgeschoss, und bin vom Lärm aufgewacht.«

»Ist Ihr Mann nicht zu Hause?«

»Er ist Lehrer und war auf einer Feier mit Kollegen. Aber er hätte schon lange zurück sein müssen. Ich erreiche ihn auch nicht auf seinem Handy. Ich dachte zwischendurch, er wäre vielleicht zurückgekommen und vom Balkon gestürzt. Vielleicht hat er sich verletzt und ist zum Krankenhaus gelaufen. Es ist nicht sehr weit von hier. Aber das ist Unsinn. Er hätte mich zu Hilfe gerufen, und ich hätte den Notarzt geholt oder ihn in die Klinik gefahren. Das ergibt alles keinen Sinn.«

Köhler nickte nachdenklich. »Haben Sie versucht, einen der Kollegen Ihres Mannes zu erreichen, die an der Feier teilgenommen haben?«

»Nein. Ich hab keine Telefonnummer.«

»Gut. Wir kümmern uns darum. Jetzt zeigen Sie uns bitte den Balkon.«

Olivia führte die Beamten eine Etage höher. Mit fachmännischem Getue inspizierten sie den Unfallort. Köhler äußerte die Vermutung, die Schrauben, die das Geländer hielten, seien infolge von Korrosion abgebrochen. Genaues könne er nicht sagen. Es müsse eine Untersuchung eingeleitet werden. Sie würden jetzt einen zweiten Einsatzwagen anfordern und die Umgebung absuchen. Die Kriminalpolizei würde sich am nächsten Tag bei Olivia melden. Sie solle alles unberührt lassen, und sobald sich ihr Mann melden würde, solle sie die Dienststelle benachrichtigen. Köhler händigte ihr eine Visitenkarte aus. Die beiden Schutzpolizisten suchten noch einmal das gesamte Grundstück ab, bevor sie sich verabschiedeten.

Nachdem sie das Haus verlassen hatten, ließ sich Olivia erschöpft auf die Couch fallen. Was, verdammt noch mal, war passiert? Wo war Hans? Und wieso waren die Schrauben am Balkongeländer durchgerostet? Hans hatte sie erst vor einigen Monaten ausgewechselt. Eben weil sie verrostet gewesen waren. Sie war Zeugin der Aktion geworden. Er hatte geflucht, weil sich die Muttern nur schwer lösen ließen.

Sie versuchte erneut, ihren Mann am Handy zu erreichen. Wieder nur die Mailbox. Es war ja nicht so, dass sie sich plötzlich Sorgen um ihn machte, aber diese Ungewissheit nagte an ihren Nerven, und es kam ihr so vor, als braute sich ein Unglück über ihr zusammen. Das war nur ein Gefühl. Mehr nicht, aber ihre Gefühle trogen sie nur selten. Sie ging zu Bett und grübelte noch lange, bis sie einschlief.

Um 9 Uhr früh klingelte jemand Sturm. Olivia lag noch im Bett. Sie stand auf und schlüpfte in Jeans und T-Shirt. Als sie die Haustür öffnete, stand ein Mann vor ihr, geschätzte 50, klein, rund und schwarzhaarig.

»Hauptkommissar Hirschberger, Kripo Husum. Sie sind Frau Olivia Petersen?«

»Ja. Mein Mann …?«

»Wurde leider noch nicht gefunden. Darf ich eintreten?«

»Natürlich.« Olivia führte den Besucher ins untere Wohnzimmer und bot ihm Platz in einem Sessel an. Sie setzte sich auf die Couch. Hirschberger begann seine Befragung mit einem lauten Nieser. Dann bat er sie, die Ereignisse der Nacht noch einmal zu schildern. Sie tat das ausführlich, und da sie sich nichts vorzuwerfen hatte, lief sie nicht Gefahr, sich in Widersprüche zu verwickeln. Dass sie einen Plan gehabt hatte, ihren Mann ins Jenseits zu befördern, hatte mit den aktuellen Vorgängen ja nichts zu tun. Sie hatte ein gutes Gewissen. Ihre Schilderungen wurden immer wieder durch Hirschbergers Niesen und Husten unterbrochen.

»Haben Sie sich erkältet?«, fragte Olivia besorgt, wobei ihre Sorge mehr der Ansteckungsgefahr galt als Hirschbergers Wohlbefinden.

»Nein. Ich leide an einigen Allergien. Hausstaubmilben und so weiter.« Mit einem weiteren Nieser unterstrich er seine Erklärung. »Die Kriminaltechnik wird heute noch vorbeikommen und die Spuren untersuchen. Da wir auf der Terrasse Blut gefunden haben, müssen wir wohl davon ausgehen, dass es einen Unfall gegeben hat. Oder sind Sie anderer Meinung?«

»Ich? Nein. Aber wieso ist Hans, mein Mann, verschwunden?«

»Wir haben das Krankenhaus und die Ärzte der Umgebung kontaktiert. Ohne Ergebnis. Wir haben auch mit einem Kollegen Ihres Mannes gesprochen, der am Treffen teilgenommen hat. Die Feier hat sich kurz nach Mitternacht aufgelöst. Ihr Mann wollte ein Taxi nach Hause nehmen.«

»Dann ist er hier gewesen. Mein Gott, vielleicht irrt er verletzt und orientierungslos durch die Gegend. Ich werde den Schlosspark absuchen, der ist ja hier ganz in der Nähe.«

»Das überlassen Sie besser uns. Ich hab bereits alles veranlasst. Sie haben keine Ahnung, wo er sich ansonsten aufhalten könnte?«

»Nein, absolut nicht. Könnten Sie nicht mit Hubschraubern nach ihm suchen? Oder mit einer Drohne. Vor einigen Tagen stand in der Zeitung, dass die Polizei sich zwei dieser Fluggeräte angeschafft hat, mit denen man die Umgebung absuchen kann.«

Hirschberger rieb sich die Augen. »Wir tun unser Bestes und werden alle Möglichkeiten ausschöpfen. Sagen Sie, Frau Petersen, wie war Ihre Ehe? Gab es Probleme?«

»Was?«

»Könnte er sich bei – bei einer Bekannten aufhalten?«

»Bei einer Frau? Nein, wo denken Sie hin? Mein Mann ist treu und absolut zuverlässig. Was stellen Sie für merkwürdige Fragen?«

»Routine, Frau Petersen, nichts weiter als Routine. Wir dürfen keine Möglichkeit auslassen. Nach Aussage des Kollegen hatte Ihr Mann einiges an Alkohol zu sich genommen. Trank er gerne und oft?«

»Nein. Nur bei solchen Anlässen schlug er schon mal über die Stränge. Also bei Betriebs- oder Geburtstagsfeiern.«

Hauptkommissar Hirschberger schrieb noch einiges in sein abgegriffenes Notizbuch und ließ sich dann den Balkon zeigen. Anschließend warf er einen kurzen Blick auf die Terrasse und verabschiedete sich. Am Nachmittag rückten zwei Mitarbeiter der Flensburger Kriminaltechnik an. Sie verbrachten zwei Stunden damit, jedes Detail zu untersuchen. Olivia war erstaunt über deren Gründlichkeit. Dabei ging es doch lediglich um einen Unfall und nicht um ein Verbrechen.

Gegen Mittag war sie wieder alleine. Sie rief ihren Sohn an und unterrichtete ihn über den Stand der Dinge. Nur mit Mühe konnte sie ihn überzeugen, dass es keinen Sinn hatte, nach Husum zu kommen. Sie würde ihm Bescheid sagen, wenn sie seine Hilfe bräuchte.

Olivia ging in die Küche. Sie verspürte einen unbändigen Hunger auf eine knusprig gebratene Schweinshaxe mit Krautsalat und Kartoffelknödeln. Oder doch lieber etwas Gesundes? *Schnüüsch* zum Beispiel mit Bohnen, Mohrrüben, Kohlrabi, Erbsen, Kartoffeln, Schinkenwürfeln, Milch und Butter. Aber auch andere Variationen waren üblich. Früher ging ihre Mutter für die Zubereitung des Eintopfs durch den Garten und sammelte alles Gemüse ein, das gerade reif war.

Olivia hatte weder eingefrorene Schweinshaxen, noch konnte sie mit den Zutaten für das Schnüüsch aufwarten. Da sie zwischenzeitlich alle kontaminierten Lebensmittel entsorgt hatte, herrschte weitgehend Ebbe im Kühlschrank. So entschied sie sich für Rabbelnasch. Das ging immer. Der Begriff kam aus dem Plattdeutschen und bedeutete so viel wie Krümel, Krimskrams oder Allerlei. Das »Rezept« hatte sie ebenfalls von ihrer Mutter. Alle Essensreste vergangener Tage sowie beliebige zur Verfügung stehende Zutaten wurden bunt gemischt und in einer Pfanne gebrutzelt. Gesagt, getan. Sie aß, als würde es die nächsten Wochen nichts mehr geben.

Am Abend schrieb sie in ihr Tagebuch, das sie inzwischen in immer größeren Abständen pflegte:

Tag 95 (genau weiß ich es nicht, hab nicht nachgerechnet). Hans ist in der Nacht vom Balkon gefallen und verschwunden. Ich hab keine Ahnung, was passiert ist. Ich bin ebenso ratlos wie die Polizei. Dass mein Essen damit zu tun hat, kann ich wohl ausschließen. Ich mache mir Sorgen um ihn, so lächerlich das auch klingt.

18

Kälte und Angst raubten Johanna den Verstand. Manchmal formten sich aus Wolken, die sich im Meer spiegelten, Schiffe, die zur Rettung auf sie zusteuerten. Ein anderes Mal vernahm sie Stimmen, die ihr tröstende Worte zuflüsterten. Für einen Moment dachte Johanna, auch die Musik, die sie jetzt hörte, wäre eine Halluzination, die ihr Gehirn im Angesicht des Todes erfand. Aus dem Wasser, das ihr inzwischen bis zum Hals reichte, schallte der Song *50 Ways to Leave Your Lover*, leicht verschwommen und mit Aussetzern wie bei einer alten Vinylplatte. Das Handy! Sie hatte den Klingelton nach dem ersten Treffen mit den beiden anderen Frauen eingerichtet. Ein wenig Ironie und Selbstironie hatten dabei mitgespielt. Die Melodie ließ ihr Herz höher schlagen, und sie wollte Paul im Geiste vor Freude abknutschen. Aber dafür war keine Zeit. Hastig fummelte sie das Smartphone unter ihrem Pullover hervor und hielt es in Augenhöhe. Es gelang ihr, das Gespräch anzunehmen. Olivia meldete sich und ergoss sofort einen Redeschwall über sie. Johanna verstand nur »Balkon, Balkon« und hatte absolut keine Lust, ihrer Gesprächspartnerin zuzuhören.

»Halt endlich die Klappe!«, schrie sie in den Apparat.

»Was?«

»Mir steht das Wasser bis zum Hals!«

»Ja, mir auch, das kannst du mir glauben. Ich …«

»Ich meine das wörtlich, und wenn du nicht sofort aufhörst …«

»Okay, ich leg auf.«

»Nein! Nein! Bitte nicht!«

»Was bist du so komisch, ist was mit dir?«

»Liebste Olivia. Bitte hör mir gut zu. Ich bin in ein Schlickloch geraten. Hast du das verstanden?«

»Was machst du in einem Schlickloch? Was ist das überhaupt?«

Trotz ihrer Unterkühlung geriet Johanna spontan ins Schwitzen. »Die Flut kommt, und ich werde ertrinken, wenn du nicht sofort die 112 anrufst. Ich bin hier am

Heverstrom, etwa in der Höhe von Hockensbüll, zwischen Nordstrand und der Küste. Ich brauche Hilfe.«

»Das ist jetzt kein Scherz, oder?«

»Nein! Kein Scherz! Kein Scherz! Hörst du? Kein Scherz!« Eine Welle schwappte Johanna in den offenen Mund und verstümmelte die letzten Worte. »Bist du noch da?«, röchelte sie und spuckte Salzwasser.

Aber Olivia meldete sich nicht mehr. Entweder hatte sie aufgelegt, oder das Smartphone hatte erneut seinen Geist aufgegeben. Letzteres war der Fall, denn ihre anschließenden Versuche, einen Notruf abzusetzen, schlugen fehl. Mit etwas Glück hätte sie ihre genauen Standortkoordinaten durchgeben können. Aber das war jetzt nicht mehr möglich. Außerdem war sie sich nicht sicher, ob Olivia ihre brenzlige Lage begriffen hatte. Wie gerne hätte sie selbst mit jemandem von der Leitstelle gesprochen. Verdammte Technik!

Der Seenebel hatte sich verzogen. Stattdessen war Wind aufgekommen, und immer mehr Wellen tauchten Mund und Nase unter Wasser, sodass sie kaum noch atmen konnte. Sie stützte den rechten Ellenbogen an ihrem Oberkörper ab. So fiel es ihr leichter, das Handy im Trockenen zu halten. Dabei war sie sich nicht sicher, ob nicht gerade die Feuchtigkeit das Gerät kurzzeitig wieder zum Leben erweckt hatte.

Es war so verdammt einsam und still an diesem Ort. Nur ab und zu trug der Wind Verkehrsgeräusche vom Festland herüber. Gott hatte sich eine passende Strafe für sie ausgedacht, davon war Johanna überzeugt. Aber für Einsicht und Reue war es jetzt zu spät.

Aus der Ferne drang ein leises Wummern zu ihr. Es ließ ihr Herz höher schlagen, noch bevor sie es einordnen konnte. War das, was sie jetzt hörte, real, oder gaukelte ihr Gehirn ihr etwas vor? Das Geräusch kam von hinten und schwoll langsam an. Ein Helikopter! Ganz sicher! Lieber Gott, lass ihn zu mir unterwegs sein! Sie wagte nicht, sich umzudrehen. Jede Veränderung ihrer Lage konnte zum Verhängnis werden. Jede Unebenheit im Untergrund konnte dazu führen, dass sie einige Zentimeter absackte und ertrank. Trotzdem hob sie ihren Arm und schwenkte ihn mit dem Smartphone in der Hand. Eine Minute später flog der Hubschrauber über sie hinweg, kehrte um und blieb in einiger Entfernung von ihr in der Luft stehen. Warum warf man kein Seil zu ihr herunter und zog sie heraus?

Eine hohe Welle überspülte ihren Kopf. Sie schnappte nach Luft. Als sie wieder klar sehen konnte, erblickte sie ein rot-weißes Rettungsboot, das auf sie zusteuerte. Als es näher kam, wurde es langsamer und manövrierte sich vorsichtig an sie heran. Dann öffnete sich an der Seite eine Klappe. Mehrere starke Hände packten sie an den ausgestreckten Armen und zogen sie an Bord.

Von den weiteren Geschehnissen bekam sie kaum noch etwas mit. Erst im Krankenhaus nahm sie ihre Umwelt wieder bewusst wahr.

Sie lag alleine im Zimmer. Das Bett neben ihr war leer. Eine Krankenschwester mit blondem Zopf hantierte am Infusionsständer. Dann trat sie an Johannas Bett. »Wie geht es Ihnen?«

»Gut. Wie neugeboren.«

»Ich hab gehört, was passiert ist. Sie hatten großes Glück.«

»Ja, das hatte ich. Wann kann ich nach Hause?«

Die Schwester lachte. »Die Standardfrage aller Patienten, denen es gutgeht. Ich denke, morgen. Sie waren stark unterkühlt, als Sie eingeliefert wurden. Doktor Achhammer entscheidet, wann Sie entlassen werden.«

»Meine Sachen. Wo sind meine Sachen?«

»Gut verpackt im Schrank. Ziemlich schmutzig sind sie.«

»Und mein Rucksack?«

»Ist auch im Schrank. Hier kommt nichts weg. Sie können ganz beruhigt sein.«

»Danke.« Johanna atmete auf. Die Schlickproben waren wertvoll. Schließlich hatte sie die unter Einsatz ihres Lebens gesammelt. Keinesfalls wollte sie ihre Geschäftsidee aufgeben. Sie hatte noch zwei weitere Expeditionen geplant. Das Missgeschick an diesem Tag würde sie nicht davon abhalten. Sie wollte ihren Rettern danken und die weiteren Ausflüge besser vorbereiten. Sie würde beim nächsten Mal genau zwei Stunden vor Niedrigwasser aufbrechen und zwei Handys mitnehmen. Eines davon würde sie wasserdicht verpackt am Körper tragen. Aus dem Rückschlag hatte sie gelernt. Entmutigt war sie nicht.

Die Schwester hatte gerade das Zimmer verlassen, als Olivia hereinstürmte. »Verdammt, was machst du für Sachen!«, rief sie aus, noch bevor sie sich auf den Besucherstuhl fallenließ.

»Welch nette Begrüßung«, erwiderte Johanna und drückte auf die Fernbedienung. Das Kopfteil fuhr hoch und brachte sie in Sitzposition.

»Was hast du dir dabei gedacht, alleine ins Watt zu gehen?«

»Danke, dass du die Rettung gerufen hast.«

»Also, was war los? Wolltest du dich umbringen?«

»Ich hatte Gewissensbisse wegen Rüdiger. Deshalb habe ich mir heute Morgen Proviant in meinen Rucksack gepackt, bin vom Steindeich aus Richtung Nordstrand spaziert, hab mir das nächste Schlickloch gesucht, bin hineingesprungen und hab auf die Flut gewartet. Dann hab ich es mir anders überlegt und dich angerufen.«

»Ich hab dich angerufen.«

»Ach ja, das hatte ich vergessen.«

»Es klingt nicht sehr logisch, was du erzählst.«

»Eben. Weil es Quatsch ist. Ich wollte mich nicht umbringen, sondern Schlickproben sammeln.«

»Schlickproben? Das klingt jetzt auch nicht viel logischer. Oder bist du bei *Greenpeace* eingetreten und willst das Wattenmeer retten?«

»Dem Wattenmeer geht es richtig gut. Das muss niemand retten, und der Schlick vor unserer Küste ist fast völlig unbelastet. Das ist ja das Tolle. Ich will ihn verkaufen, und dazu benötige ich Proben aus verschiedenen Gegenden.«

Olivia kniff die Augen zusammen und runzelte die Stirn. Sie legte die Ellenbogen auf ihre Oberschenkel, beugte sich vor und flüsterte: »Das Gift im Essen hat dich doch schlimmer mitgenommen, als die Ärzte gedacht haben, nicht wahr?«

»Warum nimmst du mich nicht ernst?«, fragte Johanna entrüstet.

»Ich versuche es ja. Aber es fällt mir schwer. Du willst Schlick verkaufen?«

»Hast du noch nie etwas von seiner Heilwirkung gehört? Er wirkt gegen Hauterkrankungen, Rheuma- und Gelenkschmerzen, Gicht, Hexenschuss und Ischias –

ach, einfach gegen alle Leiden. Da sind wichtige Mineralstoffe wie Kalzium, Kalium, Phosphor und Schwefel drin. Es gibt eine Firma, die das Zeug trocknet, zu Pulver zermahlt und verkauft. Ein Kilowatt in einer Dose, sozusagen.«

»Und das willst du auch machen?«

»Nee. Bei mir kriegt der Kunde den Stoff naturbelassen inklusive Meerwasser. Und der besondere Clou ist, dass er je nach Anwendung von verschiedenen Orten kommt. Deshalb lasse ich die Proben in einem Labor untersuchen, auf die Zusammensetzung, Bakterien und so weiter. Zunächst will ich drei oder vier Sorten auf den Markt bringen. Nur in kleinen Mengen. Mit exklusiven Preisen, versteht sich. Sie bekommen den Namen ihrer Herkunft, zum Beispiel Norderhever, Lüttmoorsiel oder Fuhlehörn. Und natürlich Rungholt.«

»Hm. Das klingt jetzt nicht mehr ganz so blöd. Nur noch ein bisschen.«

»Ich werde das erst einmal klein aufziehen. In meiner Gartenlaube. Wenn dann alles klappt, wie ich es mir vorstelle, werde ich das Geschäft ausbauen. Es gibt Idioten, die Berliner Luft kaufen oder zu horrenden Preisen Wasser aus geschmolzenem Gletschereis. Dagegen ist meine Ware solide und unbestritten gesundheitsfördernd. Weißt du, damit kann ich mir etwas Eigenes aufbauen, und niemand kann mir dreinreden.«

»Verstehe. Aber sei vorsichtig, wenn du das nächste Mal ins Watt gehst. Oder nimm mich mit.«

»Danke für dein Angebot, Olivia. Vielleicht komme ich darauf zurück. Aber ich hab die ganze Zeit von mir geredet. Wie läuft es denn bei dir?«

»Hans ist weg.«

»Weg? Was heißt das? Hat er dich verlassen?«

»So wie es aussieht, ist er samt dem Balkongeländer in die Tiefe gestürzt und – spurlos verschwunden. Na ja, spurlos nicht. Er hat eine Blutlache auf der Terrasse hinterlassen. Die Polizei untersucht die Sache. Ein Kommissar Hirschberger. Ein unsympathischer Typ. Ich glaube, er verdächtigt mich, dass ich etwas damit zu tun habe.«

»Und? Hast du?«

»Nein, hab ich nicht. Ich hab keine Ahnung, was passiert ist. Manchmal denke ich, Hans versteckt sich irgendwo und taucht plötzlich wieder auf.«

»Merkwürdige Geschichte.«

»Das kann man wohl sagen.«

»Hat er vielleicht etwas von deiner – deiner personalisierten Therapie spitzgekriegt?«

»Und hat sich deshalb aus Gram vom Balkon gestürzt? Wohl kaum. Außerdem gibt es da noch eine Merkwürdigkeit. Die Schrauben am Geländer waren verrostet und sind wohl deshalb abgebrochen. Ich weiß aber genau, dass Hans sie vor nicht allzu langer Zeit gegen welche aus Edelstahl ausgetauscht hat. Vielleicht hat man ihm die falschen verkauft, und sie sind doch korrodiert. Oder irgendjemand hat sich nach dem Austausch am Geländer zu schaffen gemacht.«

»Wenn du es nicht warst – vielleicht war er es selbst.«

»Unsinn. Warum sollte er das tun?«

»Um einen Unfall vorzutäuschen, sich zu verstecken, um dann – ach, ich weiß auch nicht.«

»Hm.« Olivia stülpte die Lippen übereinander. »Vielleicht hat er doch etwas spitzgekriegt und will sich an mir rächen. Aber was hat er vor?«

»Das wirst du dann sehen. Jedenfalls kannst du auf mich zählen, wenn du Hilfe brauchst. Schließlich hast du etwas gut bei mir.«

»Wann kommst du hier raus?«

»Morgen. Und dann kümmere ich mich wieder um mein Projekt.«

»Die Schlicksache?«

»Ja. Ich zieh die durch, und niemand und keine Naturgewalt werden mich davon abhalten.«

19

Dörte war wach und dachte nach. Edward ahnte nichts von ihren Gedanken. Er lag neben ihr und schlief fest, als könnte er kein Wässerchen trüben. Vermutlich träumte er von seinen Abenteuern in der Rosenstraße. Vielleicht hätte sie ihm eine der Pillen unter das Abendessen mischen sollen. Hätte er dann einen spontanen »Geschäftstermin« erfunden, oder hätte er ausnahmsweise auf die Hausmannskost zurückgegriffen? Interessant wäre der Test schon gewesen. Aber sie hätte ihn verächtlich von sich gestoßen. Aus Wut und aus Ekel. Ja, sie empfand beides, und das würde sich auch nicht ändern. Es war aus und vorbei. »Bis dass der Tod euch scheidet«, hatte der Pastor gesagt. Was für ein lächerlicher Spruch in Anbetracht der vielen Scheidungen! Aber vielleicht sollte er dieses Mal recht behalten. Dörte hatte die Hoffnung noch nicht aufgegeben. Sie hatte hin und her überlegt, ob nicht doch eine andere Lösung infrage kam. Aber die Angst vor seiner Eifersucht nach einer Trennung war unermesslich. Vermutlich konnte das niemand nachvollziehen, der so etwas noch nicht miterlebt hatte. Der Telefonterror, die Vorwürfe und Beschimpfungen, das ständige Gefühl, von ihm beobachtet zu werden. Auch die Anschläge auf ihr Privatleben, zerstochene Reifen, ein zugeklebter Briefkasten und die Lieferung nicht bestellter Ware hatte sie noch vor Augen. Das alles ging sicher auf sein Konto, obwohl sie das nicht beweisen konnte. Aber das Stalking hatte mit der Trennung von ihm begonnen und hatte geendet, als sie wieder zusammengezogen waren. Doch die Eheprobleme inklusive seiner krankhaften Eifersucht waren zurückgekehrt. Wie hatte sie nur so naiv sein können zu glauben, dass nach der Paartherapie alles besser werden würde!

Nein, eine Trennung auf die übliche Art, wie sie unter vernünftigen Menschen möglich war, kam nicht infrage. Der Schnitt musste radikal und endgültig sein. Würde Olivias Tipp mit dem Grapefruitsaft funktionieren? Dörte surfte im Internet, um weitere Informationen zu erhalten. Tatsächlich wurde auf verschiedenen Seiten darauf hingewiesen, dass das Getränk die Wirkung des Arzneimittels verstärken und zu gesundheitlichen Schäden führen konnte. Sehstörungen und eine starke Senkung des Blutdrucks wurden aufgeführt, aber auch vor ernsthaften Herzproblemen wurde gewarnt. Schließlich sei eine Dauererektion möglich, die mit erheblichen Schmerzen verbunden sei. Vielleicht würde sein letzter Akt doch nicht so vergnüglich werden, wie Dörte gedacht hatte.

Die nächste Gelegenheit für einen Anschlag bot sich zwei Tage später. Er hatte wieder einmal einen späten Geschäftstermin angekündigt. Um ganz sicher zu gehen, kontrollierte sie heimlich die Anzahl der blauen Muntermacher. Sie zählte 23, einen weniger als nach seinem letzten Date.

Zum Abendbrot servierte Dörte also Grapefruitsaft statt Tee. Der *Darjeeling* sei nach neuesten Testergebnissen mit Schadstoffen belastet. Sie würde in den nächsten Tagen eine andere Sorte einkaufen. Grapefruitsaft sei sowieso viel gesünder. Er sei die reinste Medizin. Es war nicht schwer, ihn davon zu überzeugen. Er trank zwei Gläser. Nun würde sich zeigen, ob Olivias Tipp funktionierte.

Er verabschiedete sich gut gelaunt während der 19-Uhr-Nachrichten. Es würde ein langer Termin werden. Sie solle nicht auf ihn warten.

Um Mitternacht zog sie ihr Nachthemd an, das eher einem hauchdünnen Sommerkleid ähnelte, und ging zu Bett. Gegen 3 Uhr klingelte es an der Haustür. Als sie öffnete, stand ein junger Schutzpolizist mit der Uniformmütze in der Hand vor ihr und überbrachte die schreckliche Nachricht. Sie bat ihn ins Wohnzimmer. Vielleicht hätte sie sich etwas überziehen sollen, denn seine Blicke wanderten unruhig zwischen ihrem Busen und der

Zimmerdecke hin und her. Sie verschränkte die Arme, um ihn zu erlösen.

»Wie ist er …?«, fragte sie.

»Herzinfarkt, hat der Arzt festgestellt. Der Ort, an dem es passiert ist, ist etwas delikat.«

»Ich verstehe nicht?«

»Ihr Mann hat die Dienste einer Prostituierten in Anspruch genommen. Dabei ist es geschehen. Vielleicht durch die Erregung – äh, ich meine die Aufregung. Jedenfalls hat sein Herz das nicht mitgemacht. Mehr kann ich Ihnen zurzeit nicht sagen.«

»Das muss ein Irrtum sein. Er hatte einen Geschäftstermin. Er ist, das heißt, er war Webentwickler. Es kam manchmal vor, dass er seine Kunden spät abends besuchte.«

»Es tut mir leid, aber er wurde in der Rosenstraße aufgefunden.«

»Vielleicht wohnt der Kunde dort.« Dörte stellte sich ahnungslos. Sie hielt es für besser, wenn niemand erfuhr, dass sie über sein Doppelleben Bescheid wusste.

»Die Dame, die er besuchte, hat den Notarzt gerufen. Doch der konnte nichts mehr ausrichten. Falls Sie einen Seelsorger oder psychologische Hilfe brauchen …«

»Danke. Das wird nicht nötig sein.«

Der Polizist nickte. Er erhob sich. Sein Blick ruhte etwas zu lange auf Dörtes kaum verhülltem Körper, als sie ebenfalls aufgestanden war. Sie genoss die Situation und musste innerlich schmunzeln. Solche Augenblicke würden mit der Zeit weniger werden. Aber noch konnte sie sich auf ihre weiblichen Reize verlassen. Vielleicht suchte sie auch bei Uwe die Anerkennung, die sie brauchte. Natürlich war das bei ihm etwas ganz anderes. Er war Freund und Liebhaber. Bei ihrem letzten Treffen hatte er sogar ernsthaft davon gesprochen, seine Frau für sie zu verlassen. Würde er auch noch dazu stehen, wenn er erfuhr, dass ihr Mann tot und sie somit frei war?

Nachdem der Polizist gegangen war, gönnte sich Dörte ein Glas Rotwein. Der würde helfen, den Anflug eines schlechten Gewissens zu bekämpfen. Sie hatte ihren Mann umgebracht. Ein bisschen hatte er sich allerdings auch selbst umgebracht. Ihm Grapefruitsaft anzubieten, konnte keine moralische Verfehlung sein. Mit dem Austausch der Pillen sah es schon etwas anders aus. Das war nicht in Ordnung gewesen. Aber vielleicht hätte er sich irgendwann die gleichen besorgt. Oder die, die er vorher eingenommen hatte, hätten ihn früher oder später ebenfalls dahingerafft. Nach einer halben Flasche Wein hatte sie sich das Attentat schöngeredet und begann, Pläne für ihr neues Leben zu schmieden. Uwe war ein fester Bestandteil davon. Entscheidend war jetzt, wie er auf die Nachricht reagieren würde. Aber es war keine gute Idee, ihn sofort zu informieren. Sie wollte noch einige Tage warten. Falls sie wider Erwarten doch in Verdacht geriet, könnte die Polizei ihre Telefonverbindungen checken. Zwar würde ihr Verhältnis kaum verborgen bleiben, aber Dörte musste vermeiden, dass man im Fall des Falles zwischen ihr und Uwe eine Komplizenschaft vermutete. Ein Liebhaber, der der Ehefrau half, ihren Mann zu beseitigen. Daraus ließ sich ein klassisches Motiv für einen Mord konstruieren.

Doch Dörte hatte keine besondere Angst, dass ihre »Sterbehilfe« aufflog. Die Bestellung der besonders wirksamen Pillen hatte sie von seinem passwortgeschützten Rechner ausgeführt. Niemand würde auf die Idee kommen, dass sie die Ware beschafft hatte.

Sie nahm Urlaub, um sich um die anfallenden Formalitäten zu kümmern. Dazu gehörten auch die Vorbereitungen für die Beerdigung. Dass Johanna ihren Mann im Ostenfelder Forst begraben hatte, fand sie eine gute Idee. Dort sollte auch Edwards Asche beigesetzt werden. Immerhin verband die beiden Männer in gewisser Weise etwas.

In den Folgetagen erfasste Dörte eine quälende Unruhe. Sie kompensierte das Gefühl durch Aktionismus, sortierte Unterlagen, stellte Möbel um und entsorgte überflüssige Dinge, die ihm gehört hatten. Schließlich hielt sie es nicht mehr aus und rief Uwe an. Doch es meldete sich nur seine Mailbox. Sie schickte ihm mehrere SMS, erhielt aber keine Antwort. Hatte er von Edwards Tod erfahren und nun kalte Füße bekommen, weil sie jetzt frei war? Dörtes Stimmung trübte sich immer mehr ein. Noch vor Kurzem hatten sie Pläne für die Zukunft geschmiedet. Wie ernst die gewesen waren, konnte sie nicht mehr sagen. Aber er hatte ihr deutlich zu verstehen gegeben, dass er sich ein Leben mit ihr vorstellen konnte. Vielleicht hatte es einen einfachen Grund, dass er nicht erreichbar war. Vielleicht war ja nur sein Handy kaputt, beruhigte sie sich.

Unzählige Male versuchte sie, Uwe anzurufen. Aber ohne Erfolg. Er ging nicht ans Mobiltelefon und antwortete nicht auf ihre Nachrichten auf der Mailbox. Eine Festnetznummer hatte er ihr nicht gegeben. Auch der Freitag verging ohne ein Lebenszeichen. Irgendetwas musste passiert sein. Sie konnte nicht glauben, dass er sie einfach so abservierte. Selbst wenn er Angst vor einer festen Beziehung mit ihr bekommen hatte, hätte er mit ihr geredet. Das Schweigen passte nicht zu ihm. Das war nicht sein Stil.

Die Ungewissheit zerrte an ihren Nerven. Nur mit Mühe schaffte sie es, den Alltag zu bewältigen. Die Organisation der Beerdigung kostete sie viel Kraft. Ständig klingelte das Telefon. Alle möglichen entfernten Verwandten und Bekannten riefen an und kondolierten. Von Uwe hörte sie nichts.

Schließlich kam sie auf die Idee, bei dem Hotel nachzufragen, in dem Uwe und sie sich regelmäßig getroffen hatten. Die Zimmerreservierung hatte stets er vorgenommen. Dort war sicher seine Adresse hinterlegt. Zunächst wollte man ihr telefonisch keine Auskunft erteilen. Aber als sie einen Angestellten an den Apparat bekam, der sie kannte und dem sie stets ein großzügiges Trinkgeld gegeben hatte, erhielt sie die gewünschte Information. Was sie erfuhr, zog ihr endgültig den Boden unter den Füßen weg und ließ sie in ein tiefes Loch stürzen.

20

Elisabeth Iwersen hatte Mühe, die Stufen bis zum Schlossgraben hinunterzusteigen. Mit 86 konnte man eben keine Bäume mehr ausreißen. Bald würde sie sich eine andere Stelle zum Entenfüttern suchen müssen. Aber dort unten war ihr Platz, und die Enten wussten, dass sie kam. Ganz bestimmt sagte ihnen auch ihre innere Uhr, wann es so weit war. Deshalb achtete Elisabeth darauf, dass sie pünktlich um 8 Uhr am Ufer stand. Im Sommer eine Stunde früher, weil es dann morgens früher hell war.

Als sie die letzte Stufe genommen hatte, kamen ihr die ersten hungrigen Stockenten entgegen. Sie griff in ihre Stofftasche und brachte feingeschnittene Brotreste hervor. Man sollte die Tiere nicht füttern, hatte sie in der Zeitung gelesen. Aber es war nicht verboten, und sie schienen dankbar für die Zuwendung zu sein. Gierig stürzten sie sich auf das Festmahl.

Elisabeth Iwersens nächster Wurf lenkte ihren Blick in die Nähe des anderen Ufers. Mit ihrer Brille konnte sie noch ganz gut sehen. Trotzdem erkannte sie nicht sofort, was dort im Wasser schwamm. Müll? Ein Kleidungsstück? Das Blut in ihren Adern gefror, als sie einen Arm mit einer Hand entdeckte. Die Finger waren gekrümmt, als würden sie nach Halt suchen.

Sie ließ ihre Tasche fallen. Das Atmen fiel ihr schwer, und der Boden unter ihren Füßen schien zu schwanken. Sie wollte um Hilfe rufen, aber ihre Stimme versagte. Mit letzter Kraft schaffte sie den Weg zurück zur Straße.

Vor dem Torhaus, das zum Schloss gehörte, stand ein junger Mann. Er betrachtete das Wappen der Herzogin Augusta, während sein Hund an einem Baum schnüffelte. Sie wankte auf ihn zu. »Ein Toter, da unten.« Mehr brachte die alte Frau nicht heraus, bevor sie dem Fremden in die Arme fiel und für Sekunden das Bewusstsein verlor.

Hauptkommissar Hirschberger kam ohne Vorankündigung. Er machte ein ernstes Gesicht, als er in der Tür stand. Wahrscheinlich hatte er das vor dem Spiegel geübt, um es bei Bedarf hervorzaubern zu können. Olivia bat ihn herein, und beide nahmen im unteren Wohnzimmer Platz.

»Ich habe Ihnen eine traurige Nachricht zu überbringen«, begann er. »Ihr Mann wurde gefunden. Er ist tot. Er wurde heute von Spaziergängern im Schlossgraben entdeckt. Wir haben ihn bereits zur Obduktion in die Kieler Rechtsmedizin überführt. Mein Beileid, Frau Petersen.«

»Danke«, schluchzte Olivia.

»Ihr Mann ist vermutlich am Tag seines Verschwindens gestorben.«

»Ich dachte, Sie haben die Gegend nach ihm abgesucht. Ich verstehe das nicht.«

»Wir glauben, dass er nach dem Balkonsturz orientierungslos umhergelaufen, in den Graben gefallen und ertrunken ist. Nach einiger Zeit kommen Leichen durch die Verwesungsgase wieder nach oben. Einzelheiten möchte ich Ihnen lieber ersparen.«

Olivia wischte sich eine Träne von der Wange. »Was passiert jetzt?«

»Die Rechtsmedizin wird die genaue Todesursache feststellen. Wenn der Bericht vorliegt, wissen wir mehr, um das Unglück rekonstruieren zu können.« Hirschberger kniff die Augen zusammen und begann zu niesen. Er schnäuzte in ein Taschentuch und fuhr fort: »Es gibt eine gravierende Ungereimtheit, was den Tod Ihres Mannes angeht.«

»Was für eine Ungereimtheit?«

»Das Balkongeländer wurde manipuliert.«

»Was?«

»An den Schrauben wurden Reste von Salzsäure festgestellt. Außerdem wurden die Schrauben erst vor Kurzem eingesetzt. Das haben unsere Techniker an frischen Werkzeugspuren erkennen können. Wissen Sie etwas darüber?«

»Mein Mann hat sie vor einem Jahr ausgetauscht. Sie waren verrostet.«

»Sie haben mich nicht richtig verstanden. Die Schrauben wurden durch verrostete Exemplare ersetzt. So weit feststellbar, durch die Originale. Aber das ist nicht alles. Der- oder diejenige, die das getan hat, hat die alten Eisenschrauben in Wasser und Säurebäder gelegt, um sie künstlich verwittern zu lassen. Sie rosteten dadurch sozusagen im Zeitraffer und wurden brüchig.«

Olivia störte sich besonders an seiner Formulierung »der- oder diejenige«.

»Aber wer sollte so etwas tun? Und warum?«

»Die Frage stelle ich Ihnen.«

»Mir? Sie glauben doch nicht, dass ich …?«

Hirschberger schwieg. Aber seine Art, wie er Olivia ansah, machte sie nervös.

»Sie sind Alleinerbin des Vermögens?«

»Was? Welches Vermögen?«

»Das Haus? Vielleicht weitere Werte, Bargeld, Aktien? Gibt es ein Testament?«

»Ja. Wir haben ein *Berliner Testament* bei einem Notar hinterlegt.«

»Dann erben Sie alleine, nicht wahr?«

»Und deswegen soll ich meinen Mann umgebracht haben? Das ist doch Unsinn.«

Hirschberger schlug die Beine übereinander. »Wie stand es um Ihre Ehe, Frau Petersen?«

»Wir sind seit 26 Jahren verheiratet, und mein Mann hat mir zu jedem Hochzeitstag rote Rosen geschenkt! Was wollen Sie noch wissen?«

»Die Wahrheit wäre gut.«

»Ich sag jetzt gar nichts mehr.«

»Wie Sie wollen. Ich kann Sie nicht zu einer Aussage zwingen. Wir sind dann vorerst fertig.« Hirschberger stand auf und verabschiedete sich mit einem Kopfnicken. »Sagen Sie, haben Sie eine Katze?«

»Ja. Was hat das mit dem Tod meines Mannes zu tun?«, fragte Olivia mit einem ironischen Unterton.

»Nichts natürlich. Ich hab eine Katzenallergie. Deshalb reagiere ich ziemlich heftig auf – hatschi!«

Er benötigte einige Sekunden, um sich zu fangen. »Übrigens können Sie das Balkongeländer jetzt reparieren lassen. Die Untersuchungen sind so weit abgeschlossen. Rufen Sie mich unbedingt an, wenn Ihnen noch etwas einfällt, das für unsere Ermittlungen von Bedeutung sein könnte.«

»Wann kann ich meinen Mann beerdigen?«

»Sie erhalten Bescheid. Sobald die Obduktion durchgeführt wurde, wird der Leichnam freigegeben.« Hirschberger räusperte sich und schloss kurz die Augen. Es gelang ihm offenbar, einen Niesanfall zu unterdrücken.

Als der Kommissar gegangen war, schnappte Olivia nach Luft. Der verdammte Polizist verdächtigte sie doch tatsächlich, ihren Mann getötet zu haben! Erst mit Verzögerung wurde ihr bewusst, dass ihre Empörung nicht besonders angebracht war. Immerhin hatte sie genau das vorgehabt. Aber sie war unschuldig, komplett unschuldig an seinem Ableben. Sie lief im Wohnzimmer auf und ab. Was wurde hier gespielt? Bisher hatte sie gedacht, dass sie das Heft des Handelns in der Hand hätte. In Wirklichkeit hatte sie die Kontrolle über die Ereignisse verloren. Und nichts hasste sie mehr als das.

Olivia musste an einen Zeitungsbericht denken, den sie vor einigen Tagen gelesen hatte. Ein Mann hatte 16 Jahre unschuldig im Gefängnis gesessen. Erst kürzlich waren neue Beweise aufgetaucht, die ein Wiederaufnahmeverfahren gerechtfertigt hatten. Er war freigesprochen worden und hatte für die Haftzeit eine lächerliche Entschädigung erhalten. Könnte es ihr genauso ergehen? Der Kommissar schien von ihrer Schuld überzeugt zu sein. Wenn er herausfand, dass ihr Mann eine Geliebte hatte und Olivia davon wusste, würde sich die Schlinge weiter zuziehen. Ihr wurde übel bei dem Gedanken.

Olivias Sohn Dirk kam noch am selben Tag mit dem Zug aus München. Das Verhältnis zu seinem Vater war nicht besonders innig, aber ohne größere Probleme gewesen. Am Abend seiner Ankunft sprachen sie nicht nur über die Geschehnisse der letzten Wochen, sondern auch über gemeinsame Erlebnisse aus der Vergangenheit. Manches verklärten sie. Das war in Ordnung, doch Olivia hatte sich entschlossen, Dirk die Wahrheit über die Liebschaft seines Vaters zu erzählen. Ihr Sohn zeigte sich betroffen und wollte mehr darüber wissen. Aber Olivia ging nicht darauf ein. Sie hatte ihn lediglich darüber informieren wollen, damit er es nicht von anderer Seite erfuhr. Außerdem wusste sie nichts über die andere Frau, auch wenn sie sich ganz automatisch ein Bild von ihr gemacht hatte.

Am späten Abend teilte Olivia der WhatsApp-Gruppe mit, dass ihr Mann tot aufgefunden worden war. In ihr Tagebuch schrieb sie:

Tag X. Hans ist tot.

Obwohl es keinen Grund mehr gab, versteckte sie es anschließend wieder hinter der Waschmaschine.

Olivias Sohn blieb noch zwei Tage, in denen er ihr half, einige Angelegenheiten zu regeln. Dann fuhr er zurück nach München. Wann die Beerdigung sein würde, war noch nicht abzusehen.

Olivia beauftragte eine Firma, die den Balkon instand setzen sollte. Den Zugang hatte die Polizei mit einem rot-weißen Flatterband abgesperrt. Aber Olivia hatte Angst, dass ihre Katze die neue Situation nicht einschätzen konnte und hinunterstürzen würde. Sie hatte gehofft, dass die Handwerker ihre Arbeit bald aufnehmen würden. Aber sie wurde immer wieder vertröstet. Die Betriebe konnten sich vor Aufträgen nicht retten. Dank niedriger Zinsen und dem damit verbundenen Bauboom wurden kleinere Aufträge gerne zeitlich nach hinten verschoben. Irgendwann erschienen die Handwerker dann doch, diskutierten endlos auf Rumänisch miteinander, tranken Kaffee und aßen ihren Streuselkuchen. Trotz der guten Bewirtung beendeten sie ihre Arbeit nicht vollständig. Daraus, dass sie Teile ihres Werkzeugs zurückließen, schloss Olivia, dass sie bald wiederkommen würden. Doch das sollte sich als Irrtum erweisen.

21

Johanna konnte es nicht erwarten, den Brief des Labors zu öffnen, der soeben mit der Post gekommen war. Viel zu lange hatte sie darauf warten müssen. Sie eilte ins Wohnzimmer, setzte sich auf die Couch, riss den A4-Umschlag auf und nahm den achtseitigen Bericht in die Hand. Sie vertiefte sich über eine Stunde in die schwer verständliche Stellungnahme des Lübecker Labors. Ihre Kenntnisse zum Thema hatte sie sich mithilfe von Büchern und des Internets angeeignet. Sie waren nicht ausreichend, um alles im Detail zu verstehen, aber soweit sie es beurteilen konnte, zeigte der Bericht ein recht positives Bild. Die chemische Analyse bescheinigte geringe

Mengen an Schwermetallen und Nitriten. Die mikrobiologische Untersuchung wies nach, dass die coliformen Keime weit unter dem Grenzwert lagen. Salmonellen und Legionellen wurden nicht gefunden. Ein fantastisches Ergebnis für alle vier Proben. Ein wenig enttäuscht war Johanna über die geringen Unterschiede in der Zusammensetzung des Schlicks, speziell, was die Spurenelemente betraf. Der pH-Wert sowie die Anteile an Natrium, Magnesium, Kalium, Kalzium, Phosphor und Schwefel zwischen den Proben der verschiedenen Entnahmeorte unterschieden sich nicht so deutlich, wie sie gehofft hatte. Umso wichtiger war die Namensgebung, die sie vorgesehen hatte. Der Kunde würde ganz automatisch eine emotionale Verbindung mit den Herkunftsorten herstellen, und dass Erwartungen und Gefühle einen großen Einfluss auf den Heilungsprozess hatten, war allgemein bekannt.

Vielleicht sollte sie das Produkt *Norderhever* als Mittel gegen Akne und Pickel bewerben, *Lüttmoorsiel* als reinigend und durchblutungsfördernd und *Rungholt* als sehr wirksam bei Rheumabeschwerden. Sie würde sich später darüber Gedanken machen. Das gehörte letztendlich zum Marketing, was ein wichtiger Bestandteil ihres Geschäfts sein musste. Ohne Hilfe würde sie dabei nicht auskommen. Doch sie wollte Schritt für Schritt vorgehen. Der Anfang war getan, und er war vielversprechend. Eine gewisse Euphorie erfasste sie. Seit Ewigkeiten hatte sie so etwas nicht mehr gespürt. Sie hätte das Gefühl gerne mit jemandem geteilt.

Der Aufbau ihres Unternehmens würde Geld kosten. Viel Geld. Zwar wollte sie es nicht gleich von Beginn an groß aufziehen, aber es waren Investitionen in Materialien sowie für weitere Analysen und behördliche Genehmigungen erforderlich. Vermutlich mehr, als sie zu diesem Zeitpunkt überblicken konnte. Wenn sie überhaupt etwas von ihrem Vorhaben abbringen konnte, dann waren es die finanziellen Probleme. Das Girokonto wies dank des Sterbegeldes, das ihr als Beamtenwitwe zustand, ein geringes Plus auf. Allerdings hatte sie die Beerdigungskosten noch nicht vollständig bezahlt. Das Erbe, das Rüdigers Mutter hinterlassen hatte, ging nun an sie über. Soweit sie wusste, waren es 240.000 Euro. Nach der Testamentseröffnung würde sie Genaues wissen. 30.000 Euro hatte er in Schiffsfonds investiert. Das hatte er ihr in einer schwachen Stunde gebeichtet. Die Fonds waren in den Keller gegangen. Den Betrag konnte sie vermutlich abschreiben. Aber es blieb noch genug für den Aufbau ihrer Firma. Doch wo war das Geld? Sie hatte all seine Unterlagen durchwühlt, aber keine Hinweise gefunden, keine Spar- oder Festgeldkonten. Vielleicht hatte er es in Gold investiert und die Goldbarren im Schließfach einer Bank aufbewahrt. »Nach Golde drängt, am Golde hängt doch alles!«, hatte er Goethe manchmal zitiert. Diese Erkenntnis könnte ihm nach dem Schiffsdebakel gekommen sein. Der Verbleib des Kapitals würde sich klären lassen. Wahrscheinlich hatte es sich inzwischen sogar vermehrt.

Johanna war mitten in ihren Gedanken, als sich ihr Smartphone meldete. Das Jammern der Mundharmonika ging ihr durch Mark und Bein. Das Totenkopfvideo hatte sich selbst gestartet. Als es beendet war, blieb in der Blutlache der Schriftzug »Deadline 6« stehen. Obwohl Johanna das Video schon so oft gesehen hatte, lief ihr erneut ein Schauer über den Rücken. Durch den Countdown erreichte der Absender, dass sich die Drohung von Tag zu Tag steigerte. Und offenbar setzte er voraus, dass sie wusste, worum es ging. Aber sie hatte keine Ahnung. Vielleicht hatte Dörte recht, und es steckte doch nur ein übler Scherz wie bei diesen Momo-Challenge-Kettenbriefen dahinter. So richtig glaubte sie aber nicht daran, zumal die Nachrichten inzwischen nicht mehr auf Rüdigers Handy, sondern auf ihrem erschienen. Der Urheber wusste, dass ihr Mann tot war, und wandte sich jetzt gezielt an sie. Unter normalen Umständen hätte sie die Polizei eingeschaltet. Aber nichts war mehr normal in ihrem Leben. Es hatte eine positive Wendung genommen, aber dafür musste sie einen Preis zahlen. Ein schlechtes Gewissen und die Angst, dass sie zur Rechenschaft gezogen werden könnte, vor einem weltlichen oder vor Gottes Gericht.

Johanna fuhr auf den Parkplatz des Geldinstituts. Sie hatte um einen Termin gebeten, um Auskunft über ihre Vermögensverhältnisse zu erhalten. Da Rüdiger und sie sich eine gegenseitige Vollmacht erteilt hatten, sollte es keine Probleme geben. Als sie ausstieg, fuhr ein schwarzer Passat langsam an ihr vorbei. Der Fahrer blickte zu ihr herüber. Die Scheiben seines Wagens spiegelten, und sie konnte ihn kaum erkennen. Doch sie war sich sicher, dass sie ihn schon einmal gesehen hatte.

Die Besprechung mit dem Bankberater dauerte keine Viertelstunde. Ihr Mann hatte weder Gold in Schließfächern deponiert noch geheime Konten unterhalten. Aber sie erfuhr, dass er sich vor einigen Jahren über Möglichkeiten der Geldanlage informiert hatte. Der Berater konnte ihr sogar das Datum nennen: vier Wochen nach dem Tod von Rüdigers Mutter. Somit lag nahe, dass

Rüdiger das Geld tatsächlich investiert hatte. Einen Teil hatte er in dubiosen Schiffsfonds angelegt. Und den Rest? Wie sollte sie das herausfinden? Sie hatte all seine Unterlagen gesichtet, aber keine Hinweise auf andere Geschäfte gefunden. Sie schloss nicht aus, dass er die entsprechenden Papiere irgendwo versteckt hatte, um sie vor ihr zu verbergen.

Als Johanna zu ihrem Auto ging, schaute sie sich nach dem Fremden um, der sie beobachtet hatte, aber sie konnte ihn nicht entdecken. Doch nun fiel ihr ein, woher sie ihn kannte. Es war der stämmige Kerl mit der Tätowierung, den sie auf der Beerdigung gesehen hatte. Sie war sich plötzlich ganz sicher.

Als sie wieder zu Hause war, versuchte sie, sich mit ihren Plänen abzulenken. Das Finanzielle würde sich schon irgendwie regeln lassen. »Dat löppt sik all torecht«, pflegte man in Norddeutschland zu sagen. Aber es blieb ein ungutes Gefühl. Was war, wenn Rüdiger in weitere riskante Aktien investiert und das ganze Vermögen durchgebracht hatte? Oder wenn er gar in illegale Geschäfte verwickelt gewesen war? Sie musste erneut an das Totenkopfvideo denken.

Sie überlegte, ob sie seine Sachen noch einmal durchsuchen sollte, entschloss sich jedoch, sich lieber mit ihren Plänen für die Firma zu beschäftigen. Dazu ein Glas Wein. Das würde sie wieder aufbauen. Gesagt, getan. Das Arbeitszimmer ihres Mannes hatte sie umgestaltet. Es gehörte jetzt ihr und würde ihr zukünftiges Firmenbüro werden.

Sie stellte das Equipment zusammen, das sie für ihr Vorhaben benötigte, und suchte im Internet nach günstigen Quellen. Das war zeitaufwendig. Gegen Mitternacht war sie endlich fertig. Beseelt von ihrer Arbeit und einer ganzen Flasche Riesling ging sie zu Bett und schlief sofort ein.

22

Nach einiger Zeit hatte sich Olivia bis zu einem gewissen Grad an das Alleinleben gewöhnt, auch wenn sie ihre neugewonnene Freiheit noch nicht so richtig genießen konnte. Katze Luna leistete ihr Gesellschaft, und Olivia erwischte sich immer häufiger dabei, dass sie lange, wenn auch ein wenig einseitige Gespräche mit ihr führte. Der Kontakt mit ihren Mitstreiterinnen beschränkte sich auf den gelegentlichen Austausch von WhatsApp-Nachrichten. Dörte ließ kaum etwas von sich hören, und wenn sie zu den monatlichen Treffen erschien, war sie oft mürrisch und verstockt. Olivia vermutete Beziehungsprobleme als Ursache dafür. Vielleicht hatte sich das Verhältnis zu ihrem Liebhaber nach dem Tod ihres Mannes nicht so entwickelt, wie sie sich das vorgestellt hatte. Auf

Andeutungen und Fragen dazu reagierte sie mehr oder weniger aggressiv.

Johanna schien mit ihrer neuen Situation besser klarzukommen. Sie erzählte bei den Treffen mit Begeisterung von ihren Plänen zur Schlickvermarktung. Obwohl Olivia ihr Vorhaben ziemlich skurril fand, beneidete sie ihre Freundin um deren Enthusiasmus. Sie hatte eine Aufgabe und ein Lebensziel gefunden, während Olivia noch auf der Suche nach einer sinngebenden Tätigkeit war. Ihre Arbeit an der Kasse füllte sie in keiner Weise aus, aber aufgeben wollte sie den Job auch nicht. Sie brauchte das Geld und den Kontakt zu den Kollegen, auch wenn es im Supermarkt meist hektisch zuging und sie dem Stress kaum noch gewachsen war.

Das Schlimmste an ihrer Situation aber waren die ungeklärten Todesumstände ihres Mannes. Ständig grübelte sie darüber nach, was passiert sein könnte, ohne zu einem abschließenden Ergebnis zu gelangen. Wie auch, wenn dieser Hauptkommissar Hirschberger sie am Telefon mit Fragen nervte und sie weiterhin verdächtigte.

Die Handwerker hatten Olivia auf das kommende Frühjahr vertröstet. Das Werkzeug, das sie zurückgelassen hatten, hatte bereits Rostflecke auf den Fliesen verursacht.

Im Winter nutzte Olivia den Balkon nicht. Nur Luna bestand darauf, dass die Tür einen Spalt offen stand. Schließlich gehörte der Bereich zu ihrem Revier, das mehrmals täglich inspiziert werden musste.

Olivias Sohn ließ sich nur selten blicken. Doch zu Weihnachten blieb er für mehrere Tage, besuchte mit ihr das Grab seines Vaters und half ihr bei der längst überfälligen Steuererklärung und anderem liegengebliebenen

Papierkram. Er hatte in München eine Frau kennengelernt und war mit ihr zusammengezogen. Olivia rechnete damit, dass sie ihn zukünftig noch seltener sehen würde.

Der Winter verging ohne besondere Vorkommnisse. Sie hätte jetzt alle Möglichkeiten der Selbstverwirklichung gehabt. Aber sie nutzte ihre neue Freiheit nicht. Vielleicht war es die Frühjahrsmüdigkeit, die sie lähmte.

Doch bald sollte wieder Schwung in ihr Leben kommen. Eines Nachts wachte sie durch Geräusche im Haus auf. Hans ist wieder da!, war ihr erster Gedanke. Aufgrund der vergangenen Ereignisse schlief sie nur noch oberflächlich und unruhig. Es dauerte einige Sekunden, bis sie realisierte, dass Hans tot war. Aber sie hatte Schritte im Haus wahrgenommen. Oder hatte sie geträumt? Nein, jemand war im Wohnzimmer unter ihr. Ein Einbrecher! Der Altbau war miserabel isoliert. Besonders Trittschall wurde fast ungedämpft durch Wände und Decken geleitet. Das war einer der Gründe, warum sie das Erdgeschoss nicht mehr vermietet hatten. Dieses Mal hatte sie ihr Handy griffbereit auf dem Nachttisch liegen. Aber sie scheute sich, den Notruf zu wählen. Sie hatte keine besondere Lust, erneut die Polizei im Haus zu haben. Die penetranten Fragen des Kommissars hatte sie noch in schlechter Erinnerung.

Der einzige brauchbare Gegenstand, den sie zu Verteidigungszwecken fand, war die halb volle Sprudelflasche neben ihrem Bett. Sie stand auf, ergriff die Waffe, ging langsam aus dem Zimmer und die Treppe hinunter, ohne das Licht einzuschalten. Ihr Herz klopfte, und ihr Blutdruck stieg spürbar an. Auf der untersten Stufe angekommen, sah sie einen Schatten huschen. Nein, es war kein Schatten, sondern eine männlich wirkende Gestalt, die komplett in Schwarz gekleidet war und eine Art Skimaske trug. Der Einbrecher stand direkt vor ihr. Trotz der Dunkelheit konnte sie das Funkeln in seinen Augen sehen. Sie holte mit der Flasche zum Schlag aus. Aber der Fremde hatte die Gefahr erkannt. Mit einer schnellen Drehung brachte er sich aus der Gefahrenzone und rannte zur Treppe, die in das Erdgeschoss führte.

Sie hatte nicht vor, ihm zu folgen. Stattdessen setzte sie sich auf eine Stufe und stellte die Flasche auf den Boden. Sie brauchte Minuten, um sich vom Schock zu erholen. Irgendetwas war ihr an dem Fremden aufgefallen. Er hatte etwas in der Hand gehabt. Etwas Blaues. Ihr Notizbuch! Sie vergrub das Gesicht in den Händen. Noch war ihr nicht vollständig klar, was der Einbruch zu bedeuten hatte. Auf jeden Fall nichts Gutes.

Wieso stahl jemand ihre Aufzeichnungen und nicht den wertvollen Schmuck, den sie von ihrer Mutter geerbt hatte? Oder den Tablet-PC? Der Dieb hatte keine Tasche dabei gehabt, in der er die Beute hätte abtransportieren können. Sie blieb noch eine Weile sitzen und dachte angestrengt darüber nach, was sie ins Buch geschrieben hatte und was ein Fremder damit anfangen konnte. Nur an die letzten Einträge konnte sie sich genau erinnern. Doch Stück für Stück fielen ihr kompromittierende Passagen aus den zurückliegenden Wochen ein. Der Diebstahl war ein Desaster. Wer auch immer ihre Aufzeichnungen entwendet hatte, wusste über ihren Plan Bescheid und würde die Informationen gegen sie verwenden. Aber noch war ja nichts passiert. Außer, dass sie ihrem Mann ungesundes Essen serviert hatte, konnte ihr niemand etwas vorwerfen. Sie hatte sich nicht strafbar gemacht.

Auch würde man ihr Vorgehen nicht als versuchten Mord auslegen können. Die Überlegungen beruhigten sie etwas. Doch der mysteriöse Vorfall war ein Rätsel.

Sie stand auf und ging ins Wohnzimmer. Dort sah alles normal aus. Kein Durcheinander, das ein Einbrecher auf der Suche nach Wertgegenständen hinterlassen hätte. Je mehr sie darüber nachdachte, desto sicherer wurde sie sich, dass sie es nicht mit einem normalen Dieb zu tun hatte. Wer stahl schon ein Notizbuch, das in einer Abstellkammer hinter der Waschmaschine versteckt war? Jemand hatte es gezielt darauf abgesehen.

Olivia durchquerte das Wohnzimmer und öffnete die Abstellkammer. Das Licht brannte. Ein Blick hinter die Waschmaschine bestätigte ihre Befürchtungen. Das Tagebuch war verschwunden. Sie hatte sich nicht geirrt. Als Nächstes ging sie hinunter ins Erdgeschoss und überprüfte die Haustür. Sie schien unbeschädigt zu sein, soweit sie es feststellen konnte. Aber das hieß nicht viel. Geschickte Langfinger hinterließen bei einem Einbruch kaum Spuren. Die Kriminalpolizei hätte vielleicht Hinweise finden können. Doch die Beamten würde sie jetzt ganz bestimmt nicht einschalten. In den nächsten Tagen würde sie ein neues, sichereres Schloss einbauen lassen. Das hatte sie schon lange vorgehabt. Solche Investitionen konnte sie nach Hans' Tod alleine entscheiden.

Sie ging wieder zu Bett. Die Gedanken kreisten noch stundenlang in ihrem Kopf, bevor sie einschlief.

Einige Tage später lichtete sich der Nebel ein wenig. Olivia hatte groß eingekauft. Ihre Hungerdiät hatte sie schon lange abgebrochen. Aber sie hatte viel über eine gute Ernährung gelernt. Sie stellte die schweren Taschen kurz ab, um die Post aus dem Briefkasten zu nehmen. Rechnungen, Werbung und ein Kuvert, das handschriftlich adressiert war, aber keinen Absender trug. Sie ging ins Haus, und nachdem sie die Waren verstaut hatte, setzte sie sich an den Esstisch und öffnete den Brief. Er enthielt zwei Blätter. Sie fiel aus allen Wolken, als sie den maschinengeschriebenen Text der ersten Seite las:

Hinterlegen Sie 10.000 Euro in einem Umschlag hinter der Theodor-Storm-Büste im Schlossgarten. Am Donnerstag, genau um 22 Uhr. Andernfalls wird die Polizei alles erfahren.

Was erfahren? Olivia schüttelte den Kopf. Die Antwort auf die Frage lieferte der zweite Zettel. Es war eine Kopie aus dem Tagebuch. Sie überflog ein paar Sätze:

Er kränkelt etwas. Aber es geht zu langsam. Ich muss die Giftdosis erhöhen, weiß aber noch nicht, wie. Vielleicht sollte ich doch die Turbovariante anwenden oder etwas ganz anderes versuchen. Doch ein Unfall? Vorerst bleibe ich bei meiner Methode. Aber wenn es nicht bald größere Fortschritte gibt, werde ich zu radikaleren Mitteln greifen müssen. Ich ertrage ihn nicht mehr.

Sie las nicht weiter. Was auf diesem Blatt stand, war sowieso nicht so wichtig. Wer ihr das zugespielt hatte, besaß das ganze Buch mit all ihren kompromittierenden Einträgen. Wenn es nur welche über ihre tatsächlichen Absichten gewesen wären, hätten die Aufzeichnungen sie sogar auf eine gewisse Art entlastet. Aber sie hatte auch drastische Worte gewählt, wie »du bist so gut wie tot, Hänschen« oder »gib endlich den Löffel ab«. Verdammt! Wie hatte sie nur so unvorsichtig sein können?

Zu allem Unglück kam hinzu, dass sie auch Dörte und Johanna manchmal erwähnt hatte. Sie mochte gar nicht darüber nachdenken, was sie über deren »Fortschritte« geschrieben hatte. Wie sollte sie ihnen das nur beibringen? Olivia wurde speiübel. Dieser Kommissar Hirschberger hatte sie sowieso in Verdacht. Schon tauchten in ihrem Kopf Bilder einer Gefängniszelle auf. Sie musste zahlen. Es gab keinen anderen Weg. Würde der Erpresser dann Ruhe geben? Das war unwahrscheinlich. Aber sie würde Zeit gewinnen. Vielleicht sogar, bis der Tod ihres Mannes aufgeklärt war. Dann war sie nicht mehr erpressbar. Und Dörte und Johanna? Die Polizei würde Nachforschungen anstellen.

Eine Frage, über die sie noch nicht nachgedacht hatte: Wer steckte hinter der Erpressung? Wer wusste von dem Notizbuch, und wer hatte es gestohlen?

Sie stand auf, ging zur Küchenzeile, öffnete den Kühlschrank und nahm eine halb volle Flasche Weißwein heraus. Sie schenkte sich ein Glas ein und setzte sich wieder an den Tisch. Sie brauchte Stoff zum Nachdenken. Die Sache war kompliziert. Sie trank das Glas in einem Zug aus und füllte es erneut auf.

Soweit sie sich erinnern konnte, hatte sie Johannas erfolgreiche Aktion im Tagebuch kommentiert. Die genauen Worte wusste sie nicht mehr. Auch zu Dörtes Anschlag hatte sie etwas geschrieben und sogar ihren Tipp mit dem Grapefruitsaft erwähnt. Könnte man ihr damit Beihilfe zum Mord anlasten? Ihr schwirrte der Kopf. Sie nahm einen großen Schluck vom trockenen Grauburgunder.

Ihr fiel niemand anderes als ihr Mann ein, der für die Tat infrage kam. Aber er war tot. Blieb noch die Variante, dass er einen Mitwisser hatte. Nein, verdammt, eine Mitwisserin! Seine Tussi. Vielleicht war er auf eine Schwindlerin hereingefallen, die sowieso vorhatte, ihn abzuzocken, und jetzt die Gelegenheit beim Schopf packte, um Olivia bis aufs Blut auszusaugen. Das angesparte Kapital und das Haus waren in Gefahr. Die Immobilie hatte in den letzten Jahren aufgrund der fantastischen Lage eine immense Wertsteigerung erfahren. Aber wie passte der Sturz vom Balkon in die Theorie? Ganz einfach. Nachdem er von ihren Plänen erfahren hatte, hatte er sich an ihr rächen wollen. Er wusste, dass sie sich manchmal über die Brüstung lehnte, um einen Schnack mit einer Nachbarin zu halten. Er hatte die Schrauben manipuliert! Er hätte alles geerbt und sich mit seiner Barbiepuppe ein schönes Leben machen können. Verdammter Mistkerl! Immerhin hatte er jetzt seine gerechte Strafe erhalten.

Olivia goss den Rest der Flasche ins Glas. So richtig konnte sie nicht an die Geschichte glauben. Eine solche Niederträchtigkeit traute sie ihm einfach nicht zu. Aber hätte sie vor ein paar Jahren gedacht, wozu sie selbst fähig war? Sie ließ die Frage unbeantwortet und trank den restlichen Wein. Sie bereute, dass sie ihm nie nachspioniert hatte. Vermutlich hatte er regelmäßig Kontakt mit seiner Geliebten gehabt. Sein Handy hatte er stets bei sich getragen. Entweder lag es jetzt auf dem Grund des Schlossgrabens oder bei der Polizei. Vielleicht würde man es ihr aushändigen, aber dass es noch funktionierte, war eher unwahrscheinlich.

Die 10.000 Euro bekam Olivia ohne Probleme zusammen. Sicher war das nur eine Anzahlung auf das, was noch kommen würde. Sie könnte sich auf die Lauer legen und den Erpresser abpassen. Aber das war zu gefährlich. Außerdem wusste sie ja nicht, wann er das Geld abholen würde. Die Polizei hatte andere Möglichkeiten für solche Fälle. Doch deren Hilfe wollte sie in der jetzigen Situation ganz bestimmt nicht in Anspruch nehmen. Sie musste unbedingt vermeiden, dass ihre Notizen bei der Polizei landeten. Eine Zeit lang würde sie das verhindern können, indem sie auf die Forderungen des Erpressers einging. Aber solche Leute waren unersättlich, und langfristig musste sie sich eine Lösung des Problems überlegen. Sie hoffte, dass Dörte und Johanna sie dabei unterstützen würden. Schließlich saßen sie mit im Boot, das ein Leck hatte und zu sinken drohte.

Noch einmal wanderten ihre Gedanken zum Diebstahl des Tagebuchs. Nur Johanna und Dörte wussten von ihren Notizen. Die beiden konnte sie wohl als Erpresserinnen ausschließen. Jemand, dem einer der beiden davon erzählt hatte? Aber sie hatten absolutes Stillschweigen vereinbart, und Olivia hatte keinen Zweifel, dass sich ihre Mitstreiterinnen daran hielten. Schließlich hatten beide ihre Männer ins Jenseits befördert. Sie hatten mehr zu verbergen als Olivia. Die einzige Erklärung war, dass Hans das Tagebuch gefunden und sich vor seinem Tod jemandem anvertraut hatte, der nun glaubte, eine sprudelnde Geldquelle entdeckt zu haben. Aber außer seiner Geliebten fiel ihr niemand ein, der dafür infrage kam. Dass ein normaler Einbrecher zufällig auf das Buch gestoßen war und das Potenzial des Inhalts erkannt hatte, konnte sie ebenfalls ausschließen. Das Ganze blieb ein Rätsel.

Sie besorgte das Geld bei ihrer Bank und ging kurz vor 22 Uhr von zu Hause los, um es wie gefordert zu hinterlegen. Bis zum Übergabepunkt waren es keine zehn Minuten. Das Kuvert mit den 10.000 Euro hatte sie in ihrer Handtasche. Der Schlosspark war um die Zeit nur spärlich beleuchtet. Sie lief über die König-Friedrich V.-Allee, am Schloss vorbei und durch das Sandsteinportal, das zu den Parkanlagen führte. Rechter Hand lag der Brunnen und vor ihr im Halbdunkeln die Theodor-Storm-Büste. Bis hierher hatte sie ihre Angst unter Kontrolle halten können, aber nun wurde sie zusehends nervöser und angespannter. Hinter jedem Baum oder Strauch konnte er stecken. Hatte er es wirklich nur auf das Geld abgesehen oder hatte er sie in die einsame Gegend gelockt, um ihr ein Messer in den Rücken zu stoßen? Sie beschleunigte ihre Schritte, erreichte die Büste und legte den Umschlag dahinter ab. Plötzlich hörte sie ein Rascheln im Gebüsch. Für eine Sekunde erstarrte sie. Dann rannte sie, so schnell sie konnte, den Weg zurück und durch das Portal auf die Straße. Einige Male drehte sie sich im Laufen um. Niemand folgte ihr. Sie war froh, als sie zu Hause ankam und die Tür hinter sich abschließen konnte.

23

Olivia rief die Gruppe zu einem Krisentreffen im Café zusammen.

»Nochmals mein Beileid«, kondolierte Johanna. Olivia hatte Dörte und sie per WhatsApp über den Tod ihres Mannes informiert, aber persönlich hatten sie sich seitdem nicht gesehen.

»Von mir auch«, sagte Dörte.

»Wie ihr euch denken könnt, hab ich euch nicht hergebeten, um mit mir zu trauern. Es ist etwas passiert. Ich meine, außer dem Tod meines Mannes. Bei mir wurde eingebrochen.«

»Oh Gott, auch das noch«, entfuhr es Johanna.

»Das Tagebuch wurde gestohlen.«

»Welches Tagebuch?«

Olivia seufzte. »Ich hatte euch doch erzählt, dass ich den Fortschritt meiner Therapie dokumentiert habe.«

»Das ist ja jetzt wohl überflüssig geworden.« Johanna grinste.

»Sagt mal, kapiert ihr nicht, was das bedeutet? Das, was da drin steht, könnte mich schwer belasten. Die Polizei glaubt immer noch, dass ich meinen Mann umgebracht habe.«

»Aber du bist doch unschuldig, oder?«

»Klar bin ich das. Aber die Polizei wird mir nicht glauben, wenn sie das Buch in die Hände kriegt. Was da drinsteht, ist wie ein Geständnis.«

»Wer kein Verbrechen begangen hat, muss nichts befürchten. Wir leben in einem Rechtsstaat.«

»Darauf würde ich mich nicht verlassen, Dörte.« Johanna wiegte den Kopf. »Es gibt auch bei uns sicher jede Menge Fehlurteile.«

Die Bedienung kam herbei und nahm die Bestellung auf.

»Vielleicht solltest du einfach alles zugeben«, sagte Dörte, als die freundliche Frau außer Hörweite war.

»Was? Was soll ich zugeben?«

»Na ja, dass du die Schrauben ausgetauscht hast. So ein Geständnis wirkt vor Gericht strafmildernd.«

Olivia stand der Mund offen, und ihr Gesicht lief rot an. »Bist du bescheuert? Ich hab meinen Mann nicht umgebracht!«, schrie sie. Vermutlich hatten alle Gäste des Lokals ihren Ausbruch mitgehört.

Dörte sah Olivia trotzig in die Augen. »Was regst du dich auf. Du hast seinen Tod geplant, also was soll's?«

Olivia konnte Dörtes Reaktion kaum fassen. Sie hatte große Lust, auf sie loszugehen. Nur mit Mühe konnte sie sich beherrschen.

»Wir fallen hier allmählich auf«, sagte Johanna. »Hört auf zu streiten. Wir haben alle Dreck am Stecken und müssen zusammenhalten. Hast du eine Ahnung, wer das Tagebuch gestohlen hat?«

Olivia warf Dörte noch einen bösen Blick zu. Dann schüttelte sie den Kopf. »Nein, ich hab keinen Schimmer. Vielleicht steckt seine Geliebte dahinter. Wenn er ihr vom Tagebuch erzählt hat, könnte sie es gestohlen haben. Allerdings war es ein Mann, der bei mir eingebrochen ist. Aber sie könnte ihn damit beauftragt haben. Das Schlimme ist …« Olivia stockte. »Das Schlimme ist, dass ich nicht nur etwas über mich geschrieben habe.«

»Wie meinst du das?«, fragte Johanna.

»Ihr seid auch erwähnt.«

Einen Moment herrschte Schweigen am Tisch.

»Was steht da über uns drin?«

»Das weiß ich nicht mehr so genau. Ziemlich viel, befürchte ich.«

»Auch etwas über mein Giftmenü?«

»Ja. Inklusive Kochrezept. Und die Sache mit der Potenzpille kommt auch vor. Ich fand die Idee so außergewöhnlich, dass ich sie einfach aufschreiben musste.«

»Hast du unsere Namen genannt?«

»Nur die Vornamen.«

»Oh Gott. Wenn das Notizbuch in falsche Hände gerät, sind wir im Ar...«

»Deshalb bin ich auf die Forderungen des Erpressers eingegangen und habe bezahlt.«

»Erpresser?« Johanna legte ihre Stirn in Falten.

»Das vergaß ich zu erzählen. Der Dieb oder sein Auftraggeber will Geld.«

»Und du bist darauf eingegangen?«

»Ja.«

»Ohne uns zu informieren?«

»Ich hatte ein schlechtes Gewissen und dachte, ich könnte das Problem alleine aus der Welt schaffen. Aber heute Morgen hab ich eine neue Forderung erhalten. Noch einmal 10.000 Euro. Und ich glaube nicht, dass die Sache damit erledigt ist.«

»Nee, ganz bestimmt nicht.«

»Was soll ich tun?«

»Wir. Was sollen wir tun? Das ist die Frage. Lasst uns mal überlegen, wer dahinterstecken könnte. Es muss jemand sein, der von dem Tagebuch wusste.«

»Und von dem Versteck hinter der Waschmaschine, sonst hätte er die ganze Wohnung durchsucht.«

»Hinter der Waschmaschine?«

»Äh, ja. Ich hatte das Buch in einer Tasche an der Rückwand aufbewahrt. Dort, wo einst die Bedienungsanleitung steckte.«

»Hm. Der ungewöhnliche Ort spricht wirklich dafür, dass der Einbrecher das Versteck kannte und gezielt nach dem Buch gesucht hat. Hast du wirklich niemandem davon erzählt?«

»Nein, nicht einmal euch.«

»Wann ist die nächste Übergabe?«

»Morgen.«

»Dann sollten wir dem Täter auflauern.«

»Seid ihr verrückt?« Dörte hatte die ganze Zeit geschwiegen und mischte sich jetzt ein. »Das ist viel zu gefährlich.«

»Unsinn. Wir wollen ihn ja nur beobachten. Was meinst du, Olivia?«

»Ich denke, das wäre machbar. Und zu dritt wäre das Risiko überschaubar.«

»Wo und wann soll das stattfinden?«

»Im Schlosspark, um 22 Uhr.«

»Bist du dabei, Dörte?«

Dörtes »Ja« kam zögerlich.

Die Bedienung trat an den Tisch und servierte Getränke und Kuchen.

»Ich hab wieder ein Totenkopfvideo erhalten«, sagte Johanna. »Dieses Mal auf meinem Handy. Offenbar weiß der Absender, dass Rüdiger tot ist. Kann es sein, dass beides miteinander zu tun hat? Ich meine, diese Videos und die Erpressung?«

»Das kann ich mir nicht vorstellen«, antwortete Dörte.

»Wenn es so wäre, müsste der Absender und Erpresser wissen, dass wir uns kennen. ›Deadline 5‹ hat er geschrieben. Ich hab Angst. Irgendetwas Schreckliches wird passieren.«

»Das ist ein Grund mehr für unsere Aktion, Johanna. Wenn es ein und derselbe Täter ist, müssen wir nur einen kaltstellen«, sagte Olivia.

»Kaltstellen? Was meinst du damit?«

»Nichts Bestimmtes. Was wir mit ihm machen, entscheiden wir, wenn wir wissen, wer er beziehungsweise sie ist. Wir können nicht ausschließen, dass wir es mit einer Frau zu tun haben.«

Johanna schüttelte den Kopf. »Unsinn. Frauen tun so etwas nicht.«

»Sie bringen nur ihre Männer um oder was?« Dörtes Tonfall war aggressiv. Ihr schien eine Laus über die Leber gelaufen zu sein. Und die Sache mit dem Tagebuch war nicht der alleinige Grund dafür. Olivia hatte schon während des letzten Telefonats mit ihr bemerkt, dass sie missgestimmt war. Aber sie wollte nicht nachfragen. Die Atmosphäre war schon aufgeladen genug. Jede weitere Spannung konnte in einen handfesten Streit münden. Und den konnten sie in ihrer jetzigen Situation ganz und gar nicht gebrauchen.

»Wir sind uns also einig, dass wir dem Erpresser zusammen im Schlosspark auflauern?«

»Okay«, antworteten beide.

»Gut.«

»Erinnert ihr euch daran, wie wir uns im Chat kennengelernt haben?«, fragte Johanna.

»Klar«, antwortete Olivia.

»Anfangs mit unseren Nicknamen und dann mit unseren richtigen Vornamen. Die Unterhaltungen verliefen zunächst ganz harmlos, aber irgendwann ging es dann ans Eingemachte.«

»Worauf willst du hinaus?«

»Nur wir drei haben die WhatsApp-Gruppe *Fifty Ways* gegründet. Was ist, wenn unser Mann oder unsere Frau jemand aus dem Chat ist? Jemand, der gemerkt hat, was wir vorhatten, und sich dann ausgeklinkt hat.«

Olivia nickte. »Hm. Da fällt mir spontan Eudora ein. Sie hat behauptet, dass ihr Freund ihre 14-jährige Tochter belästigt. Als ich nachgehakt habe, hat sie mir eine persönliche Nachricht geschickt. Darin hat sie mir erzählt, dass sie mit ihrer Tochter in ein Frauenhaus ziehen wird. Danach hab ich nichts mehr von ihr gehört. Aber warum sollte sie mich erpressen?«

»Eudora heißt eine Figur der Peanuts«, sagte Johanna. »Ich gehe mal stark davon aus, dass das nicht der richtige Name ist. Wir wissen nicht, wer dahintersteckt. Was er oder sie geschildert hat, kann komplett erfunden sein. Es kommt immer wieder vor, dass sich irgendwelche Spanner oder Verbrecher in Chats einklinken, um ihr Süppchen zu kochen.«

Olivia schüttelte den Kopf. »Für eine Erpressung waren unsere Äußerungen nicht konkret genug. Wir haben uns gegenseitig abgeklopft und waren vorsichtig. Außerdem müsste er oder sie meinen Klarnamen herausbekommen haben.«

»Das ist leichter, als man denkt. Eine Bemerkung, wo man zur Schule gegangen ist, in welche Kneipe man abends geht oder das Lieblings-YouTube-Video, und schon hat man sich verraten.«

»Mag sein. Aber du vergisst eines. Unser Chatpartner konnte nichts von meinem Tagebuch wissen und schon gar nicht von dem Versteck. Ich denke, wir sollten nicht weiter spekulieren. Wir lauern dem Typen auf, und dann wissen wir mehr. Wir treffen uns eine halbe Stunde vor der geplanten Übergabe am Eingang zum Schlossgarten im Erichsenweg. Dort kann man gut parken. Einverstanden?«

»Einverstanden«, antwortete Johanna.

»Dörte?«

»Ja, okay.«

24

Wie verabredet, trafen sich die Frauen im Erichsenweg, am südöstlichen Zugang zum Schlosspark. Von dort aus brachen sie gemeinsam zum Übergabeort auf. Das Geld sollte in einem Abfallkorb neben einer grünen Holzbank deponiert werden. Die genaue Lage hatte der Erpresser in einer Skizze markiert. Ihr Weg führte am Mahnmal für die Opfer des Ersten Weltkriegs vorbei. 406 Namen gefallener Soldaten standen stellvertretend für das Leid, das der Krieg über die Menschen gebracht hatte. Der Kontrast, den die Millionen Krokusse dazu boten, die zu dieser Jahreszeit im Schlosspark blühten, hätte nicht größer sein können. Die Blüten waren geschlossen. Dennoch bildeten sie einen violetten Teppich, der sich bis in die ferne Dunkelheit erstreckte.

Als sie die auf dem Plan markierte Stelle erreichten, nahm Olivia den Umschlag aus ihrer Handtasche und legte ihn in den Abfallkorb. Dann suchten sich die drei ein Versteck, von dem aus sie die Bank beobachten konnten. Ein Busch in etwa 20 Metern Entfernung bot genügend Schutz. Es war nicht zu erwarten, dass zu dieser späten Stunde viele Spaziergänger den Park besuchten. Auf dem Weg war ihnen niemand begegnet. Aber zur Krokusblütenzeit kamen zahlreiche Busse mit Touristen, und der eine oder andere, der in den umliegenden Hotels übernachtete, war an diesem milden Frühlingsabend sicher auch im Schlossgarten unterwegs.

»Man sollte uns nicht zusammen sehen«, mahnte Olivia.

»Warum nicht?« Dörte strahlte sie mit der Taschenlampe an.

»Mensch, nimm das Ding weg. Wenn die Polizei erfährt, dass wir zusammenhocken, könnte sie die falschen Schlüsse ziehen.«

»Oder die richtigen.«

»Das sind ja die falschen.«

»Ach so.«

»Habt ihr eigentlich einen Plan?«, fragte Johanna. »Ich meine, was tun wir, wenn der Erpresser kommt?«

»Ich habe eine Waffe dabei.« Olivia zog ein beidseitig geschliffenes Küchenmesser aus der Handtasche und ließ die Klinge im Mondschein aufblitzen.

»Steck das ein. Du willst ihn damit doch nicht erstechen?«

»Quatsch. Ist lediglich für den Notfall. Es geht ja nur darum herauszufinden, wer er ist. Dann können wir geeignete Maßnahmen ergreifen.«

»Woher wisst ihr überhaupt, dass es ein ›er‹ ist?«, fragte Johanna.

»Weil ich den Einbrecher gesehen hab. Er war zwar vermummt, aber so weit reichen meine anatomischen Kenntnisse noch. Selbst wenn der nur im Auftrag von jemandem gehandelt hat, spricht vieles dafür, dass er auch diesen Job erledigt. Sicher ist das natürlich nicht. Lassen wir uns überraschen.«

Die Geduld der drei Frauen wurde auf eine harte Probe gestellt. Mehrere Stunden tat sich nichts. Es war unheimlich im Schlosspark. Ständig hörten sie fremdartige Geräusche, und wenn der Mond für kurze Zeit hinter einer Wolke verschwand, wurde es nahezu stockdunkel. Nur wenig Licht drang von der Straße und vom Schloss herüber und erzeugte Schatten, die sich zu bewegen schienen.

Erst gegen 1 Uhr tauchte ein untersetzter Mann mit hellem Mantel auf.

»Das könnte er sein«, flüsterte Olivia. »Aber irgendwie sah der Einbrecher größer und sportlicher aus.«

Tatsächlich steuerte der Ankömmling auf die Bank mit dem Papierkorb zu und setzte sich. Er brabbelte unentwegt vor sich hin. Es war aber kein Wort zu verstehen.

»Für einen Erpresser, der sein Geld abholt, benimmt er sich ziemlich auffällig«, sagte Johanna leise.

Olivia drängte ein Stück nach vorne und schob einen Zweig beiseite. Der Mann hatte aufgehört, mit sich selbst zu reden. Er schnäuzte in ein Tempo und warf es in den Abfallkorb. Als hätte er dabei zufällig den Umschlag entdeckt, griff er danach und holte ihn heraus. In Seelenruhe öffnete er ihn und nahm das Geld in die Hand.

»Mensch, hat der Nerven. Fehlt nur noch, dass er nachzählt«, sagte Johanna.

Der Mann steckte die Scheine wieder in den Umschlag, sah sich mehrmals um und ließ ihn dann in seiner Manteltasche verschwinden.

»Was machen wir jetzt?«, fragte Dörte. »Sollen wir fragen, wer er ist und warum er das tut?«

»Sehr witzig.« Olivia wandte sich an Dörte und nahm ihr die Taschenlampe ab. »Du gehst da jetzt hin, wackelst ein bisschen mit dem Hintern und setzt dich zu ihm auf die Bank.«

»Was? Wieso ich?«

»Wer denn sonst? Sei doch nicht so naiv. Mit unseren Hintern klappt das einfach nicht.«

»Und was soll ich dann tun?«

»Ihn abschleppen natürlich. Am Ausgang steht Johannas Auto. Du lässt ihn einsteigen, und dann kommen wir dazu und befragen ihn.«

»Du bist ja verrückt. Da mach ich nicht mit.«

Johanna brachte ihre Schlüssel hervor und hielt sie Dörte vor die Nase. »Ich finde die Idee gut. Schließlich geht es für uns um Kopf und Kragen. Wenn wir jetzt nicht handeln, landen wir alle im Knast. Willst du das etwa? Beeil dich, sonst haut er noch ab.«

»Nee, ich tu das nicht. Da könnt ihr euch auf den Kopf stellen.«

Olivia schob Dörte beiseite. »Okay, dann muss ich mein Messer einsetzen. Ich hab alles zu verlieren und werde das nicht zulassen.«

»Warte. Ich mach's.« Dörte griff nach Johannas Autoschlüssel und steckte sie ein. Dann trat sie aus dem Gebüsch hervor und ging auf die Bank zu. Kurz bevor sie die erreichte, humpelte sie, hob den rechten Fuß und streifte ihren Schuh ab. Der Bewegungsablauf wirkte, als habe sie das tausendfach geübt. Sie erreichte die Bank und ließ sich neben dem Fremden nieder. Dörte schüttelte den nicht vorhandenen Stein aus ihrem Schuh und zog diesen wieder an. Auch das tat sie mit einer erotischen Eleganz, um die sie Olivia beneidete. Auf so eine wäre auch ihr Hans abgefahren, da war sie sich sicher.

Dörte verwickelte den Mann in ein Gespräch, und bereits nach wenigen Minuten hatte sie ihr Ziel offenbar erreicht. Beide standen auf und spazierten Richtung Parkausgang. Olivia und Johanna folgten ihnen in gebührendem Abstand. Sie begegneten unterwegs keiner Menschenseele. Um die Uhrzeit war das nicht erstaunlich. Erst am nächsten Morgen würde sich der Park wieder mit Spaziergängern füllen, die das Blütenmeer bewunderten.

Obwohl der Erpresser 10.000 Euro in der Tasche hatte, schien die Aussicht auf eine unverhoffte Liebesnacht all seine Bedenken zu zerstreuen. Männer! Man musste bei dieser Spezies nur die richtigen Knöpfe drücken.

Dörte hatte sich bei ihm eingehakt und humpelte etwas. Der imaginäre Stein im Schuh musste eine arge Verletzung hinterlassen haben, was den Beschützerinstinkt bei dem Kavalier weckte. Die Frau war wirklich mit allen Wassern gewaschen! Er nahm auf dem Beifahrersitz des *Ford Mondeo* Platz. Dörte wollte gerade auf der Fahrerseite einsteigen, als Johanna zu ihr stieß und ihr die Schlüssel entriss. »Ich fahre. Geh du nach hinten!«

»Wieso fahren? Wohin?«

»Olivia hatte da eine Idee …«

Der Fahrgast hatte sich bereits angeschnallt, als er bemerkte, dass etwas nicht stimmte. Doch es war zu spät. Olivia war hinter ihm eingestiegen und hielt ihm das Messer an die Kehle.

»Ich gebe Ihnen das Geld«, röchelte er. »Es ist in meiner Manteltasche.«

»Bleiben Sie ganz ruhig. Dann passiert Ihnen nichts.«

Zunächst weigerte sich Dörte einzusteigen. Aber als Johanna den Motor startete, entschloss sie sich doch mitzufahren.

»Ich zeig dir den Weg«, sagte Olivia zu Johanna. »Fahr los.«

»Lassen Sie mich gehen. Ich hab noch mehr Geld. Sie können alles haben«, wimmerte der Entführte.

»Sie halten die Klappe, verstanden? Wir machen nur einen kleinen Ausflug. Und jetzt geben Sie mir Ihr Handy.«

Brav griff er in seine Tasche und reichte das Gerät nach hinten. Olivia nahm das Messer von seinem Hals und steckte das Handy ein. Sie rechnete nicht damit, dass er bei voller Fahrt aus dem Auto sprang. Aber sicherheitshalber bedrohte sie ihn bei jedem Halt erneut mit der scharfen Waffe, die bereits Blutspuren an seinem Hals hinterlassen hatte.

Olivia dirigierte Johanna nach Hattstedt, dem Dorf, in dem Theodor Storms Novelle *Zur Chronik von Grieshuus* spielte. Im Hattstedter Wald kannte sie eine Hütte, die von Forstarbeitern genutzt wurde. Als Kind waren sie und ihre Spielkameraden mit dem Fahrrad manchmal dorthin gefahren. Geheimnisvolle Treffen an geheimnisvollen Orten. Das war lange her, aber sie hatte die Hütte vor einigen Jahren bei einem Spaziergang in der Gegend wiederentdeckt. Deshalb war sie sich relativ sicher, dass sie noch existierte.

Sie fuhren auf einen Parkplatz und stiegen mit der Geisel aus. Der arme Kerl war so verängstigt, dass er keinen Widerstand leistete. Er musste vor den Frauen hergehen. Ab und zu stupste Olivia ihn mit der Messerspitze an, damit er nicht auf dumme Gedanken kam. Je tiefer sie in den Wald eindrangen, desto dunkler wurde es. Olivia musste sich auf ihren Orientierungssinn verlassen. Den Schein der Taschenlampe hatte sie auf den Boden gerichtet. Nach 100 Metern durch das Gehölz erreichten sie ihr Ziel. Die Tür der Hütte war nicht verschlossen. Sie schoben den Gefangenen in den dunklen Raum. Drinnen sah es ziemlich verwahrlost aus. Plastiktüten und anderer Müll lagen auf dem Boden. Überall Spinnweben, und das Holz war mit Moos und sogar mit Pilzen bewachsen. Zwei Stühle und ein Tisch waren das einzige Mobiliar. Von der Decke hing eine Petroleumlampe an einer Kette. Sie zwangen den Gefangenen, sich auf einen der Stühle zu setzen. Johanna fand ein Feuerzeug auf dem Tisch. Sie machte sich an der Lampe zu schaffen, und eine Minute später erhellte ein gelblicher Schein den Raum so weit, dass Olivia die Taschenlampe ausschalten konnte.

Sie trat auf den Mann zu und fuchtelte mit dem Messer vor seinem Gesicht herum. »Wenn Sie Fisimatenten machen, schneiden wir Ihnen die Kehle durch, verstanden?«

Er antwortete nicht. Seine Hände ruhten auf den Knien und zitterten. Seine Angst passte nicht zu einem Einbrecher, der in ein Haus einstieg, während die Bewohner zu Hause weilten.

»Ich will Ihren Ausweis sehen.«

Zögerlich griff er in die Innenseite seines Mantels, zog eine Brieftasche hervor und übergab sie Olivia.

Anschließend legte er den Umschlag auf den Tisch. »Ich will das Geld nicht. Nehmen Sie es. Ich hab den Umschlag rein zufällig im Abfall gefunden.«

»Zufällig? Soll das ein Witz sein?«

»Nein, glauben Sie mir doch!«

Olivia reichte die Brieftasche an Johanna weiter. Die nahm den Ausweis heraus und ließ die Brieftasche auf den Boden fallen. »Wilhelm Jebsen, wohnhaft in der Schulstraße. Der Name kommt mir irgendwie bekannt vor.«

»Herr Jebsen. Wir haben nur wenig Zeit und gar keine Geduld. Sie erzählen uns jetzt, wo das Notizbuch ist. Sonst werden wir Ihnen nach und nach die Finger abschneiden. Das Messer hier ist verdammt scharf.«

»Welches Notizbuch? Ich weiß nicht, was Sie meinen. Ich habe kein Notizbuch.« Dem Mann stand die Panik ins Gesicht geschrieben.

»Sie sind bei mir eingebrochen und haben es gestohlen!«

»Nein. Sie müssen mich verwechseln. Ich war das nicht. Ich schwöre es.«

Ik krich di bi de Büx, Jebsen. »Wie viel Geld haben Sie schon abkassiert?«

»Was? Gar nichts. Was meinen Sie?«

»Wie viele Umschläge haben Sie schon ›gefunden‹?«

»Nur diesen einen.«

»Und das Geld, das ich hinter die Büste von Tetsche Wind gelegt habe?«

»Wer ist Tetsche Wind?«

»Unser großer Dichter Theodor Storm natürlich. Mann, stellen Sie sich doch nicht so dumm! Ich werde Ihnen jetzt den ersten Finger abschneiden. Ich bin mir sicher, dass Sie mir dann die Wahrheit sagen.«

Jebsen sprang auf. »Sie sind ja alle komplett verrückt!«

Olivia streckte den Arm mit dem Messer in der Hand aus. An der Klinge klebte bereits Blut. »Setzen!«

Jebsen ließ sich auf den Stuhl fallen. »Das Ganze ist ein Irrtum, ein schrecklicher Irrtum.«

Dörte kam auf Olivia zu und flüsterte ihr ins Ohr. »Wir haben den Falschen. Wir sollten ihn laufen lassen.«

»Und wieso wusste er dann von den 10.000 Euro?«, flüsterte Olivia zurück.

»Ich kann Ihnen noch mehr Geld geben«, versicherte Jebsen. »Ich bin Anlageberater. Ich hab Aktien und Wertpapiere.«

»Anlageberater!«, rief Johanna aus und ging einen Schritt auf ihn zu. »Jetzt weiß ich, woher ich Ihren Namen kenne. Sie haben meinen Mann beraten.«

»Ihren Mann?«

»Rüd…« Sie sprach nicht weiter, weil Olivia sie am Ärmel packte und von Jebsen wegzog. Er wusste bereits zu viel über seine Entführerinnen.

»Dieser Kerl hat meinen Mann und mich um ein Vermögen betrogen. Mit Schiffsfonds und so 'nem Zeug. Dem schneide ich was ganz anderes ab.« Johanna war sichtlich aufgebracht.

»Komm, beruhige dich. Wir bringen die Sache hier erst einmal zu Ende.« Olivia wandte sich wieder an den Delinquenten. »Weshalb waren Sie im Schlosspark?«

»Ich hatte mich mit meiner Frau gestritten. Da musste ich alleine sein und mich abreagieren. Deshalb bin ich in den Park gegangen. Das mache ich immer so. Ich wusste nichts von dem Geld. Und ich hab auch kein Notizbuch gestohlen. Das ist alles ein schrecklicher Irrtum.«

Johanna baute sich erneut vor ihm auf. »Und die Schiffsfonds? Haben Sie damit auch nichts zu tun?«

Er senkte den Blick. »Ich konnte nicht wissen, dass die so abstürzen.«

»Lass uns mal kurz vor die Tür gehen.« Olivia nickte mit dem Kopf Richtung Ausgang.

»Okay.«

»Sie bleiben da sitzen! Wir wollen nur mal draußen eine rauchen, verstanden?«

»Ja«, antwortete er kleinlaut.

Die drei Frauen gingen hinaus, und Dörte zog die Tür hinter sich zu.

»Was machen wir mit ihm?«, fragte Olivia. »Ich glaub jetzt auch, dass wir den Falschen erwischt haben. Die Memme da drinnen könnte nicht mal ein Kaugummi aus einem Supermarkt klauen.«

»Aber mich und meinen Mann um ein Vermögen bringen, das konnte er.«

»Das ist etwas anderes.«

»Du willst ihn laufen lassen?«

»Wir können ihn ja schlecht abstechen, zerstückeln und unter der Hütte verscharren.«

»Verdient hätte er es. Und was ist, wenn er zur Polizei geht? Er kennt unsere Gesichter, und vielleicht hat er sich auch das Kennzeichen meines Autos gemerkt.«

»Lass mich das mal machen. Ich rede mit ihm. Die Polizei würde sowieso nicht glauben, dass ihn drei Frauen entführt haben. Komm, gehen wir wieder rein.«

Mit dem Messer in der Hand öffnete Olivia vorsichtig die Tür. Der Gefangene saß noch immer brav auf seinem Stuhl.

Olivia setzte sich auf den zweiten Stuhl und schlug die Beine übereinander. Johanna und Dörte standen neben ihr.

»Ihnen ist klar, dass Sie sich den Umschlag mit dem Geld widerrechtlich angeeignet haben?«, begann Olivia.

»Aber ich wusste …«

»Klappe halten! Unwissenheit schützt vor Strafe nicht. Das weiß doch jedes Kind. Aber wir wollen die Sache hier schnell und ohne Aufsehen zu Ende bringen. Das ist doch sicher auch in Ihrem Sinne.«

»Ja, ja. Wenn Sie mich freilassen, bin ich einverstanden.«

»Gut. Dann werden wir auch Ihrer Frau nicht mitteilen, dass Sie mit einer hübschen Blondine fremdgehen wollten.«

Jebsen schwieg. Er sah zu Dörte hinüber. Wahrscheinlich trauerte er selbst in diesem Moment noch einem verpassten Liebesabenteuer mit ihr nach.

Olivia brachte sein Handy zum Vorschein, legte es auf den Tisch und steckte den Umschlag mit dem Geld ein. Seine Ausweise und die Brieftasche hatte Johanna bereits aufgehoben.

»Da haben Sie Ihre Sachen. Sie warten jetzt hier eine Viertelstunde. Wenn Sie vorher abhauen, dann ...« Olivia unterstrich ihre Worte, indem sie die Messerschneide an ihrem Hals entlang zog.

»Ich tue genau, was Sie sagen.«

»Gut. Und machen Sie das Licht aus, bevor Sie gehen!«

»Wie – wie soll ich hier wieder herausfinden?«

»Das werden Sie schon schaffen. Sie wären der erste Mensch, der im Hattstedter Wald verschollen blieb.«

Die Kidnapperinnen verließen die Hütte. Auf dem Weg zum Parkplatz sagte Johanna: »Die Sache mit seiner Ehefrau war ein geschickter Zug von dir. Ich glaube auch nicht, dass er zur Polizei gehen wird. Aber wir hatten wirklich den Falschen. Fragt sich nur, wer der Richtige ist. Der wird jedenfalls sauer sein, dass er sein Geld nicht bekommen hat.«

»Ja, aber er wird ganz sicher noch mal nachhaken. Wenn er jetzt seine Drohung wahr macht, kriegt er nichts mehr. Und er will mehr, verlasst euch drauf.«

Sie hatten den Parkplatz erreicht und stiegen in den *Mondeo*.

25

Die bunten Zahlen am Überwachungsmonitor spielten verrückt, als die drei das Krankenzimmer betraten. Jebsen starrte sie an, als habe er einen Blick in die Hölle geworfen. »Sie! Was wollen Sie!?« Er griff nach der Notfallklingel. Noch bevor er den Knopf drücken konnte, erschien eine Krankenschwester. Sie grüßte die Besucherinnen. Dann warf sie einen Blick auf den Monitor und prüfte die Infusion.

»Blutdruck und Herzfrequenz sehen nicht besonders gut aus. Alles in Ordnung mit Ihnen?«, fragte sie den Patienten.

»Nein – ja.«

»Sie dürfen sich keinesfalls aufregen. Das ist nicht gut für Sie. Drücken Sie auf den Knopf, wenn Sie etwas brauchen«, sagte die Schwester und ging wieder.

»Wir wollten nur sehen, wie es Ihnen geht, Herr Jebsen«, sagte Olivia mit besorgtem Unterton und setzte sich auf den Stuhl neben seinem Bett.

Johanna fand eine weitere Sitzgelegenheit am Nachbarbett, in dem ein alter Mann lag, der fest zu schlafen schien. Dörte blieb am Fußende stehen. Sie schenkte Jebsen ein Lächeln, das er vermutlich nicht einordnen konnte. Sie trug einen engen Pullover und einen viel zu kurzen Rock. Sie sah sexy aus, aber Jebsen war wohl in seiner Lage wenig empfänglich für ihre Reize. Sein erhöhter Blutdruck hatte andere Ursachen.

»Wie ich sehe, haben Sie den Weg aus dem Wald gefunden«, fuhr Olivia fort.

»Ich bin schwer gestürzt. Mein Fuß ist angebrochen. Und außerdem hab ich Herzrasen und eine posttraumatische Belastungsstörung. Sie sind schuld daran. Ich hätte Sie anzeigen sollen.«

»Wir haben von Ihrem Missgeschick gehört. Ihre Frau hat es uns erzählt.«

»Sie haben mit meiner Frau gesprochen? Was haben Sie ihr gesagt?« Jebsen zog sich am Galgen hoch.

»Nichts. Wir wollten uns beraten lassen und haben in Ihrem Büro angerufen. Da hat sie uns mitgeteilt, dass Sie in der Klinik sind. Was haben Sie Ihrer Frau erzählt?«

»Äh – ich wurde überfallen. Ein Schurke hat mich niedergeschlagen und mein Geld geraubt. Ich hab Anzeige gegen Unbekannt erstattet – hab ich gesagt.«

»Das ist gut. Sehr gut. Bei der Version sollten Sie bleiben. Das ist besser für Sie und ein bisschen auch für uns. Ich denke, wir verstehen uns.«

Jebsen ließ den Galgen los. »Meine Frau ist unterwegs zum Krankenhaus. Es wäre gut, wenn Sie verschwänden. Sie könnte sonst argwöhnisch werden.«

Olivia nickte. »Da wir jetzt wissen, dass Sie auf dem Weg der Besserung sind, werden wir gleich gehen. Sie kennen sich doch gut mit Aktien aus, Herr Jebsen. Haben Sie einen Tipp für mich? Ich erwarte eine kleine Erbschaft und möchte einen größeren Betrag anlegen.«

Jebsen drehte seinen Kopf in ihre Richtung. Er schaute sie misstrauisch an und schwieg.

»Na ja. Ich komme da noch mal auf Sie zu. Schiffsfonds sind eher nicht mein Ding. Sie haben doch bestimmt etwas Lukratives, das nicht ganz so riskant ist.« Sie sah zu Johanna hinüber, die ihr gegenüber auf der anderen Bettseite saß. Johanna zog die Augenbrauen hoch. Olivia grinste. Sie hatte die Bemerkung über die Schiffsfonds nicht zufällig fallenlassen.

»Eigentlich sind Sie viel zu intelligent für derartige Geschäfte. Mich wundert, dass Sie Ihren Kunden so etwas empfehlen. Aber Sie haben sich sicher ein Beratungsprotokoll unterschreiben lassen, in dem auf das besondere Risiko hingewiesen wird.«

Jebsen wurde merklich unruhig. Sein Blick wanderte von Olivia zu Johanna und zurück. »Was soll das? Es ist alles nach Vorschrift abgelaufen. Ich hab mir nichts vorzuwerfen. Würden Sie jetzt bitte gehen. Meine Frau …«

»Aber ja.« Olivia stand auf. »Wir wünschen Ihnen gute Besserung. Ach, da ist noch eine Sache, die ich Sie fragen wollte. Wie Sie wissen, vermisse ich seit einiger Zeit ein blaues Notizbuch. Das ist sehr wertvoll für mich. Es hat sozusagen einen ideellen, persönlichen Wert. Ich hab einen Finderlohn von sage und schreibe 10.000 Euro ausgelobt. Wenn Sie wissen, wo es ist, sollten Sie mich benachrichtigen.«

»Ich hab Ihnen schon gesagt, dass ich kein Notizbuch habe, und ich wäre Ihnen dankbar, wenn Sie aus meinem Leben verschwinden würden!«

»Okay, wir gehen. Aber wir möchten Ihnen noch ein nettes Video zeigen.«

Olivia gab Johanna ein Zeichen. Sie hatte verstanden. Sie zog ihr Smartphone aus der Tasche, erhob sich vom Stuhl und hielt dem Patienten das Display vor die Nase. Als sie das Totenkopfvideo startete, begann Jebsen zu japsen, und der Überwachungsmonitor schrieb beunruhigende Kurven. Er mochte ein Betrüger sein, aber für einen ausgebufften Erpresser war er eindeutig zu dünnhäutig.

»Sie drohen mir?«, wimmerte er. »Ich hab nichts getan. Glauben Sie mir doch!«

Als das Blut aus dem Totenkopf quoll, erlöste Johanna ihn, und die drei Frauen verließen das Krankenzimmer.

»Sag mal, was war das mit den Schiffsfonds?«, fragte Johanna, als sie den Fahrstuhl betraten.

»Dieser Jebsen hat es faustdick hinter den Ohren. Es würde mich nicht wundern, wenn dein Mann auf einen Betrug reingefallen wäre.« Olivia drückte auf »EG«.

»Wie meinst du das?«

»Hast du irgendwelche Belege für die Fonds, die er gekauft hat?«

»Klar. Jebsen hat sie aufgelistet und sogar eine jährliche Wertentwicklung mitgeteilt. Zunächst sah alles ganz gut aus, und dann sind sie ins Bodenlose gestürzt.«

»Ich meine, hast du originale Papiere der Fonds? Depotauszüge, Einladungen zu Aktionärsversammlungen oder Ähnliches?«

»Ich weiß nicht. Ich glaube nicht.«

»Hab ich mir gedacht.«

Die Tür des Fahrstuhls öffnete sich. Die Frauen durchquerten den Empfangsraum und traten durch die Drehtür ins Freie. Ein fast wolkenloser Himmel versprach einen herrlichen Frühlingstag.

»Sag schon, was du vermutest.« Johanna fasste Olivia am Arm.

Olivia blieb stehen. »Es gibt zwei Möglichkeiten. Jebsen sagt die Wahrheit. Dann hat dein Mann das Geld ganz einfach in die falschen Wertpapiere investiert. So ist das mit Aktien eben. Sein beziehungsweise dein Pech.«

»Oder? Die zweite Möglichkeit?«

»Ach, nichts. Jedenfalls sollte er nachweisen können, dass er deinen Mann auf die Risiken hingewiesen hat. Das ist Vorschrift. Wenn er das nicht getan hat, kannst du ihn auf Entschädigung verklagen, was aber nicht so ganz einfach wird. Aber eigentlich geht mich die Sache ja nichts an.«

»Doch, doch. Ich meine, ich wäre dir für jede Hilfe dankbar.«

»Irgendwie hab ich das unbestimmte Gefühl, dass Jebsen mehr zu verbergen hat als sein geplantes Schäferstündchen mit Dörte. Mit der Erpressung und dem Totenkopf hat er aber ganz bestimmt nichts zu tun. Da muss es um etwas anderes gehen. Vielleicht ist es doch diese Eudora aus dem Chat, die dahintersteckt. Sie ist die Einzige, die überhaupt etwas von unseren Plänen wissen kann. Wir sollten die Spur verfolgen.«

»Das ist doch aussichtslos. Wir verschwenden nur unsere Zeit«, murrte Dörte.

»Wie Johanna erklärt hat, kann man die Identität oft durch das, was der Nutzer gepostet hat, herausbekommen. Wenn wir all das zusammentragen, erfahren wir vielleicht, wer sich hinter dem Pseudonym verbirgt. Einen Versuch wäre es allemal wert. Wir müssen das Problem lösen. Sonst sind wir alle im Ar… Und ich bin schuld daran. Hätte ich doch nur dieses dämliche Tagebuch nicht geführt!«

Johanna behielt recht. Es war sogar noch einfacher als gedacht, Namen und Adresse von Eudora zu ermitteln. Sie hatte in einem Post geschrieben, dass sie im letzten Jahr in einem Café auf Nordstrand ausgeholfen hatte, das zu einer Mühle gehörte. Dafür kam nur die *Engel-*

mühle infrage. Den Ortstermin bei Kaffee und Kuchen und einige Recherchen auf der Halbinsel führten Olivia und Johanna gemeinsam durch. Dörte beteiligte sich nicht daran. Die beiden vermuteten Beziehungsprobleme als Grund für ihr launisches Verhalten. Doch diesbezüglichen Fragen wich sie permanent aus.

Eudora hieß mit richtigem Namen Martina Schäfer und wohnte in England. Der Name des Fleckchens Erde war aus der ursprünglichen Bezeichnung *Enges Land* entstanden und hatte nichts mit dem Vereinigten Königreich zu tun. Wegen der Namensgleichheit war das Ortsschild eine begehrte Trophäe und wiederholt gestohlen worden. Eudora, alias Martina Schäfer, wohnte in einem Haus, das direkt auf einem alten Binnendeich stand. Johanna parkte ihren *Ford Mondeo* am Straßenrand, und beide stiegen aus. Ein paar Stufen führten zum Eingang des Backsteinhauses, dessen Fassade mit Efeu bewachsen war. Olivia sah, wie die Gardine beiseite gezogen wurde. Sie hatte noch die Hand am Klingelknopf, als die Tür geöffnet wurde und eine zierliche Frau vor ihnen stand. Sie mochte Anfang 30 sein. Strähnen des aschblonden Haares verdeckten ihre braunen Augen, die gerötet waren, ein untrügliches Zeichen, dass Martina kürzlich geweint hatte.

»Was wollen Sie?«

»Mit Ihnen reden«, antwortete Olivia. »Sie sind doch Martina Schäfer, nicht wahr?«

»Ja, aber ich hab keine Zeit. Kommen Sie ein anderes Mal wieder. Ich muss gleich meine Tochter abholen. Sie ist beim Sport.«

»Es dauert nicht lange. Wir kennen uns aus dem Chat, Eudora. Wir sind Joyce und Don Quijote.«

»Woher wisst ihr …?«

»Wir wollen wirklich nur ganz kurz mit dir reden.«

»Ja gut. Mein Freund ist nicht da. Er kommt erst heute Abend wieder.« Martina ließ die Besucher eintreten und führte sie ins Wohnzimmer. Kleine Sprossenfenster, wovon eines wie das Bullauge eines Schiffs gestaltet war, ließen nur wenig Licht herein. Die dunkle Holzdecke sowie die rustikalen Möbel verstärkten die etwas trübe wirkende Atmosphäre. Alles war sauber und aufgeräumt.

Olivia und Johanna nahmen auf Stühlen um einen runden Eichentisch Platz, der vor dem Fenster stand. Martina setzte sich dazu. Sie bot den Gästen Kaffee an, doch beide lehnten höflich ab.

Olivia begann das Gespräch. »Wie gesagt, kennen wir uns aus dem Chat. Ich denke, wir können uns deshalb duzen. Einverstanden?«

»Ja, natürlich.«

»Wir hatten ja alle so unsere Probleme. Wie geht es dir jetzt?«

Martinas Antwort kam zögerlich. »Ich bin okay.«

»Schlägt er dich immer noch?«

Martina nickte. »Ich hab ihn bei der Polizei angezeigt. Doch die unternimmt nichts.«

»Und deine Tochter?«

»Ich pass auf sie auf. Aber ich hab Angst. Ich will, dass er weggeht. Er hat noch ein Zimmer bei seinen Eltern. Er könnte hier sofort ausziehen.«

»Wem gehört das Haus?«, fragte Johanna.

»Mir, das heißt, meiner Mutter. Mein Vater lebt nicht mehr, und meine Mutter ist in einem Altenheim in Husum. Ich hab niemanden.« Ihr rollten ein paar Tränen aus den Augen. »Weshalb seid ihr gekommen?«

»Einmal, weil wir wissen wollten, wie es dir geht. Und

dann, weil …« Olivia suchte nach den richtigen Worten. »Es ist etwas Merkwürdiges passiert. Jemand stalkt mich. Es wurde sogar bei mir eingebrochen. Einiges spricht dafür, dass das irgendwie mit unserem Chat zusammenhängt. Hast du deinem Freund von unseren Unterhaltungen im Internet erzählt?«

»Nein, nein! Wie kommt ihr darauf? Er hätte mich grün und blau geschlagen, wenn er davon etwas mitgekriegt hätte.«

»Sag mal. Warum hast du damals den Kontakt mit uns abgebrochen? Du hast geschrieben, dass du in ein Frauenhaus wolltest.«

Martina senkte den Blick. »Das war gelogen. Ich war fest entschlossen, ihn umzubringen. Deshalb habe ich den Chat mit euch sicherheitshalber beendet. Aber so einfach ist es nicht. Ich hab es nicht getan. Vielleicht wird er mich eines Tages töten. Am meisten Angst habe ich um Leonie. Wenn er ihr etwas antut, bringe ich ihn ganz bestimmt um.«

Olivia ergriff Martinas Hand und drückte sie kurz und fest. »Ich geb dir meine Handynummer. Ruf mich an, wenn du Hilfe brauchst. Versprochen?«

»Ja. Danke.«

»Weißt du, der Einbruch in meine Wohnung ist nicht weiter schlimm. Aber es wurden ein paar Dinge gestohlen, unter anderem mein Tagebuch, das sehr wichtig für mich ist. Du weißt nichts darüber?«

»Ich? Nein, natürlich nicht.«

»Könnte dein Freund dahinterstecken?«

»Ich hab ihm nie etwas über euch erzählt. Außerdem kann ich mir nicht vorstellen, dass er irgendwo einbricht.«

»Gut. Wir wollten nur sichergehen. Hast du etwas zum Schreiben? Dann notiere ich dir meine Telefonnummer.«

Als Olivia und Johanna über den Damm Richtung Husum fuhren, waren sie sich sicher, dass sie eine falsche Spur verfolgt hatten. Weder Martina noch ihr Freund steckten hinter der Erpressung. Aber es war wichtig gewesen, diese Möglichkeit auszuschließen.

26

Trotz der Ereignisse wollte Johanna am Motorradgottesdienst teilnehmen, der traditionell zu Ostern auf dem Marktplatz stattfand. Sie war auch in den vergangenen Jahren alleine dort gewesen. Rüdiger hatte nie Interesse daran gezeigt, obwohl es eines der spektakulärsten Ereignisse in Husum war. Johanna hatte keine Ahnung von Motorrädern. Dennoch übte die Veranstaltung, bei der auch eine Trauung und manchmal auch eine Taufe stattfanden, eine gewisse Faszination auf sie aus. Vielleicht, weil die meisten Biker, anders als Rüdiger, wie ganze Kerle wirkten. Sie stellte sich vor, wie sie als Sozia den muskulösen Körper eines *Harley*-Fahrers umarmte. Das war kindisch, aber träumen war ja nicht verboten.

Petrus meinte es gut mit den Akteuren und Zuschauern. Er hatte ein Bilderbuchwetter bereitgestellt. Fast wolkenloser Himmel und Temperaturen um die 20 Grad. Ein Korso aus 1500 Motorrädern traf nach und nach auf dem Marktplatz ein. Die Band spielte *Knockin' on Heaven's Door*, als sich Johanna etwas verspätet in das Zuschauerspalier einreihte. Der Platz rund um das Asmussen-Woldsen-Denkmal, den Tine-Brunnen, war bereits mit Motorrädern und ihren stolzen Besitzern gefüllt. In wenigen Minuten sollte die Predigt vor der Sankt-Marien-Kirche beginnen. Johanna hatte sich ein T-Shirt gekauft, auf dem die Silhouette eines Motorradfahrers vor der Marienkirche abgebildet war und das die Aufschrift »35 Jahre Motorrad-Gottesdienst Husum« trug. So viel Solidarität mit den Bikern musste sein, und schließlich würden zwei Euro ihrer Investition für den Orgelneubau der Kirche verwendet werden.

Johanna stand unmittelbar vor dem blau-weißen Flatterband, mit dem der Bereich der versammelten Motorräder aus Sicherheitsgründen vom Publikum abgetrennt war. In unmittelbarer Nähe fiel ihr ein Mann auf, der neben seiner Maschine stand. Er war groß und kräftig, wobei seine Körperfülle nicht nur aus Muskeln bestand. Sein Bauchansatz wurde durch die Lederkleidung leidlich kaschiert. Irgendetwas an ihm zog sie in den Bann. Sie hatte zunächst keine Ahnung, was es war. Dann wurde ihr bewusst, dass er Ähnlichkeit mit Markus hatte, ihrer ersten großen Liebe. Spontan tauchten die inneren

Bilder auf, wie sie sich nackt im Schlick gewälzt hatten. Das war fast vier Jahrzehnte her. Natürlich hatte er sich stark verändert, aber sie glaubte, ihn wiederzuerkennen.

Der Biker hatte ihren Blick bemerkt. Sein Lächeln traf sie mitten ins Herz. Am liebsten hätte sie sich auf der Stelle unsichtbar gemacht. Sie wollte sich umdrehen und fortgehen. Aber ein erneutes Lächeln hielt sie zurück.

»Markus?«

»Heute Abend im *Brauhaus*? 20 Uhr?«

Johanna war unfähig zu antworten. Sie stand einige Sekunden wie gelähmt da und war froh, dass in diesem Moment die Predigt begann. Sie nahm das zum Anlass, um sich wieder unter das Publikum zu mischen. Vom Gottesdienst und dem Rest der Festlichkeiten bekam sie kaum noch etwas mit. Auf dem Heimweg musste sie ununterbrochen an die Zeit mit Markus denken. Sie war kurz gewesen. Ihre Gefühle hatten zwischen himmelhoch jauchzend und zu Tode betrübt geschwankt, bis er sie endgültig verlassen hatte. Darunter hatte sie noch Monate, vielleicht sogar Jahre gelitten. Sie wunderte sich, dass sie noch immer davon berührt war. Eine enttäuschte Jugendliebe. Na und? Wer hatte so etwas nicht erlebt? Sollte sie ihn am Abend treffen? Keinesfalls! Warum eigentlich nicht? Sie überlegte hin und her. Als sie die Haustür aufschloss, stand ihr Entschluss fest. Sie wollte all ihren Mut zusammennehmen und Markus treffen. Wenn sie es nicht tat, würde sie später ständig darüber nachdenken, wie es wohl gewesen wäre, worüber sie geredet hätten und ob sein Lächeln eine Bedeutung gehabt hatte.

Auch wenn ihre Möglichkeiten begrenzt waren, bemühte sie sich, ihr Äußeres aufzupeppen. Etwas

Make-up konnte nicht schaden, und das rote Kleid mit dem goldfarbenen Gürtel ließ sie eindeutig schlanker wirken. Es war lange her, dass sie so viel Zeit vor dem Spiegel verbracht hatte. Kurz bevor sie losging, entfernte sie die Farbe wieder aus ihrem Gesicht und zog die Jeans an.

Er saß an einem Zweiertisch in der Nähe des Treppenaufgangs. Ohne seine Motorradkleidung sah er verändert aus. Er trug, so wie sie zuvor, das Jubiläums-T-Shirt der Veranstaltung, dazu schwarze Jeans.

Sie setzte sich zu ihm. »Hallo, Markus. Du trinkst Weizenbier?« Sie zeigte auf sein Glas, das fast leer war.

»Ja. Was möchtest du?«

»Das Gleiche.«

Ein Handzeichen genügte für die Bestellung bei der Bedienung, die gerade am Nachbartisch kassierte.

»Übrigens heiße ich Jason.«

Johanna spürte ganz plötzlich einen Kloß im Hals. »Was? Ich …« Mehr brachte sie nicht hervor.

»Tut mir leid.«

Johanna schloss für einen Moment die Augen. Sie verspürte den Impuls aufzustehen und zu gehen. Stattdessen rang sie sich zu einem künstlichen Lächeln durch. »Ich – ich hab dich verwechselt.«

»Ich hab mir schon gedacht, dass das keine Masche von dir ist, fremde Männer auf die Weise anzubaggern.«

»Nein, natürlich nicht!« Sie stützte sich am Tisch ab und erhob sich, doch er packte sie am Arm und zog sie zurück auf ihren Platz.

»Bleib bitte. Dein Bier kommt gleich. Außerdem solltest du mir unbedingt erzählen, wer Markus ist. Hab ich Ähnlichkeit mit ihm?«

Johanna atmete tief durch. »Er ist ein Freund aus der Jugendzeit. Ich hab ihn ewig nicht gesehen. Ich weiß nicht, warum du mich an ihn erinnerst. Es ist auch egal. Mir ist der Irrtum ziemlich peinlich.«

Er lachte. »Wieso denn? Es ist doch eine schöne Geschichte.«

Die Bedienung servierte zwei Gläser Weizenbier. Das Lokal war gut besucht, und der Geräuschpegel stieg kontinuierlich an.

»Okay.« Sie nahm ihr Glas und nippte daran. »Aber warum hast du den Irrtum nicht gleich heute Nachmittag aufgeklärt?«

Er trank sein Bier in einem Zug bis zur Hälfte aus und wischte sich den Schaum vom Mund. »Wärest du dann heute Abend gekommen?«

»Nein, natürlich nicht«, war ihre spontane Antwort.

»Eben.«

»Aber …« Sie stockte. Kein Aber! Es gab keinen Grund, das Rendezvous platzen zu lassen. Vielleicht war er nicht der Traummann mit dem Sixpack, dafür aber ein realer Typ mit Geist und Humor, soweit sie es in der kurzen Zeit feststellen konnte. Und er hatte Interesse an ihr gezeigt, was ihrem Selbstwertgefühl guttat, egal, wie der Abend ausging.

Bei Flammkuchen und Bier entwickelte sich ein reges Gespräch zwischen beiden. Jason hatte amerikanische Wurzeln. Seine Eltern stammten aus Ohio und waren nach Deutschland eingewandert, als er zwei Jahre alt war. Beide Elternteile waren bei einer Flensburger Reederei angestellt gewesen und inzwischen verstorben. Jason hatte Schiffsbauer gelernt und arbeitete jetzt bei einer Hamburger Firma, die Windenergieanlagen plante. Sie erfuhr, dass er nicht verheiratet gewesen war, aber einen erwachsenen Sohn hatte. Jason erzählte wenig über seine Motorradleidenschaft. Nur als er von seiner lang zurückliegenden Frankreichtour mit einem Freund berichtete, blitzte seine Begeisterung auf.

»Jetzt hab ich so viel von mir geredet. Sorry. Was machst du so?«

»Ich hab ein eher langweiliges Leben geführt. Hausfrau und Mutter. Meine Tochter lebt in den USA, und mein Mann ist vor Kurzem gestorben. Früher hab ich in der Werbebranche gearbeitet. Jetzt bin ich dabei, mich selbstständig zu machen.«

»Selbstständig? Worum geht es?«

»Schlick.«

»Äh – was?«

»Ich will Schlick zu Heilzwecken verkaufen. Aber das Geschäft steht noch ganz am Anfang.«

Jason zeigte echtes Interesse an Johannas Vorhaben, und sie musste ihm ihre Geschäftsidee genau beschreiben. Er war ein guter Gesprächspartner und Zuhörer. Als der Abend endete, stellte er die erlösende Frage nach ihrer Telefonnummer.

Bereits einen Tag später rief er sie an.

27

Ludwig Thomsen fluchte. Das Autofahren war ihm leichter gefallen, als diesen verdammten Schlüssel ins Schloss zu stecken. Doch nach mehreren Versuchen gelang es ihm, die Haustür zu öffnen. Sie war nicht abgeschlossen gewesen. »Tina!«, lallte er, als er in den Flur torkelte. Er stützte sich an den schwankenden Wänden ab und erreichte die Küche. Niemand dort. Im Wohnzimmer ließ er sich auf einen Stuhl fallen, streckte die Beine aus und gab einen Rülpser von sich. Es war lange her, dass er dermaßen betrunken gewesen war. Klar überschritt er regelmäßig die Promillegrenze. Mit null Komma fünf war sie ganz einfach zu niedrig. Aber auf Nordstrand war er noch nie in eine Verkehrskontrolle geraten. Außerdem war sein Schwager bei der Polizei. Der würde ihn im Fall des Falles schon raushauen. Das hatte er schon einmal geschafft, und er war ihm noch etwas schuldig. Schließlich hatte Thomsen ihm beim Hausbau an etlichen Wochenenden geholfen.

An so einem Scheißtag musste man sich einfach besaufen. Thomsen hatte seinen Job verloren. Nur wegen einer blöden Schlägerei auf der Baustelle. Dabei war er noch nicht einmal schuld an dem Streit gewesen. Der Kollege hatte ihn provoziert. Da musste er einfach zuschlagen, und obwohl er sein Boxtraining schon vor Jahren aufgegeben hatte, hatte er es immer noch drauf. Thomsen grinste, als er sich daran erinnerte, wie seine Rechte den Gegner ausgeknockt hatte. »Tina!«, brüllte er. Wahrscheinlich war sie oben. Anstatt einer Antwort hörte er, wie im oberen Stockwerk eine Tür zugeschlagen wurde. Leonie? Sie musste doch in der Schule sein.

Thomsen erhob sich von seinem Stuhl. Die Umgebung sah noch etwas verschwommen aus, aber er fühlte sich wieder sicherer auf den Beinen. Auch die Treppe schaffte er ohne Probleme. An Leonies Zimmer angekommen, drückte er die Türklinke hinunter. Das Miststück hatte abgeschlossen.

»Leonie?« Keine Antwort. »Mach auf, Kleine, ich will mit dir reden!« Nichts rührte sich. Wahrscheinlich hatte sie wieder die Stöpsel im Ohr und hörte diese nervtötende Hip-Hop-Musik, die sie manchmal über Lautsprecher durchs Haus jagte, nur um ihn zu ärgern.

Er klopfte energisch an. »Leonie!« Als sie immer noch nicht reagierte, trommelte er mit den Fäusten. Schließlich trat er mit den Füßen gegen die Tür. Seine Wut steigerte sich von Sekunde zu Sekunde, ohne dass er etwas dagegen tun konnte. Die Tritte wurden heftiger. Das Holz splitterte, und die Tür sprang auf. Leonie saß auf dem Bett und starrte ihn an. Das Smartphone hielt sie in ihren zitternden Händen. Keine Frage, sie hatte Angst vor ihm. Er bemerkte, dass sie keine Stöpsel im Ohr trug. Sie wollte offenbar telefonieren. Vielleicht hatte sie es bereits getan. Mit zwei schnellen Schritten war er bei ihr und schlug ihr das Gerät aus der Hand. Es prallte gegen die Wand und zerlegte sich in Einzelteile.

»Hau ab!«, schrie sie ihn an und versuchte, seinem nächsten Schlag auszuweichen. Trotzdem traf er sie unter dem linken Auge. Die Hand war ihm ausgerutscht. Es war nicht seine Absicht gewesen, sie zu verletzen. Seine Wut galt nicht ihr.

»Tut mir leid«, sagte er. »Ich will doch nur, dass du nett zu mir bist. Martina ist nicht da und …« Weiter kam er nicht. Sie hatte sich mit dem Rücken an der Wand abgestützt und ihm beide Füße in die Magengegend gestoßen. Für einen Moment blieb ihm die Luft weg. Er hielt sich den Bauch und krümmte sich. Im nächsten Augenblick schoss Leonie an ihm vorbei und rannte aus dem Zimmer. »Verdammtes kleines Miststück!«, schrie er ihr hinterher.

Der Anruf ihrer Tochter erreichte Martina auf der Arbeitsstelle. »Er kommt rein. Ich hab Angst. Er bricht die Tür auf …« Mehr hatte sie nicht verstanden. Aber das reichte, um sie in Alarmstimmung zu versetzen. Und sie hatte beunruhigende Geräusche wahrgenommen, bevor die Verbindung abgebrochen war. Bis zu ihrem Haus benötigte sie zehn Minuten mit dem Fahrrad. Als sie eintraf, kam ihr Thomsen im Flur entgegen.

»Wo ist Leonie?!«

»Woher soll ich das wissen? Treibt sich wahrscheinlich irgendwo mit Freunden rum.« Er versuchte, Martina festzuhalten und zu umarmen. Aber sie stieß ihn beiseite und eilte die Treppe hinauf. An der aufgebrochenen Tür und dem zerbrochenen Handy erkannte sie sofort, dass Leonies Hilferuf begründet gewesen war. Langsam ging sie zurück ins Erdgeschoss. Jetzt hätte sie allen Grund gehabt, die Polizei zu rufen. Stattdessen stellte sie ihn im Wohnzimmer zur Rede.

»Was hast du mit Leonie gemacht?« Ihre Stimme zitterte.

»Nichts. Sie hatte sich eingeschlossen und auf mein Klopfen nicht reagiert. Ich dachte, ihr könnte etwas passiert sein. Deshalb hab ich die Tür aufgebrochen. Sie war sauer und ist aus dem Haus gerannt. Das ist alles.«

Er ging auf Martina zu und trat so nah an sie heran, dass sie seine Alkoholfahne deutlich riechen konnte. Sie wich ihm aus.

»Ich rufe jetzt die Polizei.«

»Das wirst du nicht tun!«

Seine Faust traf ihre Schulter. Sie verlor den Halt und stürzte zu Boden. Er packte ihre Haare und zog sie empor. Sie schrie vor Schmerzen auf. Am liebsten hätte sie ihm ins Gesicht gespuckt. Aber wenn sie ihn reizte, würde er vollkommen austicken. So gut kannte sie ihn.

»Ich hab der Kleinen nichts getan! Verstanden?«

Endlich ließ er sie los. Sie hasste es, wenn er Leonie »die Kleine« nannte. Immer hatte das einen schmutzigen Unterton, besonders wenn er dazu grinste.

»Lass mich ihre Freundin anrufen. Ich muss wissen, wo sie ist.«

Martina war überrascht, dass er zustimmte. Argwöhnisch sah er ihr über die Schulter, als sie die Rufnummer von Leonies Schulfreundin Beate wählte, die ebenfalls auf der Halbinsel wohnte. Die beiden waren unzertrennlich. Martina fiel ein Stein vom Herzen, als sie ihre Tochter dort erreichte. Leonie ging es gut. Das war die Hauptsache. Was genau vorgefallen war, erzählte sie nicht, und Martina wollte sie zu diesem Zeitpunkt nicht bedrängen. Sie konnte ein paar Tage bei ihrer Freundin bleiben.

»Ich hab doch gesagt, dass ich ihr kein Haar gekrümmt hab.«

»Ich möchte, dass du gehst«, sagte Martina in sachlichem Ton.

Er lachte. »Ich bin hier ebenso zu Hause wie du.«

»Es ist mein Haus.«

»Und wer hat diese Bruchbude renoviert? Weißt du, wie viele Stunden Arbeit ich hier reingesteckt habe?«

»Ich werde dich ausbezahlen.«

Er lachte erneut. »So viel Geld hast du gar nicht. Außerdem bestimme ich, ob und wann ich gehe. Ist das klar? Es ist besser für dich, wenn du keine Zicken machst. Sonst wird es noch unangenehmer für dich. Und wenn du die Polizei rufst, schlage ich dich tot. Das ist keine leere Drohung. Verlass dich darauf! Und jetzt lege ich mich eine Stunde aufs Ohr. Es war ein schwerer Tag für mich.«

Nach den letzten Worten verschwand er Richtung Schlafzimmer.

28

Martinas Anruf ließ nicht lange auf sich warten. Sie klang völlig verzweifelt und brachte vor lauter Schluchzen kaum ein verständliches Wort heraus. Olivia überlegte nicht lange. Sie hatte Martina ihre Hilfe angeboten, also musste sie ihr Versprechen auch einlösen. Johanna erklärte sich sofort bereit mitzukommen. Eine halbe Stunde später trafen beide in England ein. Olivia stellte ihren Polo in der Einfahrt des Hauses ab. Als Martina die Haustür öffnete, sahen sie in das Gesicht einer völlig verstörten Frau mit blutunterlaufenen Augen und blauen Flecken an den Armen.

»Ist er da?«, fragte Olivia.

Martina schüttelte den Kopf. Sie führte die beiden Frauen ins Wohnzimmer. Wie beim ersten Besuch nahmen alle vor dem Fenster Platz.

»Wo ist deine Tochter?«

»Leonie ist bei einer Freundin. Ich weiß nicht, wann er wiederkommt. Vielleicht schläft er bei seinen Eltern auf dem Festland. Er hat noch ein Zimmer dort. Angeblich sucht er einen neuen Job, in dem er mehr verdient.«

»Du solltest einen Arzt aufsuchen.«

»Ich bin okay.«

»Der Arzt könnte deine Verletzungen dokumentieren. Du hast sicher noch an anderen Stellen blaue Flecken. Und die Polizei? Hast du die Polizei gerufen?«

»Nein. Er hat gedroht, mich totzuschlagen, wenn ich das tue. Besser wäre, wenn *er* tot wäre. Ich hab Rattengift besorgt. Aber ich glaube, ich kann so etwas nicht.«

Ein Weinkrampf erfasste die zierliche Frau. Erst nach Minuten beruhigte sie sich.

»Wir erledigen das für dich.«

Johanna sah Olivia entsetzt an.

»Na ja, nicht gleich umbringen, obwohl er es verdient hätte. Aber wir könnten ihm einen Denkzettel verpassen, den er so schnell nicht vergisst. Ich bin sicher, dass er dann Ruhe geben wird.«

»Was haben Sie – hast du vor?«, fragte Martina.

»Es ist besser, wenn du es nicht weißt. Verlass dich einfach auf uns. Aber du musst uns helfen. Wie schwer ist er?«

»Ich verstehe nicht.«

»Wie groß und schwer ist er?«

»Nicht sehr groß. Er wiegt ungefähr 75 Kilogramm.«

Olivia griff in ihre Handtasche und brachte eine kleine Flasche hervor. »Okay. Das passt. Ich hab hier etwas abgefüllt. Versteck es gut irgendwo hier im Haus. Er darf es auf keinen Fall finden.«

»Was ist das?«

»Wie gesagt, es ist besser, wenn du nicht alles weißt. Das Zeug wird ihn für einige Zeit außer Gefecht setzen. Aber ruf mich an, bevor du ihm das in den Kaffee oder ein anderes Getränk mischst. Es kommt nämlich auf ein perfektes Timing an.«

»Timing?«

»Ebbe und Flut. Die Details willst du gar nicht wissen.«

Olivia reichte Martina die Flasche.

»Aber ich verstehe überhaupt nicht, was das soll.«

»Macht nichts. Wir wollen nur erreichen, dass er euch in Ruhe lässt.«

»Okay.« Martina nickte. »Warum tut ihr das für mich?«

»Du bist sozusagen eine Leidensgenossin von uns. Wie du mitbekommen hast, hatten auch wir Probleme mit unseren Männern.«

»Hattet? Jetzt nicht mehr?«

»Unsere Probleme haben sich von selbst aufgelöst. Bei dir müssen wir halt etwas nachhelfen.«

Martina sprang plötzlich auf und ließ die Flasche in ihrer Jeanstasche verschwinden. Wenig später stand ihr Freund in der Wohnzimmertür.

»Was ist das für eine Versammlung hier?«, polterte er. Ludwig Thomsen trug ein fleckiges T-Shirt und verwaschene Jeans. Er hatte ein schmales, vom Wetter gegerbtes Gesicht und kurzes leicht rötliches Haar mit Geheimratsecken.

»Ich hab Besuch.«

»Ich glaube, die Besuchszeit ist zu Ende. Die Einfahrt ist blockiert. Ich musste auf der Straße parken.«

»Sei nicht so unhöflich, Ludwig.« Martina ging auf ihn zu. Mit der Hand strich sie über seinen Arm, ein hilfloser Versuch, die Wogen zu glätten.

Olivia griff nach ihrer Handtasche und stand auf. »Pass auf dich auf, Martina.«

Thomsen hatte den Wink mit dem Zaunpfahl offenbar verstanden. Er warf Olivia einen verächtlichen Blick zu, als sie sich an ihm vorbeidrängte. Johanna folgte ihr.

»Unangenehmer Typ«, sagte Johanna, während sie abfuhren.

»Hast du was anderes erwartet? Jemand, der seine Frau schlägt …«

»Hoffentlich lässt er sie zumindest für heute in Ruhe. Es wäre wirklich besser, wenn Martina zur Polizei ginge.«

»Du weißt doch, wie das läuft. Die kann erst so richtig tätig werden, wenn es zu spät ist.«

»Sie könnte einen Gerichtsbeschluss erwirken, dass er sich dem Haus nicht mehr nähern darf.«

»Das dauert. Außerdem würde er sich vermutlich nicht daran halten. Je nachdem würde er nur noch härter zuschlagen.«

»Hm. Mag sein. Aber jetzt erklär mir mal, was du vorhast. Was war in der Flasche, die du ihr gegeben hast?«

»Nenne es K.-o.-Tropfen, wenn du willst.«

»Woher hast du sie?«

»Das Zeug hatte ich vor langer Zeit mal im Internet bestellt. Es lag noch bei mir rum. Ich hatte das ursprünglich für Hans vorgesehen. Ich wollte ihm eine Überdosis verpassen. Vielleicht wollte ich ihn auch während der Bewusstlosigkeit ins Jenseits befördern. Ich weiß es nicht mehr. Das Mittel ist schon nach wenigen Stunden nicht mehr im Körper nachweisbar.« Olivia bog in die Neukoogstraße Richtung Nordstrander Damm ab. »Ich habe meine Pläne aber dann geändert, wie du weißt.«

»Und was willst du tun, wenn Martina ihm das verabreicht hat und dich anruft?«

»Mein Plan? Ich hätte das mit dir absprechen sollen. Ich kann das nämlich nicht alleine durchziehen. Die Sache ist nicht ganz ohne Risiko. Am besten wäre es, wenn auch Dörte mitmachen würde.«

»Auf die ist zurzeit kein Verlass. Ich weiß nicht, was mit ihr los ist.«

»Liebeskummer, nehme ich an. Trotzdem glaube ich, dass sie dabei ist. Ihr Mann hat sie zwar angeblich nicht geschlagen, aber ohne Ende gestalkt. Sie weiß, was das bedeutet.«

»Mag sein. Also, was ist dein Plan?«

»Wir müssen ihn einschüchtern. Und zwar nachhaltig. Das ist die einzige Möglichkeit.«

»Ja, aber wie?«

»Ich erkläre es dir. Und du sagst mir dann, ob du da mitmachst.«

»Einverstanden. Schieß los.«

Sie hatten den Damm erreicht. Olivias Blick schweifte über das Watt und die Lahnungen, die der Landgewinnung und damit dem Küstenschutz dienten. Ein Bagger stand im Lahnungsfeld und grub neue Entwässerungsgräben, die sogenannten Grüppen.

»Ich hab mir Folgendes überlegt ...«

Olivia begann zu erzählen. Als sie ihre Ausführungen beendet hatte, atmete Johanna tief durch. »Das ist eine ziemlich harte Nummer, die du dir ausgedacht hast.«

»Ja, zugegeben. Aber anders bringt man das Schwein nicht zur Vernunft. Ich bin überzeugt, dass er auch Martinas Tochter nicht in Ruhe lassen wird. Ich mag mir gar nicht ausmalen, was noch alles passieren kann. Martina hat uns bestimmt nicht alles erzählt, was bereits vorgefallen ist.«

»Und wenn *wir* die Polizei benachrichtigen würden?«

»Hältst du das für eine gute Idee? Abgesehen davon, dass ich aus bestimmten Gründen die Polizei meiden möchte, könnten wir anschließend kaum noch etwas unternehmen, ohne in Verdacht zu geraten. Jedenfalls nichts Ungesetzliches. Und Martinas Bedenken sind berechtigt. Er würde sie wahrscheinlich noch mehr quälen.«

»Okay. Ich bin dabei. Aber eine technische Frage hätte ich noch: Wie willst du das Transportproblem lösen?«

»Ich kann von einem Bekannten einen Lieferwagen besorgen. Und einen Kreier. Der steht bei ihm in der Scheune rum und wird nicht mehr benutzt.«

»Äh – was ist ein Kreier, bitte schön?«

»Na, ein Schlickschlitten. Die Fischer haben so etwas benutzt, um zu ihren Reusen zu fahren und den Fang ans Festland zu bringen, bevor die Möwen ihn auffraßen. In Ostfriesland veranstaltet man heute noch Wettrennen damit. Allerdings bedeutet die Fortbewegung mit dem Ding einen Kraftakt. Und hinterher bist du ziemlich matschig. In doppeltem Sinne sozusagen. Aber zu dritt wird das ein Kinderspiel werden.«

»Ein bisschen wundert es mich, dass du dich in der Sache so engagierst.«

Olivia zögerte mit der Antwort. »Ich hab Angst um Martinas Tochter. Und ich kenne Typen wie Thomsen. Als Kind hatte ich eine Freundin, die von ihrem Stiefvater missbraucht wurde. Sie hat mir gegenüber damals Andeutungen gemacht, die ich nicht verstanden oder ignoriert habe. Ich weiß nicht mehr genau, wie alt ich war. Zwölf oder 13 vielleicht. Jedenfalls hätte ich ihr helfen müssen, hab es aber nicht getan. Noch heute läuft mir das nach, obwohl es ewig her ist. Aber ehrlich gesagt weiß ich nicht einmal, ob das der tiefere Grund dafür ist, dass ich dem Kerl eine Lehre erteilen möchte. Ein allgemeiner Hass auf Männer steckt jedenfalls nicht dahinter.« Olivia lachte. »Und du machst immer noch mit?«

»Ja. Schlick ist meine Spezialität, wie du weißt. Allerdings habe ich dazu immer ein zwiespältiges Verhältnis gehabt.«

»Du denkst an dein schreckliches Erlebnis im Watt?«

»Das hab ich ganz gut weggesteckt.«

»Vielleicht glaubst du das nur. Die Probleme kommen manchmal erst nach längerer Zeit zum Vorschein. Im ungünstigsten Fall erwischt dich eine PTBS, eine posttraumatische Belastungsstörung. Damit ist nicht zu spaßen.«

»Als Kind ist mir noch Schlimmeres widerfahren als dieses Schlickloch.«

»Schlimmer? Das mag ich mir kaum vorstellen.«

»Jedenfalls ähnlich Schreckliches. Ich kann mich nicht genau an alles erinnern. Mein Vater hatte mit mir eine Wattwanderung unternommen. Wahrscheinlich kannte er sich mit den Gefahren nicht aus. Wir waren gerade erst vom Rheinland in den Norden gezogen. Soweit ich weiß, gegen den Willen meiner Mutter. Er war Maschinenbauingenieur und hatte eine leitende Stelle bei einer Metallbaufirma angenommen. Auch an dem bewussten Tag hatte es einen heftigen Streit zwischen meinen Eltern gegeben. Worum es ging, weiß ich nicht. Ich nehme an, dass wir ursprünglich alle gemeinsam den Ausflug unternehmen wollten, mein Vater dann aber wegen der Auseinandersetzung alleine mit mir losgezogen ist. Jedenfalls sind wir von der Flut überrascht worden und wären beinahe ertrunken. Die Rettung kam in letzter Minute. Wie gesagt, kann ich mich nicht mehr an Details erinnern. Aber es war entsetzlich.«

»Und nach dieser traumatischen Erfahrung gehst du hinaus ins Watt und sammelst Schlickproben?«

»Ich hatte das Erlebnis komplett verdrängt. Erst als ich in diesem Schlickloch gefangen war, sind Bruchstücke davon zurück in mein Gedächtnis gelangt. Du bist übrigens die Erste, der ich das erzähle.«

»Du hättest eine Therapie gebraucht.«

»Das Ganze geschah Anfang der 1970er. Da war so etwas nicht gerade üblich. Meine Eltern haben wohl gedacht, dass meine Albträume von selbst verschwinden würden. Hat ja auch funktioniert.«

»In Anbetracht dieser Geschichte kannst du dich keinesfalls an meinem Plan beteiligen.«

»Doch gerade deshalb. Konfrontationstherapie nennt man das. Ich muss mich den Ängsten stellen. Schließlich soll der Schlick meine Zukunft sein. Außerdem gehen wir ja zusammen ins Watt. Und mit geeigneten Vorsichtsmaßnahmen kann nichts passieren. Zum Beispiel hab ich mir jetzt ein wasserdichtes Handy angeschafft. Also, ich bin definitiv dabei. Zeigen wir es dem Mistkerl!«

»Okay, dann müssen wir nur noch Dörte überzeugen.«

Sie hatten das Ende des Nordstrander Damms erreicht und fuhren Richtung Schobüll.

»Bist du dir eigentlich sicher, dass dein Vater nicht absichtlich bei auflaufendem Wasser losgegangen ist?«

Johanna zuckte zusammen. »Was? Wie kannst du so etwas sagen? Niemals! Das ist doch völlig abwegig.«

»Entschuldigung. Das war eine unbedachte Äußerung von mir. Ich dachte nur, weil – weil niemand bei Flut – allerdings passiert Fremden so etwas immer wieder. Erst neulich. In Sankt Peter-Ording.«

Beide schwiegen, bis Olivia Johanna zu Hause abgeliefert hatte. Olivia bereute ihre Bemerkung, denn ihr war klar geworden, dass Johanna noch lange darüber grübeln würde. Vielleicht hatte sie die gleiche Überlegung bereits selbst angestellt. Dass ihr eigener Vater womöglich vorgehabt hatte, sich und seine Tochter zu töten, war eine grauenhafte Vorstellung, die kaum zu ertragen war.

29

»Hast du nicht gesagt, mit dem Ding würde es ein Kinderspiel werden?« Johanna wischte sich den Schweiß von der Stirn, wobei sie weitere dunkle Streifen über ihr Gesicht verteilte. Sie sah aus wie ein Indianer auf dem Kriegspfad. Auch Olivia und Dörte waren über und über mit Schlick besudelt. Insbesondere Dörte, die den Schlitten schob. Beide Hände an der Griffstange und das linke Bein auf das Kniebrett gelegt, stieß sie sich mit dem rechten Fuß vom glitschigen Untergrund ab. Genauso, wie es die Konstruktion des Gefährts verlangte. Ihre ursprünglich weißen Shorts verschmolzen übergangslos mit der grauen Kruste auf ihren Oberschenkeln. Auf dem gelben T-Shirt, das sie bei einer Betriebsfeier gewonnen hatte, war immerhin noch der blaue Aufdruck zu erkennen: »Dat löppt sik allns torecht«.

Sie waren bereits so weit gekommen, dass sie vom Ufer aus kaum noch zu sehen waren. Ein Beobachter hätte das Gespann vermutlich für eine Sinnestäuschung gehalten. So unwirklich hätte die Szene auf ihn gewirkt. Aber es gab keine Beobachter. Dafür hatten Kälte und Nieselregen an diesem späten Nachmittag gesorgt.

Johanna und Olivia zogen an Seilen, die an den Seitenbrettern des Kreiers befestigt waren. Olivia hegte den Verdacht, dass Dörtes Beitrag zum Transport des Delinquenten eher marginal war.

»Der Schlitten flutscht besser, wenn der Untergrund noch nass ist. Das Wasser müsste gerade erst abgelaufen sein. Ich verstehe gar nicht, warum der Schlick so trocken ist«, sagte Olivia, nicht ahnend, dass sie gerade die ersten Anzeichen einer nahenden Katastrophe beobachtet hatte.

»Wie weit müssen wir noch?«, fragte Johanna keuchend.

»Ich glaube, es reicht.« Olivia blieb stehen, und der Kreier stoppte.

Dörte setzte sich auf die Kniebank, und Johanna ließ sich mit dem Hinterteil in den Schlick fallen. »Und jetzt?«

»Nach meinen Berechnungen müsste er in etwa einer Viertelstunde aufwachen. Wir sollten jetzt das Loch graben.«

»Wir? Ich kann nicht mehr. Ich muss erst einmal verpusten.«

»Okay. Dann fang ich an.« Olivia nahm den Spaten von der Ladefläche. Mit der Linken schlug sie gleichzeitig die Wolldecke auf, unter der Thomsen lag. Seine Hände waren mit Handschellen auf dem Rücken gefesselt und die Füße mit einem Strick zusammengebunden.

»Wo hast du eigentlich die Handschellen her, Dörte?« Die Frage hatte sich Olivia schon länger gestellt.

»Wieso willst du das wissen? Hab sie halt gehabt für – ach, was geht dich das an?«

»Nichts.« Olivia rammte den Spaten mit Wucht neben die spaghettiförmigen Hinterlassenschaften einiger Wattwürmer. Sie musste daran denken, wie nützlich die Tiere waren. Sie sorgten dafür, dass in einem Jahr das komplette Watt umgegraben wurde. Sie beförderten Nährstoffe an die Oberfläche, bauten abgestorbenes Pflanzenmaterial ab und reicherten den Boden mit Sauerstoff an. Damit schufen sie die Lebensgrundlage für andere Arten. Menschen wie dieser Thomsen waren dagegen wie Parasiten, die andere befielen und aussaugten. Mit diesen Argumenten spornte sie sich für ihre Tat an. Thomsen hatte verdient, was ihm geschah, und ganz sicher würde er diesen Tag nicht vergessen.

Nach einer Viertelstunde war sie völlig erschöpft. Der Schlick war nicht nur zäh und schwer, er klebte auch ständig am Spatenblatt fest.

»Jetzt bist du dran, Dörte. Ich kann nicht mehr.«

»Okay, okay.« Dörte erhob sich und übernahm den Spaten.

Olivia stapfte zum Schlitten. Thomsen war noch nicht aufgewacht. Vielleicht war die Dosis der K.-o.-Tropfen doch etwas zu hoch gewesen. Sie verpasste ihm eine Ohrfeige, aber er rührte sich nicht. Sie ergriff seine Hand und fühlte seinen Puls.

Nur mit mehreren Anläufen gelang es Johanna aufzustehen. Mit der Hand versuchte sie, ihre Hose vom gröbsten Schlick zu befreien. »Ist er tot?«

»Nee, nee. Unkraut vergeht nicht. Es ist ganz gut, wenn er noch ein bisschen schläft. Dann kommt er uns nicht in die Quere.«

Nach Dörte übernahm Johanna den Spaten. Es dauerte noch eine Dreiviertelstunde, bis das Loch tief genug war. Thomsen hatte kurz die Augen geöffnet, war dann aber wieder ins Delirium gefallen. Mit vereinten Kräften schafften es die Frauen, ihn in die Grube zu befördern, die sich zum Teil mit Salzwasser gefüllt hatte. Nur Kopf und Hals des Delinquenten ragten heraus. Thomsen wachte erst auf, als sein Grab wieder aufgefüllt war. Er stieß einen Schrei aus, so laut, dass er vermutlich auch am etwa einen Kilometer entfernten Ufer zu hören war.

»Halten Sie die Klappe!«, fuhr Olivia ihn an. »Wenn Sie brav sind, buddeln wir Sie wieder aus, bevor die Flut kommt. Wenn Sie aber schreien, müssen wir Sie hier alleine zurücklassen.«

»Ihr seid verrückt. Ihr seid ja total durchgeknallt. Lasst mich hier raus! Was soll das?« Thomsen bewegte seinen Kopf hektisch hin und her.

Die drei Frauen standen im Halbkreis um ihn herum und blickten auf ihn herab.

»So, jetzt reden wir Tacheles.« Olivia nahm ihr Smartphone aus der Jeanstasche und startete die Sprachaufnahme. »Wir stellen Ihnen ein paar Fragen. Wenn Sie uns belügen, ziehen wir ab. Verstanden?«

»Verfluchte Weiber. Das könnt ihr nicht machen!« Er reckte seinen Hals und warf Olivia einen zornigen Blick zu.

»Mann, kapierst du nicht, in welcher Lage du steckst? Wenn du nicht spurst, wirst du hier bald absaufen.« Olivia wunderte sich selbst über ihren aggressiven Tonfall und dass sie ihn plötzlich duzte. Sie schloss nicht aus, dass in ihr die gesamte Wut auf die Männerwelt hochkochte. Da war ihr Mann, der sie mit einer Jüngeren betrogen hatte, Jebsen, der Anleger um ihr Geld brachte, und Hauptkommissar Hirschberger, der sie zu Unrecht beschuldigte. Vielleicht war Thomsen das größte Schwein von allen. Jetzt saß er wimmernd in der Falle. Natürlich wollten sie ihn nicht umbringen. Aber er sollte gestehen, was er getan hatte, und er sollte Martina ein für alle Mal in Ruhe lassen.

»Wie oft hast du Martina geschlagen?«

Thomsen schwieg.

»In circa einer Stunde kommt das Wasser. Deshalb

solltest du mit deinen Antworten nicht zu lange warten. Es könnte sonst eng für dich werden. Also?«

»Ich weiß nicht. Manchmal. Nicht oft. Wenn wir uns gestritten hatten.«

»Und Leonie?«

»Nie. Ich hab sie niemals geschlagen.«

»Aber du hast sie missbraucht!«

»Da war nichts. Jedenfalls nichts Schlimmes. Und auch nur ein- oder zweimal.« Thomsens Gesicht war rot angelaufen. Ob aus Angst oder Erregung wusste Olivia nicht. Auch Nachwirkungen der K.-o.-Tropfen kamen als Ursache infrage.

Endlich mischten sich auch Johanna und Dörte in das Verhör ein. Gemeinsam kitzelten sie die Untaten aus dem Gefangenen heraus. Olivia zeichnete alles auf. Natürlich konnten Thomsens Aussagen nicht vor Gericht verwendet werden. Abgesehen davon, dass sie unter Druck entstanden waren, hätten die Frauen selbst ein Problem mit der Justiz bekommen. Entführung und Folter hätten ihnen vermutlich einige Jahre Gefängnis eingebracht. Dass Thomsen sie anzeigen würde, konnten sie ausschließen. Ähnlich wie Jebsen hatte er so viel Dreck am Stecken, dass er bestimmt nichts mit der Polizei zu tun haben wollte.

»Und jetzt graben Sie mich endlich aus!«, schrie er.

»Erst, wenn Sie versprechen, dass Sie Martina und Leonie für immer in Ruhe lassen.«

»Ja. Ich verspreche es hoch und heilig.«

Sicher konnten die Frauen sich nicht sein, ob er sein Versprechen halten würde. Aber das Erlebnis im Watt würde er bestimmt jedes Mal vor Augen haben, wenn er im Begriff war, eine neue Schandtat zu begehen.

Johanna war einige Schritte zurückgetreten. Sie blickte in die Ferne und schüttelte unablässig den Kopf. Olivia und Dörte gingen zu ihr.

»Was ist?«, fragte Olivia.

»Seht ihr die Spiegelungen?«

»Ja, und? Das ist doch normal hier im Watt.«

»Und die weiße Linie? Das ist Schaum. Das Wasser kommt!«

»Unsinn. Hochwasser ist erst in etwa neun Stunden. Thomsen habe ich natürlich wie abgesprochen erzählt, dass die Flut bald einsetzen wird.«

»Seid mal still!«

Alle schwiegen und spitzten die Ohren.

»Hört ihr das Rauschen nicht? Das Meer kommt zurück. Du musst dich mit den Tidezeiten geirrt haben.«

»Das ist völlig unmöglich.« Olivia zückte ihr Smartphone. Schnell hatte sie den Gezeitenkalender aufgerufen. Hektisch wischte sie mit dem Zeigefinger über das Display.

»Scheiße!«, fluchte sie. »Ich verstehe das nicht. Ich war mir ganz sicher.«

Johanna sah Olivia fassungslos an. »Dann hast du dich vielleicht im Datum vertan?«

»Nein, verdammt noch mal! Ich war gestern im Fischhaus *Loof* und hab mir was zum Abendessen geholt. In der Kleikuhle ist doch diese Anzeigetafel für Wind, Temperatur, Luftfeuchtigkeit und die Tide. Ich schwöre, dort stand ›NW2 18:10 Uhr‹. Und da sich das um 52 Minuten pro Tag verschiebt, muss das Niedrigwasser heute um 19 Uhr sein. Ich bin doch nicht blöd!«

»Aber du liest offenbar keine Zeitung.«

»Was?«

»Mensch, vor einigen Tagen stand in der Zeitung, dass die Tafel schon seit Längerem falsche Werte anzeigt.«

»Die – die ist kaputt?«

»Ja. Außer dir weiß das vermutlich ganz Husum.«

»Was soll das heißen? Ich bin also schuld, oder wie soll ich das verstehen? Ihr hättet euch ja auch mal darum kümmern können.«

»Würdet ihr jetzt bitte mal aufhören zu streiten«, fuhr Dörte dazwischen. »Wir müssen sofort zurück. In ein paar Minuten bekommen wir hier nasse Füße. Und mehr als das.«

»So schnell geht das nicht«, versuchte Olivia zu beruhigen.

»Hast du eine Ahnung. Ich spreche aus Erfahrung, wie du weißt. Das geht schneller, als du gucken kannst.« Johannas Stimme überschlug sich.

»Was ist los? Holt mich endlich hier raus!«, rief Thomsen panisch. Das aufgeregte Verhalten der Frauen war ihm nicht verborgen geblieben.

»Was machen wir mit dem Mistkerl?«, fragte Olivia. »Wir können ihn schlecht hierlassen. Wir müssen ihn ausbuddeln.«

Sie eilte zum Gefangenen, schnappte sich den Spaten und fing hektisch an zu graben. Dabei nahm sie keine Rücksicht auf Thomsens Befinden. Der Schlick flog ihm um die Ohren, und ab und zu erhielt er einen Hieb gegen die Schulter oder den Rücken.

Olivia hielt kurz inne. Sie traute ihren Augen nicht. Die ersten Schaumkronen des auflaufenden Wassers erreichten ihre Füße. Johanna hatte recht gehabt.

»Wir müssen einen Notruf absetzen«, Dörte zückte ihr Handy.

Johanna packte Dörte am Arm. »Bist du verrückt? Dann kommen wir alle in den Knast.«

Dörte steckte das Gerät wieder ein.

Olivia erhöhte das Tempo. Sobald ihre Kräfte nachließen, würde sie den Spaten weitergeben. Hätten sie doch nur einen zweiten mitgenommen! Aber für solche Überlegungen war es zu spät. Mit voller Kraft stieß sie das Blatt wenige Zentimeter neben Thomsens Kopf in den Schlick. Zwar war der aufgeschüttete Boden lockerer als beim Ausschachten, aber das Wasser, das jetzt hinzufloss, verdichtete ihn aufs Neue. Olivia hörte ein metallisches Krachen. Offensichtlich war sie auf etwas Hartes, vielleicht einen Stein, gestoßen. Was hatte der verdammte Stein im Watt zu suchen? Sie nutzte die Hebelwirkung des Stiels, um den Fremdkörper, den sie beim Ausheben übersehen hatte, zu lockern. Das Geräusch, das sie jetzt vernahm, fuhr ihr durch Mark und Bein. Sie zog den Spatenstiel heraus und hielt ihn sekundenlang mit offenem Mund in Händen. Das Sonderangebot vom Baumarkt war direkt am Schaft abgebrochen.

Dörte und Johanna stand das Entsetzen ins Gesicht geschrieben. Thomsen hatte noch nicht kapiert, was passiert war. Erst als Olivia den Stiel in den Schlick warf und ihn das aufspritzende Wasser traf, stieß er mehrere Flüche aus und begann dann wie ein Kind zu wimmern.

»Wir müssen mit der Hand graben!«, rief Olivia ihren Freundinnen zu.

»Was? Das schaffen wir nie«, antwortete Johanna.

»Du kannst ja stattdessen beten, wenn du willst. Hast du den Schlüssel, Dörte?«

»Welchen Schlüssel?«

»Für die Handschellen.«

Dörte griff in die Gesäßtasche ihrer Shorts. »Ja, hier.«
»Ihr grabt von vorne, ich versuche, seine Hände zu erreichen und freizubekommen. Dann kann er mithelfen.«

Johanna und Dörte widersprachen nicht. Das Wasser war inzwischen knöcheltief angestiegen. Thomsen reichte es fast bis zum Kinn. Er war still geworden. Nur noch unterdrückte Angstlaute quollen aus seinem Mund. Um ihn herum knieten die Frauen, kratzten den Schlick heraus und warfen ihn hinter sich.

Olivia hatte den Stein gefunden und hervorgezogen. Sie hielt den Schlüssel in der rechten Hand und versenkte ihre Arme so tief sie konnte in den Untergrund. Es war fast ein Ding der Unmöglichkeit, das Schloss zu ertasten und zu öffnen. Doch nach mehreren Versuchen gelang es ihr. Thomsens Hände waren frei. Er zog sie heraus und fing sofort an, selbst zu graben. Zusätzlich versuchte er, sich Bewegungsfreiheit zu verschaffen, indem er wiederholt sein Gewicht verlagerte.

Das Meer stieg unbarmherzig an. Erste Wellen schwappten ihm in Mund und Nase, so dass er nach Luft schnappen musste.

»Der Schlitten!«, rief Olivia. Ohne lange Erklärungen dirigierte sie ihre Helferinnen, um den Kreier in Thomsens Nähe zu schaffen. Anschließend kippten sie das Gefährt so weit in seine Richtung, bis er die Griffstange erreichen konnte. Sofort umklammerte er sie mit beiden Händen. Wie ein eingespieltes Team stemmten sich Johanna und Olivia in die Seile, während Dörte mit all ihrer Kraft am Frontbrett zog. Stück für Stück entrissen sie dem Watt das Opfer, bis es der Länge nach im Wasser lag. Auch Dörte fiel rücklings in den Matsch, rappelte sich auf und machte sich sofort an Thomsens Fußfesseln zu schaffen. Ein Messer hatte niemand dabei, und so kostete es wertvolle Zeit, die verschmutzten Knoten zu lösen. Als es endlich geschafft war, standen alle bereits bis zu den Waden im Wasser. Thomsen richtete sich auf. Er stieß noch ein paar Schimpftiraden aus und lief dann, so schnell es der Untergrund zuließ, Richtung Ufer.

»Lauft, was das Zeug hält!«, rief Olivia.

Johanna rührte sich nicht. Sie blickte ins Leere und zitterte am ganzen Körper. Olivia stellte Anzeichen eines Schocks fest und redete beruhigend auf sie ein. Sie packte die Hand der Freundin und zerrte an ihr. Doch Johanna verharrte wie ein trotziges Kind auf der Stelle. Olivia schrie sie an. Ohne Erfolg. Schließlich holte sie mit der linken Hand aus und verpasste Johanna eine schallende Backpfeife. Völlig apathisch und immer noch zitternd ließ diese sich endlich wegführen. Das Wasser reichte den Frauen jetzt bis zu den Oberschenkeln, und das Laufen wurde immer beschwerlicher. Doch Schwimmen war keine Alternative, weil die Kälte ihnen dann endgültig den Rest gegeben hätte. Das Wasser mochte vielleicht 15 Grad haben. Trotz der fortgeschrittenen Dämmerung konnten sie das Ufer erkennen. Es schien so nah. Trotzdem dauerte es noch eine Viertelstunde, bis sie sich zum Badesteg durchgekämpft hatten. Eine nach der anderen stieg erschöpft die Stufen hinauf. Ein älterer Mann mit Pudelmütze und Friesennerz stand auf der Brücke und beobachtete das Trio sichtlich interessiert. »Dree Meerjungfrun. Dat is ja mol wat. Nee, wat dat nich allns gifft.«

Durchgefroren und vor Nässe triefend stapften die Frauen an ihm vorbei. Auf dem Weg zurück zum Auto legte Olivia den Arm um Johanna. Wortlos stiegen sie den Deich hinauf und die Treppe hinunter zum Parkplatz. Obwohl Thomsen ein Leichtgewicht war, wunderte Olivia sich jetzt, wie es ihnen gelungen war, ihn und den Schlitten bis zum Ufer zu transportieren. Ein Wahnsinnsunterfangen war das Ganze gewesen, das fast in einer Katastrophe geendet hätte.

Olivia wickelte Johanna in eine Wärmedecke, die sie für den Notfall mitgenommen hatte. Dann fuhren sie, so nass und schmutzig, wie sie waren, zu Olivia nach Hause.

Wo Thomsen abgeblieben war, wussten sie nicht. Er hatte nach seiner Befreiung ein beeindruckendes Tempo hingelegt, um an Land zu gelangen. Sehr wahrscheinlich würde er nicht zur Polizei gehen und Martina hoffentlich zukünftig in Ruhe lassen.

30

Olivia saß am Abend des nächsten Tages auf der Couch und dachte über sich und das Leben nach. Katze Luna lag auf ihrem Schoß und schnurrte.

In Olivias Leben war mächtig Bewegung gekommen. Nicht alles war so gelaufen, wie sie es sich gewünscht hatte. Die Einschüchterungsaktion wäre beinahe auf fatale Weise danebengegangen, und die Erpressung mit dem Tagebuch hing wie ein Damoklesschwert über ihr. Hirschberger wartete nur auf eine Gelegenheit, sie in Handschellen abzuführen.

Als das Telefon klingelte, schreckte Luna hoch und lief zur offenen Balkontür. Olivia nahm das Mobilteil in die Hand und meldete sich.

»Hier ist Dörte. Ich muss mit dir reden.« Olivia bemerkte an Dörtes Stimme sofort, dass etwas nicht in Ordnung war. Allerdings fiel ihr schon länger auf, dass sie sich ihr gegenüber merkwürdig verhielt. Jetzt klang sie, als hätte sie einen Schnupfen oder als hätte sie geweint.

»Ist es wegen gestern? Schieß los, was gibt es?«

»Nicht am Telefon. Was ich dir zu sagen habe, ist etwas heikel. Ich komme zu dir, wenn du einverstanden bist.«

»Jetzt?«

»Ja, jetzt. Geht das?«

»Klar. Ich mach uns eine Flasche Wein auf. Dann können wir reden. Solange du willst.«

»Ich bin in wenigen Minuten da.« Dörte legte auf.

Olivia rätselte, was es so Wichtiges gab, dass Dörte sie so spontan aufsuchte. Sie holte zwei Gläser und öffnete eine Flasche gekühlten Weißwein. Eine Viertelstunde später saßen sich die beiden gegenüber. Dörte war nervös. Ihre Augen waren rot unterlaufen, und ihr hübsches Gesicht wirkte müde und abgespannt.

Olivia schenkte ein.

»Nur ein Glas«, sagte Dörte. »Ich bin mit dem Auto gekommen.«

»Es ist ein guter Tropfen. Zum Wohle!« Olivia nahm einen kräftigen Schluck und ließ den Wein genüsslich im Mundraum kreisen. »Es ist doch gestern alles gut ausgegangen. Mein Irrtum mit den Gezeiten tut mir leid.«

Dörte griff zu ihrer Handtasche und brachte ein Bündel Geldscheine hervor.

Olivia kicherte. »Was wird das jetzt?«

»Es gehört dir.«

»Wofür willst du mich bezahlen?«

»Es gehört dir. Ich bin die Erpresserin.«

Olivia schloss für einen Moment die Augen. »Was ist denn das jetzt für eine Nummer?«

»Verstehst du nicht? Ich hab dir die Kopie der Notizbuchseite geschickt, und ich hab das Geld an der Theodor-Storm-Büste abgeholt.«

Olivia trank ihren Wein in einem Zug aus. »Hast du noch alle Tassen im Schrank? Das ist doch ein Scherz, oder?«

»Nein. Leider nicht. Und es tut mir aufrichtig leid.«

»Aber warum? Warum hast du das getan?«

Dörte holte tief Luft. »Weil – weil du meinen Liebhaber umgebracht hast. Er war die Liebe meines Lebens.«

»Was? Ich verstehe nicht. Du …« Olivia stockte.

»Uwe war meine Zukunft. Wir hatten Pläne. Sein Tod hat mein Leben zerstört. Ich hab dich dafür gehasst und wollte es dir heimzahlen. Jetzt tut es mir aufrichtig leid.«

Olivia schüttelte den Kopf. »Verstehe ich das richtig? Du bist die Barbiepuppe, mit der er …«

»Was?«

»Du und mein Mann?«

»Ja.«

Olivia war fassungslos. Nie wäre sie auf die Idee

gekommen, dass Dörte die heimliche Geliebte ihres Mannes gewesen war. Hatte Hans-Uwe Qualitäten gehabt, die sie übersehen hatte? *Wat den eenen sin Uhl, is den annern sin Nachtigall.* Dörte war attraktiv, blond, aber nicht dumm. Sie konnte so ziemlich jedes Mannsbild haben. Und dann hatte sie sich ausgerechnet Hans-Uwe geschnappt?

»Wieso nennst du ihn ›Uwe‹? Langsam dämmert es mir. Hans-Uwe. Dir hat er sich mit Uwe vorgestellt, dieser Schuft?«

»Er hat mich nicht belogen. Er hat mir auch seinen richtigen Nachnamen genannt. Aber Petersen heißt hier doch fast jeder Zweite. Ich bin überhaupt nicht auf die Idee gekommen, dass er dein Mann ist.«

»Du wusstest nicht, wo er wohnt und wie seine Frau heißt? Habt ihr nie über mich gesprochen?«

»Selten. Und wenn, dann hat er dich nur meine …«

»Sprich es ruhig aus.«

»Na ja, ›meine Olle‹ hat er dich genannt.«

»Toll!«

»Nicht immer – manchmal hat er auch ›meine holde Angetraute‹ gesagt.«

»Soso. Das klingt auch nicht viel besser. Aber um es ein für alle Mal klarzustellen. Ich hab ihn nicht umgebracht. Er ist ganz einfach vom Balkon geplumpst. Ohne mein Zutun. Es war ein tragischer Unfall.«

Olivia schenkte ihr Glas bis zum Rand voll und kippte die Hälfte davon hinunter. »Ich hoffe, du hast das jetzt kapiert.«

»Ja, hab ich. Weißt du eigentlich, dass er sich von dir bedroht fühlte?«

»Was?«

»Mir ist erst jetzt klar geworden, wie ernst er das gemeint hat. Anfangs dachte ich, dass er Witze macht. Er wusste, dass du ihm nach dem Leben trachtetest.«

»Unsinn. Woher sollte er – Shit, das Tagebuch natürlich. Er hat es gefunden. Er hat es gelesen und dann meinen Tod geplant. Der Verdacht ist mir schon früher gekommen. Leider kann ich ihn nicht beweisen. Aber ich bin mir jetzt hundertprozentig sicher. Er hat sich den raffinierten Plan mit den Schrauben überlegt. Es sollte alles nach einem Unfall aussehen. Dieser Schuft! Dieser Verbrecher! Im Suff ist er dann selbst abgestürzt. Das nennt man Gerechtigkeit. Wer anderen eine Grube gräbt, fällt selbst hinein, heißt es.«

»Du bist ungerecht, Olivia. Schließlich warst du diejenige, die …«

»Lassen wir das. Aber etwas anderes: Wie bist du eigentlich an das Tagebuch gekommen?«

»Ich hab jemanden beauftragt, es zu stehlen. Du hast bei einem unserer Treffen erzählt, dass du es in einem Raum versteckt hattest, den dein Mann nicht betrat. Das genügte, um dem Profieinbrecher einen Hinweis zu geben. Ich kannte da jemanden, der solche Aufgaben erledigt. Ich war so wütend auf dich, dass ich ein Ventil brauchte. Nenne es Rache, wenn du willst. Jetzt bereue ich es.«

Dörte zog das Tagebuch aus ihrer Handtasche und legte es auf den Tisch. »Wie gesagt, mir tut das alles schrecklich leid. Das musst du mir glauben.«

Olivia griff erneut zum Glas. Aber sie konnte nicht trinken. Sie fing an zu kichern. Ihr Kichern steigerte sich zu einem Lachkrampf, und ihr kamen die Tränen. Dörte sah sie zunächst verstört an. Dann begann sie ebenfalls zu lachen. Es dauerte Minuten, bis sich beide beruhigt hatten.

»Auf unsere Freundschaft, Dörte! Auf dass sie beständiger als der Tod sein möge.« Sie stießen miteinander an und tranken.

Olivia schüttelte den Kopf. »Dat geiht nirgends so verrückt to as op de Welt.«

»Ich musste dir alles erzählen. Ich konnte die Last nicht mehr länger mit mir herumtragen.«

»Das war gut so, Dörte. Und jetzt machen wir ein Feuerchen im Garten.« Olivia nahm das Notizbuch und stand auf. Beide gingen hinunter auf die Terrasse. Als das Papier in Flammen aufging, waren sie überzeugt, dass zumindest das Tagebuchproblem gelöst war. Doch sie irrten sich gewaltig.

31

Johanna war es gelungen, bei ihren Freundinnen Interesse am Schlickgeschäft zu wecken. Sie wollte die beiden unbedingt mit ins Boot holen und lud sie zur Firmengründung ein. Gegen 11 Uhr nahmen alle am runden Tisch im Esszimmer Platz. Sie holte eine Flasche *Köm* aus dem Kühlschrank und stellte sie geräuschvoll auf dem Tisch ab. Dann besorgte sie drei Schnapsgläser.

»Igitt«, entfuhr es Dörte. »So 'n Zeug trink ich nicht.«

»Du wirst doch nicht das Nationalgetränk der Nordfriesen verschmähen.« Johanna grinste.

»Das ist wohl eher der *Pharisäer*. Und der wäre okay. Da hätte ich sogar Appetit drauf.«

»Ich hab weder Rum noch Schlagsahne im Haus. Aber nachher kriegt ihr einen starken Kaffee.« Johanna öffnete die bereits angebrochene Flasche und schenkte ein.

»Außerdem ist dies der gelbe *Köm*. Den *geelen Köm* trinkt man aber nur nördlich der Arlau. Hier wird der *witte*, der weiße, getrunken.«

»Mensch, mach nicht so 'n Aggewars. Wir wollen doch auf die neue Firma anstoßen. Das gehört einfach dazu. Ich mag das Zeug ja auch nicht, aber ich hab nichts anderes im Haus. Rüdiger – Gott hab' ihn selig – hat es manchmal nach dem Essen zu sich genommen. Also prost!« Johanna hob ihr Glas.

Zögerlich folgten die anderen. Alle kippten den Inhalt mit geschlossenen Augen hinunter.

Johanna stellte ihr Glas ab und schüttelte sich. »Ich kann auch nicht verstehen, wie man den freiwillig trinkt. Aber heute ist das für einen guten Zweck. So eine Firmengründung muss doch begossen werden. Außerdem ...«

»Ja?« Olivia sah Johanna fragend an.

»Ach nichts.«

»Mich würde das ›Außerdem‹ schon interessieren. Du bist so aufgekratzt. Das ist mir gleich aufgefallen. Da steckt doch mehr dahinter.«

Johanna nippte an ihrem Glas. »Ich hab jemanden kennengelernt. Jason heißt er.«

»Echt? Erzähl!«

»Nee. Das ist noch zu frisch. Ich weiß nicht, was daraus wird. Also, zurück zur Sache, zur Firma. Ihr wollt also wirklich mitmachen?«

Es trat eine Pause ein. Olivia wartete vergeblich auf weitere Informationen zu Jason.

»Das Projekt ist verrückt genug, um dabei zu sein«, antwortete sie schließlich auf Johannas Frage, und Dörte nickte.

»Stimmt. Sie ist etwas verrückt, trotzdem sollten wir die Idee ernsthaft verfolgen.«

»Klar. Wir haben ja bereits bewiesen, dass wir Nägel mit Köpfen machen können.« Olivia grinste verschmitzt. Alle wussten, worauf sie mit ihrer Bemerkung anspielte.

»Okay. Wie ihr wisst, beschäftige ich mich schon eine Zeit lang mit der Thematik. Für unser Vorhaben kommt nur richtiger Schlick infrage, denke ich. Nur dem wird eine heilende Wirkung zugeschrieben.«

»Was meinst du mit ›richtigem‹ Schlick?«, fragte Dörte.

»Man unterscheidet zwischen Sand-, Misch- und Schlickwatt. Wusstest du das nicht?«

Dörte strich sich die blonden Haare hinter das Ohr. »Irgendwie schon. Aber es war mir nicht geläufig.«

»Jedenfalls sind wir auf die Gebiete mit Schlickwatt begrenzt. Es war gar nicht so einfach, Karten zu finden, die Auskunft über das Vorkommen geben.«

»Die meisten liegen in Küstennähe, nehme ich an«, sagte Olivia.

»Richtig. Und das ist natürlich ein Vorteil. Trotzdem wird es nicht einfach sein, das Material zu ernten.«

»Ist das überhaupt erlaubt?«, fragte Dörte.

»Langfristig brauchen wir dafür eine Genehmigung. Aber wir sollten das Problem zunächst mal ignorieren. Um den Markt zu testen, benötigen wir keine großen Mengen. Wenn das Geschäft anläuft, kümmern wir uns um den behördlichen Kleinkram.«

Dörte wiegte den Kopf. »Ich finde das gewagt. Ich möchte nicht mit dem Gesetz in Konflikt geraten.«

Olivia lachte. »Du schickst deinen Mann über die Wupper und hast Bedenken, eine Ordnungswidrigkeit zu begehen. Findest du das nicht etwas absurd?«

Dörte schwieg.

Olivia bemerkte, dass Dörte eingeschnappt war. Sie lenkte mit einer Frage an Johanna ab: »Mich interessiert, wie du das Zeug an Land bringen willst. Das dürfte nicht einfach sein. Ein Kilo Watt wiegt – na ja, ein Kilogramm eben. Und eine Schubkarre voll wiegt entsprechend mehr.«

»Wie erwähnt, brauchen wir zunächst mal nicht viel davon. Aber wenn der Laden brummt, könnte die Beschaffung tatsächlich ein Problem werden.«

»An einigen Küstenabschnitten kommt man direkt vom Ufer aus an das Schwarze Gold. Für die anderen

Fundstellen müssen wir uns noch eine Lösung überlegen. Die Laborberichte meiner Proben sind vielversprechend. Kaum Schwermetalle und Nitrite. Und die Keimbelastung liegt weit unter den Grenzwerten. Auch wurden keine Salmonellen oder Legionellen gefunden.«

»Ich sehe schon, dass du alles sehr genau nimmst«, sagte Olivia. »Aber jeder, der will, kann sich nackt im Schlick wälzen. Da kräht kein Hahn nach. Wieso dann dieser Aufwand?«

»So ist das eben bei uns in Deutschland. Sobald du den Stoff für medizinische Anwendungen verkaufst, gilt er als Arzneimittel und unterliegt den strengen Anforderungen des Arzneimittelgesetzes. Aber auch die Schwierigkeit schieben wir am besten erst einmal beiseite.«

»Und wofür beziehungsweise wogegen kann man unser Produkt anwenden?«, fragte Dörte.

»Packungen damit wirken gegen Arthrose, Rheuma und Muskelverspannungen. Außerdem bei Hautkrankheiten wie Neurodermitis und Schuppenflechte und was man sonst noch alles haben kann. Wahrscheinlich hilft der Schlick auch gegen Fußpilz. Und eine Gesichtsmaske lässt dich um zehn Jahre jünger erscheinen.«

»Ich nehme die Gesichtsmaske«, sagte Olivia.

Die Frauen lachten.

»Wir müssen natürlich auch Reklame für unsere Ware machen. Wir brauchen eine Internetseite mit Shop und einen plakativen Werbespruch«, sagte Dörte. »Wie wäre es mit ›Fit durch Schlick‹ oder ›Schlick ist hip‹?«

Johanna stieß einen Pfiff aus. »Gar nicht schlecht. Ich denke, du solltest die Werbeabteilung übernehmen. Okay, Partner. Wir sind ein gutes Team. Stoßen wir noch einmal auf unsere Firma an. Einen Gewerbeschein hab ich übrigens schon besorgt. Später sollten wir eine GmbH gründen. Wegen der Haftung und so weiter. Aber das hat alles noch Zeit.« Johanna schenkte die drei Gläser voll. Dann prostete sie den beiden Frauen zu. Widerwillig kippten sie den Aquavit hinunter.

»Grrrrr – was für ein Teufelszeug!«, rief Dörte aus.

»Für Teufelsfrauen. Nach dem zehnten Glas hast du dich dran gewöhnt. Glaub es mir.« Olivia kicherte. »Wie geht es jetzt weiter? Was hast du als Nächstes vor, Johanna?«

»Wir besorgen uns erst einmal Schlick von einem zugänglichen Uferabschnitt. Die Dockkoogspitze würde sich anbieten. Um diese Jahreszeit und bei Niedrigwasser halten sich am grünen Strand nur wenig Menschen auf. Außerdem wird niemand etwas dagegen haben, wenn wir dort ein paar Eimer entnehmen. Schlick ist übrigens ein nachwachsender Rohstoff. Wir sind also voll ökologisch und richten keinen Schaden an.«

»Ich hätte da jemanden, der die Beschaffung für uns erledigen könnte. Fiete heißt er. Er wohnt in meiner Nachbarschaft und ist etwas einfach gestrickt«, sagte Dörte. »Aber er ist zuverlässig und freut sich über jeden Job. Ich denke, wir haben genug mit anderen Dingen zu tun.«

»Okay. Gute Idee. Ja, wir haben viel zu organisieren. Wir müssen die passende Verpackung für unsere Ware aussuchen und testen, die Webseite mit Shop entwerfen und so weiter. Als Firmensitz würde ich zunächst mal mein Haus vorschlagen. Im Keller können wir ein Labor einrichten, und in der Holzhütte da draußen machen wir die Lieferungen fertig.« Sie zeigte Richtung Garten. Durch das Fenster konnte man eine grün gestrichene

Gartenlaube sehen. »Das muss fürs Erste reichen. Wird unser Produkt angenommen, benötigen wir natürlich bessere Bedingungen. Das wird ohne ordentliches Kapital nicht gehen. Wenn Rüdiger nur nicht alles mit seinen Schiffsfonds verzockt hätte. Wie sieht es damit bei euch aus? Ich meine, mit den Finanzen?«

»Bei mir ist es ziemlich mau«, antwortete Dörte.

Olivia schüttelte den Kopf. »So richtig flüssig bin ich auch nicht. Das Haus ist zwar einiges wert, aber da ist noch eine Hypothek drauf, die ich sowieso kaum mit der Witwenrente und meinem Job an der Kasse bedienen kann.«

»Wir hätten dafür sorgen sollen, dass unsere Männer eine Lebensversicherung zu unseren Gunsten abschließen.«

»Gute Idee. Aber sie kommt leider zu spät. Außerdem wäre das riskant gewesen. Ihr seid noch nicht im Visier der Polizei, aber dieser Kommissar Hirschberger hat sich an mir festgebissen. Für ihn wäre so ein Motiv ein gefundenes Fressen. Welch eine Ironie! Bin ich doch die Einzige von uns, die wirklich unschuldig ist.«

Dörte schlug mit der Faust auf den Tisch. »Bist du nicht! Hättest du das Tagebuch nicht geschrieben, wäre Uwe noch am Leben. Außerdem hast du versucht, ihn Stück für Stück mit deinem Essen zu vergiften. Überhaupt war die Sache mit der ›personalisierten Therapie‹ deine Idee.«

»Kommt, lasst uns nicht streiten«, beschwichtigte Johanna. »Wenn wir zukünftig zusammenarbeiten wollen, müssen wir alle an einem Strang ziehen und die Vergangenheit hinter uns lassen. Also reißt euch zusammen!«

Als Johanna ein weiteres Mal einschenkte, protestierte niemand.

Olivia verzog das Gesicht, nachdem sie den *Köm* hinuntergekippt hatte. »Das dritte Glas schmeckt schon etwas besser. Und nach dem zehnten hat man sich dran gewöhnt, behauptest du?«

»Ganz sicher.«

»Ich nehme dich beim Wort. Gib mir noch einen.«

Johanna spendierte eine weitere Runde.

Das Gründungstreffen wurde zunehmend entspannter, und die Ideen sprudelten. Olivia brachte sogar einen neuen Geschäftszweig ins Spiel.

Sie hatte von einer Firma gehört, die Kopfkissen mit Seegras füllte. Damit hatte man angeblich keine Nackenschmerzen mehr und schnarchte auch weniger. Und für Allergiker sollten sie besonders geeignet sein, weil die Milben Seegras mieden.

»Ein zweites Standbein wäre nicht schlecht. Aber wir sollten uns erst einmal auf eine Sache konzentrieren«, sagte Johanna. »Das Kapital ist unser Hauptproblem, das wir lösen müssen.«

»Will dein Freund auch mitmachen?«, fragte Olivia. Ein neuer Versuch, etwas aus Johanna herauszulocken.

»Unsinn. Jason wohnt in Hamburg. Er hat dort einen guten Job.«

»Was macht er beruflich?«

»Er plant Windenergieanlagen.«

»Toll. Hast du ein Bild?«

»Von einer Windenergieanlage?«

»Quatsch, Mensch, von deinem Jason natürlich.«

»Nein, hab ich nicht.«

»Das glaube ich dir nicht. Ich kann mich gut erinnern,

dass du mal gesagt hast, du würdest uns eine ganze Fotogalerie von deinem Neuen zeigen, falls du einen kennenlernen würdest.«

»Ich kann mich nicht erinnern.«

»Komm, zeig schon her. Du hast doch bestimmt Bilder auf deinem Handy.«

»Könnten wir uns bitte auf unser Vorhaben konzentrieren?«

»Okay, okay, ist ja schon gut.«

32

Fiete Johannsen war ein Mann von 60 Jahren, klein und
dick, aber vor Energie strotzend. Das erste Niedrigwasser hatte er genutzt, um seinen Auftrag zu erledigen. Er
war mit einem Anhänger losgezogen und hatte Eimer für
Eimer mit Schlick über den Dockkoogdeich zum Parkplatz geschleppt. Die Menge füllte fast das ganze Weinfass, das vor Johannas Gartenhaus stand. Viel zu viel

für den geplanten Testlauf. Diesen wollten die Frauen mit Trockenpulver durchführen, das der Kunde vor der Anwendung mit Wasser anrühren musste. Für später hatten sie geplant, naturbelassenen Schlick mit einem Anteil Meerwasser zu verschicken. Aber dafür fehlten ihnen noch die passenden Verpackungsmaterialien.

Am späten Nachmittag saßen die drei Frauen auf einer Bank unter dem Dachüberstand der Laube. Feiner Nieselregen hatte eingesetzt. Es war etwas kühl, und sie wärmten sich mit einer Tasse Teepunsch, den Johanna zubereitet hatte. So schmeckte der *Köm* besser als in reiner Form: ein Drittel *Köm*, zwei Drittel heißes Wasser, schwarzer Tee und Kandis.

»Ich hab gestern wieder ein Totenkopfvideo erhalten«, sagte Johanna. »Deadline 1.«

Olivia erschrak. »Dann läuft die Zeit heute ab?«

»Ja.«

»Ist was passiert?«

»Bisher nicht.«

»Also ein Bluff?«

»Der Tag ist noch nicht vorbei.«

»Da sagst du was. Erwartest du Besuch?«

»Jason ist auf einem Bikertreffen in Schleswig. Er kommt morgen.« Johanna lächelte.

»Ich meine die da drüben.« Olivia wies mit einem Kopfnicken Richtung Pforte. Zwei Männer hatten das Grundstück erreicht und sprangen über das Hindernis. Schon aus der Entfernung konnte man erkennen, dass sie unangenehm werden konnten. Sie waren nicht besonders groß, aber muskelbepackt. Der eine hatte einen kahlgeschorenen Schädel. Es war der Mann, dem Johanna auf dem Friedhof begegnet war. Der andere trug einen Pferdeschwanz. Der Gang der Männer erinnerte an Schurken aus einem Westernfilm, deren Hände in der nächsten Sekunde zu den Colts greifen würden.

Blitzschnell zog Johanna ihr Smartphone hervor und tippte hektisch eine Nachricht ein. Im nächsten Moment hatte der Pferdeschwanz sie erreicht und schlug ihr das Gerät aus der Hand.

Er sah erst Olivia, dann Dörte an. »Wer seid ihr?«

Olivia trank den Rest ihres Teepunschs. Sie versuchte, möglichst gelassen zu wirken, spürte aber, wie ihre Hände zitterten. »Freunde. Aber ihr seht nicht danach aus.«

»Stimmt. Deshalb ist es besser, wenn ihr euch verpisst. Wir haben mit Frau Detlefsen allein zu reden.«

Dörte machte Anstalten aufzustehen, aber Olivia packte sie am Arm. Dann schlug sie die Beine übereinander und lehnte sich zurück. »Wir bleiben!«

»Okay.« Er wandte sich an seinen Kumpel. »Sieh dich mal in der Hütte um. Vielleicht findest du etwas Brennbares.«

Der Kahlkopf grinste, verschwand im Gartenhaus und kam schon nach kurzer Zeit mit einer Plastikflasche zurück. Er öffnete den Verschluss und hielt sie seinem Partner unter die Nase.

»Spiritus. Das ist perfekt«, sagte der Pferdeschwanz. »So, Ladys, eure Ärsche könnten gleich etwas heiß werden. Aber ihr seid ja so cool, dass euch das bestimmt nichts ausmacht.« Er lachte.

»Warten Sie.« Johanna stand auf. »Was wollen Sie von mir?«

»Was wir wollen? Es ist Zahltag. Wenn du uns die 50.000 bar auf die Kralle gibst, ziehen wir wieder ab.«

»Welche 50.000?«

»40.000, die unser Auftraggeber deinem Mann geliehen hat, plus Zinsen.«

»Das kann nicht sein. Davon weiß ich nichts.«

Der Pferdeschwanz schüttelte den Kopf. »Lady, Lady. Sehen wir so aus, als wenn wir uns verarschen ließen? Du hast doch sicher unsere Nachrichten erhalten.« Er streckte seinen Arm vor, um den tätowierten Totenkopf zur Geltung zu bringen. »Spiel mir das Lied vom Tod. Das ist wörtlich gemeint.«

»Aber ich hab das Geld nicht.«

»Du wirst es beschaffen. Da bin ich mir sicher.« Er gab Johanna einen Stoß, sodass sie auf die Gartenbank zurückfiel und mit dem Kopf gegen die Bretterwand der Laube knallte.

Der Pferdeschwanz gab seinem Kumpel ein Handzeichen, woraufhin dieser begann, das Holz mit dem Brandbeschleuniger zu bespritzen. Im Gartenhaus befand sich fast alles, was die drei Frauen für ihr Gewerbe zusammengetragen hatten, von Prospekten über Verpackungsmaterialien bis hin zu den Werkzeugen für das Trocknen, Sieben und Abfüllen der Ware. Wenn das in Flammen aufging, war der Traum von der Selbstständigkeit geplatzt. Dabei hatten sie all ihre Leidenschaft und Energie darauf verwendet. Das durfte einfach nicht passieren. Dörte und Olivia waren aus Angst vor den Flammen aufgestanden und hatten sich ein Stück von der Hütte entfernt. Johanna blieb sitzen. Sie beugte sich vor und vergrub ihr Gesicht in den Händen. Für einen Moment musste sie an die Situation im Watt denken, als ihr das Wasser bis zum Hals gestanden hatte. Auch jetzt hoffte sie auf Rettung in letzter Minute.

War es Einbildung, oder hörte sie das Geräusch wirklich? Ganz entfernt und ganz leise. Aber es kam näher und wurde lauter. Nein, das war keine Einbildung. Was sie vernahm, war Musik in ihren Ohren. Die schönste Musik, die sie je gehört hatte. Schöner als Beethovens Mondscheinsonate und schöner als das Ave Maria. Es war der Klang von mindestens zehn Motorrädern.

Der Totenkopftätowierte hatte bereits ein Feuerzeug in der Hand, als der erste Biker in Ledermontur über den Zaun sprang. Der Pferdeschwanz ergriff sofort die Flucht Richtung Nachbargrundstück. Sein Kumpel dagegen verharrte mit dem Feuerzeug in der Hand auf der Stelle. Offenbar erkannte er die Gefahr erst, als ein Motorradfahrer nach dem anderen anrückte. Manche trugen noch ihre Helme, und die Gruppe erweckte den Eindruck einer außerirdischen Invasion. Wenige Augenblicke später war der verdutzte Mann umringt. Er ließ das Feuerzeug fallen, und die Flamme verlöschte.

Jason lief auf Johanna zu und umarmte sie.

»Ich wusste, dass auf dich Verlass ist! Es waren zwei, die uns bedroht haben. Der eine ist abgehauen. Es sind Geldeintreiber. Die wollten unser Gartenhaus anzünden. Ihr seid keine Sekunde zu früh gekommen.« Johanna löste sich von ihm und wischte sich die Tränen von der Wange.

»Dann werde ich mich mal um unseren Freund kümmern.«

Einer der Biker, ein Riese von zwei Metern, hatte den Geldeintreiber am Nacken gepackt und schob ihn auf Jason zu.

»Der tut nichts. Der ist ganz zahm.« Der Zweimetermann ließ den Gefangenen los.

»Danke, Tom.«

Jason musterte sein Gegenüber eine Weile. »Ich hab gehört, dass du die Hütte anzünden wolltest?«

Der Mann schwieg.

»Du wolltest mit deiner Methode bei meiner Freundin Geld eintreiben? Das war keine gute Idee. Wer hat dich geschickt?«

Keine Antwort.

»Okay. Dann müssen wir etwas nachhelfen.« Jason warf einen Blick auf das mit Schlick gefüllte Weinfass. Dann sah er Tom an. Beide schienen sich ohne Worte zu verstehen. Sie packten den Geldeintreiber bei den Armen und zerrten ihn zum Fass. Auf drei hoben sie ihn an. Da er verzweifelt mit den Füßen strampelte, kam einer der anderen Biker hinzu und hielt die Beine fest. Gemeinsam schafften sie es, das Opfer mit den Füßen voran in den Schlamm zu stecken. Wie in Zeitlupe senkte sich der Körper bis über die Hüfte in die Tiefe.

»Dafür kommt ihr in den Knast!«, schrie der Kahlkopf.

»Echt?« Jason sah Tom an. »Sag mal, du hast doch zwei Semester Jura studiert. Gibt es einen Paragrafen, der verbietet, dass man jemanden in eine Schlicktonne setzt?«

Tom schüttelte den Kopf. »Nee, gibt es nicht, aber einen, der verbietet, dass man Eigentum eines anderen in Brand setzt.«

»Hm, hab ich mir gedacht. Wie lange wird es wohl dauern, bis der Schlick getrocknet ist?«

»Drei bis vier Stunden. Dann wird er hart wie Beton. Könnte ihm die Eier zerquetschen.«

»Ihr seid ja irre! Lasst mich hier raus!« Der Kahlkopf versuchte, sich mit beiden Händen aus der Tonne zu wuchten. Aber die zähe Masse hielt ihn zurück, und seine Arme waren nicht lang genug. Nach ein paar Versuchen gab er auf.

»Vielleicht hast du jetzt Antworten auf meine Fragen«, sagte Jason.

»Wir machen doch nur unseren Job.«

»Für wen arbeitest du?«

»Für ein Inkassobüro, verdammt!«

»Welches?«

Der Mann schwieg.

»Okay, dann ziehen wir wieder ab.«

»Warte! *Büro J&K Flensburg.*«

»Und wer ist der Gläubiger?«

»Holt ihr mich hier raus und lasst mich gehen, wenn ich es euch sage?«

Jason wandte sich an Johanna. »Was meinst du? Sollen wir ihn dann laufen lassen?«

»Ja. Er versaut mir sonst noch unsere ganze Ware.«

Jason schlug mit der flachen Hand gegen das Weinfass. »Okay, der Deal gilt. Spuck's aus, Freundchen.«

»*Büro Jebsen* in der Norderstraße.«

Als Johanna den Namen hörte, vergaß sie einen Moment das Atmen. »Jebsen? Jebsen? Das glaub ich nicht. Wilhelm Jebsen?«

»Ja, verdammt noch mal! Und jetzt lasst mich hier raus! Ich spüre meine Füße nicht mehr.«

Jason gab Tom ein Zeichen. Die beiden hatten Mühe, den Geldeintreiber aus dem Fass zu hieven. Aber nach einigen Minuten hatten sie ihn befreit. Sein Anblick zauberte ein Grinsen auf die Gesichter der Umstehenden, und Olivia kicherte unverhohlen. Wortlos und aufrechten Hauptes ging der Kahlköpfige an seinen Peinigern vorbei Richtung Gartenpforte.

Johanna bedankte sich bei den Bikern. Sie hatte Tränen in den Augen, vor Erleichterung und Rührung.

»Ich denke, ihr kommt jetzt ohne uns klar. Wenn du Hilfe brauchst, bin ich zur Stelle. Wir sehen uns morgen.« Jason packte Johanna an der Hüfte und drückte ihr einen Kuss auf den Mund. Dann zog er mit seinen Kumpels ab. Die Frauen sahen ihnen nach.

»Toller Typ, dein Freund«, sagte Olivia.

Johanna nickte.

»Jebsen hat das Inkassobüro beauftragt? Hab ich das richtig verstanden?«

»Dieser Mistkerl. Er hat Rüdiger Geld geliehen, damit Rüdiger noch mehr in dubiose Wertpapiere investieren kann. Unglaublich!«

Dörte hielt ihr Smartphone hoch. »Das ist noch nicht alles. Ratet mal, was der Name des Büros, *J&K Flensburg*, bedeutet. Jebsen und Kleinfeldt.«

»Nee!« Johanna nahm Dörte das Gerät aus der Hand und starrte auf das Display. »Ich fasse es nicht! Jebsen überredet meinen Mann, bei ihm Geld zu horrenden Zinsen zu leihen, davon Schiffsfonds zu kaufen, und beauftragt sein eigenes Inkassounternehmen, die Schulden einzutreiben.«

»Dann steckt er also doch hinter den Totenkopfvideos«, folgerte Dörte.

Olivia wiegte den Kopf. »Da bin ich mir nicht sicher. So wie er sich erschreckt hat, als du ihm den Film gezeigt hast ... Wahrscheinlich interessieren ihn die Methoden seiner beiden Handlanger gar nicht. Vermutlich sind sie nicht einmal fest in der Firma angestellt. Ist auch egal.«

Dörte hatte sich während der Unterhaltung weiter mit ihrem Smartphone beschäftigt. »Ich hab noch etwas Interessantes herausgefunden. Wilhelm Jebsen ist Geschäftsführer sowohl des Inkassobüros als auch des Beratungsunternehmens. Beide Firmen sind GmbHs und gehören seiner Frau.«

»Echt? Das erklärt, warum er offenbar solche Angst vor ihr hat. Wenn er bei ihr in Ungnade fällt, könnte sie ihn am ausgestreckten Arm verhungern lassen«, sagte Johanna.

»Ich denke, wir sollten ihm noch einmal so richtig auf den Zahn fühlen«, schlug Olivia vor. »Jason und seine Leute könnten uns dabei helfen.«

»Nee. Das machen wir auf unsere Art. Jebsen ist skrupellos, was seine Finanzgeschäfte angeht, aber ansonsten ist er ein Weichei. Der ist uns nicht gewachsen. Das hat er ja schon zur Genüge bewiesen. Wir werden ihm einen Besuch in seinem Beratungsbüro abstatten. Was haltet ihr davon?«

Olivias Vorschlag fand allgemeine Zustimmung.

33

Als Jebsen die drei Frauen erblickte, die in sein Büro stürmten, griff er zum Telefon. Vielleicht hatte er vorgehabt, die Notrufnummer zu wählen, aber er ließ den Hörer wieder auf die Gabel fallen.

»Was wollen Sie hier?« Seine Stimme bebte.

»Uns beraten lassen«, antwortete Olivia und setzte sich auf einen der Besucherstühle. Johanna fand ebenfalls einen Platz. Dörte blieb stehen.

»Wir haben hässliche Sachen über Sie gehört, Herr Jebsen. Und dass Sie Ihre Bluthunde auf Frau Detlefsen gehetzt haben, war gar nicht nett.«

»Ich weiß nicht, wovon Sie reden.«

»Das Inkassounternehmen *J&K Flensburg* gehört Ihnen. Ihre Handlanger haben versucht, unser Firmengebäude anzuzünden.«

»Ich verstehe kein Wort. *J&K* gehört mir nicht.«

»Ach ja, es gehört Ihrer Frau, ebenso wie dieses Büro. Ist sie nur die Strohfrau für Ihre illegalen Geschäfte, oder hat sie das Kommando?«

»Ich rufe jetzt die Polizei.« Jebsen griff erneut zum Hörer.

»Gute Idee. Wir hätten ihr einiges zu erzählen.«

Jebsen nahm die Hand vom Telefon. »Sagen Sie mir, was Sie von mir wollen. Und dann verschwinden Sie bitte. Ich erwarte noch einen Kunden.«

Olivia rückte mit ihrem Stuhl näher an Jebsens Schreibtisch. »Frau Detlefsen möchte die Unterlagen ihres verstorbenen Mannes einsehen. Insbesondere interessiert sie, wann und wie viel er in welche Aktien investiert hat. Das haben Sie doch sicher alles sauber in den Akten vermerkt.« Olivia zeigte auf die Regalwand, in der eine Reihe Ordner stand, die mit Buchstaben von A bis Z beschriftet waren.

Jebsen wurde sichtlich nervös. »Die – die hab ich nicht hier.«

»Hm. Merkwürdig. Haben Sie die mit nach Hause genommen? Dann sollten wir Ihre Frau anrufen. Sie kann uns sicher Auskunft geben.«

»Nein, nein. Sie sind – sie sind bei der Inkasso in Flensburg.«

Johanna stand vor dem Regal und nahm einen Ordner heraus, der mit »D bis E« beschriftet war.

»Was machen Sie da? Das ist Hausfriedensbruch. Lassen Sie das!« Jebsen erhob sich.

Johanna ließ sich nicht beirren und blätterte in den Unterlagen. Sie schlug eine Stelle auf und gab den Ordner an Olivia weiter. »Hier sind einige Belege. Du kennst dich besser damit aus.«

Jebsen ließ sich auf den Drehstuhl fallen. Er schien einzusehen, dass er gegen die Frauen nicht ankam.

»So, die Unterlagen sind also nicht hier im Büro?«

»Sie sind nicht vollständig!«

»Was ich hier sehe, ist aber schon ganz aufschlussreich. Hier steht nichts von irgendwelchen Schiffsfonds. Ich lese hier: Daimler, Bayer, Lufthansa, SAP, Merck. Alles solide Dax-Werte. Eine vernünftige Anlage, finde ich.«

»Das war, bevor Herr Detlefsen umgeschichtet hat. Er wollte mehr Rendite, die natürlich mit einem höheren

Risiko verbunden ist. Ich hab ihn noch gewarnt. Aber er hat nicht auf mich gehört.«

»Und da hat er sogar noch Geld bei Ihnen geliehen und ist ganz groß in Schiffsfonds eingestiegen?«

»Ja. Das heißt, ich hab den Kredit nur vermittelt. An einen Finanzdienstleister.«

»Bei dem Sie auch die Finger drin haben, nicht wahr?« Jebsen schwieg.

»Okay. Jetzt können Sie die Polizei rufen. Wir haben nichts dagegen.«

Jebsen rutschte auf seinem Stuhl herum. »Vielleicht können wir uns einigen?«

»Oh ja.« Olivia legte den Ordner aufgeschlagen auf den Schreibtisch. »Im Grunde interessieren uns Ihre Geschäfte nicht, Herr Jebsen. Wir wollen nur, dass Frau Detlefsen ihr Geld zurückbekommt. Das ist alles. Sie haben es nie in Schiffsfonds investiert. Nach den Unterlagen hier waren es 80.000. Die eine Hälfte hat Herr Detlefsen selbst beigebracht, und für die andere Hälfte des Betrags haben Sie ihm einen Kredit mit horrenden Zinsen aufgeschwatzt. Wie viel Gewinn haben die Aktien von Daimler und Co. gebracht?«

»Das weiß ich nicht.«

»Gut. Das lässt sich ja anhand der Charts leicht ermitteln. Ich nehme an, dass Frau Detlefsen damit einverstanden ist, wenn Sie ihr die 40.000 zurückzahlen, plus der damit erwirtschafteten Rendite natürlich.« Olivia sah zu Johanna hinüber, die mit einer Geste zustimmte.

Jebsen schüttelte heftig den Kopf. »Ich hatte Kosten für den Kredit.«

»Lächerlich. Sie haben mit Ihren Wucherzinsen Gewinn gemacht. Wir geben Ihnen drei Tage Zeit. Wenn dann das Geld, die 40.000 plus Aktiengewinn, nicht auf Frau Detlefsens Konto ist, schalten wir die Polizei ein. Und versuchen Sie nicht, uns reinzulegen. Weiß Ihre Frau überhaupt von Ihren Geschäften?«

»Sie kümmert sich nicht so sehr um die Firma. Lassen Sie meine Frau bitte aus dem Spiel!«

So kleinlaut, wie Jebsen geworden war, konnte sich Olivia sicher sein, dass sie mit ihrer Anschuldigung vollständig ins Schwarze getroffen hatte. Sie stand auf. Jebsen protestierte nicht einmal, als sie den Ordner ergriff und alle Seiten herausnahm, die unter »Rüdiger Detlefsen« abgeheftet waren. Dann verließen die drei Frauen das Büro.

»Du bist unglaublich«, sagte Johanna, als sie auf die Straße traten.

»Danke. Steck die Beweise ein.« Olivia übergab ihr die beschlagnahmten Unterlagen.

»Glaubst du, dass er zahlen wird?«

»Davon bin ich überzeugt. Dein Mann wird nicht der Einzige sein, den er reingelegt hat. Dein Rüdiger muss ganz schön naiv gewesen sein.«

»Ja. Das war er wohl. Ich hätte ihm die Finanzangelegenheiten nicht überlassen sollen. Aber es war ja sein Geld, das Erbe seiner Mutter. Und er hat immer so getan, als verstünde er etwas vom Aktienhandel.«

»Das ist jetzt alles egal. Jedenfalls hat dieser Jebsen es faustdick hinter den Ohren. Irgendwann wird er mit seinen krummen Geschäften auffliegen. Da bin ich mir sicher. Umso wichtiger ist es, dass er mit den Flocken bald rüberkommt. Wenn er Insolvenz anmeldet oder sich auf die Malediven absetzt, könnte es schwieriger für uns – ich meine, für dich – werden.«

»Für uns. Wir investieren das Kapital in die Firma. Das ist doch Ehrensache.«

»Das hört sich gut an.«

34

Olivia hatte Thomsen die Audiodatei mit seinem Geständnis geschickt. Dass er es unter Zwang abgegeben hatte, spielte keine wesentliche Rolle. Wie geplant hielt die Aufnahme ihn offenbar davon ab, zur Polizei zu gehen, und sorgte dafür, dass er Martina und ihre Tochter in Ruhe ließ. Er habe noch nicht einmal seine persönlichen Sachen abgeholt, bestätigte Martina am Telefon. Inzwischen habe ihr Anwalt vor Gericht erwirken können, dass er sich dem Haus nicht mehr nähern dürfe. Auch das konnte ein Grund dafür sein, dass er sich fernhielt. Allerdings hätte das Verbot alleine kaum ausgereicht. Olivia hatte die Datei von ihrem eigenen E-Mail-Konto verschickt. Das sollte sich als fataler Fehler herausstellen.

Endlich konnten sich die Frauen wieder auf das Geschäft konzentrieren. Sie hatten immer noch nicht die Anträge gestellt, die für den Vertrieb des »Arzneimittels« erforderlich waren. Es war abzusehen, dass es bis zur Genehmigung eine lange Prozedur werden würde. Zwar hatte es bisher keine Probleme mit den Behörden gegeben, aber es war nur eine Frage der Zeit, bis eifrige Beamte ihnen das Leben schwer machen würden. Deshalb entschlossen sie sich, ihre Ware nicht als Heilmittel, sondern vorerst als Souvenirs anzubieten: kleine Dosen Schlick, etikettiert mit den Namen *Norderhever*, *Lüttmoorsiel*, *Fuhlehörn*, *Rungholt* oder *Husum*, größere Mengen als ein Kilo Watt aus Nordfriesland sowie Wellness-Geschenk-Sets, bestehend aus Schlick, Seegras, Meerwasser und einer Muschel. Alles fand reißenden Absatz. Wie die Kunden die Produkte verwendeten, blieb ihnen überlassen. Schaden konnten sie sich damit kaum, selbst dann nicht, wenn sie es statt äußerlich innerlich anwenden würden.

Olivia hatte ihren Job im Supermarkt aufgegeben. Die Firma war wichtiger. Die Unternehmung schweißte die Frauen noch enger zusammen, als es das gemeinsame Geheimnis um das Ableben ihrer Männer sowieso bereits getan hatte. Das Geschäft lief so gut, dass es Zeit wurde, die Produktion in ein größeres Gebäude zu verlagern. Das Gartenhaus war ein Provisorium, das nicht mehr lange tragbar war. Die Frauen begannen damit, sich nach einer passenden Halle im Husumer Industriegebiet umzusehen, fanden aber kein bezahlbares Objekt, das für sie infrage kam.

Durch den Tod ihrer Männer hatte sich das Leben der drei grundlegend verändert, und es hatten sich ganz neue Möglichkeiten für ihre Zukunft eröffnet, sowohl in privater als auch in beruflicher Hinsicht. Dörte hatte einen geschiedenen Hauptmann der Bundeswehr kennengelernt. »Nur eine lockere Beziehung«, behauptete sie. Olivia hatte sich für ein befristetes Singledasein entschieden. Das Zusammenleben mit ihrer Katze Luna verlief weitgehend harmonisch. Wenn die Zeit gekommen war, würde sie sich um eine neue Beziehung kümmern. Auf keinen Fall kam eine Heirat infrage. So ein Vorhaben war einfach zu riskant. Ein gebranntes Kind scheute das Feuer.

Johanna traf sich regelmäßig mit Jason. Meist jedoch an den Wochenenden. Er kam am Freitagabend und blieb bis Sonntag. Fast immer entdeckte er im Haus etwas, das unbedingt repariert werden musste. Aber stets fanden die beiden Zeit für einen Ausflug mit dem Motorrad. Obwohl sie seit ihrer Kindheit in Nordfriesland lebte, lernte sie ihre Heimat auf ganz neue Weise kennen.

Sie war glücklich, und doch wurde sie häufig von Phasen der Schwermut geplagt, sobald sie wieder alleine war. Ihre Gedanken kreisten dann um ihre Schuld an Rüdigers Tod, aber auch um die Furcht, sie könnte Jason verlieren. Das Glück mit ihm hatte sie nicht verdient, fand sie.

Aber da war noch etwas, das auf ihrer Seele lastete. Etwas, das viel tiefer ging: die Nachwirkungen der Wattwanderung mit ihrem Vater, die beinahe tödlich geendet hätte. Das Kindheitserlebnis, das sie all die Jahre verdrängt hatte. Die Angstgefühle, Bilder und Geräusche von damals hatten in ihrem Unterbewusstsein geschlummert und waren nach den Ereignissen der letzten Monate zum Vorschein gekommen. Für diese Erkenntnis benötigte sie keinen Psychologen und keinen Psychotherapeuten. Doch die bruchstückhaften, quälenden Erinnerungen waren nicht alles. Olivia hatte den Finger in die eigentliche Wunde gelegt. War Johannas Vater absichtlich bei auflaufendem Wasser ins Watt aufgebrochen? Hatte er vorgehabt, sich und sein Kind zu töten? Erweiterten Suizid nannte man so etwas, das gar nicht selten vorkam. War der Streit der Auslöser dafür gewesen? Vielleicht hatten ihre Eltern auch geschwiegen, weil die Hintergründe noch unerträglicher waren als das Unglück.

Johanna erinnerte sich an die heftigen Auseinandersetzungen ihrer Eltern. Doch einen geplanten erweiterten Suizid traute sie ihrem Vater nicht zu. Er war stets liebevoll gewesen. Nach dem Vorfall hatten er und ihre Mutter sich noch mehr um ihr einziges Kind gekümmert, und die Streitereien hatten aufgehört.

Aber die aufgetauchten Zweifel konnte Johanna nicht beiseiteschieben, so sehr sie sich auch bemühte. Im Grunde hätte die Frage bedeutungslos sein können. Ihre Eltern lebten nicht mehr. Sollte sie die Vergangenheit nicht besser ruhen lassen? Dass das nicht so einfach war, zeigte sich schon bald. Die Albträume aus ihrer Kindheit kehrten zurück. Dazu kamen tagsüber gelegentliche Flashbacks. Sie musste unbedingt klären, was damals geschehen war. Aber die Aussichten standen nach so langer Zeit schlecht. Es blieb die Hoffnung, dass sie sich irgendwann an alle Details des Vorfalls erinnern würde und daraus auf die Beweggründe ihres Vaters schließen könnte.

Bisher hatte sie Jason nichts von alledem erzählt. Irgendwann würde sie sich ihm anvertrauen. Auch Olivia und Dörte standen zur Verfügung, wenn sie reden wollte. Das wusste sie.

Das meiste von Rüdigers Sachen hatte Johanna zur Nachbarschaftshilfe und in die Kleidersammlung gegeben. Bis auf zwei Exemplare seiner Buddelschiffe landeten seine Kunstwerke im Hausmüll. Die beiden Flaschen und ein paar andere Gegenstände wollte sie vorerst behalten. Sie packte alles in eine Reisetasche und ging ins Obergeschoss. Mit einem Stockhaken öffnete sie die Luke und ließ die Leiter heruntergleiten. Mit der Tasche in der Hand stieg sie die Leiter zum Dachboden hinauf. Sie musste sich bücken, um sich nicht den Kopf zu stoßen. Überall hingen Spinnweben zwischen den Balken. Ein kleines Dachfenster spendete etwas Licht. Bei jedem Schritt wirbelte sie eine Staubwolke auf.

Sie stellte die Tasche ab und setzte sich auf einen Rattanstuhl, der bedenklich knirschte. Es wäre sinnvoll gewesen, das gesamte Zeug, das hier herumlag, in den Sperrmüll zu geben. Sie hatte es all die Jahre nicht gebraucht und würde es sicher auch zukünftig nicht vermissen. Vor ihr stand eine Truhe mit den letzten Habseligkeiten ihrer Eltern. Der Deckel war mit Brandmalereien verziert. Die Beschläge fehlten teilweise. Nur wenige Dinge hatte Johanna nach dem Tod der Mutter aus der Wohnung ihrer Eltern geholt. Einige Möbelstücke waren ebenfalls in Johannas Besitz übergegangen. Den Rest hatte eine Entrümpelungsfirma entsorgt.

Johanna hob den Deckel an und klappte ihn nach hinten. Es war ein merkwürdiges Gefühl, in den alten Sachen zu kramen. Sie nahm eine Stoffpuppe in die Hand. Susi hatte schon bessere Tage gesehen. Johannas erste Puppe wies einige Reparaturstellen auf, und die Farben waren mit der Zeit verblichen. Ihre Eltern hatten sie neben ein Familienbild im Wohnzimmer gestellt. Johanna entschloss sich, Susi zukünftig ebenfalls einen Ehrenplatz im Haus zu geben. Vielleicht auf dem Sideboard im Flur oder auf ihrem Nachttisch.

Sie stöberte noch einige Zeit in den Utensilien der Vergangenheit. Nicht alles konnte sie einordnen, aber beim Betrachten etlicher Gegenstände wurden alte Erinnerungen wach. Sie griff nach einer Dokumentenmappe, in der Unterlagen wie Schulzeugnisse, Impfpässe und Trauschein abgeheftet waren. Sie hatte sie damals beim Einpacken flüchtig durchgesehen. Aber jetzt fiel ihr auf, dass hinter der Patientenverfügung ihrer Mutter zwei Zeitungsausschnitte und ein zusammengefaltetes Papier steckten. Sie nahm es heraus. Es war ein handgeschriebener Brief. Der Schrift nach zu urteilen stammte er von einem Kind. Sie las:

Ich heiße Dirk Sönnichsen und bin sieben Jahre alt. Ich habe die Flaschenpost gefunden, die du ins Wasser geworfen hast. Ich hab sie auf der Hamburger Hallig gefunden. Ich war dort mit meinen Eltern. Wir haben Vögel beobachtet. Leider kann ich nicht alles lesen, was du geschrieben hast. Wenn du mir auch schreiben willst, kannst du das an diese Adresse tun.

Unter den Zeilen war eine Anschrift in Bredstedt angegeben.

Johanna fiel es wie Schuppen von den Augen. Ihr Vater hatte etwas aufgeschrieben und in eine Flasche gesteckt. Sie erinnerte sich ganz deutlich, wie die Wellen mit der Flaschenpost gespielt und sie Richtung Ufer getrieben hatten.

Die Zeitungsausschnitte berichteten über die Rettung von Vater und Tochter. Es wurde der Einsatz des Hubschraubers und des DLRG-Rettungsbootes beschrieben. Auch eindringliche Warnungen vor den Gefahren im Watt fehlten nicht. Namen wurden nicht genannt, auch kein Wort über die Hintergründe.

Johanna las noch einmal die Adresse, die auf dem Brief stand. Bredstedt, das war keine 20 Kilometer von Husum entfernt. Dass der Absender dort noch lebte, war eher unwahrscheinlich. Aber vielleicht ließ sich sein derzeitiger Aufenthaltsort ermitteln. Falls die Flaschenpost nicht Jahre unterwegs gewesen war, musste der Absender jetzt etwa in ihrem Alter sein. Sie steckte den Brief und die Zeitungsartikel ein. Gerade wollte sie die Dokumentenmappe in die Truhe zurücklegen, als ihr ein schwarzer metallischer Gegenstand ins Auge fiel. Sie legte die Mappe beiseite und griff danach. Sie staunte nicht schlecht, als sie eine Pistole mit Magazin in Händen hielt. Sie schüttelte ungläubig den Kopf. War sie echt oder ein Spielzeug? Vielleicht eine Schreckschusspistole? Sie hatte keine Ahnung von Waffen. Wer hatte sie dort hineingelegt? Aus dem Nachlass ihrer Eltern stammte sie nicht. Es blieb nur die Möglichkeit, dass Rüdiger sie dort versteckt hatte. Nein, eine Waffe passte nicht zu einem phlegmatischen Finanzbeamten a. D., der Buddelschiffe baute. Sie musste eine andere Bewandtnis haben. Sie war ganz sicher illegal und durfte auf keinen Fall im Haus bleiben. Johanna legte die Dokumentenmappe zurück in die Truhe und klappte den Deckel zu. Den Brief und die Pistole nahm sie mit hinunter ins Erdgeschoss. Kurz überlegte sie, ob sie die Waffe einfach in den Mülleimer werfen sollte, entschied sich aber dagegen und brachte sie vorläufig im Schlafzimmerschrank unter. Sie würde später überlegen, was sie mit dem Fundstück machen sollte. Jetzt wollte sie sich zunächst einmal mit dem Brief beschäftigen.

Recherchen im Internet und ein paar Telefonate reichten aus, um den richtigen Dirk Sönnichsen zu finden. Er wohnte in Schleswig. Am Abend erreichte Johanna ihn am Telefon. An die Flaschenpost konnte er sich noch gut erinnern, an den Inhalt der Nachricht allerdings kaum. Trotzdem willigte er in ein Treffen ein. Am einfachsten wäre es, wenn sie zum Haus seiner Eltern in Bredstedt käme. Dort sei er am nächsten Tag, also am Sonnabend, zu erreichen. Gegen 16 Uhr wäre die beste Zeit.

Jason kam auch an diesem Freitag mit seinem Motorrad. Johanna freute sich jedes Mal wie ein Teenager auf seine Ankunft. Am Abend saßen die beiden zusammen, und sie schilderte ihm, was sie als Kind erlebt hatte, soweit es ihre Erinnerungen zuließen. Auch den Brief und die Zusammenhänge damit erwähnte sie. Von der Pistole sagte sie nichts. Die gehörte zu einer anderen Geschichte.

»Warum hast du mir nie von deinen Kindheitserlebnissen erzählt?«

»Eigentlich wollte ich sie vergessen. Es hat in der Vergangenheit geklappt, und ich dachte, es würde auch zukünftig funktionieren. Aber es funktioniert nicht. Urplötzlich waren die Bilder und Ängste wieder gegenwärtig. Wenn ich herausfände, was damals genau passiert ist, könnte ich damit vielleicht besser umgehen.«

»Das klingt nach Selbsttherapie.«

»Mag sein.« Sie lachte.

»Ich komme mit zu dem Treffen, wenn du einverstanden bist. Wir könnten bei der Gelegenheit eine kleine Spritztour mit der Maschine unternehmen.«

»Ich hab gehofft, dass du das vorschlägst.«

Johanna war froh, dass sie mit Jason über ihre Probleme gesprochen hatte. Mit ihm konnte sie über alles reden. Jedenfalls über fast alles. Sie nahm sich vor, ihm auch vom letzten Essen mit ihrem Mann und den Folgen zu erzählen, wenn die Zeit dafür gekommen war. Allerdings würde sie sich auf die Version beschränken, die sie der Polizei aufgetischt hatte: Sie und ihr Mann hatten sich mit verdorbenem Essen vergiftet. Ein tragischer Kochunfall, nichts weiter. Was die Pistole anging, musste sie sich selbst erst über ihre Bedeutung klar werden.

Am Sonntagnachmittag machten sie sich auf den Weg nach Bredstedt. Johanna hatte sich inzwischen an ihre Motorradkleidung gewöhnt, und sie beachtete die Beifahrerregeln, die Jason mit ihr eingeübt hatte. Mit Rücksicht auf sie fuhr er defensiv und mit angemessener Geschwindigkeit. Sie nahmen die etwas längere Strecke über die Dörfer östlich der B5. Das Wetter war ideal für den Ausflug. Bei fast wolkenlosem Himmel war es zwar warm, aber der Fahrtwind senkte die Temperatur auf gefühlte angenehme 25 Grad.

Sönnichsens Eltern wohnten am Rande der kleinen Stadt in einem Backsteinhaus, das zu einem Resthof gehörte. Johanna und Jason waren gerade abgestiegen und hatten ihre Helme abgenommen, als ein Mann aus einem Nebengebäude mit Flachdach trat und auf sie zukam.

»Dirk Sönnichsen«, stellte er sich vor und gab beiden die Hand. Er war mittelgroß und schlank. Johanna schätzte ihn auf Anfang 50. Er trug einen blauen Overall. Unter seiner Schirmmütze lugte krauses dunkelblondes Haar hervor.

»Johanna Detlefsen. Und das ist Jason Wingard. Er hat mich hergebracht.«

»Ich war gerade dabei, die Wärmepumpe zu reparieren. Deshalb mein Aufzug. Aber ich glaube, da ist nichts mehr zu machen. Das Ding ist wohl endgültig hinüber. Wir können uns hier draußen hinsetzen.« Er zeigte auf eine Sitzgruppe vor dem Haus, die aus Gartenmöbeln und einem Sonnenschirm bestand. »Darf ich Ihnen etwas anbieten?«, fragte er, nachdem alle Platz genommen hatten.

»Nein, vielen Dank. Wir wollen Sie auch nicht lange aufhalten.« Johanna zog den Reißverschluss ihrer Jacke auf. Ohne den Fahrtwind war ihr warm geworden.

»Ich hab inzwischen in meiner Erinnerung gekramt. Die Flasche lag etwas abseits des Badestrandes im Spülsaum. Heute hätte ich sie wahrscheinlich zwischen dem Müll übersehen, der hier täglich angeschwemmt wird. Wer packt schon einen Brief in eine Plastikflasche mit Schraubverschluss? Da nimmt man doch eher eine aus durchsichtigem Glas. Egal. Jedenfalls hab ich sie aufgesammelt und geöffnet. Da war Wasser drin und ein Stück Papier, das ziemlich aufgeweicht war. Ich hab das Wasser ausgeschüttet. Das Papier hab ich erst zu Hause mit einer Pinzette herausbekommen. Die Zeilen waren mit Bleistift geschrieben und die Schrift war sehr krakelig. Das Meiste war durch die Feuchtigkeit unlesbar geworden. Ich hab den Zettel dann an der Wäscheleine getrocknet. Die Adresse konnte ich mit etwas Mühe entziffern. Also hab ich einen Brief dorthin geschrieben. Ich hab keine Ahnung mehr, was ich geschrieben habe.«

»Ich fand ihn im Nachlass meiner Eltern«, sagte Johanna und griff in ihre Jackentasche. Sie faltete das Blatt auseinander und überreichte es Sönnichsen.

Dieser las und schmunzelte. »Ja. Das ist mein Brief. Ihre Mutter oder Ihr Vater hat mir darauf geantwortet. Leider hab ich das Schreiben nicht mehr, und ich weiß auch nicht mehr, was darin stand.«

Johanna war enttäuscht. »Und den Zettel von damals?«

»Warten Sie.« Sönnichsen stand auf und ging ins Haus. Kurz darauf kam er wieder. Er hatte eine Plastikflasche in der Hand. Johannas Puls stieg. Sönnichsen öffnete den Verschluss. »Sie lag tatsächlich noch im Keller bei all den anderen Sachen meiner Kindheit. Meine Eltern haben alles aufbewahrt. Sie können einfach nichts wegwerfen.«

Nach mehreren Versuchen gelang es ihm, der Flasche ein aufgerolltes Stück Papier zu entnehmen. Er beugte sich vor und legte es vor Johanna auf den Tisch. Sie zögerte einen Moment. Ihr Herz klopfte. Schließlich nahm sie das Papier und rollte es auseinander. Die Schrift musste über die Jahre weiter verblichen sein, denn nicht einmal die Adresse war vollständig lesbar. Trotzdem wühlte die bloße Berührung des Dokuments Johanna auf.

»Lass mal sehen«, sagte Jason und griff danach. Er hielt es gegen das Licht. »Ein paar Buchstaben kann man ent-ziffern, aber keine zusammenhängenden Worte. Dürfen wir das mitnehmen?«, fragte er, an Sönnichsen gewandt.

»Ja klar. Und die Flasche natürlich auch.«

Die beiden bedankten sich und machten sich auf den Heimweg.

35

Eine Stunde später saßen Johanna und Jason auf der Gartenbank vor der Holzhütte. Jason hatte den Grill angeworfen und trank ein *Flensburger* aus der Flasche. Johanna rückte an seine Seite und kuschelte sich an.

»Schade, dass man die Schrift nicht mehr lesen kann.«

»Dein Vater hat wirklich nie erzählt, was er aufgeschrieben hat?«

»Nein. Wie ich schon sagte, war das Thema bei uns in der Familie tabu. Wenn ich gewollt hätte, wären er oder meine Mutter sicher damit rausgerückt. Aber insgeheim wollte ich wohl auch lieber alles vergessen.«

»Man könnte versuchen, die Schrift wieder sichtbar zu machen. Ich denke, dass man mit technischen Mitteln etwas erreichen kann.«

»Meinst du? Wie soll das gehen?«

»Einer meiner Jungs hat früher mal in einem Labor gearbeitet. Soweit ich weiß, hat das Labor vom LKA Aufträge für irgendwelche Analysen erhalten. Genaues weiß ich nicht. Aber der Typ ist ein Freak. Wenn jemand helfen kann, dann er. Ich rufe ihn an.«

Jason stellte die Bierflasche neben sich ab, nahm sein Handy aus der Brusttasche und stand auf. Während er telefonierte, lief er im Garten auf und ab. Nach zehn Minuten beendete er das Gespräch und setzte sich wieder neben Johanna.

»Und?«

Jason nahm einen Schluck aus der Flasche. »Schwarzlicht, hat er gesagt.«

»Was?«

»Ultraviolettes Licht. Er meinte, dass wir es damit versuchen sollten. Am besten in einem dunklen Raum. Falls es nicht funktioniert, sollen wir vorbeikommen. Er hätte weitere Möglichkeiten. Allerdings wohnt er in Cuxhaven. Wir könnten das mit ein paar Tagen Urlaub verbinden.«

»Klingt gut. Aber vielleicht probieren wir es zunächst mit diesem Schwarzlicht.«

»Okay.« Jason zückte erneut sein Smartphone. Nach wenigen Minuten hatte er, was er suchte. »Schwarzlichttaschenlampen kriegst du für unter zehn Euro. Soll ich eine bestellen?«

»Ja klar!«

»Gut. Ich lasse sie an deine Adresse liefern. Die wird Montag da sein. Dann kannst du sie ausprobieren. Wenn es nicht klappt, schalten wir meinen Kumpel ein. Und jetzt kommen wir zum gemütlichen Teil des Abends. Die Würstchen sind gar.«

»Steht das Essen bei dir an erster Stelle?«

Jason grinste. »Nee, an zweiter. Die Nacht ist ja noch lang.«

Als Jason am Sonntagnachmittag zurück nach Hamburg fuhr, fühlte Johanna erneut eine innere Leere und Traurigkeit. Anstatt zum Alkohol zu greifen, backte sie einen Kuchen. Doch die Ablenkung half nur kurzfristig. Nachdem sie den Kuchen in den Backofen geschoben und das Chaos in der Küche beseitigt hatte, rief sie Olivia an und erzählte ihr von den neuesten Entwicklungen.

»Hast du keine Angst vor der Wahrheit?«

»Doch, aber ich bin schon zu lange davor weggelaufen. Außerdem glaube ich nicht, dass mein Vater uns beide umbringen wollte. Es ist mehr der kleine Rest an Zweifel, der an meinen Nerven zerrt, und den möchte ich beseitigen.«

»Das kann ich gut verstehen. Vielleicht ist ja doch etwas dran, wenn die Psychofritzen in solchen Fällen raten, die Vergangenheit nicht zu verdrängen, sondern aufzuarbeiten.«

»Ich bin mir nicht sicher, dass es hilft. Aber ich muss es tun. Das ist mir inzwischen klar geworden.«

»Und Jason unterstützt dich?«

»Ja, tut er.«

»Wie ist er denn so?«

»Du hast ihn doch kennengelernt.«

»Ja – schon. Ich meine, eher die Eigenschaften, die ich nicht kenne.«

»Ich hab überhaupt keine Ahnung, was du meinst, Olivia.«

»Klar weißt du das! Oder läuft bei euch nichts?«

»Und ob bei uns was läuft! Heftig sogar. Was denkst du denn? Er ist eine Kanone im Bett!«

»Okay. Mehr wollte ich ja gar nicht wissen. Ich nehme an, dass du mir keine Details erzählen willst.«

»Worauf du dich verlassen kannst! Deine Verhörmethode ist hinterhältig. Damit könntest du gut bei der Polizei anfangen.«

»Gute Idee. Werde ich mir überlegen. Dann grüße Jason mal von mir. Bis dann, Johanna – oder war noch was?«

»Nee. Bis dann.«

Johanna legte auf. Unglaublich, wie neugierig Olivia war. Sie schüttelte den Kopf, doch dann musste sie schmunzeln. Ihre Laune hatte sich auf magische Weise gebessert.

Der Kuchen! Sie hatte den Kuchen vergessen. Sie eilte in die Küche und riss die Backofentür auf, nahm das Backblech heraus und stellte es auf der Arbeitsplatte ab. Noch mal Glück gehabt. Okay, die Streusel waren etwas dunkel geraten, aber das war nicht weiter tragisch. Oder doch? Sie musste an das Acrylamid denken. Vielleicht sollte sie die Streusel vom Kirschstreuselkuchen doch besser abkratzen.

Sie ging früh zu Bett und schlief tief und gut in dieser Nacht.

Am Montagmorgen brachte der Paketdienst die bestellte Ware. Johanna setzte sich an den Esstisch und öffnete das Paket. Zum Vorschein kamen auf den ersten Blick eine normale Taschenlampe und drei Batterien. Auf der Verpackung waren Warnhinweise aufgedruckt: »Nicht direkt in das UV-Licht schauen und keinen anderen Personen oder Tieren in die Augen leuchten. Es wird das Tragen einer Schutzbrille empfohlen.«

Johanna legte die Batterien ein und schaltete die Lampe an. Auf der Tischdecke war ein schwacher, lilafarbener Strahl zu sehen. Sie nahm das Papier mit der Nachricht ihres Vaters und leuchtete es an. Ein paar Buchstaben konnte sie jetzt besser erkennen, aber das reichte nicht, um Worte oder gar den ganzen Inhalt zu entziffern. Jason hatte gesagt, dass sie es im Dunkeln versuchen sollte. Dafür kam nur die fensterlose Gästetoilette infrage.

Dort konnte man die Hand vor Augen nicht sehen, obwohl durch den unteren Türspalt etwas Licht drang.

Nun wiederholte sie ihren Versuch. Tatsächlich war jetzt mehr zu erkennen. Mit einiger Anstrengung konnte sie die Worte lesen:

Wasser hat uns umzingelt
Weiß nicht, ob wir es schaffen
unendlich traurig
ich liebe dich
bitte Nachricht an:

Darunter standen der Name von Johannas Mutter sowie die Anschrift. Obwohl Letztere gut sichtbar war, verschwamm sie vor Johannas Augen. Sie schaltete die Taschenlampe ab und ging zurück ins Esszimmer. Sie war sich sicher, dass sie den vollständigen Text gelesen hatte. Mehr stand nicht auf dem Zettel. Die Zeilen hatten ausgereicht, um sie zu überzeugen. Ihr Vater hatte nicht vorgehabt, sich und sie umzubringen. Er hatte keinen erweiterten Suizid geplant! Allein die Zeile: *Weiß nicht, ob wir es schaffen*, bezeugte das.

Der Finder der Flaschenpost, Dirk Sönnichsen, hatte nur die Adresse lesen, aber die Brisanz der Nachricht nicht erkennen können. Sonst wäre er in seinem Brief vielleicht darauf eingegangen. Vielleicht hatte er ihn seinen Eltern gezeigt, die jedoch vermutlich auch nichts damit hatten anfangen können.

Die Flaschenpost beantwortete Johanna die wichtigste Frage. Ihr Vater hatte um ihr und sein Leben gekämpft und war nicht in selbstmörderischer Absicht ins Watt gegangen. Andere Fragen würden für immer offenbleiben. Warum war ihr Vater mit ihr alleine losgezogen, und warum hatte er sich nicht genau über die Tidezeiten informiert? War er spontan aufgebrochen, um dem Streit mit seiner Frau auszuweichen? Johanna entschloss sich, nicht mehr über das Thema zu grübeln. Sie wollte mit dem Kapitel abschließen. Ob ihr das gelang, wusste sie nicht. Aber es würde von nun an einfacher werden. Davon war sie überzeugt.

36

Hirschberger saß in seinem Büro und grübelte bei einer starken Tasse Kaffee. Sein Kollege hatte einen Außentermin und störte nicht beim Nachdenken. Den Fall »Tötungsdelikt *Nordseehotel*« hatte Hirschberger noch nicht abgehakt. Er wusste, dass die Flensburger Mordkommission auf der Stelle trat. Und das war gut so. Er klopfte mit dem Schreibstift gegen seine Stirn, als könne er seinen Denkapparat dadurch zu höherer Leistung zwingen. Es war wohl mehr die Assoziation mit dem Geräusch, das er gerade hörte, die das unbestimmte Gefühl auslöste, in nächster Sekunde einen Geistesblitz zu haben. Durch das Fenster drang der Lärm eines Flugzeugs, und endlich fiel der Groschen. Hirschberger schlug mit der Faust auf die Schreibtischplatte. »Ich Idiot!«, schrie er. Die Drohne! Der Copter! Die Videos! Wieso hatte er sich nicht den Ausweis des Drohnenpiloten zeigen lassen, den er vor einiger Zeit am Hotel angetroffen hatte? Die Antwort darauf war ganz einfach. Der junge Mann besaß das Ding nach eigenen Angaben erst seit Kurzem und konnte damit keine Videoaufnahmen zur Tatzeit gemacht haben. Aber es war ganz und gar nicht unwahrscheinlich, dass er bereits vorher einen anderen Copter besessen und am selben Ort getestet hatte. Vielleicht sogar zur Tatzeit. Ob wahrscheinlich oder nicht, er hätte die Spur verfolgen müssen. Das musste er jetzt unbedingt nachholen.

Hirschberger war auf dem Weg zu seinem Auto auf dem Polizeiparkplatz. Mit etwas Glück traf er den Mann auf dem Hotelvorplatz an. Aber bevor er einstieg, fiel ihm eine Methode ein, die mehr Erfolg versprach. Er kehrte ins Büro zurück und schaltete den Computer ein.

Der Junge hatte davon gesprochen, dass er das Video auf YouTube stellen würde. Es war eine Kleinigkeit, seinen Beitrag mit Hilfe der Stichworte »Quadrocopter« und »Nordseehotel Husum« zu finden. Das Video hatte bereits 4000 Klicks. Sogar die Szene, in der Hirschberger ängstlich den Kopf einzog, tauchte im Film auf, was seine Persönlichkeitsrechte aufs Übelste verletzte. Aber darüber musste er vorerst hinwegsehen. Der YouTube-Nutzer hatte seine Homepage angegeben, und dort fanden sich seine Adresse und Telefonnummer. Er hieß Dieter Wegener. Einfacher hätte sich die Recherche kaum gestalten können.

Hirschberger erreichte Wegener erst am späten Nachmittag telefonisch. Tatsächlich beschäftigte sich Wegener bereits seit einigen Jahren mit Coptern. Sein aktueller sei der fünfte. Ob er am fraglichen Tag, dem 26. Januar, einen Flug an der Dockkoogspitze durchgeführt hatte, konnte er spontan nicht sagen. Aber er sei in den Tagen nach dem Brand oft dort gewesen, um spektakuläre Aufnahmen der Ruine zu generieren. Einige davon könne man sich auf seinem YouTube-Kanal ansehen. Aber da sie nicht mit Datum und Uhrzeit versehen waren, brachte Hirschberger das nicht weiter. Er vereinbarte deshalb mit Wegener ein Treffen.

Ein typischer Singlehaushalt, dachte Hirschberger, als er die Wohnung im Obergeschoss des Backsteinhauses in der Fischersiedlung betrat. Wegener wohnte dort zur Miete. Er war Softwareentwickler bei einer Firma, die Individuallösungen für ortsansässige Gewerbebetriebe erstellte. Sein geräumiges Arbeitszimmer, das wohl gleichzeitig als Wohnzimmer diente, war mit Computern und allerlei technischen Geräten vollgestopft. Hirschberger bahnte sich den Weg durch am Boden liegende Zeitschriften und elektronische Bauteile zu einem Stuhl und nahm Platz. Wegener setzte sich an seinen Schreibtisch. Auf einem der drei Bildschirme lief ein Video in einer Endlosschleife. Es zeigte beeindruckende Luftaufnahmen vom Schloss vor Husum.

»Das Chaos hier gehört zu meinem Job beziehungsweise Hobby.« Wegener lachte.

»Sie fliegen die Copter nicht nur, sondern entwickeln auch Anwendungen dafür?«

»Ja. Das kann man so sagen. Ich habe eine Vereinbarung mit meinem Arbeitgeber, dass ich bestimmte Applikationen entwickeln und verkaufen darf. Zurzeit beschäftige ich mich mit der Inspektion von Solardächern. Die sind oft unzugänglich. Anhand der Luftaufnahmen kann man defekte Stellen erkennen und prüfen, ob die Oberflächen gereinigt werden müssen.«

Hirschbergers Eindruck von Wegener hatte sich innerhalb weniger Minuten gewandelt. Er sah in ihm nicht mehr den übermütigen Jungen, der nur so zum Spaß ein Spielzeug fernsteuerte und arglose Menschen erschreckte. Offenbar beschäftigte sich der Freak mit ernsthaften Dingen.

»Äh, haben Sie mal nachgesehen, ob Sie Aufnahmen vom 26. Januar 2018 haben?«

Wegener grinste. »Ja, hab ich. Ob die Ihnen weiterhelfen, weiß ich natürlich nicht. Worum geht es eigentlich? Um den Brand?«

»Ja.«

»Der war aber zwei Wochen vorher. Es geht um den Toten, den man im Hotel gefunden hat, stimmt's?«

»Vielleicht. Details darf ich Ihnen nicht sagen.«

»Okay. Also, die Aufnahmen sind nicht ganz so gut wie meine aktuellen Filme. Der Quadrocopter, den ich damals benutzt habe, hatte nur eine einfache Kamera. Die Auflösung und die Stabilisierung waren nicht optimal.«

»Die Uhrzeit? Zu welcher Tageszeit entstanden die Aufnahmen?«

»Eine beginnt um 16.15 Uhr, die andere um 18.10 Uhr.«

»Erstere ist wohl die interessantere. Aber zeigen Sie mir bitte beide.«

»Okay.«

Mit ein paar Mausklicks startete Wegener das erste Video. »16.15 Uhr. Wie gesagt, ist die Qualität nicht ideal.«

Hirschberger rückte mit seinem Stuhl näher an den Schreibtisch. Gebannt verfolgte er den Film. Die Bilder zeigten den Flug über das Gebäude aus verschiedenen Richtungen. Das Dach der Ruine war fast vollständig ausgebrannt, sodass man ins Innere sehen konnte. Weißer Löschschaum bedeckte die Böden. Aus dem obersten Stockwerk schreckten Vögel auf und kollidierten fast mit dem Copter. Nur kurz rückte der Parkplatz ins Bild. Dort standen einige Autos, aber sie waren zu weit entfernt, als dass Details zu erkennen gewesen wären. Bestenfalls konnte man die Fahrzeugtypen identifizieren, aber keine Kennzeichen. Hirschberger war enttäuscht. Er hatte sich mehr erhofft.

Auch das zweite Video brachte keine weiteren Informationen. Als es aufgenommen wurde, war Bergmann bereits mindestens eine Stunde tot und sein Mörder über alle Berge.

Hirschberger bat Wegener, einige Einzelaufnahmen aus den Videos zu extrahieren, die die Autos auf dem Parkplatz und eines vor der Umzäunung des Gebäudes zeigten.

»Das ist alles?«, fragte er.

»Haben Sie etwas anderes erwartet? Vielleicht das Porträt des Täters?«

»Es sind etliche Schnitte und Übergänge zu erkennen.«

»Klar. Ich hab die Aufnahmen natürlich bearbeitet. Ah – verstehe. Sie interessiert das Rohmaterial, inklusive Start und Landung?«

Hirschberger nickte.

»Kein Problem.«

Wegener dirigierte den Mauszeiger über den Bildschirm und tippte einige Zeichen auf der Tastatur. »Voilà!«

Bereits die ersten Bilder weckten Hirschbergers Aufmerksamkeit. Als der Copter startete, war das Auto, das vor dem Zaun parkte, aus einer Perspektive zu sehen, die bei einer Vergrößerung vielleicht die Entzifferung des Kennzeichens ermöglichte. Es handelte sich um einen Mercedes der E-Klasse, wie ihn das Opfer fuhr. Hirschbergers Anspannung stieg und wurde fast unerträglich, als er die letzten Sekunden des Films verfolgte. Der Quadrocopter vollführte eine Schleife am Rande des Parkplatzes, bevor er landete. Fünf Pkws kamen kurz ins Sichtfeld der Kamera.

»Stopp! Ein Stück zurück!«, rief er aus. »Ich brauche die Kennzeichen der Autos.«

»Das kriegen wir hin.«

Wegener hatte nicht zu viel versprochen. Er benötigte nur eine gute Viertelstunde, bis er von den fünf Pkws vier Kennzeichen durch Heranzoomen von Teilausschnitten sichtbar gemacht hatte. Von einem der Fahrzeuge gab es nur eine seitliche Ansicht, so dass es unmöglich war, das Kennzeichen zu identifizieren.

»Großartig.« Hirschberger war begeistert. Die Wahrscheinlichkeit, dass eines der Autos dem Täter gehörte, war gar nicht so gering. Bei einem geplanten Mord hätte der Täter vermutlich Vorkehrungen getroffen, um Zeugen zu vermeiden. Aber Bergmanns Tod war nicht geplant gewesen. Davon war Hirschberger nach wie vor überzeugt. Dass der Unbekannte zu Fuß oder mit dem Fahrrad gekommen war, konnte er nicht vollständig ausschließen, natürlich auch nicht, dass der Täter erst nach der Videoaufnahme aufgetaucht war. Schließlich bestand sogar die Möglichkeit, dass er bereits wieder fortgefahren war, falls die Tatzeit nicht stimmte, wovon er allerdings nicht ausging. In jedem Fall musste Hirschberger alle Halter ausfindig machen. Vielleicht befanden sich unter den Fahrzeugführern Zeugen, die sich bisher noch nicht bei der Polizei gemeldet hatten.

Wegener druckte alle wichtigen Bilder auf seinem Farblaserdrucker aus und sicherte dem Hauptkommissar zu, ihm die kompletten Videos per E-Mail zuzuschicken. Hirschberger bedankte sich. Zurück im Büro hatte er das Gefühl, einen großen Schritt weitergekommen zu sein. Wenn er den Fall löste, würde sich das ganz sicher positiv auf seine Karriere auswirken. Aber fast noch mehr spornte ihn die Aussicht an, einen quasi *Cold Case* ganz alleine gelöst zu haben. Eigentlich hätte er spätestens jetzt die Kollegen der Flensburger Mordkommission einschalten müssen. Aber dann würden die die Lorbeeren einheimsen. Das musste er unbedingt verhindern.

Welche Schritte sollte er jetzt unternehmen? Zunächst musste er die Halter der Pkws feststellen. Das war eine Kleinigkeit. Auch die Fahrzeugführer zu ermitteln, würde nicht besonders schwierig sein. Alle mussten überprüft werden. Im Idealfall war der Täter immer noch im Besitz der Waffe. Für Hausdurchsuchungen erhielt Hirschberger allerdings keine Genehmigung, falls er nicht mit einem konkreten Verdacht aufwarten konnte. Auch bestand die Gefahr, dass der Verdächtige die Pistole verschwinden ließ, sobald er ins Visier der Polizei geriet. Sie bewies einerseits seine Täterschaft, andererseits konnte sie auch ein entlastendes Indiz liefern, indem sie auf Notwehr hindeutete. Wenn es allerdings stimmte, dass Bergmann letztendlich durch Schläge mit der Rohrzange gestorben war, ließe sich der Notwehrparagraf nur bedingt anwenden. Für die Ermittlungen war das von untergeordneter Bedeutung. Allerdings könnte der Täter die Waffe aus ähnlichen Überlegungen heraus aufbewahrt haben, um sie dem Staatsanwalt und dem Richter im Bedarfsfall zu präsentieren. Dafür, dass er sie überhaupt an sich genommen hatte, gab es eine weitere einfache Erklärung. Vermutlich hatte er Angst gehabt, Bergmann könnte ihn nach der Auseinandersetzung verfolgen und erschießen. Dass Bergmann dazu nicht mehr in der Lage gewesen oder bereits tot war, musste er nicht gewusst haben.

Hirschberger hatte die Bilder der Drohne vor sich liegen. Er benötigte keine Viertelstunde, um die Kfz-Halter festzustellen. Anschließend trug er erste Informationen über sie zusammen. Ausschließen konnte er keinen der vier, aber er versuchte, eine Art Prioritätenliste zu erstellen. Die 82-jährige Rentnerin setzte er an die letzte Stelle. Als Täterin kam sie kaum infrage. Aber natürlich war es möglich, dass jemand anders ihren *Ford Focus* gefahren hatte. Ähnliches galt für eine weitere Halterin, auch wenn sie laut Melderegister erst Mitte 50 war. Ganz oben auf die Liste setzte Hirschberger einen 20-Jährigen aus dem Ortsteil Rödemis. Blieb noch ein Pkw. Das Auto war erst kürzlich umgemeldet worden. Er stutzte. Erst jetzt wurde ihm bewusst, dass er Namen und Adresse aus einem anderen Fall kannte.

37

Am Morgen stand Hauptkommissar Hirschberger vor Johannas Tür. Sie ließ ihn eintreten und führte ihn ins Wohnzimmer, bot ihm aber keinen Platz an.

»Frau Detlefsen, da ich gerade in der Gegend war, komme ich unangemeldet.«

»Ist die Sache denn immer noch nicht abgeschlossen?«

»Es sind neue Fragen aufgetaucht.«

»Ich hab Ihnen alles erzählt, was ich weiß.«

»Darf ich mich setzen?«

»Ja, natürlich. Bitte!« Sie zeigte auf einen der Sessel und setzte sich auf die Couch.

Hirschberger nahm Platz. »Ihr Fahrzeug wurde am 26. Januar 2018 auf dem Parkplatz an der Dockkoogspitze gesehen. In der Nähe des *Nordseehotels*.«

»2018? Zu der Zeit war ich ganz bestimmt nicht dort. Worum geht es? Was hat das mit dem Tod meines Mannes zu tun?«

»Vermutlich nichts. Kann es sein, dass er an diesem Tag das Auto benutzt hat?«

»Das weiß ich nicht. Vielleicht ist er am Deich spazieren gegangen. Allerdings würde mich das überraschen. Eigentlich ist er selten alleine unterwegs gewesen. Er war fast immer zu Hause. Aber ausschließen kann ich das natürlich nicht. Wollen Sie mir nicht sagen, worum es geht?«

»Es besteht der Verdacht, dass Ihr Mann in eine Straftat verwickelt war.«

»Mein Mann?« Johanna lachte. »Das ist doch Unsinn. Rüdiger doch nicht.«

»Wir haben Hinweise, dass er eine Waffe besessen hat.«

Johanna stockte der Atem. Die Pistole! Die hatte sie völlig vergessen. Sie lag noch immer im Nachttisch. Rüdiger ein Gangster, der mit einer Pistole um sich schoss, eine Bank überfiel oder ... Das war einfach unvorstellbar.

»Mein Mann ist tot, wie Sie wissen. Und jetzt kommen Sie mit solchen Anschuldigungen. Was gibt das noch für einen Sinn?«

»Frau Detlefsen. Wissen Sie, wo sich die Pistole befindet?«

»Vielleicht.« Johanna stand auf. »Warten Sie.« Warum sollte sie ihm das gefährliche Ding nicht geben? Sie wollte es sowieso nicht länger im Haus haben. Sie ging ins Schlafzimmer, nahm die Pistole aus der Nachttischschublade und kehrte ins Wohnzimmer zurück. Hirschberger stand am Fenster und blickte hinaus. Er drehte sich um, als sie das Zimmer betrat.

»Hier ist sie.« Johanna hob die Hand, um ihm die Waffe zu reichen. In diesem Moment löste sich ein Schuss. Der Hauptkommissar fasste sich an die Herzgegend. Sie sah schon das Blut zwischen seinen Fingern hervorquellen. Aber das Projektil hatte ihn verfehlt und die Scheibe hinter ihm durchschlagen. Johanna erstarrte. Ein lauter Piepton wanderte von einem Ohr zum anderen durch ihren Kopf, um dann langsam abzuklingen.

Hirschberger hatte sich gefasst. Er trat zwei schnelle Schritte auf sie zu und entriss ihr die Waffe. »Sind Sie wahnsinnig?!«

»Ich – ich hab gar nichts gemacht. Sie ist einfach so losgegangen. Einfach so, ohne mein Zutun.«

Hirschberger ließ sich in den Sessel fallen. Schweiß stand ihm auf der Stirn. Er fasste sich erneut an die Brust und atmete tief durch.

Johanna hatte sich mindestens so erschreckt wie der Kommissar. Um ein Haar hätte sie einen Mord begangen. Ihr schlotterten die Knie, und sie musste sich ebenfalls setzen.

Hirschberger kramte eine Plastiktüte aus seiner Jackentasche, nahm das Magazin aus der Pistole und legte beides in die Tüte.

»Sie hätten die Pistole bei uns abliefern müssen«, sagte er vorwurfsvoll.

»Das hatte ich vor. Ich hab sie erst jetzt auf dem Dachboden gefunden. Wie Sie bemerkt haben, ist sie offensichtlich kaputt. Sonst hätte sich der Schuss nicht von selbst gelöst.«

»Und Sie haben nicht den Abzug betätigt?«

»Nein, hab ich nicht. Wenn ich Sie erschießen wollte, hätte ich Sie auf so kurzer Distanz bestimmt nicht verfehlt«, erwiderte sie schnippisch.

»Können Sie mir sagen, wie die Waffe in Ihr Haus gelangt ist?«

»Nein, das kann ich nicht. Vielleicht hat mein Mann sie irgendwo gefunden.«

»Gefunden?«

»Ja, was weiß ich? Er hatte keine Ahnung von Waffen. Er war noch nicht einmal bei der Bundeswehr und hätte damit gar nicht umgehen können. Buddelschiffe hat er gebaut und Streichholzschiffe. Davor hat er Akten beim Finanzamt gewälzt.«

»Er war beim Finanzamt beschäftigt?«

»Beamter im Vorruhestand war er. 30 Prozent schwerbehindert, wegen eines schweren Arbeitsunfalls.«

»Hatte er mit Steuersachen zu tun? War er bei der Fahndung?«

»Na ja, mit Steuern hat wohl so ziemlich jeder auf dem Finanzamt irgendwie zu tun. Aber er war nicht bei der Fahndung und auch nicht bei der Vollstreckung. Er hat in der Registratur gearbeitet.«

Hirschberger beugte sich vor. »Hat Ihr Mann einmal etwas über eine Firma erzählt, die *Immobilien Bergmann* heißt? Hatte er beruflich damit zu tun?«

»Sie meinen das Maklerbüro in der Norderstraße? Das heißt jetzt doch anders. Nein, die Firma hat er nie erwähnt. Er hat selten über seine Arbeit gesprochen. Das durfte er ja auch gar nicht. Allerdings hat er einmal von einem Immobilienmakler erzählt, der etwas mit Geldwäsche zu tun gehabt haben soll. Aber das ist bestimmt über fünf Jahre her.«

»Woher wusste Ihr Mann davon?«

»In der Registratur bekommt man so einiges mit. Vielleicht wusste er es aber auch von einem Kollegen. Untereinander wird schon mal geredet. Es kann sein, dass es sogar in der Zeitung stand. Das weiß ich nicht. Wieso interessiert Sie das?«

»Hatte Ihr Mann finanzielle Probleme? Können Sie sich vorstellen, dass er den Unternehmer erpresst hat?«

Johanna lachte erneut. »Rüdiger? Ganz bestimmt nicht. Womit denn auch? Außerdem hätte er so etwas nie getan. Er war kein Verbrecher. Den Mut zu irgendwelchen ungesetzlichen Sachen hätte er gar nicht aufgebracht.«

»In der Zeit, in der Ihr Mann in der Nähe des *Nordseehotels* parkte, wurde der Immobilienmakler getötet. Ist Ihnen an diesem Tag, dem 26. Januar 2018, oder danach irgendetwas an ihm aufgefallen? War er nervös oder depressiv?«

»Da ich mich nicht an das Datum erinnern kann, kann ich dazu nichts sagen. Sie bringen Rüdiger mit dem Mord im *Nordseehotel* in Verbindung?«

»Ob es ein Mord war, wissen wir nicht. Es könnte ebenso Notwehr gewesen sein. Aber eine Verbindung besteht zweifellos. Gut, Frau Detlefsen. Dann sind wir fertig. Die Pistole nehme ich selbstverständlich mit. Ich werde sie untersuchen lassen. Bestellen Sie einen Glaser, der die Scheibe repariert.«

Johanna war froh, als Hirschberger endlich ging. Sie sah, wie er von draußen das Loch in der Scheibe begutachtete und offensichtlich nach Einschlägen an den Häusern der gegenüberliegenden Straßenseite suchte. Dann stieg er in sein Auto und fuhr davon.

Sie blieb ratlos zurück. Als sie die Pistole auf dem Dachboden gefunden hatte, waren ihr die unmöglichsten Erklärungen dafür durch den Kopf gegangen. Auf die Idee, dass ihr Mann an einem Verbrechen, vielleicht sogar einem Mord, beteiligt gewesen sein könnte, war sie nicht gekommen. Auch jetzt konnte sie es noch nicht glauben.

38

Hirschberger schickte die *Glock* an das Bundeskriminalamt. Erste Ergebnisse erhielt er bereits nach einigen Tagen. Ein Defekt konnte bei der Pistole dazu führen, dass eine Patrone nicht vollständig in die Kammer gelangte und so eine Ladehemmung verursachte. Diese hätte Hirschberger fast das Leben gekostet. Die Waffe war nicht registriert. Um zu klären, ob es Treffer in der Spurendatenbank gab, mussten zuerst die ballistischen Untersuchungen durchgeführt werden. Dann würde sich herausstellen, ob die Pistole bei zurückliegenden Straftaten im Einsatz gewesen war.

Hirschberger hatte genug Hinweise und Beweise, um ein Szenario zu entwerfen: Rüdiger Detlefsen steckte in finanziellen Schwierigkeiten. Die Gründe dafür mussten noch recherchiert werden. Er hatte durch seinen Beruf Zugang zu sensiblen Informationen über Steuersünder gehabt. Allerdings nur bis zu seiner Frühpensionierung. Die Staatsanwaltschaft hatte gegen Bergmann ermittelt. Die Geldwäschevorwürfe waren jedoch nie zur Anklage gekommen, weil die Beweise nicht ausgereicht hatten. Besaß Detlefsen belastbares Material, das Bergmann gefährlich werden konnte? Vielleicht hatte Detlefsen auch nur gepokert und vorgegeben, Beweise für irgendwelche ungesetzlichen Geschäfte oder Steuerhinterziehungen des Maklers zu besitzen. Detlefsen verlangte für sein Schweigen Geld. Treffpunkt der Übergabe war die Ruine im Dockkoog. Anstatt das Geld zu übergeben, bedrohte Bergmann ihn mit der Pistole. Es kam zu einer Auseinandersetzung, in deren Verlauf sich Detlefsen eine Rohrzange schnappte und auf seinen Widersacher einschlug, nachdem er erkannte, dass die Pistole nicht funktionsfähig war. Den genauen Ablauf würde man nicht mehr rekonstruieren können, da beide Männer tot waren. Detlefsen nahm die Pistole an sich und versteckte sie später auf dem Dachboden. Mit der Waffe hätte er gegebenenfalls beweisen können, dass er in Notwehr gehandelt hatte. Dass kein anderer als Rüdiger Detlefsen das Opfer erschlagen hatte, würde die Übereinstimmung seines DNA-Profils mit den Spuren an der Rohrzange und der Pistole zeigen. Entsprechende Untersuchungen musste Hirschberger noch in Gang setzen.

Er war mit seinen Überlegungen zum Tathergang zufrieden, auch wenn noch kleinere Lücken in der Rekonstruktion klafften, die es zu schließen galt. Zum Beispiel war noch nicht klar, womit genau Detlefsen erpresst worden war. Aber Hirschberger war zuversichtlich, dass er das herausfinden würde.

Dass er den Täter nicht überführen konnte, weil dieser bereits verstorben war, wurmte ihn. Gerne hätte er ihm, vielleicht sogar im Beisein von Rundfunk und Presse, die Handschellen angelegt. Aber auch so würde er seinen Triumph auskosten können. Er hatte einen der spektakulärsten Mordfälle der Stadt aufgeklärt. Sobald die DNA-Analyse vorlag, würde er die Bombe platzen lassen. Wahrscheinlich hatten die Flensburger die Lunte bereits gerochen. Seine neuerlichen Aktivitäten in dem Fall konnten ihnen kaum verborgen geblieben sein. Bisher waren allerdings noch keine Beschwerden darüber zu ihm gedrungen. Wer Erfolg hatte, bekam recht. Niemand würde später noch fragen, ob er seine Kompetenzen überschritten hatte.

In der Zwischenzeit wollte sich Hirschberger weiter um den Balkonsturz in der Asmussenstraße kümmern. Der Tote hatte eine Geliebte. Das ging eindeutig aus den Daten seines Handys hervor. Sie hatten sich regelmäßig in einem Hotel am Hafen getroffen. Wahrscheinlich hatte die Ehefrau davon gewusst. Eifersucht war ein klassisches Motiv für ein Tötungsdelikt.

Was für eine Vorstellung, wenn er mit der Lösung gleich zweier Mordfälle aufwarten konnte! Hirschberger beschloss, Petersens Geliebter, Dörte Müller, einen Besuch abzustatten. Auch ihr Mann war unter merkwürdigen Umständen ums Leben gekommen. Solche Zufälle gab es eigentlich nicht. Es musste ein Zusammenhang zwischen den Vorfällen bestehen, und den musste er finden. Wenn nicht er, wer denn dann?

39

Dörte war überrascht, als Hauptkommissar Hirschberger bei ihr aufkreuzte. Sie führte ihn ins Wohnzimmer. Dort saßen sie sich in zwei Schwingsesseln gegenüber und wippten. Hirschberger begann eine belanglose Unterhaltung über das Wetter und das Bikertreffen zu Ostern. Er selbst habe eine Maschine, sie stünde aber nur ungenutzt in der Garage herum. Bald würde er sie wieder anmelden und damit vielleicht die Küste entlangdüsen. Dörte versuchte, sich ihn in Lederkleidung auf einem Motorrad vorzustellen, was ihr aber nicht gelang.

Unvermittelt hörte er auf zu schaukeln und wechselte das Thema. »Wissen Sie, was ich am meisten hasse? Das sind Zufälle. Sie verwirren mich. Manchmal liebe ich sie allerdings auch, weil sie ein neues Licht auf einen Fall werfen. Wir haben das Handy eines Toten auslesen können, obwohl es lange im Wasser gelegen hat. Hans-Uwe Petersen. Ihre Telefonnummer wurde bei ihm gefunden. Sagt Ihnen der Name etwas?«

»Ja natürlich. Wir sind – wir waren befreundet.«

»Befreundet? Wie darf ich das verstehen?«

»Wir haben uns manchmal getroffen.«

»In einem Hotel, nicht wahr?«

»Warum fragen Sie mich, wenn Sie das schon wissen?«

»Weil ich Ihre Aussage dazu benötige. Sie haben sich immer freitags getroffen?«

»Nicht immer, aber meistens.« Dörte hatte keine Ahnung, was Hirschberger mit seinen Fragen bezweckte. Sie musste vorsichtig sein.

»Sie waren beide verheiratet.«

»Ist Ehebruch in diesem Land jetzt strafbar? Das wäre mir neu.«

»Ehebruch nicht, aber Mord.«

Dörte zuckte unwillkürlich zusammen. »Mord? Ich verstehe nicht. Was wollen Sie damit andeuten?«

»Wissen Sie, dieser Zufall, von dem ich sprach, der besteht darin, dass es in Ihrem unmittelbaren Umfeld innerhalb kürzester Zeit zwei Tote gab. Ihren Mann und Ihren Liebhaber.«

»Mein Mann ist an einem Herzinfarkt gestorben. Und Uwe ist vom Balkon gestürzt.«

»Sie wissen von dem Unfall?«

»Es stand in der Zeitung. Außerdem habe ich seine Frau angerufen. Sie hat mir alles erzählt.«

Hirschberger strich sich über das unrasierte Kinn. »Kennen Sie Frau Petersen schon länger?«

Wenn sie jetzt nicht aufpasste, könnte er sie bei einer Lüge erwischen. Trotzdem antwortete sie: »Nein, nicht persönlich.«

»Wusste Frau Petersen von Ihnen? Wusste sie, dass ihr Mann eine Geliebte hatte und dass Sie das sind?«

»Fragen Sie doch Frau Petersen. Uwe und ich haben nie über seine Frau gesprochen. Aber während unseres kürzlichen Telefonats hab ich ihr natürlich von unserer Beziehung erzählt.«

»Wusste Ihr Mann, dass Sie einen ›Freund‹ hatten?«

»Nein. Er war krankhaft eifersüchtig. Deshalb hab ich es vor ihm verheimlicht. Dabei ging er zu einer Prostituierten. Unsere Ehe war am Ende. Wir hatten uns nichts mehr zu sagen. Aber warum stellen Sie mir all diese Fragen?«

»Ich sagte bereits, dass ich mit Zufällen nicht klarkomme. Ich hab mir den Obduktionsbericht Ihres Mannes noch einmal angesehen. Im Blut wurde *Sildenafil* gefunden. Das ist Bestandteil eines Potenzmittels.«

Dörte lachte hämisch. »Vielleicht hat er so etwas eingenommen, um bei seinen Huren den Mann stehen zu können. Ich weiß nichts darüber. Bei mir hat er nie Gebrauch davon gemacht. Aber er wird ja wohl kaum an dem Zeug gestorben sein.«

»Es kann unter ungünstigen Umständen einen Herzinfarkt auslösen.«

»Glauben Sie, dass ich ihm das unter das Essen gemischt habe?«

»Wir gehen davon aus, dass er sich das Medikament selbst beschafft hat. Sie haben keine der Pillen bei ihm gefunden?«

»Nein. Ich hab allerdings auch nicht danach gesucht.«

»Er hatte ein eigenes Zimmer im Haus?«

»Ein Büro. Manchmal benutze ich es jetzt.«

»Darf ich es sehen? Ich hab keinen richterlichen Durchsuchungsbeschluss. Aber es wäre hilfreich, wenn ich es in Augenschein nehmen dürfte.«

Dörte überlegte nicht lange. Dort war nichts, was sie in irgendeiner Weise belasten konnte. »Ja, natürlich. Kommen Sie!«

Sie stand auf und führte den Kommissar in das ehemalige Büro ihres Mannes. »Ich hab nur wenig verändert. Die Sachen, die auf dem Schreibtisch lagen, hab ich in die unterste Schublade gepackt. Irgendwann werde ich mal all seine Unterlagen sichten. Aber bisher hatte ich noch nicht die Zeit. Mein Mann hatte nicht viele Kunden. Ab und zu ruft mal einer an. Denen teile ich dann mit, dass er verstorben ist und niemand das Geschäft fortführen wird.«

Hirschberger war zur anderen Seite des Schreibtischs gegangen und hatte den Computer eingeschaltet. »Kennen Sie das Passwort?«

»Nein«, log sie. »Ich hab mit Computern nichts am Hut. Aber ich könnte einen Spezialisten beauftragen, der ihn untersucht. Vielleicht befinden sich wichtige Dokumente darauf. Obwohl ich das nicht glaube.«

»Hm.« Hirschberger öffnete die oberste Schublade. Es dauerte nicht lange, bis er eine Plastiktüte mit blauen Pillen in der Hand hielt. »Wir haben ermittelt, dass ihm sein Hausarzt kein Rezept dafür ausgestellt hat, weil er es für zu riskant hielt. Woher hatte Ihr Mann das Medikament?«

Dörte zuckte mit den Schultern. »Keine Ahnung. Wie Sie sich vorstellen können, hat er mit mir nicht darüber geredet. Ich verstehe immer noch nicht so recht, weshalb Sie hier sind.«

»Der Arzt hat damals die Todesursache nicht bestimmen können. Er hatte zwar den Verdacht auf Herzinfarkt, hat aber ›unbekannte Todesursache‹ angekreuzt. In solchen Fällen gibt es eine Untersuchung. Zwar hat die Obduktion seinen Verdacht bestätigt, aber mich stört der bereits erwähnte Zufall. Ihr Mann und Ihr Liebhaber sterben innerhalb kurzer Zeit.«

»Solche Duplizitäten der Ereignisse gibt es.«

»Ja, Sie haben recht. So etwas gibt es. Aber die Todesumstände sind in beiden Fällen – etwas merkwürdig.«

Hirschberger ging auf das Bord zu, in dem Ringordner

und diverse Fachbücher standen. Er nahm einen Ordner heraus und blätterte darin. »Sind das Unterlagen über seine Kunden?«

»Ich kenne mich mit seinen Sachen nicht aus. Ich hab das Büro nur selten betreten.«

Hirschberger stellte den Ordner zurück und ging auf den Drucker zu, der in einer Raumecke stand. Als er ein Blatt aus der Ablage zog, wurde Dörte plötzlich speiübel. Das Blut stieg ihr in den Kopf, und kalter Schweiß bildete sich auf ihrer Stirn. Sie hatte den Multifunktionsdrucker in den letzten Monaten nur ein einziges Mal benutzt. Und sie erinnerte sich, dass sie zwei Kopien der Tagebuchseite angefertigt hatte. Eine davon hatte sie mit dem Erpresserbrief an Olivia geschickt. Die andere hatte jetzt Hauptkommissar Hirschberger in der Hand. Und er las den handschriftlichen Text. Ohne die Augen vom Blatt zu nehmen, schritt er langsam zum Schreibtisch zurück und setzte sich auf den Drehstuhl.

Er musste den Text mehrmals gelesen haben, bevor er aufschaute. »Was ist das?«

Dörte begab sich zu ihm und sah ihm über die Schulter. »Keine Ahnung. Vielleicht irgendwelche Notizen meines Mannes oder seiner Kunden.« Ihr war bewusst, dass ihre Erklärung wenig plausibel war. Aber etwas Besseres fiel ihr spontan nicht ein.

»Wissen Sie, was ich glaube? Das ist das fehlende Puzzlestück in den beiden Fällen.«

»In welchen Fällen?«

»Dem Tod Ihres und Olivia Petersens Ehegatten. Ich weiß nur noch nicht, wie das Puzzlestück zu legen ist. Aber das werde ich herausfinden. Sie können mir nichts dazu sagen?«

»Nein. Ich hab mich nie in die Angelegenheiten meines Mannes eingemischt. Schon gar nicht in die geschäftlichen.«

»Sie haben doch sicher nichts dagegen, wenn ich das Papier mitnehme.«

Dörtes Antwort kam zögerlich. »Nein, natürlich nicht. Warum sollte ich?«

»Gut, dann will ich Sie nicht länger belästigen, Frau Müller.« Hirschberger faltete das Schriftstück und steckte es in seine Jackentasche.

Dörte begleitete den Kommissar hinaus. Nachdem er fort war, lief sie aufgeregt im Wohnzimmer auf und ab. Was sollte sie tun? Vermutlich war Hirschberger der Meinung, dass ihr Mann Edward die Kopie erstellt hatte. Aber welche Schlüsse würde er daraus ziehen? Ahnte er, dass die Zeilen von Olivia stammten? Falls er es noch nicht wusste, würde er es herausfinden. Daran bestand kein Zweifel. Sie hatte erwähnt, der Kommissar habe sich an ihr regelrecht ›festgebissen‹. Aber sie behauptete immer noch, dass sie unschuldig war. Auch ihr gegenüber. Dörte wusste nicht, was sie davon halten sollte. Hatte sie Uwe getötet oder nicht? Vorgehabt hatte sie es, wenn auch auf eine andere Art.

Sollte sie Olivia wegen der Kopie warnen? Sie hatten geschworen zusammenzuhalten. Außerdem verfolgten sie ein gemeinsames Projekt, das Geschäft mit dem Schlick. Dörte griff zu ihrem Handy.

»Hallo, Olivia. Ich hab schlechte Nachrichten. Dieser Kommissar Hirschberger war bei mir.«

»Was will er denn von dir? Er hat doch nicht etwa Verdacht gegen dich geschöpft?«

»Vielleicht – vermutlich. Jedenfalls weiß er, dass wir

uns kennen. Aber was viel schlimmer ist, er hat eine Kopie dieser Tagebuchseite bei mir gefunden.«

Einen Augenblick herrschte am Ende der Leitung Stille. »Wieso? Ich verstehe nicht.«

»Da gibt es nichts zu verstehen. Ich hab zwei Kopien gezogen. Eine lag noch in Edwards Arbeitszimmer. Ich hatte sie total vergessen. Es tut mir leid. Ich hab so getan, als wüsste ich von nichts. Er glaubt sicher, dass Edward die Seite kopiert hat.«

»Verflucht! Wie konntest du nur ...«

»Sorry. Aber wenn du unschuldig bist, hast du doch nichts zu befürchten.«

»Dein Vertrauen in Polizei und Justiz in allen Ehren. Aber ich spüre schon, wie sich die Schlinge immer enger um meinen Hals zieht. Jedenfalls danke ich dir, dass du mich angerufen hast. Jetzt bin ich vorgewarnt und kann mir eine Erklärung überlegen. Wobei ich noch keine Idee dafür habe. Ich muss nachdenken. Wie ich Hirschberger kenne, wird der bald hier aufkreuzen.«

»Ich hab ihm übrigens erzählt, dass ich dich nach Uwes Tod angerufen und dich über unser Verhältnis aufgeklärt habe.«

»Okay, dann weiß ich Bescheid. Tschüss, Dörte.«

»Tschüss.«

Dörte atmete auf. Sie hatte nicht den Eindruck gewonnen, dass Olivia übermäßig sauer auf sie war. Sie schien hart im Nehmen zu sein. Erst hatte Dörte ihr den Mann ausgespannt, dann ihr das Tagebuch gestohlen und sie erpresst, und jetzt kam noch das Desaster mit der Kopie dazu. Wenn die Freundschaft das alles überstand, konnte sie nichts mehr auseinanderbringen. In jedem Fall war es eine gute Entscheidung gewesen, sie sofort zu informieren.

40

Hirschberger hatte Olivia in den letzten Wochen in Ruhe gelassen. Sie hatte gehofft, dass die Polizei endlich begriffen hatte, dass sie am Tod ihres Mannes unschuldig war. Aber durch die Kopie aus ihrem Tagebuch war eine neue Situation eingetreten. Bereits eine Viertelstunde nach Dörtes Anruf tauchte der Kommissar bei ihr auf. Normale Beamte hätten an diesem Freitagnachmittag längst das Wochenende eingeläutet. Aber Hirschberger war offenbar hoch motiviert, ihr einen Mord oder Totschlag nachzuweisen. Sie meinte sogar, in seinem Gesicht den erwarteten Triumph ablesen zu können. Aber vielleicht bildete sie es sich nur ein.

Sie empfing ihn im oberen Wohnzimmer.

»Sind die Handwerker immer noch nicht fertig?« Hirschberger blickte Richtung Balkon. Die Tür war immer noch durch ein Flatterband abgesperrt, obwohl das Geländer bereits angebracht war. Luna hatte es sich auf dem nackten Betonboden gemütlich gemacht und genoss die letzten Strahlen der untergehenden Sonne.

»Sie haben mich wegen einer anderen Baustelle versetzt. Angeblich ein dringender Auftrag. Ich bin sowieso sehr unzufrieden mit ihnen. Dauernd verschwanden sie, weil ihnen irgendein Werkzeug oder Ersatzteil fehlte. Und pünktlich zum Feierabend haben sie den Hammer fallen lassen. Angeblich wollen sie nächste Woche endlich wiederkommen. Das Geländer muss nur noch gestrichen werden. Aber Sie sind sicher nicht gekommen, um den Baufortschritt zu kontrollieren.«

»Nein. Es sind neue Fragen im Zusammenhang mit dem Tod Ihres Mannes aufgetaucht. Seit wann wussten Sie, dass Ihr Mann ein Verhältnis mit einer anderen Frau hat?«

Olivia bemerkte, dass der Kommissar erneut mit seiner Allergie kämpfte. Das Weiße in seinen Augen hatte sich deutlich rot gefärbt.

»Sie hat mich nach Hans-Uwes Unfall angerufen.«

»Und vorher? Wussten Sie da bereits schon, dass er Sie betrog?«

»Ja. Allerdings wusste ich nicht, mit wem. Sein Verhalten kam mir merkwürdig vor. Er hatte sein Hobby, das Dartspielen, wiederentdeckt und fuhr angeblich jeden Freitag zu seinem alten Verein nach Flensburg. Vermutlich hat er sich stattdessen mit ihr getroffen. Als ich dann eine Hotelrechnung in seiner Jackentasche fand, wurde mir so einiges klar.« Vorwärtsstrategie nannte man das, was Olivia versuchte.

Hirschberger sah sie verdutzt an. Mit so viel Offenheit hatte er anscheinend nicht gerechnet. Als er sich wieder gefangen hatte, griff er in seine Jackentasche und brachte ein zusammengefaltetes Blatt Papier hervor. Olivia wusste, was folgen würde. Cool bleiben, war jetzt die Devise.

»Ich lese Ihnen einmal vor, was auf dieser Kopie steht: ›Er kränkelt etwas. Aber es geht zu langsam. Ich muss die Giftdosis erhöhen, weiß aber noch nicht wie. Vielleicht sollte ich doch die Turbovariante anwenden oder etwas ganz anderes versuchen. Doch ein Unfall? Vorerst …‹«

»… bleibe ich bei meiner Methode. Wenn es nicht bald Fortschritte gibt … und so weiter. Ich kenne den Text.«

»Sie haben ihn geschrieben?«

Olivia beugte sich vor und nahm Hirschberger den Zettel aus der Hand. »Ja, das ist meine Schrift, und das sind meine Worte.«

»Sie klingen wie die Ankündigung eines Mordanschlags.« Hirschberger nahm das Papier wieder entgegen.

Olivia lachte. »Sie haben recht. Aber ich muss Sie enttäuschen. Ich war stinksauer auf meinen Mann und hab mir ausgemalt, wie ich ihn bestrafen könnte. Das hab ich in mein Tagebuch geschrieben. Es hat mir geholfen, meine Wut und meine Enttäuschung zu verarbeiten.« Olivia war stolz auf ihre Verteidigungsstrategie. Du krichst mi nich bi de Büx, Hirschberger.

»Frau Petersen, was habe ich unter der Turbovariante zu verstehen, und von welchem Gift ist die Rede?«

Olivia holte tief Luft. »In meiner Fantasie habe ich ihn mit ungesunder Ernährung umbringen wollen. Nur in meiner Fantasie, versteht sich. So etwas funktioniert in Wirklichkeit natürlich nicht.« Immer nahe an der Wahrheit bleiben, dann verwickelt man sich nicht so leicht in Widersprüche.

»Hm. Und die Turbovariante?«

»Halt ein bisschen mehr von den ungesunden und belasteten Lebensmitteln. Wie gesagt, das ist alles nur die Fantasie einer enttäuschten Ehefrau.«

Nervös trommelte Hirschberger mit den Fingern auf der Sessellehne. Er schien mit dem Verlauf des Verhörs unzufrieden zu sein. Er atmete schwer, was allerdings mit seiner Katzenallergie zu tun haben konnte. Seine

Niesattacken schien er an diesem Tag allerdings im Griff zu haben. Luna hatte mit Sicherheit haufenweise Allergene im Wohnzimmer verteilt. Olivia war gespannt, wie Hirschberger reagierte, falls sie hereinkommen und um seine Beine streichen würde. Sehen konnte er sie von seiner Position aus nicht.

»Sie sollten mir das komplette Tagebuch geben, aus dem diese Kopie stammt.«

»Nach Hans-Uwes Tod hab ich es in den Müll geworfen.«

»Das ist nicht gut. Nicht gut für Sie. Aus Ihren Aufzeichnungen wäre nach Ihrer Darstellung sicher hervorgegangen, dass Sie nicht ernsthaft vorhatten, Ihren Mann zu töten. Das hätte Sie entlastet.«

»Aber ich konnte nicht wissen, dass die Polizei mich verdächtigen würde. Das war für mich unvorstellbar. Und nach dem Unfall war der Groll auf meinen Mann verflogen. Er tat mir nur noch leid. Es gab keinen Grund mehr für mich, meinem Ärger auf die Weise Luft zu verschaffen.«

Hirschberger zog die Stirn in Falten. Olivia war klar, dass er ihr nicht glaubte. Aber sie fand die Begründung sehr schlüssig.

Er winkte mit dem Blatt Papier. »Und wie gelangte diese Kopie in den Besitz von Edward Müller, dem Ehemann Ihrer Nebenbuhlerin?«

Olivia hatte sich so gut wie in der kurzen Zeit möglich auf das Verhör vorbereitet. Trotzdem war sie auf diese naheliegende Frage des Kommissars nicht gefasst. Sie zuckte mit den Achseln. »Erklären Sie es mir.«

»Ich werde eine Erklärung finden. Verlassen Sie sich drauf.«

»Das tue ich. Hat die Polizei nicht auch die Aufgabe, entlastende Indizien und Beweise zu sammeln?«

Hirschberger räusperte sich. »Ja. Das werde ich bei meinen Ermittlungen nicht aus den Augen verlieren. Aber zunächst geht es erst einmal darum, die Vorgänge zu verstehen. Sehr hilfreich waren Ihre Aussagen diesbezüglich nicht.«

»Ich hab ganz einfach nur die Wahrheit gesagt. Dafür, dass Ihnen die Wahrheit nicht gefällt, kann ich nichts. Sind Sie jetzt fertig?«

»Nein, noch nicht ganz. Ich plane, eine Rekonstruktion des ›Unfalls‹ in Ihrem Hause durchzuführen. Darüber wollte ich noch mit Ihnen reden. Sind Sie damit einverstanden?«

»Von mir aus. Bevor Sie Genaueres dazu ausführen, muss ich mal für kleine Mädchen. Ich hab zu viel Kaffee getrunken. Apropos Kaffee. Kann ich Ihnen etwas anbieten?«

»Nein danke.«

»Gut.« Olivia verließ das Wohnzimmer und suchte die Toilette auf. Hier hatte sie etwas Zeit, um nachzudenken. Konnte Hirschbergers Rekonstruktion gefährlich für sie werden? Nein, konnte sie nicht. Sie würde ihre Version bestätigen. Schließlich entsprach sie der Wahrheit. Sorgen bereitete ihr die Sache mit der Kopie in Dörtes Haus. Wenn Hirschberger herausfand, dass sie erpresst worden war und sogar gezahlt hatte, warf das kein gutes Licht auf ihren Fall. Die Zahlungen würde die Polizei als Schuldeingeständnis werten.

Aber Dörte hatte noch mehr zu befürchten als Olivia. Entlarvte man sie als Erpresserin, würde man weitere Nachforschungen anstellen. Schließlich würde vermutlich auch Johanna ins Visier der Polizei geraten, und letztendlich könnte die gesamte Aktion *50 Ways* auffliegen. Eine Verschwörung von drei Frauen war ein gefundenes Fressen für die Presse. Olivia mochte sich die Konsequenzen gar nicht vorstellen.

Aber jetzt musste sie erst einmal an sich denken. Vielleicht war es an der Zeit, einen Rechtsanwalt einzuschalten und vorerst weitere Aussagen zu verweigern. Sie wischte die Gedanken fort und betätigte die Klospülung. Sie war unschuldig. Basta! Warum musste sie sich dann ständig gegen Hirschbergers Unterstellungen verteidigen? Während sie sich die Hände wusch, hörte sie ihn mehrmals niesen. Kurz danach schreckte sie ein lautes Gepolter auf.

Als Olivia die Tür zum Wohnzimmer öffnete, raste Luna wie von der Tarantel gestochen an ihr vorbei. Irgendetwas musste sie in Panik versetzt haben. »Was ist mit …?« Olivia stockte. Hirschberger war verschwunden. »Idiot.«

Ihr Blick wanderte Richtung Balkon. Es dauerte einige Sekunden, bis sie begriff, was sie sah. Das Geländer hatte sich an einer Seite gelöst und ragte ins Freie. Sie hob das Absperrband an, ging darunter durch und tastete sich mit den Füßen über das herumliegende Werkzeug bis an den intakten Teil der Brüstung. Ihr Herz klopfte. Sie spürte jeden Schlag in ihrer Brust. Mit einer Hand umfasste sie das Geländer und beugte sich etwas vor. Was sie sah, bestätigte ihre schlimmsten Befürchtungen. Hirschberger lag unten auf der Terrasse und bewegte sich nicht.

Es war wohl nicht nur der Anstrich gewesen, den die Handwerker noch auszuführen hatten. Olivia erinnerte sich spontan an den gestikulierenden Rumänen, der in seinem Kauderwelsch irgendetwas von »Balustrada, atentie« oder so ähnlich gefaselt hatte. Jetzt ahnte sie, was er damit gemeint hatte.

Sie eilte zurück ins Wohnzimmer, griff zum Telefon und wählte die 112. Nachdem sie die Notsituation geschildert hatte, rannte sie die Treppe hinunter und öffnete die Terrassentür. Hirschberger lag regungslos auf dem Rücken. Seine Beine waren unnatürlich verdreht, und neben seinem Kopf breitete sich eine Blutlache aus. Olivia kniete seitlich von ihm nieder. Er reagierte nicht auf ihre Ansprache, und sie konnte weder Puls noch Atmung feststellen. Sofort spulte sie die eingeübten Wiederbelebungsmaßnahmen ab. Herzmassage, Beatmung. Sie gab nicht auf, bis der Notarzt eintraf. Aber auch der konnte nicht mehr helfen. Hauptkommissar Hirschberger war tot.

In den folgenden Stunden bevölkerten Polizisten und Kriminaltechniker das Haus. Olivia hatte die Kopie der Tagebuchseite, die noch auf dem Couchtisch gelegen hatte, an sich genommen. Ansonsten hatte sie nichts verändert. Ein toter Polizist löste besonders intensive Aktivitäten der Beamten aus. Erst gegen Mitternacht kehrte wieder Ruhe ein. Die erste Befragung hatte sie hinter sich gebracht, und Hirschbergers Leiche war abtransportiert worden. Jetzt saß Olivia auf der Couch bei einer Flasche *Köm*. Nach der »Firmeneinweihung« hatte sie Gefallen an dem Zeug gefunden. Es brannte so herrlich auf der Zunge und vertrieb zuverlässig alle trüben Gedanken. Jedenfalls für eine gewisse Zeit. Beim ersten und zweiten Glas schüttelte sie sich, aber bereits nach dem dritten stellte sich das wohlige Gefühl ein. Ihr Blick fiel auf das Smartphone. Sie hatte es auf dem Tisch liegen lassen, als sie zur Toilette gegangen war. Das war unvorsichtig gewesen. Sie schaltete es ein. Auf dem Display erschien das Info-Fenster der WhatsApp-Gruppe. Hirschberger hatte tatsächlich auf ihrem Gerät spioniert. Zwar hatte sie sicherheitshalber regelmäßig alle kompromittierenden Nachrichten gelöscht, aber der Name der Gruppe und der Mitglieder inklusive ihrer Telefonnummern waren verräterisch genug. Ob er noch Zeit gehabt hatte, sich Gedanken über die Zusammenhänge zu machen? Sicher war, dass er nicht geruht hätte, bis er sie aufgeklärt hätte, wäre nicht das Schicksal dazwischengekommen.

Aber wieso hatte Hirschberger in ihrer kurzen Abwesenheit den Balkon betreten? Das Absperrband hätte ihn warnen müssen. Vielleicht hatte er seine Rekonstruktion planen wollen. Oder er hatte wegen seiner Allergie draußen Luft schnappen wollen und war dabei über eines der Werkzeuge gestolpert. Oder hatte ihn Lunas Anblick dermaßen erschreckt, dass er in Panik geraten war? Vielleicht hatte er sich über das Geländer gelehnt, um noch einmal den Unfallort zu begutachten? Vermutlich würden die Untersuchungen über den Hergang Aufschluss geben. In keinem Fall würde man sie für das Unglück zur Rechenschaft ziehen können. Allerdings hatte der uniformierte Polizist, der sie befragt hatte, Andeutungen gemacht. Zwei Todesfälle ähnlicher Art, noch dazu im selben Haus, seien recht merkwürdig, hatte er gemeint. Sie hatte ihm zugestimmt, aber auf einen Erklärungsversuch verzichtet. Schuld an den Ereignissen war ganz einfach eine Verkettung unglücklicher Umstände. Schicksal, Vorsehung, Fügung – schrecklich, aber unabwendbar.

Am nächsten Morgen rief Olivia Dörte an und erzählte ihr, was passiert war. Dörte zeigte sich zunächst betroffen.

»Und die Kopie?«, fragte sie dann.

»Hab ich im Klo runtergespült.«

»Gut. Glaubst du, dass die Polizei die Nachforschungen gegen uns fortführen wird?«

»Ich vermute, dass Hirschberger in seinem Übereifer am Ende auf eigene Faust ermittelt hat. Dann hätten wir jetzt vielleicht Ruhe. Aber ich kann mich irren.«

»Hoffen wir das Beste.«

»Ja, hoffen wir das Beste.«

»Armer Kerl.«

»Ja, armer Kerl.«

»Bist du sehr sauer wegen der Tagebuchseite?«

»Nein. Jetzt schwimmt sie im Abwasserkanal, und ich glaube nicht, dass Hirschberger eine Kopie von der Kopie gemacht hat. Er war bereits eine Viertelstunde nach deinem Anruf bei mir, so heiß war er darauf, mich zu überführen. Armer Kerl.«

»Ja, armer Kerl.«

»Wir müssen einfach abwarten, was jetzt passiert. Also, mach's gut. Tschüss, Dörte.«

»Tschüss, Olivia.«

Zwei Tage später wurde Olivia auf das Husumer Polizeirevier bestellt, um ihre Aussage zu Protokoll zu geben. Dort erfuhr sie, dass sich die Untersuchungen gegen die Firma richteten, die die Arbeiten am Balkon durchgeführt hatte. Es müsse geprüft werden, ob die Baustelle ordnungsgemäß abgesichert war. Im Übrigen habe man Hirschbergers Fingerabdrücke am Geländer gefunden, und zwar beider Hände. Offenbar hatte er sich tatsächlich daran festgehalten und sich nach vorne gebeugt, ohne zu ahnen, dass ein Teil der Verstrebungen noch gar nicht befestigt war.

Olivia war froh, dass der Beamte, der sie befragte, nicht auf den Tod ihres Mannes einging. Das verstärkte ihre Hoffnung, dass die Polizei die Angelegenheit bald zu den Akten legte.

41

Das Geschäft mit dem Schlick lief vielversprechend an. Die anfänglichen Probleme mit dem Verpackungsmaterial hatten sie gelöst, und täglich gingen mehrere Bestellungen ein. Im Programm hatten sie Trockenpulver zum Anrühren sowie eine Paste. Die fertigen Packungen mit naturbelassenem Schlick und Meerwasser würden bald folgen. Noch hatten sie keine Anträge für die erforderlichen Genehmigungen gestellt. Diese waren aufwendig und mussten warten, bis sicher war, dass sie in absehbarer Zeit die Gewinnzone erreichen würden. Das Risiko, dass die Behörden ihnen auf die Pelle rückten, schätzten sie als eher gering ein.

Tatsächlich hatte Jebsen das Geld an Johanna überwiesen. Wie zu erwarten war, hatte er die Aktiengewinne, die er mit dem veruntreuten Kapital erzielt hatte, klein gerechnet, aber Johanna hatte nicht die Absicht, mit ihm darüber zu streiten. Einer Investition in das Schlickunternehmen stand somit nichts mehr im Wege.

Die Polizei hatte die Ermittlungen zu Hirschbergers Tod eingestellt. Allerdings würde es noch ein zivilrechtliches Verfahren gegen die Firma geben, die die Arbeiten am Balkon ausgeführt hatte. Dabei ging es um Entschädigungszahlungen an Hirschbergers Ehefrau. Er hatte jedoch keine Kinder gehabt.

Ob noch Ermittlungen in den Todesfällen von Dörtes und Olivias Männern geführt wurden, wussten die Frauen nicht. Da keine weiteren Befragungen stattfanden, gingen sie davon aus, dass die Untersuchungen ruhten und bald eingestellt werden würden. Johanna war gar nicht erst in den Fokus der Polizei geraten. Zwar hatte es auch zum Tod ihres Gatten Nachforschungen gegeben. Aber das Ganze war als Unfall behandelt worden. Nicht zuletzt, weil auch sie mit Vergiftungserscheinungen ins Krankenhaus eingeliefert worden war. Die Turbovariante war ein voller Erfolg gewesen.

Somit schien sich alles zum Besten zu entwickeln. Doch, als gäbe es ein Naturgesetz, dass nach jedem Hoch unweigerlich ein Tief folgte, kündigte sich neues Unheil an. Es war Freitagnachmittag. Die drei Frauen saßen auf der Bank vor dem Betriebsgebäude, Johannas ehemaligem Gartenhäuschen. Sie hatten gemeinsam aufbereiteten Schlick in Behälter abgefüllt. Ein wenig besudelt, aber zufrieden mit ihrer Arbeit, gönnten sie sich eine Pause, als Dörte plötzlich in Schockstarre verfiel. Ein Mann hatte durch die Pforte das Grundstück betreten.

»Wieso spaziert jetzt jeder durch meinen Garten?«, schimpfte Johanna.

Dörte stand auf. »Ich fass es nicht. Was will der denn hier?«

»Du kennst ihn?«

»Der Antiquitätenhändler.«

»Ich hab Antiquitätenhändler verstanden.«

»Ja, doch. Den hab ich engagiert, um bei Olivia einzubrechen. Er war der einzige Kriminelle, den ich kannte. Decker heißt er. Ich ahne Schreckliches.« Dörte wollte noch etwas sagen, aber der ungebetene Gast war bereits bis auf Hörweite herangetreten. Er war mittelgroß und schlank, circa Anfang 40, hatte schwarze schüttere Haare und auffällig abstehende Ohren.

»Moin, meine Damen. Schön, dass ich Sie hier so versammelt antreffe. Lassen Sie mich raten: Frau Johanna Detlefsen, Frau Olivia Petersen und natürlich Frau Dörte Müller. Na ja, so wirklich geraten hab ich jetzt nicht. Schließlich hab ich Sie schon eine Weile beobachtet.«

»Was soll das? Was wollen Sie hier?«

»Geschäfte, liebe Frau Müller. Wir alle müssen doch irgendwie über die Runden kommen«, antwortete er mit einem leicht dialektalen Einschlag ins Bayerische oder Fränkische.

»Krumme Geschäfte, meinen Sie. Einbruch und Hehlerei. Das ist doch Ihre Profession, nicht wahr?«

Decker lachte. »Was für harsche Worte von einer, die mich zu einer ungesetzlichen Tat verleitet hat.«

»Ihr Job ist beendet. Ich hab Sie bezahlt. Hauen Sie ab!«

»Warum so unfreundlich?« Decker warf einen prüfenden Blick auf das Gartenhaus. »Hübsch haben Sie es hier.« Er strich sich nachdenklich übers Kinn. Dann steuerte er auf die offene Tür zu und ging hinein. Johanna und Dörte folgten ihm, während Olivia am Eingang stehenblieb.

Decker sah sich um. »Echt beeindruckend. Und Sie wollen tatsächlich aus Matsch Moneten machen?«

»Schlick nennt man das«, antwortete Johanna.

»Von mir aus. Ich könnte bei Ihnen einsteigen. Sagen wir, mit 180.000.«

»Erzählen Sie mir nicht, dass Sie so viel Geld haben.«

»Noch nicht. Aber ich besitze etwas, das noch viel mehr wert ist. Sie kaufen es mir ab, und dann könnte ich bei Ihnen investieren. Vielleicht reicht es aber auch für ein Häuschen an der türkischen Riviera. Was halten Sie davon?«

»Reden Sie nicht um den heißen Brei herum.« Olivia stieg die Zornesröte ins Gesicht. »Also, was wollen Sie wirklich?«

»Hab ich doch gesagt. Ich hab mir erlaubt, eine Kopie Ihrer Aufzeichnungen anzufertigen, bevor ich sie an meine Auftraggeberin aushändigte. Ich bin ja nicht von gestern. Bei der guten Bezahlung musste es um etwas Wichtiges gehen. Zuerst hab ich gar nicht kapiert, was ich an Land gezogen hatte. Aber dann fiel bei mir der Groschen. Mann, was da für Sachen drinstehen, ist einfach unglaublich. Und als ich mitbekam, dass ein Ehemann des reizenden Damentrios nach dem anderen verstarb, wurden die Kopien immer wertvoller. 60.000 pro Leiche. Das ist doch ein fairer Preis.«

Olivia vergrub das Gesicht in ihren Händen. »Nimmt

das denn gar keine Ende?«, murmelte sie. »Verfluchtes Tagebuch!«

»Sie mieses Schwein!«, schrie Dörte dem Erpresser entgegen.

Decker blieb ruhig. »Wer ist eigentlich das größere miese Schwein? Jemand, der ein bisschen Geld für sein Schweigen verlangt, oder jemand, der seinen Ehegatten um die Ecke bringt?«

»Ich hab nicht ...« Dörte unterbrach sich. Allen war klar, dass es sinnlos war, mit dem Verbrecher zu diskutieren.

Decker ging an dem Tisch vorbei, auf dem die abgefüllten Dosen aufgereiht waren. Er hatte die Karte entdeckt, auf der Johanna die Herkunft der Proben markiert hatte.

»Was ist das?«, fragte er neugierig.

»Fundorte von Rungholtresten«, antwortete Johanna flapsig. Sie wollte ihn damit auflaufen lassen, aber sie hatte die Worte gerade ausgesprochen, als ihr eine Idee kam.

»Verarschen Sie mich nicht. Das Fundgebiet liegt nördlich von Südfall«, sagte er. »Ich kenne mich damit aus.«

»Sie haben recht. Aber Sie wissen auch, dass das Watt ständig in Bewegung ist. Und der Heverstrom transportiert bei auflaufendem Wasser so manches über weite Strecken. Ach, was soll's. Was geht Sie das an.«

»Nein, nein. Das ist interessant. Sehr interessant. Was bedeuten dieser Kringel hier und die Zahlen?« Er zeigte mit dem Finger auf eine Stelle im Plan, die Johanna eingekreist hatte. Daneben hatte sie die GPS-Koordinaten geschrieben.

»Ach nichts. Nichts von Bedeutung.«

Decker kratzte sich am Kinn. »Wenn Sie etwas auskunftsfreudiger wären, könnte ich Ihnen im Preis entgegenkommen.«

Johanna ließ eine längere Pause verstreichen. »Dort hab ich bei der Probennahme Bruchstücke eines Krugs gefunden, einen Ziegelstein und mehrere Knochen. Ich hab nur eine Scherbe mitgenommen. Ich werde sie vom archäologischen Landesamt untersuchen lassen.«

»Kann ich sie sehen?«

»Nee, können Sie nicht. Was soll das? Sie erpressen uns, dann wollen Sie in unser Geschäft investieren, und jetzt interessieren Sie sich plötzlich für unsere archäologischen Funde. Geht es nicht eine Nummer kleiner?«

Johanna gab Dörte mit einem Handzeichen zu verstehen, dass sie ihr nach draußen folgen sollte.

»Was ist los?«, fragte diese.

»Erkläre ich euch später.« Johanna ging weiter bis zur Gartenbank.

Olivia kam hinzu. »Das Beste wäre, wir würden ihn in der Schlicktonne versenken.«

»Das könnte schwierig werden. Jason kann uns nicht helfen. Er ist in Hamburg, und seine Clique ist in alle Winde zerstreut.«

»Was machen wir jetzt?«

»Gar nichts.«

Decker erschien in der Tür. »Also 180.000 in bar. Ihr habt vier Wochen Zeit, das Geld zu beschaffen. Wenn ihr nicht zahlt, gehen die Kopien an die Polizei. Die werden unangenehme Fragen stellen, darauf könnt ihr euch verlassen.«

Decker verschwand auf demselben Weg, auf dem er gekommen war.

»Was war das mit Rungholt? Stimmt das, was du ihm erzählt hast?«, fragte Dörte.

»Unsinn.« Johanna setzte sich auf die Bank. Olivia und Dörte nahmen neben ihr Platz. »Natürlich können die Spuren Rungholts weit entfernt von der ursprünglichen Lage der Stadt zum Vorschein kommen. Wobei über den genauen Standort Rungholts immer noch gestritten wird.«

»Was weißt du über die Stadt und den Untergang?«

»Nicht mehr als ihr. Ihr kennt doch die Geschichte.«

»Nee. Du, Olivia?«

»Ich weiß nur, dass Rungholt im Januar 1362 bei der zweiten Marcellusflut, der Groten Mandränke, größtenteils untergegangen ist. Und bei der Burchardiflut von 1634 ist es dann ganz verschwunden. So etwas mussten wir in der Schule lernen. Mein Langzeitgedächtnis funktioniert noch einigermaßen.«

»Um den Untergang rankt sich eine Legende«, sagte Johanna. »Rungholt war durch den Handel mit Salz, Bernstein und Getreide so reich wie Rom gewesen. Die Überheblichkeit der Bewohner soll ihnen zum Verhängnis geworden sein. Es wird erzählt, Bauern hätten in einem Wirtshaus eine Sau betrunken gemacht und in ein Bett gelegt. Dann hätten sie einen Prediger gerufen, der dem Sterbenden die letzte Ölung reichen sollte. Als der Prediger den Betrug bemerkte, wollte er sich davonmachen. Doch die Bauern hielten ihn fest und zwangen ihn mitzutrinken. Zurück in seiner Kirche, bat der Geistliche Gott, die Saufbolde zu bestrafen. Kurz darauf zog ein Sturm auf, und Rungholt ging unter.«

»Und alle sieben Jahre im Juni, in der Johannisnacht, taucht es aus der Tiefe auf.« Olivia lachte.

»Ja, soweit die Legende. Aber die Stadt hat es wirklich gegeben, und Überreste davon findet man heute noch ab und zu. Deswegen hat Decker mir meine Flunkerei auch abgenommen. Ich denke, wir sind uns einig, dass wir nicht zahlen werden.«

Beide Frauen nickten.

»Ich verstehe immer noch nicht, was du im Schilde führst.«

»Gut. Ich erkläre es euch. Dieser Decker ist auf die Funde so scharf wie Lumpi. Und das ist unsere Chance ...«

42

Decker lachte in sich hinein und schüttelte den Kopf. Er stand an der Dockkoogspitze auf der Deichkrone, in der Nähe des abgebrannten *Nordseehotels*. Von hier hatte er einen fantastischen Überblick über das Wattenmeer, auch wenn es noch etwas diesig war. Doch schon bald würde die Sonne den Dunst auflösen. Ein kalter Wind

von See blies ihm ins Gesicht. Gerne wäre er später los-
marschiert, aber Ebbe und Flut gaben den Zeittakt vor.

Die drei Weiber waren noch blöder, als er gedacht
hatte. Die hatten keine Ahnung, was ihr Fund bedeutete
und wie wertvoll solche Stücke auf dem Schwarzmarkt
waren. Sonst hätten sie sicher selbst nach den versun-
kenen Schätzen gegraben. Er blickte auf sein Smartphone und vergrößerte einen Ausschnitt der abfotogra-
fierten Karte. Die Koordinaten waren deutlich zu lesen.
Er musste fast zwei Kilometer durch den Schlick laufen, um an die Position zu gelangen. Das würde alles
andere als ein gemütlicher Spaziergang werden. Aber er
war gut ausgerüstet. Rucksack, wetterfeste Kleidung und
hohe, festsitzende Sneakers an den Füßen. Sogar einen
Kompass hatte er zur Sicherheit dabei und natürlich das
Handy mit einer Navigations-App.

Zwar lebte er bereits seit mehr als zehn Jahren im
Norden, aber eine Wattwanderung hatte er noch nie
unternommen. Unter normalen Umständen wäre er
auch nicht auf die Idee gekommen, so etwas freiwillig
zu tun. Er stieg den Deich hinunter und ging in Richtung Steinkante. Nur vereinzelte Spaziergänger und eine
größere Anzahl Schafe bevölkerten den Grasstrand an
diesem frühen Morgen. Er stützte sich mit den Händen
an den Steinen ab, bis er das Watt unter seinen Füßen
spürte. Beim ersten Schritt versank er bis zu den Waden
im Schlick, und bereits nach einer kurzen Strecke wurde
ihm klar, dass die Expedition noch anstrengender werden würde, als er vermutet hatte. Insbesondere der Weg
zurück mit all den schweren Fundstücken würde eine
Herausforderung werden. Doch die Aussicht auf außer-
gewöhnliche und sagenumwobene Stücke trieb ihn an.

Zwar war es verboten, im Watt danach zu graben, aber niemand würde auf ihn aufmerksam werden. Für den Schädel eines Rungholter Einwohners hätte er mindestens eine Handvoll solventer Abnehmer. Vielleicht würde er auch das eine oder andere Fundstück für sich behalten.

Decker hatte etwa eineinhalb Kilometer zurückgelegt, als wie aus dem Nichts Nebelschwaden aufzogen. Sie versperrten die Sicht auf die Halbinsel Nordstrand, an der er sich grob orientiert hatte. Aber er hatte ja den Kompass und sein Smartphone dabei, und noch konnte er weit genug blicken, um Gefahren rechtzeitig zu erkennen. Keinesfalls durfte er einen Priel übersehen oder gar den Heverstrom, der in circa 500 Metern vor ihm liegen musste. Besonders an Engstellen konnte der zu einem reißenden Wasserlauf werden. Er hatte in der Zeitung gelesen, dass im letzten Sommer zwei Touristen in einem Priel ertrunken waren.

Langsam wurde es spannend. Nach etwa 100 Metern musste er die Koordinatenposition erreicht haben. Immer wieder warf er einen Blick auf das Display des Smartphones und korrigierte die Richtung. Seine Beine sanken jetzt fast bis zu den Knien ein, und er konnte sich nur in kleinen Schritten vorwärtsbewegen. Endlich zeigte die App an, dass er sein Ziel erreicht hatte. Er steckte das Handy in seine Hosentasche und begann sofort, mit bloßen Händen im Schlick zu wühlen. Es reichte, wenn er ein paar Scherben oder Knochen fand. Dann wusste er, dass sich die weitere Suche lohnen würde. Gegebenenfalls würde er mit einem Suchtrupp zuverlässiger und verschwiegener Kumpel zurückkommen, um alle Schätze zu bergen.

Decker richtete sich auf. Der verdammte Nebel war dichter geworden und hatte ihn umzingelt. Er hatte von den Tücken des Seenebels gehört, der oft, vom Wind getrieben, ohne Vorwarnung auftrat. Ohne Navigationsgerät würde er kaum zum Festland zurückfinden können. Mit der Linken ertastete er den Kompass in der Jackentasche seines Parkas und war beruhigt. Doppelte Sicherheit, Handy und Kompass. Außerdem konnte er seine Schuhabdrücke noch erkennen. Sie würden ihm notfalls den Weg zurück bis ans Ufer weisen.

Decker hatte vor, in einem Radius von 20 Metern um die Zielkoordinate zu suchen. Schließlich wusste er nicht, wie genau die auf der Karte angegebene Position ermittelt worden war. Beim nächsten Schritt sank er noch weiter ein als zuvor. Fast hätte er das Gleichgewicht verloren. Aber er konnte sich fangen. Plötzlich sichtete er in einiger Entfernung einen Gegenstand, der aus dem Schlick ragte. Magisch davon angezogen vergaß er jegliche Vorsicht. Er preschte vorwärts und merkte nicht einmal, dass der Untergrund weicher wurde und seine Beine bereits bis zu den Oberschenkeln in der grauen Masse verschwanden. Dann ging es nicht mehr weiter. Er spürte, wie der Boden unter seinen Füßen nachgab. Er stieß einen Schrei aus, schlug wild mit den Armen um sich und sah sich hilfesuchend um. Als würde ihm das Schicksal die Zunge herausstrecken, erkannte er in diesem Augenblick, dass der Gegenstand seiner Begierde nichts weiter als ein Stück Treibholz war.

43

Die Frauen hatten sich verabredet, um ihre verstorbenen Ehegatten im Ostenfelder Forst zu besuchen. Der Wald lag in der Nähe der höchsten Erhebung Nordfrieslands, des 53,5 Meter hohen Sandesbergs. Aber sie mussten ihn nicht besteigen, um zu den Urnengräbern zu gelangen. Ihr Weg führte sie durch flaches Gelände. Sie trafen sich an der Hinweistafel, die das Konzept der Waldbestattung erklärte und in großer Schrift und kleinen Buchstaben mit »unter allen wipfeln ist ruh« überschrieben war.

Johanna hatte Blumen mitgebracht, ließ sie aber im Auto liegen, nachdem Olivia sie daran erinnert hatte, dass die Ruhestätten möglichst naturbelassen bleiben sollten. Stattdessen nahm sie einen Regenschirm aus dem Kofferraum, denn es zogen dunkle Wolken auf, und aus der Ferne ertönte Donnergrollen. Sie spazierten bis zum Andachtsplatz und setzten sich auf eine Bank.

»Und jetzt stoßen wir auf unsere Männer an.« Olivia kramte drei kleine Flaschen mit Kräuterlikör aus ihrer Handtasche. Sie schraubte die Deckel ab und überreichte je eine an Dörte und Johanna.

»Auf dich, Hans-Uwe«, sagte Olivia. »Ein tragischer Unfall hat dein Leben beendet.«

»Auf dich, Edward«, sagte Dörte. »Dein Herz war zu schwach für diese Welt.«

»Und auf dich, Rüdiger«, sagte Johanna. »Eine Lebensmittelvergiftung hat dich dahingerafft.«

Alle tranken in einem Zug aus. Dann sammelte Olivia die Miniaturflaschen wieder ein. Es folgte minutenlanges Schweigen.

Johanna unterbrach als Erste die Stille. »Habt ihr auch ein schlechtes Gewissen?«

»Weshalb sollten wir?«, fragte Olivia.

»Na, ihr wisst schon. Wie man es auch dreht und wendet, letztendlich haben wir unsere Männer unter die Erde gebracht. Hätten wir nicht zusammen den Plan gefasst, wären sie noch am Leben.«

»Wir haben alle unseren Preis dafür bezahlt.«

»Wie meinst du das?«

»Du wärst beinahe in einem Schlickloch umgekommen, Dörte hat ihren Liebhaber verloren, und ich stand oder stehe noch immer unschuldig unter Mordverdacht. Vielleicht werde ich sogar im Gefängnis landen, obwohl ich nichts getan habe.«

»Du meinst, Gott hat uns auf die Art bestraft?«

»Quatsch. Aber wir haben unser neues Leben nicht umsonst erhalten. Das wollte ich damit ausdrücken. Und verdient haben unsere Männer ihr Schicksal allemal.«

»Ich meine ja nur. Wir sind doch gekommen, um zu trauern und ein wenig Buße zu tun, oder?«

»Nee. Ich will lediglich meinem Hänschen einen Besuch abstatten. Sieh dich um. Es ist doch toll hier. Natur pur, kein Lärm, nur Vogelgezwitscher und ab und zu Donnergrollen. Unsere Verflossenen haben es gut an diesem Ort. Und ein Toter trauert nicht um seinen Tod. Das hat mal irgendein kluger Zeitgenosse gesagt.« Olivia stand auf. Sie warf einen Blick zum Himmel. Lange würde es nicht mehr dauern, bis Regen einsetzte. Sie hätte besser auch einen Schirm mitgenommen oder eine Regenjacke angezogen. Sie gingen hintereinander den schmalen Weg entlang, der zu den Gräbern führte. Alle drei Urnen lagen in einem kleinen Umkreis. Die Hinterbliebenen hatten sich nicht lumpen lassen und die teuerste Variante der Bestattung gewählt: am Fuße alter hoher Eichen an einer dichtbewachsenen Stelle, mit Schildern, auf denen Name, Geburtstag und Todestag eingraviert waren. Schlicht, aber naturverbunden bis in alle Ewigkeit.

Als die Prozession die Ruhestätte von Johannas Mann erreichte, fielen die ersten Tropfen, aber der mächtige Baum, unter dem die Frauen standen, bot ihnen Schutz. Der Donner wurde lauter, und Wetterleuchten erhellte den Himmel.

»Wenn hier jetzt der Blitz einschlägt, sind wir alle drei tot. Dann liegen wir direkt vor Rüdigers Grab«, sagte Johanna.

»Mensch, hör endlich mit deinen Unkenrufen auf. Das Gewitter ist noch weit weg.« Olivia hatte den Satz gerade ausgesprochen, als Blitz und Donner kurz aufeinander folgten. Sie räusperte sich. »Na ja, vier Sekunden hab ich gezählt. Drei Sekunden sind ungefähr ein Kilometer. Das ist jetzt doch ziemlich nah. Vorher waren es noch sechs Sekunden. Die Front scheint näherzukommen.«

Johanna war im Begriff, ihren Schirm aufzuspannen.

Dörte fasste sie am Arm. »Lass dass lieber. Wir sollten das Schicksal nicht herausfordern.«

»Meinst du, dass der Blitz davon angezogen wird?«

»Nein, aber es reicht, wenn einer in der Nähe in einen Baum einschlägt. Es ist das elektrische Feld, das gefährlich ist, hat Uwe mir einmal erklärt. Und der Spruch, dass man Buchen suchen und Eichen weichen soll, ist Unsinn – hat Uwe gesagt.«

»Mit mir hat Hans-Uwe nie über so etwas gesprochen«, entrüstete sich Olivia.

»Wir haben uns auch über andere Dinge unterhalten. Zum Beispiel über …«

»Will ich gar nicht wissen! Für mich ist er gestorben. Ich meine im übertragenen Sinn – und natürlich auch in Wirklichkeit.«

Johanna trat einen Schritt auf die letzte Ruhestätte ihres Gatten zu und faltete die Hände wie zum Gebet. Ein kräftiger Donnerschlag ließ sie zusammenzucken. Sie drehte sich zu ihren Mitstreiterinnen um. »Jetzt wird mir langsam mulmig. Wir sollten umkehren.«

Starker Regen hatte eingesetzt, und die drei Frauen sahen mit ihren nassen Haaren wie begossene Pudel aus. Trotzdem bestanden Dörte und Olivia darauf, auch ihren Verblichenen einen kurzen Besuch abzustatten, bevor sie den Rückweg antraten.

Die Frauen verabschiedeten sich auf dem Parkplatz voneinander und beschlossen, den gemeinsamen Ausflug bald zu wiederholen. Olivia stieg in ihr Auto. Ihr war entsetzlich kalt. Bevor sie losfuhr, stellte sie die Heizung auf Maximum. Der Ventilator röhrte, pustete aber nur eisige Luft ins Innere. Nach dem trübsinnigen Ausflug wollte sie aufmunternde Musik hören. Sie drehte an der Sendereinstellung und blieb bei den Regionalnachrichten hängen, weil die Worte »Watt« und »Gefahren« gefallen waren. Der Sprecher berichtete von einer männlichen Leiche, die am Uelvesbüller Strand angespült worden war. Es handele sich um einen Antiquitätenhändler aus Husum, der seit zwei Tagen vermisst werde. Olivia konnte sich ein Grinsen nicht verkneifen. Sie hatte keinen Zweifel, dass von Decker die Rede war. Dieser Schuft hatte sich einen historischen Ort für seine letzte Reise ausgesucht. Vor Uelvesbüll war 1994 ein 400 Jahre alter Frachtsegler gefunden worden. Man hatte ihn zwei Jahre lang in einer Zuckerlösung konserviert, was ihm den Namen »Zuckerschiff« eingetragen hatte. Irgendwie passte der Leichenfundort zum Antiquitätenhändler. Decker würde definitiv keine Probleme mehr bereiten.

Olivia hielt an, nahm ihr Smartphone zur Hand und schickte eine Nachricht an Johanna und Dörte. Die Gier nach den Rungholter Schätzen hatte den Verbrecher das Leben gekostet. Das geschah ihm recht. Johanna hatte auf raffinierte Weise die Finger im Spiel gehabt. Sie hatte Decker suggeriert, dass die eingekreisten Koordinaten auf der Karte einen spektakulären Fundort zeigten. Dabei waren es die des Schlicklochs gewesen, in das sie geraten war. Sie, die manchmal so gottesfürchtig tat und angeblich von Gewissensbissen geplagt wurde, hatte es faustdick hinter den Ohren.

Die Chancen standen gut, dass Decker keine Mitwisser gehabt hatte und die Tagebuchkopie nicht in weitere falsche Hände geraten würde. Hundertprozentig sicher konnten sich die Frauen allerdings nicht sein.

Olivia fuhr weiter. Sie hatte einen Sender gefunden, der Eric Claptons *Tears in Heaven* spielte, und die Heizung spendete endlich wohlige Wärme.

44

Es war eher zufällig, dass Olivia die Anzeige in der Zeitung las. Vielleicht hatte aber auch das Wort »Antiquitäten« ihre Aufmerksamkeit erregt. Es wurde auf die Auflösung eines Geschäfts in der Ludwig-Nissen-Straße hingewiesen. Wertvolle Stücke sowie das komplette Büromobiliar würden wegen eines Todesfalls zu attraktiven Preisen veräußert.

Sie rief sofort Johanna an. »Da müssen wir unbedingt hin.«

»Wieso?«

»Mensch, das ist Deckers Geschäft. Vielleicht liegt dort in irgendeinem Schrank die Kopie herum. Es könnte noch einmal unangenehm für uns werden, wenn jemand sie entdeckt. Und für uns bedeutet es die Chance, das leidige Problem endgültig aus der Welt zu schaffen.«

»Aber es ist nicht sicher, dass die Kopie dort ist. Wer sagt dir denn, dass er sie nicht zu Hause aufbewahrt hat?«

»Niemand. Trotzdem sollten wir die Gelegenheit nutzen.«

»Du hast recht. Einverstanden. Wann beginnt der Verkauf?«

»Schon morgen ab 9 Uhr. Wir sollten rechtzeitig da sein.«

»Okay. Ich stehe ab 8.45 Uhr vor dem Laden.«

»Und nimm Bargeld mit. Ich heb auch noch etwas ab.«

»Willst du für das Tagebuch bezahlen?«

»Nein, natürlich nicht. Es darf keiner spitzkriegen, dass das Papier irgendeinen Wert hat. Aber falls notwendig, müssen wir das Möbelstück erwerben, in dem es aufbewahrt wird. Uns wird schon etwas einfallen.«

»Gut. Bis dann.«

»Bis dann.«

Schon von Weitem sah Olivia eine Schlange vor dem Laden stehen. Johanna hatte sich einen der vorderen Plätze erobert. Als Olivia zu ihr stieß, beschwerte sich ein dicker Mann mit Hut, der hinter ihr stand. Sie ignorierte ihn. Punkt 9 Uhr wurde die Tür aufgeschlossen, und die Menge stürmte den Laden.

»Hast du ein System?«, fragte Johanna.

»Zuerst müssen wir alle antiken Schränke und Truhen öffnen. Danach Gefäße, in denen das Papier Platz haben könnte.«

»Dann mal los.«

Olivia versuchte, sich einen Überblick zu verschaffen. Der Raum war viel größer, als sie vermutet hatte. Decker hatte tatsächlich ernsthaft mit Antiquitäten gehandelt. Die Wände waren mit Bildern zugepflastert, Landschaften und Porträts, vorwiegend mit gold- und silberfarbenen Holzrahmen. Auf einem Sofa aus Urgroßmutters Zeiten saßen Puppen, die den Besucher mit großen Kulleraugen begrüßten, davor ein ovaler Tisch, angeblich aus der Barockzeit. Teppiche, Bronzeskulpturen, ein Regal mit Krügen, verschnörkelte Uhren, hässliche Lampen, ebensolche Kronleuchter sowie Kruzifixe und Kaffeemühlen. Manches hätte auch gut in Olivias Haus gepasst, aber sie interessierte sich mehr für die Schubladen größerer Möbelstücke. Es war nicht einfach, sie unauffällig zu öffnen und einen Blick hineinzuwerfen, zumal sie fast alle störrisch klemmten und knarrende Geräusche von sich gaben. Zum Glück hatten sich die Kunden im Geschäft verteilt, und die meisten interessierten sich für den kleineren Krimskrams, der mit Preisschildern und Prozentangaben ausgezeichnet war.

Nach einiger Zeit kam Johanna auf sie zu. »Und? Hast du etwas gefunden?«

»Ein paar Sachen würden mir gefallen. Aber das, was wir suchen, war bisher nicht dabei. Du?«

»Nein. Ich glaube, wir suchen am falschen Ort.«

»Wieso?«

»Decker wird die Kopie nicht hier in irgendeinem Schrank versteckt haben. Viel plausibler wäre es, wenn er sie im Büro deponiert hätte.«

»Vielleicht hast du recht. Wir sollten die wahrscheinlichsten Verstecke zuerst in Betracht ziehen.«

»Dort drüben geht es zum Büro.« Johanna nickte in die entsprechende Richtung.

Sie erwartete ein erstaunlicher Stilbruch. Anstatt mit einem antiken Sekretär und einem Schrank aus der Biedermeierzeit war der Raum mit modernen Möbeln ausgestattet, unter anderem mit Designerstühlen für Besucher, einem Chefsessel aus Leder und einem halbkreisförmigen Schreibtisch aus Massivholz. Ein Mann um die 30 mit Krawatte und Anzug strich mit der Hand über die Arbeitsplatte. Er sah sich noch eine Weile um und ging schließlich zurück in den Laden. Johanna und Olivia hatten sich die Besucherstühle so ausführlich angesehen, dass ihr Verhalten langsam peinlich geworden war. Jetzt strebten beide auf den Schreibtisch zu. Es war das einzige Möbelstück, das das begehrte Objekt beherbergen konnte. Olivia zog eine Schublade nach der anderen heraus. Sie hatte schon befürchtet, dass sie leer geräumt worden wären. Aber das war nicht der Fall. Vermutlich zu Dekorationszwecken hatte man die büromäßigen Utensilien auf und im Schreibtisch belassen, genauso wie eine Reihe Ordner auf einem der Regale. Aber vielleicht hatten die Erben auch noch keine Zeit für eine Sichtung und Aussortierung des Materials gefunden.

Die linke Schublade ganz unten! Olivia stand, mit den Händen auf den Knien abgestützt, davor und blickte mit Herzklopfen auf die erste Seite des Papierstapels: *Tag eins. Wie zu erwarten war, isst er alles …* Mehr musste sie nicht lesen. Außerdem erkannte sie ihre Schrift. Sie wollte gerade zupacken, als Johanna ihr einen sanften Tritt gegen das Schienbein verpasste. Olivia verstand sofort. Sie schob die Schublade wieder zu und richtete sich auf. Ein Mann und eine Frau waren hereingekommen. Der Mann trug eine blaue Armbinde und wies sich damit als einer der Organisatoren des Räumungsverkaufs aus.

»Toll«, sagte Olivia. »Der Schreibtisch würde mir gefallen.«

»Lass uns noch einmal bei den Antiquitäten schauen. Da hab ich etwas Interessantes gefunden«, erwiderte Johanna.

Als sie zurück im Laden waren, fragte Olivia: »Was machen wir jetzt? Sollen wir uns nicht die Kopien schnappen und einfach damit hinausmarschieren?«

»Solange der Typ im Büro ist, würde ich das nicht machen. Der wird nicht ewig dort bleiben. Komm, wir sehen uns noch etwas um. Dann schlagen wir zu. Auch wenn uns ein Kunde beobachtet. Keiner von denen wird glauben, dass wir einen Stapel Papier klauen.«

»Okay.«

Die beiden Frauen schlenderten eine Viertelstunde durch die Gänge und sahen sich hier und da ein Stück genauer an. Dann gingen sie wieder Richtung Büro, in der Hoffnung, dass zumindest keiner der für die Aktion Verantwortlichen anwesend war. Die Tür war verschlossen. Johanna drückte die Klinke.

»Meine Damen«, sprach sie der Mann mit der Armbinde an, »der Verkauf der Büromöbel ist leider bereits beendet.«

»Wieso?«, fragte Olivia.

»Alles verkauft. Komplett. Sorry.«

»Wer ist der Käufer?«

»Jemand, der sich selbstständig macht. Den Namen kann ich Ihnen natürlich nicht nennen. Ich wünsche Ihnen noch einen schönen Tag.« Er ließ die beiden Frauen stehen.

»Das darf doch nicht wahr sein!« Olivia schüttelte den Kopf. »Ich Idiot. Hätte ich den Packen doch bloß gleich eingesteckt.«

»Das ist meine Schuld.«

»Unsinn. Ich weiß sowieso nicht, ob wir uns nicht doch zu viele Sorgen um deine Tagebuchnotizen machen. Der Typ, der das Inventar erstanden hat, hat sicher anderes zu tun, als es zu lesen.«

»Du machst einen Gedankenfehler, Olivia. Irgendjemand wird den Schreibtisch vor der Lieferung ausräumen. Es ist ziemlich unwahrscheinlich, dass der Inhalt vom Radiergummi bis zu den Haftnotizen und dem Tagebuch an den Käufer übergeht. Es ist eher erstaunlich, dass die Schubladen nicht bereits leer geräumt wurden.«

»Da ist was dran. Kriegen wir raus, wer das tun wird?«

»Wohl kaum. Wenn wir jetzt dämliche Fragen stellen, könnte erst recht jemand darauf aufmerksam werden, dass es mit der Kopie eine besondere Bewandtnis hat. Ich bin mir fast hundertprozentig sicher, dass sie in der grünen Papiertonne landen wird. Also haken wir das Problem einfach ab. Das ist das Beste, was wir jetzt tun können. Aber es war einen Versuch wert.«

»Okay. Falls du nicht noch ein antikes Stück erwerben möchtest, sollten wir jetzt gehen.«

»Eine der Kaffeemühlen fand ich cool. Wenn du noch einen Augenblick Zeit hast …«

»Klar.«

Olivia wartete bei den Puppen, bis Johanna zurückkam. »Und? Wo ist das gute Stück?«

»So ein Mist – bereits verkauft.«

»Pech auf ganzer Linie. Komm, lass uns noch einen Kaffee zusammen trinken. Ganz in der Nähe ist ein Bioladen. Da gibt es Frühstück, Kuchen und Mittagstisch.«

»Einverstanden. Ich wollte sowieso noch einige Lebensmittel einkaufen.«

Eine Viertelstunde später saßen die beiden Frauen in der Bistroecke des Naturkostladens bei Brötchen und Kaffee.

»Hab ich dir schon erzählt, dass ich ein Buch schreibe?«, fragte Olivia.

»Nee.«

»Ich hab in den letzten Monaten so viele Informationen über Ernährung gesammelt, dass ich sie unbedingt aufschreiben muss.«

»Doch nicht wieder so ein Tagebuch, das uns den Hals brechen könnte?«

»Nein, nein. Ein richtiges Werk, das ich in einem Verlag veröffentlichen möchte. Ich hab auch schon einen Titel dafür: *Fünfzig Kochrezepte für die Ewigkeit*. Wie findest du den?«

»Bist du verrückt?« Johanna sah Olivia entsetzt an. »Willst du unsere Methode etwa veröffentlichen?«

»Das war ein Scherz. Jedenfalls das mit dem Titel. Und es wird auch nicht darum gehen, wie man jemanden umbringt, sondern darum, wie man Gift im Essen vermeidet. Ich muss das in Angriff nehmen, solange meine Erinnerungen noch frisch sind. Das Tagebuch habe ich ja verbrannt. Vielleicht war das ein Fehler. Aber so in etwa krieg ich noch alles zusammen. Ich bin schon ziemlich weit mit dem Projekt. Wenn es ein Erfolg wird, werde ich die Tantiemen für die Erweiterung unserer Firma verwenden.«

»Und du meinst nicht, dass jemand aus deinen Beschreibungen auf unsere Taten schließen könnte?« Johanna sprach leise.

»Nein, ganz sicher nicht. Dein Mann ist laut Obduktionsbericht am Rindfleisch beziehungsweise am Botulinumtoxin gestorben. Darüber hinaus hat man keine Gifte festgestellt, hast du mir erzählt.«

»Ja, das ist richtig.«

»Da er eingeäschert wurde, wird man auch nachträglich nichts anderes nachweisen können. Außerdem ist die Sache sozusagen ›gegessen‹. Die Polizei hat das Ganze ja als Unfall eingestuft.«

Johanna nickte. »Hast du schon einen Verlag?«

»Nein. Es wird nicht einfach werden, einen zu finden.

Ich gehe erst auf die Suche, wenn das Manuskript vollständig fertig ist.«

»Aber einige deiner Leser könnten die Informationen nutzen, um … na ja, so wie wir.«

»Hm, das ist nicht ganz auszuschließen. Aber doch wohl eher unwahrscheinlich. Wer kommt schon auf so eine irre Idee?« Olivia lachte. »Aber etwas anderes. Die Sache mit deinem Vater …«

»Es war kein erweiterter Suizidversuch.«

Johanna berichtete Olivia, was sie mit Jasons Hilfe herausgefunden hatte. Ihr war anzumerken, wie sehr sie die Geschichte berührte.

»Dann war es gut, dass du nachgeforscht hast, oder?«

»Ja. Die Angst, mein Vater könnte vorgehabt haben, mich mit in den Tod zu nehmen, hat mich wahrscheinlich immer schon belastet, ohne dass ich es wusste. Ich versuche, das Kapitel jetzt abzuschließen. Und jetzt werde ich meine Einkäufe erledigen. Sehen wir uns morgen in der Firma?«

»Klar. Ich werde um 10 Uhr da sein.«

»Wir könnten gleich mal nachfragen, ob wir unsere Prospekte hier im Laden auslegen dürfen.«

»Gute Idee.«

45

Es passierte nicht oft, dass Olivia einen luziden Traum hatte. Sie wusste nicht nur, dass sie träumte, sondern konnte auch die Handlung weitgehend selbst bestimmen. Sie hatte die Technik nicht gelernt. Deshalb konnte sie solche Klarträume nicht erzwingen, sondern sie geschahen rein zufällig, so wie in dieser Nacht.

Sie ging am Sandstrand von Sankt Peter-Ording spazieren. Es war früher Morgen, und die ersten Sonnenstrahlen wärmten ihre Haut. Das Meer war ruhig. Weiße Quellwolken spiegelten sich darin. Sie war ganz alleine dort. Ihre Schritte hinterließen Spuren im nassen Sand. Aus irgendeinem Grund blieb sie stehen und blickte zurück. Ihre Fußspuren schlängelten sich bis in die Unendlichkeit. Von dort kam ein Mann auf sie zu. Noch war er nur undeutlich zu erkennen. Sie wollte ihm Eigenschaften nach ihren Wunschvorstellungen verleihen. Nicht zu klein, nicht zu groß, weder dünn noch besonders dick. Während sie versuchte, sein Äußeres zu erschaffen, hörte sie Geräusche. Die störten, doch sie konnte sie nicht beeinflussen. Allmählich entglitt ihr die Regie über ihren Traum. Sie wollte die Kontrolle zurückgewinnen, aber es gelang ihr nicht. Der Mann verschwand, und plötzlich stand Luna neben ihr. Die Katze stellte sich auf die Hinterpfoten und schrie. Wieso schrie sie so erbärmlich?

Olivia wachte auf. Sie benötigte einige Sekunden, um sich in der Realität zurechtzufinden. Dann sprang sie aus dem Bett, rannte in den Flur und die Treppe hinunter, ohne das Licht einzuschalten. Unten angekommen, stieß sie die Wohnzimmertür auf. Aus den Augenwinkeln sah sie einen Schatten über den Balkon huschen. Kurz danach vernahm sie ein dumpfes Geräusch.

Wo war Luna? Olivia wollte das Licht einschalten, aber ihr Blick wanderte nach oben. Der Schock lähmte sie nur für einen kurzen Moment. In der Mitte des Zimmers hing ihre Katze an einem Strick und strampelte mit den Hinterbeinen. Der Strick war an der Deckenlampe befestigt. In Windeseile schnappte sich Olivia einen Stuhl, stieg hinauf, fasste den Strick kurz unterhalb der Lampe und hängte sich mit ihrem gesamten Gewicht daran. Die Lampe riss aus der Verankerung. Olivia verlor den Halt und stürzte zu Boden. Den Schmerz des Aufpralls spürte sie kaum. Sofort griff sie nach ihrer Katze, packte sie am Nacken und begann, die Schlinge zu lösen. Olivia musste einige Kratzer an Händen und Armen einstecken, bis sie Luna vollständig befreit hatte. Das Tier stieß einen außerirdischen Laut aus und verschwand unter der Couch.

Olivia rappelte sich auf. Nachdem sie grob ihre Verletzungen betrachtet und für minder schwerwiegend befunden hatte, versuchte sie, Luna aus ihrem Versteck zu locken, was ihr aber nicht gelang. Schließlich hielt sie es für besser, die Katze eine Weile in Ruhe zu lassen. Sie schien nicht lebensbedrohlich verletzt zu sein. Olivia schaltete die Stehlampe ein, um sich einen Überblick zu verschaffen. Einige Schubladen der Schrankwand standen offen. Papiere und anderer Inhalt lagen auf dem Boden verstreut.

Erst jetzt bemerkte Olivia, dass die Balkontür offen stand. Der Mörder musste dort hereingekommen sein.

Die Einbruchsspuren waren nicht zu übersehen. Die Außentüren und die Kellerfenster hatte sie kürzlich absichern lassen, an die Balkontür hatte sie nicht gedacht. Sie ging hinaus und warf einen Blick in die Tiefe. Trotz der Dunkelheit konnte sie erkennen, dass eine Gestalt auf der Terrasse lag. *Schon wieder eine Leiche*, war ihr erster Gedanke. Dieses Mal hatte sie keine besondere Eile, ins Erdgeschoss zu gelangen und das Opfer zu begutachten. Unten angekommen schaltete sie die Außenbeleuchtung ein. Als sie ins Freie trat, vernahm sie ein kläglisches Stöhnen. »Meine Beine, meine Beine sind gebrochen.«

Olivia traute ihren Ohren und eine Sekunde später ihren Augen kaum. Das Häufchen Elend vor ihr war kein anderer als Ludwig Thomsen. Sie fühlte den Impuls, ihm einen kräftigen Tritt zu verpassen. Nur mit Mühe konnte sie sich beherrschen.

»Meine Beine sind gebrochen. Sie müssen den Arzt rufen«, jammerte er.

»Pah! Ich lass dich hier verrecken, du Mistkerl.« Olivia wandte sich ab. Dabei entdeckte sie auf den Terrassensteinen ihren Tablet-PC und hob ihn auf. Das Display wies einen Sprung auf, und das Gehäuse war ebenfalls stark beschädigt. Thomsen hatte den Computer gestohlen, um die verräterische Audiodatei mit seinem Geständnis zu vernichten. Das Handy hatte er nicht finden können, weil sie es seit dem ersten Einbruch nachts stets mit ins Schlafzimmer nahm. Wahrscheinlich hatte er auch nach Datenträgern mit weiteren Kopien gesucht, hatte Luna entdeckt und sie mit der Kordel des Vorhangs stranguliert. Ein Mord an ihrer Katze! In jedem zweiten schlechten Thriller kamen solche Schandtaten vor. Thomsen war offensichtlich über das Regenfallrohr auf den Balkon gelangt und hatte die Tür aufgehebelt. Olivia ahnte, woher er wusste, wer sie war. Ihre E-Mail-Adresse, über die sie ihm die Datei geschickt hatte, beinhaltete ihren kompletten Namen. So war es ein Leichtes gewesen, ihren Wohnort zu ermitteln und sie auszukundschaften. Sie ärgerte sich über ihre Dummheit und ihren Leichtsinn.

Sie eilte zurück ins Haus. Jetzt gelang es ihr, Luna unter der Couch hervorzulocken. Die Katze ließ sich streicheln und schnurrte. Olivia atmete auf. Außer einer kahlen Stelle im Fell waren keine weiteren Blessuren festzustellen. Inwieweit Luna den Schock überwinden würde, musste sich jedoch erst zeigen.

Olivia nahm das Telefon zur Hand und rief den Notarzt an. Sie kam nicht umhin, auch die Polizei zu informieren. Schließlich war bei ihr eingebrochen worden, und die Versicherung würde den Schaden an der Tür und dem Tablet-PC nicht begleichen, wenn sie es nicht tat.

Nachdem sie die Anrufe getätigt hatte, ging sie wieder hinunter auf die Terrasse. Als Thomsen sie sah, begann er erneut zu jammern.

Sein Gesicht und seine Arme waren mit blutigen Streifen überzogen. Luna hatte sich tapfer gewehrt. Sie hätte ihm die Augen auskratzen sollen!

Olivia baute sich vor Thomsen auf. »Sie sind das größte Dreckschwein, das ich je kennengelernt habe. Aber ich habe ein großes Herz. Deshalb habe ich einen Krankenwagen gerufen. Und der Polizei werde ich nichts vom Mordversuch an meiner Katze erzählen. Es ist besser, wenn alles nach einem einfachen Einbruch aussieht. Verstanden?«

»Ja, ja. Das ist besser. Viel besser. Danke.«

Olivia beseitigte alle Spuren, die auf das Attentat hinwiesen. Diese hätten unangenehme Fragen über das Motiv des Täters aufgeworfen. Das wollte sie unbedingt vermeiden.

Was dann ablief, kam ihr wie ein Déjà-vu vor. Die Befragung durch die Schutzpolizei sowie die Spurensicherung waren allerdings nicht so gründlich wie nach den vorherigen Balkonstürzen. Schließlich war die Sachlage dieses Mal klar, und es gab keinen Toten zu beklagen. Thomsen würde einige Tage im Krankenhaus verbringen, aber sicher nicht an seinen Verletzungen krepieren, auch wenn sie es ihm gegönnt hätte. Immerhin drohte ihm ein Prozess wegen des Einbruchs. Vielleicht erwartete ihn sogar eine Haftstrafe. Aber das Wichtigste war, dass von ihm voraussichtlich keine Gefahr mehr ausging.

Am Abend fand Olivia Zeit, an ihrem Manuskript zu arbeiten. Während sie schrieb, gelang es ihr, alle Probleme für eine gewisse Zeit zu vergessen. Luna lag auf dem Schreibtisch und schnurrte. Das war ihre Methode, um Schmerzen zu lindern und mit dem Erlebten fertig zu werden.

Die Zeilen flossen an diesem Tag nur so aus Olivia heraus. Ab und zu tippte sie mit einer Hand, um mit der anderen die Katze zu streicheln. Sie hatte ein Kapitel über Pflanzenschutzmittel in Arbeit. Vielleicht schaffte sie es auch noch, den Abschnitt über Antibiotika in der Tierhaltung fertigzustellen.

Pflanzenschutzmittel können unter anderem folgende Beschwerden verursachen: Schwitzen, Muskelzittern, Sehstörungen, langfristig Nieren- und Leberschäden und erhöhten Blutdruck. Weiterhin können sie das

Immunsystem schwächen und sogar Krebs auslösen. Die giftige Wirkung unterschiedlicher Rückstände summiert sich nicht nur, sondern kann sich sogar gegenseitig verstärken. Es ist anzuraten, heimische Ware entsprechend der Saison und Bio-Produkte ...

Gegen 1 Uhr in der Nacht sicherte sie alle Daten auf einen Speicherstick und schaltete den Computer aus. Olivia prüfte, ob alle Fenster und Türen geschlossen waren. Dann begab sie sich ins Schlafzimmer. Bevor sie einschlief, hörte sie noch, wie die Katze die Treppe heraufkam und mit einem Maunzen auf die Bettdecke sprang. Die Welt schien wieder in Ordnung zu sein. Verlassen konnte sie sich nicht darauf.

46

Der Mordversuch an ihrer Katze hatte Olivia sehr mitgenommen. In der Nacht hörte sie im Traum Lunas Schreie, und auch tagsüber tauchten Bilder ihres Todeskampfes auf. Konnte es sein, dass der Anschlag auf ihre Katze sie mehr berührte als Hans-Uwes Tod? Sie sah zu Luna hinüber, die auf dem Teppich im Wohnzimmer schlief.

Olivia wollte die Frage nicht beantworten. Sie tippte die letzten Sätze ihres Manuskripts in die virtuelle Tastatur ihres Tablet-PCs. Dann war das Buch fertig. Das Exposé hatte sie ebenfalls bereits geschrieben. Jetzt galt es, das Ganze noch einmal Korrektur zu lesen und an die drei Verlage abzuschicken, die für eine Veröffentlichung infrage kamen.

Sie hatte mit einer langen Wartezeit gerechnet, bis sie Bescheid über eine Zu- oder Absage bekommen würde. Deshalb war sie überrascht, dass sie bereits nach zwei Wochen den Anruf eines Verlags erhielt.

»Wir sind an Ihrem Manuskript interessiert und könnten uns vorstellen, Ihnen einen Vertrag anzubieten«, begann Frau Baumgärtner. Ihrer Stimme nach war sie nicht mehr ganz jung. Über 50, schätzte Olivia.

»Das wäre fantastisch.«

»Das Konzept ist vielversprechend, und Ihre Schreibweise gefällt uns. Sie zeugt einerseits von Sachkenntnis und andererseits von Humor. Das werden die Leser zu schätzen wissen. Da ist nur eine Sache, die uns etwas verwirrt.«

»Ja?«

»Kennen Sie den Autor Jens Brauer?«

»Nein. Bisher habe ich nichts von ihm gehört oder gelesen.«

»Er schreibt Kriminalromane und möchte zu unserem Verlag wechseln. Für sein neues Projekt hat er uns eine Ideenskizze zugesandt. Wie soll ich es ausdrücken – es finden sich merkwürdige Übereinstimmungen mit Ihrem Manuskript.«

»Übereinstimmungen? Meines Textes mit einem Kriminalroman?«

»Es sind Details, die mich stutzig gemacht haben, wie zum Beispiel das Kreuzkraut, das in den Salat geraten könnte oder die Bittermandeln in den Marzipankartoffeln. Für einen Zufall finden sich zu viele Ähnlichkeiten. Verstehen Sie, wir müssen sicherstellen, dass keine Urheberrechte verletzt werden. Allerdings ist die Gefahr nicht besonders groß. Sie haben ja die Quellen im Anhang aufgelistet.«

»Ja, und sie sind vollständig. Das versichere ich Ihnen. Ich habe nirgendwo abgeschrieben.«

»Das glaube ich Ihnen. Trotzdem sollten wir der Sache nachgehen.«

»Ja natürlich. Ich könnte mich mit dem Autor des Kriminalromans in Verbindung setzen.«

»Gut. Ich werde ihn fragen und gegebenenfalls den Kontakt zwischen Ihnen herstellen. Wenn alles geklärt ist, können wir die weiteren Schritte für eine Veröffentlichung unternehmen. Vielen Dank, Frau Petersen. Ich melde mich demnächst wieder.«

»Ja, danke.«

Olivia war wie vor den Kopf gestoßen. Das Ganze musste ein Irrtum sein. Eine unwahrscheinliche, zufällige Übereinstimmung. Wieso überhaupt mit einem Kriminalroman? Im Grunde ahnte sie, was dahintersteckte, wollte es aber nicht wahrhaben. Erst nach und nach gelang es ihr, den Tatsachen ins Auge zu sehen. Der Autor Jens Brauer musste in den Besitz der Kopie des Antiquitätenhändlers gelangt sein. Wie auch immer. Er hatte in dem Material einen interessanten Stoff für einen Krimi erkannt, was nicht besonders abwegig war. Wenn er Wesentliches aus ihren Protokollen in seinem Roman verwerten würde, konnte es noch nachträglich gefährlich werden. Leser und schließlich die Polizei könnten heikle Schlüsse ziehen. Einmal mehr kam ihr die Erkenntnis, dass das Tagebuch ihr größter Fehler gewesen war.

Was sollte sie tun? Sie musste unbedingt verhindern, dass dieser Brauer seinen Roman veröffentlichte. Noch hatte sie keine Idee, wie sie das anstellen sollte. Sie hatte das Urheberrecht an den Einträgen. Das hätte sie anhand der Schrift beweisen können. Doch wie sollte sie den Inhalt erklären? Theoretisch bestand die Möglichkeit, ihn einfach als ihre Notizen für das geplante Buch zu deklarieren. Aber das war wenig plausibel. Es wurden Namen und Vorgänge genannt, die so gar nicht in das Konzept eines Sachbuchs passten.

Sie musste Brauer aufsuchen und mit ihm reden, auch wenn sie noch keine Strategie hatte, wie sie ihn überzeugen könnte, das Buchprojekt aufzugeben. Natürlich machte sie durch den Besuch klar, dass sie etwas mit den Aufzeichnungen zu tun hatte. Aber das ließ sich sowieso nicht mehr verhindern, da der Verlag bereits die Verbindung zu ihr hergestellt hatte. Olivia beschloss, nicht auf den Anruf der Lektorin zu warten, sondern schon am nächsten Tag den Kontakt zu dem Krimiautor aufzunehmen.

Brauer hatte eine eigene Homepage, auf der seine Adresse und Telefonnummer genannt wurden. Sie rief ihn an. Er war über das Problem informiert und schlug ein Treffen vor, um es aus der Welt zu schaffen. Er sei sogar bereit, nach Husum zu kommen. Olivia überlegte nicht lange, sondern lud ihn in ihr Haus ein, für Samstag, 16 Uhr.

Olivia hatte ihr Lieblingskleid angezogen. Es war um die Hüften etwas weit geworden. Seit ihrer Diät hatte sie kaum zugenommen, was vermutlich am Stress durch die vielen Ereignisse in der Zwischenzeit lag. Außerdem achtete sie jetzt mehr auf eine gesunde Ernährung, was sich automatisch positiv auf ihre Figur auswirkte.

Brauer war pünktlich. Als Olivia die Tür öffnete, stand ein Mann um die 50, mittelgroß, mittelschlank, leger gekleidet, vor ihr, mit einer Aktentasche in der Hand. Er hatte braunes welliges Haar mit grauen Strähnen, ein rundes Gesicht und braune Augen. Eine sympathische Erscheinung, fand Olivia, wobei sie gelernt hatte, dass das Äußere selten etwas über den Charakter aussagte. Vielleicht war er nur deshalb so bereitwillig aus Schleswig angereist, weil er etwas von den wahren Hintergründen des Notizbuchs ahnte. Sie durfte sich von ihm nicht blenden lassen und musste vorsichtig sein.

Es herrschte ein Bilderbuchwetter, wolkenloser Himmel bei Temperaturen um 25 Grad und schwachem Wind. Sich im Haus aufzuhalten, wäre sträflich gewesen. Olivia hatte auf dem Balkon einen Sonnenschirm aufgespannt und Kaffee und Kekse auf dem kleinen Campingtisch bereitgestellt.

»Ich hoffe, dass es Ihnen recht ist, wenn wir hier draußen sitzen?«, fragte Olivia, nachdem beide Platz genommen hatten.

»Es ist toll hier. Ich beneide Sie um Ihr Domizil. Wohnen Sie alleine …? Sorry, ich ziehe die Frage zurück.«

»Mein Mann ist vor einigen Monaten bei einem Unfall ums Leben gekommen.«

»Oh, das tut mir leid.«

»Der Schmerz nimmt langsam ab.« Olivia schenkte den Kaffee ein. »Und Sie?«

»Was meinen Sie?«

»Führen Sie das einsame Leben eines Schriftstellers?«

»Das könnte man sagen. Seit meiner Scheidung lebe ich in einer Zweizimmerwohnung im Wikingturm. Zwölfter Stock, mit Blick auf den Jachthafen.«

»In diesem achteckigen Hochhaus an der Schlei?«

»Ja, genau. Dort entstehen meine Kriminalromane. Manche nach wahren Begebenheiten. Das finde ich besonders reizvoll.«

War das eine Anspielung auf die Tagebuchnotizen? Olivia konnte ihr Gegenüber nicht genügend einschätzen, um das zu beurteilen.

»Es gibt angeblich merkwürdige Übereinstimmungen zwischen meinem und Ihrem Manuskript«, tastete sie sich vor.

»Ich hab bisher nur eine Ideenskizze eingereicht. Aber ja, der Verlag hat mir mitgeteilt, dass es einige Ähnlichkeiten gibt. Das hat mich neugierig gemacht. Deshalb bin ich hier. Haben Sie eine Erklärung dafür?«

Olivia schüttelte den Kopf. »Nein. Sie?«

Er griff nach seiner Aktentasche, die er auf dem Boden abgestellt hatte, und brachte einen Stapel Papier hervor. Olivia erkannte sofort, dass es sich um die Kopien handelte. Er schob seine Tasse beiseite und legte den Packen auf den Tisch. »Ich nehme an, dass das hier der Schlüssel zum Mysterium ist.« Er nahm eine Seite in die Hand und tat, als würde er im Text lesen. »Das ist Ihre Schrift, nicht wahr?« Er drehte das Blatt kurz in Olivias Richtung und legte es dann wieder weg.

Sie war darauf gefasst gewesen, dass er die Frage stellen würde. Seine direkte Art überraschte sie jedoch. Leugnen war zwecklos.

»Ich vergaß, dass Sie Krimiautor sind. Ja, das ist meine Schrift. Es sind Kopien meiner Aufzeichnungen. Ich arbeite noch mit Stift und Papier, um meine Gedanken festzuhalten. Ab und zu fertige ich eine Sicherungskopie an. Verrückt, nicht wahr?«

»Ein bisschen.« Brauer lachte. »Jeder hat so seine Methode. Allerdings hat man mir mitgeteilt, dass Sie ein Sachbuch schreiben. Die Formulierungen passen so gar nicht dazu. Ich zitiere: ›Woche drei. Hänschen stopft alles in sich hinein, was ich ihm vorsetze. Heute habe ich ihm sein Lieblingsgericht serviert, Rührei mit Krabben auf Schwarzbrot. Mit Fipronil belastete Eier zu bekommen, war nicht einfach. Aber mithilfe der Stempelcodes, die im Internet veröffentlicht sind, ist es mir nach langer Suche gelungen. Das Brot war bereits etwas angeschimmelt, was er aber …‹«

»Schon gut, ich kenne den Text.« Olivia trank aus ihrer Tasse und nahm sich einen Keks. »Bitte greifen Sie zu.«

»Danke.« Er schob sich ein Schokoladenplätzchen in den Mund.

»Die Erklärung ist ganz einfach. Ursprünglich wollte ich einen Krimi schreiben. Leider hatte ich keine Ahnung, wie man so etwas anstellt. Damit es mir leichter fiel, habe ich reale Personen mit ihren Charaktereigenschaften und ihren tatsächlichen Biografien genommen. Auch ich war Protagonistin der Geschichte. Deshalb habe ich alles aus der Ich-Perspektive geschrieben. An einigen Stellen habe ich sogar reale Ereignisse eingeflochten. Natürlich hätte ich später noch alles anonymisiert. Meine Aufzeichnungen waren nur ein grober Entwurf. Nichts war wirklich ausformuliert. Irgendwann habe ich das Projekt aufgegeben. Damit aber meine Recherchen nicht umsonst waren, habe ich die Ergebnisse in einem Sachbuch verarbeitet. Krimis zu schreiben, liegt mir einfach nicht, und es ist mir peinlich, dass meine Ergüsse in die Hände eines echten Schriftstellers gelangt sind.«

»Oh nein. Das muss Ihnen nicht peinlich sein. Ihre Methode ist ungewöhnlich, aber sehr interessant. Und der Stoff ist es allemal. Das war der Grund, warum ich daraus einen Roman entwickeln wollte.«

»Das können Sie sicher besser als ich. Wie sind Sie in den Besitz der Kopien gekommen?«

»Ein alter Freund hat sie mir zugeschickt. Er hat sie angeblich im Nachlass seines Onkels gefunden, der vor Kurzem verstorben ist. Ein Antiquitätenhändler, soviel ich weiß. Da er wusste, dass ich schreibe, hat er mich angerufen und gefragt, ob ich Interesse an den Aufzeichnungen hätte. Natürlich hatte ich das. Ich bin immer auf der Suche nach neuen Ideen. Zunächst habe ich gedacht, dass dieser Onkel die Texte verfasst hat. Aber nach dem Anruf des Verlags wurde mir klar, dass Sie es waren. Dazu gehörte kein kriminalistischer Spürsinn. Jetzt würde ich aber gerne wissen, wie das Skript in die Hände des Antiquitätenhändlers gefallen ist.«

Dass dieser es gestohlen hatte, wollte Olivia nicht erzählen. Das hätte weitere Fragen nach sich gezogen. Sie hätte unter anderem erklären müssen, warum jemand bei ihr eingebrochen war, um ausgerechnet so etwas zu stehlen.

»Ich hab dem Händler eine alte Kommode meiner Großeltern verkauft. Ich brauchte Platz, und das Stück passte nicht zu meinen Möbeln. Leider hatte ich vergessen, dass ich darin meine Sicherungskopie aufbewahrte.«

Brauer grinste. Olivia wurde das Gefühl nicht los, dass er ihr nicht glaubte. Er verstaute die Kopien wieder in seiner Aktentasche und nahm sich einen weiteren Keks. Dann stand er auf, ging zur Balkonbrüstung und stützte sich mit beiden Händen am neuen Geländer ab. »Wirklich schön haben Sie es hier. Drüben ist der Schlosspark?«

Ohne dass sie die Kontrolle darüber hatte, tauchten Bilder vor ihren Augen auf, wie Brauer sich weiter vorbeugte, den Halt verlor und hinunterstürzte. Die Halluzination dauerte nur eine Sekunde an und war vermutlich den beiden tragischen Todesfällen geschuldet, die sich an diesem Ort ereignet hatten.

»Ja. Drüben sind das Schloss vor Husum und der Park.«

Er drehte sich zu ihr um. »*Vor* Husum? Heißt es so?«

»Als es erbaut wurde, lag es außerhalb der Stadtgrenze.«

»Aha, daher der Name. Was halten Sie von einem Spaziergang?« Er kam wieder an den Tisch zurück und setzte sich. »Dabei könnten wir uns weiter unterhalten, und Sie könnten mir die Sehenswürdigkeiten zeigen.«

Olivia war über seinen Vorschlag überrascht, willigte aber ein. Es konnte nicht schaden, wenn die Begegnung etwas persönlicher wurde. Umso besser standen die Chancen, dass sie ihn von einer Veröffentlichung des Romans abhalten konnte. Dabei würde sie selbst das gar nicht so sehr in Gefahr bringen. Schließlich war sie an den Todesfällen in ihrem Haus unschuldig. Aber das Buch vermochte schlafende Hunde zu wecken, und die Passagen über Johanna und Dörte hatten es in sich. Zum Glück hatte sie deren Nachnamen nie genannt, sodass Brauer nichts über ihre wahre Identität wissen konnte.

Olivia kannte so ziemlich jeden Grashalm und jeden Krokus im Park. Sie führte ihren Gast zunächst zum Torhaus, das nach einem seiner früheren Besitzer auch »Cornilsches Haus« genannt wurde. Über der ehemaligen Durchfahrt prangte das Wappen der Herzogin Augusta mit den Figuren der Göttinnen Hera, Athene und Aphrodite. Als sie den Wassergraben erreichten, musste Olivia an ihren Mann denken. Irgendwo dort war er hineingefallen und ertrunken. Für einen kurzen Moment berührte sie der Gedanke. Doch dann konzentrierte sie sich wieder auf ihren Begleiter. Am Eingang zum Schlosshof, der durch zwei Löwenskulpturen aus Stein bewacht wurde, blieben sie stehen.

»Das Schloss wurde im 16. Jahrhundert von Herzog Adolf I. von Schleswig-Holstein-Gottorf erbaut und ist das einzige an der schleswig-holsteinischen Westküste«, erklärte Olivia. »Darin befindet sich unter anderem das *Poppenspäler*-Museum.«

»*Pole Poppenspäler* heißt eine Novelle Theodor Storms, nicht wahr?«

»Genau. Im Museum sind Marionetten und Theaterfiguren aus Europa, Asien und dem Orient zu sehen. Im Schloss finden oft Veranstaltungen statt, Konzerte zum Beispiel. Und heiraten kann man dort auch.«

Sie gingen an den Löwen vorbei und warfen einen Blick auf das Bauwerk. Der 40 Meter hohe Mittelturm, den es erst 1980 zurückerhalten hatte, fiel sofort ins Auge. Den Rittersaal, verschiedene Empfangsräume und die Kapelle konnte man besichtigen. Rechter Hand befand sich das Schlosscafé. Die Außenplätze unter den Sonnenschirmen schienen vollständig besetzt zu sein. Trotz der Kekse hatte Olivia Appetit auf ein Stück Sahnetorte, da sie das Mittagessen an diesem Tag ausgelassen hatte.

Sie drehten um und durchschritten das Sandsteinportal, das zu den Parkanlagen führte.

»Vier Millionen Krokusse blühen hier im Frühjahr«, sagte Olivia. »Waren Sie zu der Zeit schon einmal hier?«

»Nein, leider nicht. Aber ich kann mir vorstellen, dass der Anblick beeindruckend ist.«

»Ja, das ist er. Im Frühjahr kommen viele Busse mit Touristen her, die das Schauspiel sehen möchten. Und auf dem Krokusblütenfest wird eine Königin oder ein König gekrönt.«

Ihr Weg führte sie bis zum Wasserturm. Das Backsteingebäude mit einem achteckigen Sockel und schiefergedecktem Helm war geöffnet. Man konnte im Inneren hinaufsteigen und von der Aussichtsplattform aus über die Stadt oder über das Meer und die Halligen blicken. Aber Olivia wollte den Spaziergang nicht in einen Tagesausflug ausarten lassen. Sie musste das Gespräch unbedingt zurück auf das Tagebuchproblem lenken. Sie war froh, dass Brauer auf dem Rückweg vorschlug, das Schlosscafé aufzusuchen, um dort einen Cappuccino zu trinken und ein Eis oder ein Stück Kuchen zu essen.

»Das Café ist ein Ausbildungsort für Hörbehinderte. Deshalb ist hier das Fingeralphabet abgebildet.« Sie zeigte auf die Symbole, die kreisförmig auf der Tischplatte angeordnet waren. Nachdem sie die Bestellung aufgegeben hatten, was auch ohne Zeichensprache funktionierte, platzte Brauer mit einer Bemerkung heraus, die Olivia für einen Moment erstarren ließ.

»Ich hatte gehofft, dass Sie Ihren Mann mit der ›personalisierten Methode‹, wie Sie es nannten, umgebracht hätten.« Er verzog bei seinen Worten keine Miene, sodass sie nicht beurteilen konnte, ob er scherzte.

»Wie meinen Sie das?«

»Mir haben schon viele Leute gesagt, dass ich zu direkt bin. Manchmal wie ein Kind, das kein Blatt vor den Mund nimmt. Ich meine es, wie ich es sage.«

Er meinte es tatsächlich ernst. Als der junge Kellner an den Tisch trat und servierte, hatte Olivia Zeit zum Überlegen. Sie hatte ein Vanilleeis bestellt, er eine Heidelbeer-Joghurt-Torte.

»Ich hab kein Problem damit.« Olivia ließ sich den ersten Löffel Eis auf der Zunge zergehen. »Was den Tod meines Mannes angeht, muss ich Sie leider enttäuschen. Er ist vom Balkon gestürzt. So wie es aussieht, wollte er mich umbringen. Er hat die Schrauben am Geländer manipuliert und ist betrunken selbst zum Opfer geworden.«

»Ja, ich weiß.«

»Sie wissen das? Woher?«

»Für einen Autor ist es wichtig, guten Kontakt zur Polizei zu haben. Ich habe mich erkundigt.«

»Unglaublich!« Olivia schüttelte den Kopf.

»Sorry, aber so etwas gehört zu meinem Job. Die wahre Geschichte mit dem Unfall ist zwar auch nicht schlecht, aber lange nicht so spektakulär wie die Essensmethode. Ich schreibe nun einmal gerne über authentische Fälle. Zudem hätte mich interessiert, ob Ihr Verfahren in der Praxis funktionieren würde.«

»Prinzipiell muss es funktionieren. Schließlich bringen sich jedes Jahr 100.000e Menschen durch falsche Ernährung um.«

Brauer nickte. »Sie haben recht. Statistisch ist das so. Ob eine konsequent ungesunde Lebensweise im Einzelfall zum frühzeitigen Tod führt, ist eine andere, sehr spannende Frage. Wir könnten den Roman gemeinsam schreiben. Was halten Sie davon?«

»Das klingt verlockend. Aber ich sehe auch dann Konflikte mit meinem Sachbuch. Im Krimi würden meine Rechercheergebnisse mit einer fiktionalen Handlung vermischt werden. Das würde mir nicht gefallen.«

»Verstehe.«

»Außerdem könnte man den Roman als Anleitung zu einem wirklichen Mord verstehen. Ich würde meines Lebens nicht mehr froh, wenn so etwas passierte.« Olivia wusste, wie verlogen ihr Argument war.

»Im Grunde besteht doch immer die Gefahr, dass jemand ein Buch als Vorlage für seine Verbrechen verwendet. Allerdings fiele die ›personalisierte Methode‹ in den seltensten Fällen auf. Das ist das Perfide daran. Sie könnte tatsächlich Nachahmer auf den Plan rufen. Daran hab ich bisher noch nicht gedacht.«

Während der Unterhaltung war Olivias Eis geschmolzen. Sie löffelte die Vanillecreme aus ihrem Glas.

Brauer hatte sein Tortenstück ebenfalls verspeist und trank den Rest seines Cappuccinos aus. »Gut, dass wir uns ausgetauscht haben. Ich werde über die Angelegenheit nachdenken. Keinesfalls will ich Sie in Schwierigkeiten bringen.« Er sah auf seine Armbanduhr. »Wenn Sie einverstanden sind, würde ich jetzt gerne gehen. Ich muss heute noch ein Kapitel zu Ende bringen. Mein aktueller Krimi handelt von einem Mörder, der sich seine Opfer per Zufallsgenerator aussucht. Mein Abgabetermin rückt näher.«

»Für mich ist es auch Zeit.«

Er stand auf. »Ich übernehme selbstverständlich die Rechnung. Bezahlt wird drinnen an der Kasse?«

»Ja.«

Er ging ins Gebäude und kam nach ein paar Minuten wieder. Dann spazierten sie gemeinsam zurück bis zu Olivias Haus. Brauers Auto, ein nicht mehr ganz neuer *Renault Megane*, stand auf der Straße. Er verabschiedete sich mit Handschlag von ihr. Dabei schenkte er ihr ein Lächeln, und sie bildete sich ein, dass es mehr bedeutete als eine höfliche Geste. Der Mann hatte sie beeindruckt, aber sie konnte ihn nur schwer einschätzen. Sie beschloss, weiterhin auf der Hut zu sein.

Erst als sie ihr Haus betrat, fiel ihr auf, dass er seine Aktentasche und die Tagebuchkopie bei ihr vergessen hatte.

47

Während Olivia die Tassen und Teller auf das Tablett räumte, fiel ihr Blick mehrmals auf Brauers Aktentasche, die an einem Stuhl lehnte. Es wäre eine Kleinigkeit gewesen, die Kopien herauszunehmen und zu vernichten. Dann wären sie ein für alle Mal aus der Welt geschafft, und es gäbe keinen Beweis mehr für die Taten. Die Aufzeichnungen belasteten insbesondere Johanna und Dörte. Aber auch Olivia selbst konnten sie noch immer in Schwierigkeiten bringen. Auch wenn der Versuch, ihren Mann langsam mit Lebensmitteln zu vergiften, kaum zu einer Anklage führen würde, so wiesen die Eintragungen im Notizbuch sie doch als Mitwisserin an den Anschlägen ihrer Freundinnen aus.

Hatte Brauer seine Tasche wirklich vergessen oder wollte er testen, ob sie nicht doch Dreck am Stecken hatte? In diesem Fall hätte er ganz sicher eine weitere Kopie in der Hinterhand. Aber es gab einen anderen Grund, warum sie die Tasche nicht anrührte. In der kurzen Zeit hatte sich ein gewisses Vertrauen zwischen ihnen aufgebaut. Jedenfalls empfand sie es so, ohne dass sie es begründen konnte. Und dieses Vertrauen wollte sie nicht aufs Spiel setzen.

Olivia nahm das Tablett und trug es in die Küche. Sie musste Brauer anrufen und ihm sagen, dass er seine Tasche bei ihr vergessen hatte. Da sie aber nur seine Festnetznummer hatte, musste sie warten, bis er zu Hause war. Stattdessen wählte sie Johannas Nummer. Sie und

Dörte hatten ein Recht darauf, über die neuesten Entwicklungen informiert zu werden.

»Die Kopie ist aufgetaucht«, fiel Olivia direkt ins Haus.

»Die vom Antiquitätenhändler?«

»Ja, die.«

»Was ist passiert?«

Olivia holte tief Luft. Dann erzählte sie Johanna vom Anruf des Verlags und von Brauers Besuch.

»Die Idee mit dem Tagebuch war wohl nicht deine beste.«

»Nee, ganz bestimmt nicht.«

»Deine Erklärung, dass deine Aufzeichnungen für einen eigenen Krimi gedacht waren, war nicht schlecht. Die Kopie hat er bei dir vergessen? Das ist doch großartig.«

»Aber wenn ich sie jetzt an mich nehme, mache ich mich erst recht verdächtig. Ein Krimiautor wie er würde garantiert Nachforschungen anstellen.«

»Das ist zu vermuten. Wie kriegen wir die Kuh also vom Eis?«

»Keine Ahnung. Irgendwie muss ich ihn überreden, dass er die Kopie in den Müll wirft und das Buch nicht veröffentlicht.«

»Dann lass mal deinen Charme und deine weiblichen Reize spielen.«

»Beides ist ziemlich eingerostet, fürchte ich.«

»Vielleicht solltest du einen Flirtkurs besuchen.«

»Sehr witzig. Meinst du, dass Dörte aushelfen könnte?«

»Vergiss es. Du hast den Kontakt hergestellt, also musst du die Sache selbst in die Hand nehmen. Aus deiner Erzählung hab ich herausgehört, dass da mehr zwischen euch ist als …«

»Unsinn! Er ist mir sympathisch. Das ist alles. Seine direkte Art gefällt mir. Er ist gebildet und hat ordentliche Manieren. Außerdem kann er gut zuhören und protzt nicht mit seinen Erfolgen. Er wohnt in Schleswig, direkt an der Schlei. Alleine, in diesem Hochhaus.«

»Eben.«

»Was?«

»Mensch, glaubst du, ich merke nicht, dass da bei euch mehr als Sympathie im Spiel ist?«

»Lassen wir das Thema. Wichtig ist die Sache mit dem Tagebuch. Ich werde mein Bestes geben, um die Katastrophe zu verhindern.«

»Viel Erfolg. Weiß Dörte über alles Bescheid?«

»Noch nicht.«

»Ich könnte sie informieren, wenn du willst.«

»Das wäre nett. Aber lass deine Mutmaßungen über Jens und mich weg.«

Johanna lachte. »Das kann ich nicht versprechen. Mach es gut, Olivia.«

»Du auch.«

Am Abend rief sie Jens Brauer an. Entweder hatte er seine Tasche bisher nicht vermisst, oder er hatte Olivia tatsächlich auf die Probe stellen wollen. Jedenfalls tat er, als sei ihm der Verlust bisher nicht aufgefallen, und bedankte sich.

»Das ist ein Grund, dass wir uns noch einmal persönlich treffen«, sagte er. »Ich besitze ein kleines Segelboot und würde Sie gerne zu einer Tour auf der Schlei einladen.«

Der Mann war voller Überraschungen. Bevor Olivia antworten konnte, ergänzte er: »Sie gefallen mir. Und wie Sie inzwischen wissen, kann ich sehr direkt sein.«

Olivia schluckte. Spielte Brauer ein Spiel mit ihr, das sie nicht durchschaute, oder meinte er es ernst?

»Gerne«, antwortete sie, ohne weiter nachzudenken.

»Ich heiße Jens, wie du weißt.«

»Äh – Olivia.«

»Wann passt es dir? Das Wetter soll in den kommenden Tagen optimal sein. Sonnenschein und eine leichte Brise. Wie wäre es mit Samstag?«

»Ja, gerne«, antwortete Olivia etwas zögerlich.

»14 Uhr bei mir?«

»Ja.«

»Findest du den Weg?«

»Ja, natürlich.«

»Dann bis Samstag, Olivia.«

»Bis Samstag – Jens.«

Sie legte auf und schloss für einen Moment die Augen. War das etwa so etwas wie ein Date? Das »Du«, das er ihr angeboten hatte, sprach dafür, konnte aber auch Berechnung sein. Sie ärgerte sich über ihr Misstrauen. Warum sollte nicht ein Mann Interesse an ihr zeigen? Sie war Anfang 50. Das war doch kein Alter für die Liebe, wenn es überhaupt eine Altersbeschränkung dafür gab. Sie schob alle Bedenken von sich, öffnete eine Flasche Rotwein, schaltete die Musikanlage ein und legte Paul Simons *Graceland* auf. Dann setzte sie sich zu Luna auf die Couch und träumte. Die Katze schlief fest. Dabei zuckte sie mit den Vorderpfoten. Ein sicheres Zeichen, dass sie ebenfalls träumte, vermutlich jedoch von anderen Dingen als Olivia.

Olivia fuhr mit ihrem Polo über die Landstraße nach Schleswig. Sie hatte die Aktentasche mit den Kopien dabei sowie einen selbstgebackenen Kuchen als Proviant für die Schiffstour. Sie hatte sich nicht besonders in Schale geworfen. Schließlich stand kein Restaurantbesuch, sondern ein Segeltörn auf dem Plan. Deshalb trug sie Jeans und einen dunkelblauen Pullover. Sofort nach dem Klingeln öffnete sich die Hauseingangstür. Als sie im zwölften Stock aus dem Fahrstuhl trat, kam Brauer ihr entgegen und nahm ihr die Aktentasche ab. »Schön, dass du gekommen bist«, begrüßte er sie und führte sie in seine Wohnung am Ende des Flurs.

Das Wohnzimmer und die offene Küche waren modern eingerichtet. Alles war blitzblank und aufgeräumt. Dabei hatte sie bei einem Schriftsteller und Single eher einen chaotischen Haushalt erwartet. Brauer hatte alles für den Ausflug vorbereitet, und schon wenig später schipperten sie durch das ruhige Fahrwasser der Schlei. Olivias Angst, sie könnte seekrank werden, erwies sich als unbegründet. Ihre Schwimmweste bot ihr Sicherheit, und so konnte sie den ersten Segeltörn ihres Lebens genießen. Eine große Hilfe an Bord war sie allerdings nicht. Erst beim Festmachen der Leinen in Haddeby konnte sie einen kleinen Beitrag leisten. Zu Fuß machten sie von dort aus einen Abstecher zum Wikingermuseum Haithabu und tauchten für fast zwei Stunden in das Leben des frühen Mittelalters ein. Gegen Abend mussten sie den Motor in Betrieb nehmen, um in den Heimathafen zu gelangen. Die Schleswiger Skyline mit Schloss Gottorf, dem Sankt-Petri-Dom und dem Wikingerturm bot ein grandioses Panorama zum Abschluss der Tour.

Vom Käsekuchen, den Olivia mitgebracht hatte, war nichts mehr übrig. Aber Brauer hatte mit einer kalten

Platte aus Schinken und Käse vorgesorgt und musste sie nicht lange überreden, noch eine Weile zu bleiben.

»Womit hab ich die Einladung eigentlich verdient?«, fragte sie lächelnd, als sie im Wohnzimmer zusammensaßen.

Er nahm sich einen aufgespießten Käsewürfel vom Teller. »Du hast mir die Aufzeichnungen vorbeigebracht. Nein, das ist natürlich nicht der Grund. Nach unserer ersten Begegnung hab ich oft an dich gedacht.«

»Wegen deines Buchprojekts?«

»Auch. Du möchtest, dass ich es aufgebe, nicht wahr?«

»Ich könnte stattdessen natürlich auch mein Manuskript zurückziehen. Allerdings ist es bereits fertig, wie du weißt. Es wäre hart für mich, es einzustampfen, zumal ich die Einnahmen für unsere Firma benötige, die – ach, egal.«

Olivia hatte bereits zu viel preisgegeben. Wenn sie ihm jetzt mehr von ihrem Schlickgewerbe und ihren Partnerinnen erzählte, würde er neugierig werden und unangenehme Fragen stellen. Sie sah demonstrativ auf ihre Armbanduhr.

»Es ist schon spät. Ich muss gehen«, sagte sie und stand auf.

»Du hast noch nicht einmal dein Glas Wein ausgetrunken. Was muss ich tun, damit du bleibst?«

Sollte das ein Deal werden? Kopien gegen Schäferstündchen? Sie durchbohrte ihn mit ihrem Blick und legte die Stirn in Falten. Einen Moment lang schien er irritiert zu sein.

»Oh nein. So habe ich es nicht gemeint. Ich meine – sorry, ich glaube, du hast mich missverstanden. Warte.«

Es war das erste Mal, dass Olivia Anzeichen von Unsicherheit bei ihm feststellte. Mit einem Handzeichen gab er ihr zu verstehen, dass sie sich wieder setzen sollte. Dann stand er auf, ging zur Küchentheke, wo er seine Aktentasche abgestellt hatte, und kam damit zurück. Er zog die Kopien hervor und reichte sie Olivia.

»Nimm das. Ich hab genug Ideen für weitere Romane.«

Olivia zögerte nicht. Sie nahm den Packen entgegen und verstaute ihn in ihrer Handtasche. Wenn jetzt nicht noch irgendwo weitere Exemplare auftauchten, war das Kapitel nun endgültig erledigt. Ihr fiel ein Stein vom Herzen. Sie griff nach ihrem Glas und trank. Dass sie den vermutlich nicht gerade billigen Wein wie Traubensaft hinunterkippte, war nicht besonders fein. Es blieb nicht bei einem Glas, und zwischen ihr und Brauer entwickelte sich eine angeregte Unterhaltung.

Es gab keinen unmoralischen Deal in dieser Nacht, auch wenn das Ergebnis dasselbe war.

48

Das Schlickgeschäft lief gut, und die Frauen überlegten, ob sie ein oder zwei Mitarbeiter fest einstellen sollten. Bisher waren sie mit Aushilfskräften über die Runden gekommen. Aber lange würde es nicht mehr so weitergehen. Obwohl sie immer noch nicht die Absicht hatten, behördliche Genehmigungen für den Vertrieb ihrer Produkte als Arzneimittel einzuholen, nahm der Papierkram stetig zu. Zumindest eine Halbtagskraft für Korrespondenz und Rechnungen war erforderlich. Und für die groben Arbeiten wie die Schlickernte benötigten sie eine männliche Verstärkung.

Auch wenn sich die drei Frauen fast täglich in der Firma sahen, wollten sie das turnusmäßige Treffen im Café doch beibehalten, da sie während der Arbeitszeit kaum Gelegenheit für private Gespräche fanden.

Am Sonntag nach Thomsens Einbruch versammelten sich die Frauen zur gewohnten Stunde an ihrem Stammtisch. Natürlich musste Olivia ausführlich über den aktuellen Vorfall berichten.

»Ich denke, dass Thomsen jetzt endlich die Schnauze voll hat und weder uns noch Martina länger belästigen wird«, schloss sie ihre Schilderung.

»Ja, das nehme ich auch stark an«, stimmte Dörte zu. »Ein Tier zu quälen und zu töten, ist wirklich das Allerletzte.«

»Zum Glück hat Luna das Attentat einigermaßen überstanden.« Olivia trank den letzten Rest Kaffee aus ihrer Tasse. »Ist es nicht irre, wie alles mit allem zusammenhängt?«

»Wie meinst du das?«, fragte Johanna.

»Eigentlich wollten wir nur unsere Männer loswerden, und dann folgte daraus ein Rattenschwanz an Ereignissen. Irgendwie war unser Leben vorher ruhiger, geregelter und bequemer. Findet ihr nicht? Letztendlich hatten wir uns in gewisser Weise mit den Umständen arrangiert.«

»Abgesehen davon, dass mich immer noch mein schlechtes Gewissen plagt, hat sich doch alles zum Guten gewendet. Die Polizei lässt uns in Ruhe. Wir haben eine Firma aufgebaut, und die Geschäfte laufen prima. Das Leben hat neu begonnen, besonders seitdem ich Jason kennengelernt habe. Wie sieht es bei euch aus? Ich meine, mit der Liebe? Was macht dein Hauptmann, Dörte?«

»Hab ich euch das noch nicht erzählt? Der ist Geschichte. Ich bin jetzt mit einem Opernsänger zusammen. Er tritt morgen in der *Hamburger Philharmonie* auf, und ich hab einen Ehrenplatz dort.«

»Toll. Und du, Olivia?«

»Ich hab meine Katze.«

»Erzähl mir nicht, dass dir das reicht«, sagte Dörte.

»Na ja, ich hab da noch was anderes am Laufen.«

»Also doch!«, rief Johanna aus. »Wer ist es? Etwa der Schriftsteller?«

»Ja.«

»Echt? Ich hab's gewusst. Erzähl!«

»Es hat sich so ergeben. Wir haben einen Segeltörn zusammen unternommen.«

»Toll. Und? Wie lief es? Du musst alles genau erzählen. Was ist mit der Tagebuchkopie?«

»Er wird sie nicht für einen Krimi verwerten. Er hat das Projekt aufgegeben.«

»Das ist gut. Aber wenn er nicht auf den Kopf gefallen ist, ahnt er sicher etwas. Immerhin tauchen Dörtes und mein Vorname in deinen Notizen auf. Und wenn er erfährt, dass wir zusammen einen Betrieb führen, wird er eins und eins zusammenzählen.«

»Ich werde dafür sorgen, dass er nicht weiter nachforscht. Wichtig ist, dass uns niemand etwas nachweisen kann.«

Olivia griff in ihre Tasche und brachte die Tagebuchkopie zum Vorschein. Sie legte den Stapel vor sich auf den Tisch. »Wir sollten das Papier feierlich verbrennen. Vielleicht draußen am Steindeich. Was haltet ihr davon?«

»Gute Idee«, sagte Johanna. »Und nun erzähl, wie es auf dem Segeltörn war und natürlich, was danach passiert ist. Das bist du uns schuldig.«

Olivia hatte nicht vor, Details preiszugeben. Aber von ihrem Ausflug mit Jens hätte sie gerne berichtet. Doch sie wurde unterbrochen, als sich ein fremder Mann an den Tisch setzte. Er war etwa 40 Jahre alt, schlank, dunkelhaarig und trug Jeans und Jackett.

»Guten Tag, die Damen«, grüßte er.

Niemand antwortete. Olivia schob den verräterischen Papierstapel von ihm weg.

»Ich störe nur ungern. Aber der Gelegenheit, sie alle drei hier anzutreffen, konnte ich nicht widerstehen.« Olivia bemerkte einen deutlichen schwäbischen Einschlag in seiner Redeweise.

»Das ist eine geschlossene Gesellschaft«, antwortete sie schroff.

»Es tut mir leid, Frau Petersen.«

»Woher kennen Sie meinen Namen?« Olivia legte ihre Stirn in Falten.

»Ich kenne Ihren, den von Frau Detlefsen und den von Frau Müller.«

Wieder ein Ganove, der ein Geschäft wittert, war Olivias erster Gedanke.

»Oberkomm… äh, Hauptkommissar Erik Kruse, Kripo Husum«, klärte der Fremde sie auf.

Die drei Frauen blickten sich an. Olivia nahm die Speisekarte in die Hand und tat so, als würde sie darin lesen. »Haben wir falsch geparkt?« Sie legte die Karte wie zufällig auf die Tagebuchkopie, um das Deckblatt mit der Aufschrift »Personalisierte Therapie für Hänschen« zu verdecken. Kruses Blicke folgten ihrer Bewegung. Hatte er etwas bemerkt?

Er fuhr fort: »Ich habe den Schreibtisch von Hauptkommissar Hirschberger übernommen und seine Fälle. Unglücklicherweise ist er von Ihrem Balkon gestürzt, Frau Petersen.«

»Sie sagen es. Es war ein tragisches Unglück.«

»Ihrem Mann ist dasselbe passiert. Dass gleich zwei Männer dieses Schicksal erleiden, ist mehr als ungewöhnlich.«

»Drei.«

»Was?«

»Sie sind schlecht informiert, Herr …«

»Kruse.«

»Herr Kruse, Sie sind schlecht informiert. Es waren drei Männer. Vorgestern ist es wieder geschehen. Glücklicherweise hat der Mann den Sturz mit Beinbrüchen überstanden. Ihre Husumer Kollegen haben den Fall aufgenommen. Drei sind eine Serie, nicht wahr? Ich bin also eine Serientäterin. Meine Masche ist es, Männer auf meinen Balkon zu locken und sie dann hinunterzuschubsen. Ich gebe alles zu. Sie können mich verhaften und einsperren.«

Kruse guckte jetzt etwas dumm aus der Wäsche, fand Olivia.

»Wenn Sie Hirschbergers Fälle übernommen haben, kennen Sie sicher auch meinen«, sagte Johanna. »Ich hatte einen erweiterten Suizid geplant und hab meinem Mann und mir Rattengift ins Essen gemischt. Leider hab ich es überlebt. Das fällt dann unter Totschlag, wenn ich mich nicht irre. Ich bekenne mich ebenfalls schuldig. Sie können also auch mich mitnehmen.«

Dörte setzte noch einen drauf. »Wissen Sie, wie das ist, Herr Kommissar, wenn der Mann nicht mehr kann? Ich hab ihm gleich drei von diesen blauen Pillen verabreicht, in der Hoffnung, dass es zumindest noch einmal klappt. Ich vermute mal, dass mein Verbrechen unter fahrlässige Körperverletzung mit Todesfolge fällt. Glauben Sie, dass ich mit einer Bewährungsstrafe davonkomme?«

Kruse verzog das Gesicht. »Ihnen wird der Spott noch vergehen. Vier Tote in Ihrem Umfeld. Solche Zufälle gibt es nicht. Nicht einmal in Nordfriesland.«

Fünf sind es, korrigierte Olivia ihn in Gedanken. Von Decker, dem das Schlickloch zum Verhängnis geworden war, wusste er natürlich nichts. Jedenfalls konnte er die Verbindung zum Frauentrio nicht kennen.

»Ich wollte Ihnen nur mitteilen, dass die Untersuchungen zu den Todesfällen wieder aufgenommen werden. Ich leite die Untersuchungen. Und Sie können sich darauf verlassen, dass ich die Wahrheit herausfinden werde.« Er wandte sich an Johanna. »Übrigens stehen auch die Ermittlungen zum Fall des Toten vom *Nordseehotel* kurz vor dem Abschluss. Wir können nachweisen, dass Ihr Mann das Opfer erpresst und schließlich erschlagen hat.«

»Sie glauben doch nicht etwa, dass ich etwas damit zu tun habe?«

»Das wird sich zeigen. Und was den Tod Ihrer Ehemänner angeht, werde ich nicht lockerlassen. Ich werde dafür sorgen, dass Ihre Gatten exhumiert werden.« Kruse blickte bedeutungsvoll in die Runde.

»Gibt es in der Forensik neue Methoden?«, fragte Olivia.

»Sie können sich darauf verlassen, dass unsere Gerichtsmediziner bei näherer Untersuchung jede noch so kleine Ungereimtheit entdecken werden.«

»In der Asche?«

»Was?«

»Unsere Männer wurden eingeäschert. Ich wusste gar nicht, dass die Möglichkeiten heutzutage dermaßen ...«

»Sie hören von mir!«, unterbrach Kruse Olivia sichtlich gereizt. Er stand auf. Von seinem selbstsicheren Auftreten war nicht mehr viel übrig geblieben. Mit einem angedeuteten Kopfnicken zog er von dannen.

»Sieht nicht so aus, als würden wir den so schnell loswerden«, sagte Johanna.

Olivia zuckte mit den Schultern. »Er wird keine neuen Ansatzpunkte finden. Unsere einzige Achillesferse war das Tagebuch. Solange nicht noch irgendwo eine Kopie auftaucht, kann uns nichts passieren. Seht ihr jetzt, wie wichtig es war, überlegt vorzugehen? Eine Beziehungstat ist eine gefährliche Sache und erfordert einen raffinierten Plan.«

»Ich darf dich daran erinnern, dass wir von deiner ursprünglichen Idee großzügig abgewichen sind.«

»Nur, weil ihr zu ungeduldig wart. Aber letztendlich hat die ›personalisierte Therapie‹ in abgewandelter Form zum Erfolg geführt. Egal, ich bestehe nicht auf meinen Urheberrechten. Ich hab vom Verlag übrigens eine positive Rückmeldung erhalten. Das Buch wird veröffentlicht. Es kommt im nächsten Jahr auf den Markt. Mein Versprechen, dass ich die Tantiemen in unsere Firma investieren werde, gilt natürlich weiterhin.«

Am späten Nachmittag fuhren Dörte, Johanna und Olivia, wie besprochen, zum Steindeich. Sie verbrannten den letzten Beweis ihrer Taten und verstreuten die Asche im Meer.

ANHANG: OLIVIAS PLATTDEUTSCHE REDEWENDUNGEN

(Schmeckt wie ...) Knüppel op 'n Kopp
Hochdeutsch: Knüppel auf den Kopf
Bedeutung: schmeckt fürchterlich

Tünkram wor dat.
Hochdeutsch: Dummes Zeug war das.

Schiet an 'n Boom.
Hochdeutsch: Dreck an den Baum.
Bedeutung: Das ist mir egal.

Ik krich di bi de Büx.
Hochdeutsch: Ich krieg dich bei der Hose.
Bedeutung: Ich krieg dich dran.

Wat den eenen sin Uhl, is den annern sin Nachtigall.
Hochdeutsch: Was dem einen seine Eule, ist dem anderen seine Nachtigall.

De meiste Spooß sitt ünnen inne Buddel.
Hochdeutsch: Der meiste Spaß sitzt unten in der Flasche.

Dat löppt sik allns torecht.
Hochdeutsch: Das läuft sich alles zurecht.

Dree Meerjungfrun. Dat is ja mol wat. Nee, wat dat nich allns gifft.
Drei Meerjungfrauen. Das ist ja mal etwas. Nein, was das nicht alles gibt.

Dat geiht nirgends so verrückt to as op de Welt.
Es geht nirgends so verrückt zu wie auf der Welt.

Aggewars
Beschwerliche Umstände

Martina Parker
Hamdraht
Roman
502 Seiten
13,5 x 21 cm,
Premium-Klappenbroschur
ISBN 978-3-8392-0137-4
€ 17,50 [D] / € 18,00 [A]

Sanfter Tourismus im Südburgenland? Von wegen.
Der »zuagroaste« Arno will den »Hiesigen« zeigen,
wie Wellness geht, setzt sich dabei aber ordentlich in
die Nesseln. Die kräuterkundige Köchin Mathilde
kocht lieber ihren Chef ein als die Gäste. Die beißen
ohnehin bald ins Gras. Lokaljournalistin Vera recherchiert und gräbt dabei zu tief. Und auch die Mitglieder
des Gartenklubs haben ihre grünen Daumen im Spiel.

GMEINER SPANNUNG

WWW.GMEINER-VERLAG.DE
Wir machen's spannend

Carla Mori
Heavy – Tödliche Erden
Kriminalroman
345 Seiten, 13,5 x 21 cm,
Premium-Klappenbroschur
ISBN 978-3-8392-0138-1
€ 16,00 [D] / € 16,50 [A]

Kampf um »Seltene Erden«: In Köln stirbt ein Forscher, der einer geologischen Sensation auf der Spur war. Kommissarin Hannah Franckh übernimmt die Ermittlungen. Dabei deckt sie nach und nach Hintergründe von geopolitischer Bedeutung auf und erkennt, dass im weltweiten Kampf um Ressourcensicherung und Mobilität jedes Mittel recht ist – bis hin zum Mord. Sie gerät zwischen die Fronten skrupelloser internationaler Interessenvertreter aus Politik und Wirtschaft und muss um ihr eigenes Leben kämpfen. Am Ende ist klar: Ein wesentliches Fundament der Energiewende ist brüchig. Und gefährlich.

GMEINER SPANNUNG

WWW.GMEINER-VERLAG.DE
Wir machen's spannend

© Hannes Rossbacher

Claudia Rossbacher
Steirerwahn
Kriminalroman
288 Seiten
13,5 x 21 cm,
Premium-Klappenbroschur
ISBN 978-3-8392-0198-5
€ 17,50 [D] / € 18,00 [A]

An der Steirischen Apfelstraße wird ein Mann mit
einer Holzkugel in der Mundhöhle aufgefunden,
erdrosselt mit dem Strick seiner Kutte. Die LKA-Er-
mittler Sandra Mohr und Sascha Bergmann erfahren,
dass der Tote den Apfelmännern angehörte, die sich
an diesem Morgen in Brennklausur begaben, um in
einem geheimen Ritual den angeblich weltbesten
Apfelschnaps herzustellen. Warum aber wurde der
Obstbauer ermordet? Und wer steckt dahinter? Bald
schon soll der nächste Apfelmann sterben.

GMEINER SPANNUNG

WWW.GMEINER-VERLAG.DE
Wir machen's spannend

DIE NEUEN Lieblings-plätze